西单大杂院

Xidan
Da
Zayuan

北京老舍文学院　编

北京老舍文学院首届中青年作家
高研班学员 小说作品集

中国言实出版社

图书在版编目（CIP）数据

西单大杂院：北京老舍文学院首届中青年作家高研班学员
小说作品集 / 北京老舍文学院编. -- 北京 ： 中国言实出版社, 2019.7
　　ISBN 978-7-5171-3170-0

　　Ⅰ．①西… Ⅱ．①北… Ⅲ．①小说集－中国－当代
Ⅳ．①I247

　　中国版本图书馆 CIP 数据核字（2019）第144644号

出 版 人：王昕朋
总 监 制：朱艳华
责任编辑：肖　彭
责任校对：张　强
出版统筹：冯素丽
责任印制：佟贵兆
封面设计：淡晓库

出版发行　中国言实出版社
　　　　　地　址：北京市朝阳区北苑路180号加利大厦5号楼105室
　　　　　邮　编：100101
　　　　　编辑部：北京市海淀区北太平庄路甲1号
　　　　　邮　编：100088
　　　　　电　话：64924853（总编室）　64924716（发行部）
　　　　　网　址：www.zgyscbs.cn
　　　　　E-mail：zgyscbs@263.net
经　　销　新华书店
印　　刷　北京久佳印刷有限责任公司
版　　次　2019年8月第1版　　2019年8月第1次印刷
规　　格　710毫米×1000毫米　1/16　22.25印张
字　　数　369千字
定　　价　58.00元　　ISBN 978-7-5171-3170-0

序

    在这本书付梓之前我真是有许多话想说，这是北京老舍文学院首届中青年作家小说创作高研班学员们的毕业实习作业，书中的一篇篇小说我都读过，有的还读过多遍，当然那是在我的那批学员们不断的修改中。现在看来作品的质量还是不够整齐，有的作品还显稚嫩，但成绩确也让我有沾沾自喜之私下的荣耀，其中有四篇作品被《北京文学》毫无保留地刊登在2018年12期上，这让曾为老舍文学院建设付出努力的所有人都感到欣慰。

    创建北京老舍文学院的想法可上推到2014年，那时我们确信北京作家队伍的建设和创作水平的提高，应该有这么一个机构来助推，我们总不能让作家的成长只是顺其自然，在这个过程中作协应有所作为。好在这想法成为一个共识，在各级领导部门的支持下，老舍文学院终于于2016年12月29日挂牌成立，这让北京的作家们有了一个学习和深造的场所。

    办学怎么想都是一个高大上的事业，申请创办文学院时的激情在挂牌的那一刻都变成了一种压力，从事教育工作是我从来没想过的，鼓动一件事情我们从不会怯场，那好像是作家们的特长，但真要实施了谁又能掉以轻心呢。办出我们自己特色的老舍文学院是大家的终极目标，像老舍先生的京味一样形成它的标记。为此，我们向中国作协鲁迅文学院学习教学方法，向各省作协文学院取经，吸收它们的成功经验，让它成长为我们的教学思路，沿着这个思路去实现我们的理想。

    办学毕竟不是搞文学讲座，不是简单的对大众文学素养的培养。文学院的中心工作是面对作家，着眼于他们创作水平的提高，办学就要有办学的规矩，教学计划、教学大纲、课程设置、教案编写，这在我们面前都是全新的。当然，作家的成长也有一套自己的运行规律。结合着我们的办学思路，请来各大学的专家教授，请来作者，就着传授与需求进行讨论，渐渐地教学思路在头脑中清晰，教学计划趋于完善，我们还设计了更具体的教学模块。当然，我们还有更长远的打算——定期招回学员就着各自的创作开展创作研讨，定期组织学员们参加著名作家新作研讨活动，给他们找师傅，进行传、帮、带，经过这些实践，最终在老舍文学院形成一个新的教学理念："结业不结课"。

学员们习惯于称北京老舍文学院"第一届小说创作高研班"为"老一班"，这称呼是在开学的第一天就叫响的，最初听着他们这样的称呼有点不以为然，像是戏称，后来在学员们自豪的坚称之下，实实在在地感到他们内心中对这称谓的情感依赖。我不知道第一个叫出"老一班"的同学对这称谓是怎么考虑的，但相对于全国各省文学院习惯性地以"届"为单位的分批法，"班"的内涵应该更具感情的色彩、家的温暖和团体的荣耀。班是集体单位中最小的单位，学员们的用意应该不言自明了。实际上他们后来的行为都是为了这个集体的荣誉，去努力学习潜心创作的。

这部集子收录了学员们的十六部作品，而重新翻阅它们的时候都有种又回到"老一班"课堂上的激动，有时候我就是不能理解这群老大不小的学员作家，怎么就能把自己的情感燃烧得那样火热，最初以为是他们的感性成分在作怪，但后来发现是文学，是老舍文学院，是为文学这个共同的目标。这些都让三周的学习变得那样纯粹和努力，听课、讨论、创作是这个时期的唯一。而一个小小的环境，创造出的文学氛围，也使得学员们对文学的理解、对创作的认识都有了一个很大的提升。

这部集子的书名取自陈楫宝的小说《西单大杂院》，西单和大杂院，北京的文化符号，都有着浓浓的京味。西单，老北京文联的所在地，往北步行半小时就是《四世同堂》中小羊圈的那片大杂院，起这书名时我们内心里就有着对老舍先生深深的崇敬与怀念。陈楫宝是湖北黄冈人，大学毕业后到北京，至今已二十多年，北京文化对他的浸染，让他深深地爱上了这片土地。《西单大杂院》刻画了一群住在大杂院中老北京人的众生相，各人有各人的活法，但都活出了不同的滋味，京味的生活和语言，让小说弥漫着当代京城人生活的烟火气。周树莲是北京基层文化馆创作员，最熟悉的是那片生她养她的土地，她最擅长用传统文学手法进行小说创作，她的《乡戏》中的戏里戏外，讲述的都是乡里人满满的情感生活，小说生动的细节和细腻的描写，展示了乡村百姓生活的众生相，也把那浓浓的乡间生活带到我们眼前。王琛原本是从事诗歌创作的，但她对小说创作也有着超人的理解力，虽然误打误撞上了小说高研班，但上手创作就让人刮目相看，王琛的小说和她的性格一样活跃中夹带着灵光的闪现，这使她的创作复杂而变异，小说《寂色》中的人物多描述城市中内心受过创伤的个体，这也让她在挖掘人物内心伤痛中往往有着自己独特的见解。张慧娟，早期从事过网络文学创作，慧娟记者出身，敏锐的观察力决定了她对事物的认知，而这种认知让她小说中的人物也具有敏感的特质，她创作的小说《飞跃北冥山》故事曲折而灵异，耐看又多有回味，有思想深度和想象空间，情节设置精巧，读来曲折又回味无穷。王名环，典型的北京大妞，仁义大气，朴实重情，骨子里有着满满的豪侠之气，虽然话语多了点，但透着北京人的热情，她创作的《偷窥》在这十几篇作品里也是别样的，她笔下的城市人，情感复杂多变、猜忌多疑，精神焦虑，这种对现代城市人生活的复合认识，让她笔下的人物更加立体和鲜活。王也丹，"老一班"大姐的身份让她得到学员们的尊重，她也是班里创作成绩突出的一位，她的作品曾被中国作协主办的《小说选刊》刊用，这次她送交的作业《我的姐夫比德番》延续了她创作的一贯风格。也丹笔下的人物多是城乡间的小人物，传神的刻画让她笔下的那些人物活灵活现、朴实而鲜活。张小龙，学员们总是喜欢叫他大师，因为他时不时就会抖落出点方术和大家分享那未知如谜一样的快乐，据说他天生就带有堪舆和相术之绝学，这使我们对他产生了悬疑内容的期待，但他这次提交的作品的确是篇严肃的历史小说，而他正确的历史观让我们从他的作品中有很好体会。方言，班上的暖男，善良、热情、重情义，人缘好得让学友们嫉妒，当然他的作品也如他的人品，满载着人间的温情和善意。王咏华，"老一班"的副班长，为人热情大方，谦虚好学，班上同学们的事务性工作多由她承担，她这次提交的作品也如她的热情一样，主人公浑身充溢着满满的正能量。她的作品让你总能感到一种来自作者的鼓舞。史啸思，班上最年轻的学员，年轻人思想的敏锐和对复杂变幻现实生活的把捉能力，让他的作品极具现实感，而年轻人对文

本表达的探索精神在他提交的作品中也有着很好的体现，这让我们看到了
北京文学发展的希望。

　　林勇鸿、岩颜、张爽、左文姬、李灵、周宝平等人的作品在本集中都
有收录，他们都是"老一班"的优秀学员，林勇鸿稳重中的热情、岩颜的
瑜伽表演、张爽的老成持重、左文姬湘妹子的豪气、李灵爽朗的笑声、周
宝平西北汉子的质朴和柔情，构成了我们"老一班"文学创作的原生态，
而这也是同学们相互学习、互助友爱、共同提高的基础，当然在此基础上
形成了"老一班"的班风"读书、交流、创作"。"老一班"是不散的，
这是学员们的愿望，我当然愿意也坚信，因为我知道这聚而不散有着他们
的共同目标：文学。

北京老舍文学院常务副院长　王升山

2019年3月

目录

西单大杂院

陈楫宝

朱大哥

朱大哥是我的老房东。

老房东不老，刚过五十岁，正值知天命。套着海军蓝 T 恤衫，穿着大裤衩，趿拉着一双拖鞋，左手插进裤兜，右手揉搓着核桃，他高大而有些臃肿的身躯斜靠在朱红色院门柱上，面朝胡同口，还是招牌式地眯着眼，目光从胡同外西单商场玻璃幕墙折回，穿过上午灿烂的阳光，在路人身上扫来扫去。

一个多小时前，他刚吞下一张大饼，就接到我要来访的电话。他有些激动，说麻溜儿地吸口老北京酸奶，就到门口等我。他扬言虽然十年不见，肯定能一眼认出我，绝不含糊。

车子停在隔壁商场停车场，下车走到胡同口，我抬眼一瞄，就看到他了。硕大的酒窝，镶嵌在他笑眯眯的右面颊上，依旧具有相当高的辨识度。他的目光在我的脸上停留片刻，有一个仓促的对视，然后一扫而过。待我走到他跟前，喊了他一声。他愣怔住了，睁大着眼，盯着我端详一番，左手忽地搭着我的肩，口中念念有词：哎哟喂，这体面劲儿，毛儿嫩，滋润着呢。都说岁月是把杀猪刀，哪儿见你挨刀了啊……他瞅着我的头发：嗨，就头发少了点儿，都胖眯眼儿了。然后，他又追加一句：改行做生意，那可不操心嘛！

他伸出右手顺势绕臂，亲昵地搂着我的肩，转身迈进四合院，随手关上朱红色大门。

当年我搬进这个闹中取静的四合院时，他还在北京垂杨柳的一家化工机械设备厂上班。每天一大早，6点多钟，他骑上二八款自行车，每踩一下，

1

脚踏发出哐当摩擦声响，他浑然不觉，哼着邓丽君的《甜蜜蜜》，穿过长安街，由西到东，然后傍晚下班返程，由东到西，再次穿过长安街，来回二十公里。抵达家里时，他哼着小调，支起自行车的"咔嚓"声，我在隔壁斗室，能清晰地听见，房东回了。

　　四合院在西单商场后边，太仆寺街与府右街交界处，一堵灰墙把面街的喧嚣隔离在外，一扇朱红色大门，关进静雅和神秘。四合院是四进，看似殷实气派，其实进入院内，就会发现它早被不同时期安置进来的过多住户，改造成一个多户居住的大杂院。

　　大院空间逼仄。推开大门进去，左右中三条路，径直走下去，就是一间间小平房，住着一家三口或数口。房前厨房、小杂房，也是一家挨着一家，密集地拥挤着，把原本宽敞的"口"字体型庭院，隔成了"中"字格局。两棵枣树，一棵在朱大哥的小杂房门口，皴裂的枝丫斜向天空，绿意弥漫；一棵在中路两家厨房夹缝中间，扭曲地伸起树干，歪过瓦脊，散开茂绿的枝叶。只有那棵遒劲沧桑的石榴树，待在南墙边上，静静地看着进进出出的老老少少，看着院里的阳光和月色。院里小道，只容得下推着一辆自行车的宽度，每天早晚，大人上下班，孩子们上学放学，小道过于拥堵，人流缓慢，他们排着队，彼此招呼着，一边推着自行车，一边问候或打趣。红色院门一关，世界就在院子里，连接内外的只有屋里的灯火和天上的星光，当然还有飘来的梦。许多人羡慕红门，梦想走进四合院，然而不知这院子早就已成了大杂院，不再幽静。

　　虽是大杂院，属于国家某部委家属院，一般不对外出租。我住进来，得益于金大姐——大清朝雍正皇帝后裔。清王朝终结后，这些八旗子弟陆续改了姓氏，其中就有爱新觉罗氏改姓金的。

　　金大姐是我在京第一家单位同事。那时我月薪不高，金大姐成功地游说了她的邻居朱大哥，将他的一个"小杂房"租给我住，地摊价。首都租房难又贵，当即觉得天上掉馅饼，自己被砸中了。

　　朱大哥老家是山东的。他父亲是红小鬼，参加革命早，转战南北，解放后，被安排进国家某部委，直接服务于早期的某著名将军部长。在西单这家四合院，分了两套房子，还在两房之间搭建了一个小杂房，一下子从无产阶级成为"有产者"了。

我搬进来第一天，朱大哥在朱红色院门门口迎接我，开口第一句就是"嘿，这小伙子，精神！"大圆脸上洋溢着热情，右面颊上的一只酒窝，在感叹调的语气中，有节律地耸动着。随之，他上前接过我的拖箱，转身径直走进大院，我背着包，空着双手紧跟其后。

甫一进去，一缕爆炒洋葱的香味飘来，炝锅声从正前方一个红砖搭建的平房格子窗传出，白得干净的老人脸贴着格子窗，正向外面张望。

那是金大姐的妈妈。金大妈是典型的居委会大妈，每逢国家盛大会议或赛事，戴着红袖章在胡同口转悠，戴着老花眼镜，时常微微低首，从眼镜片上方空隙处射出审视的目光，把行踪可疑的人盘问个遍。搬进来第二天傍晚，金大妈到小杂房找到我，低声叮嘱："我说小伙子，千万别说你是租房的，有人问你，你就说是来投奔亲戚的。"

径直向左拐，房东拖着箱子，滚轮在方砖墁地的过道上敲打着，在安静的小院，发出清脆的声响。

他指着第一间平房。房门紧闭。

"这是三儿家，金大姐的大弟。他们家可是皇族。"

说话的语气轻松，不经意流露出与皇族后裔比邻而居的自豪感。

路过第二间，他停下脚步，侧头往里面瞅了瞅，门虚掩着，有身影在里面走动。

"哎呀，毛老师，你在家呢。"

人家从里面递话回应，京味儿的腔调飘出来，透露着熟络。

他转头跟我说，这是我们院里读书人，知识分子，中戏老师。他竖起大拇指，向后示意，然后在我眼前晃着。这院子里人多，俗话说"七户八姓"，"成陈程，毛金文，朱一个，乐一人"。

他家在第三间，对面就是小杂房，我的"新居"。他打开小杂房门，里面置放一张床，一张桌子，简陋但干净。这情景似曾相识，一张桌子，一豆灯光，一摞纸，一杯茶……在我沉湎于文学的少年时代，曾经的梦想就是当一名作家，哪怕清贫得只能拥有一居斗室。

朱大哥放下我的行李，帮我铺好床，然后自觉地转身站在门口，搓着手："委屈啦，大姐说租房的是一文化人，我就说了，啥钱不钱的，看着给就行，这小杂房，也算沾点儿文气。"

父亲去世得早，早年贪玩的朱大哥上到技工学校就出来了，在工厂谋一开塔吊车的活儿。他经常习惯性地捋一下头发，眯着眼，感慨一番：有文化多好。

我搬进去那年，他年近不惑，孑然一身。

亲戚、邻里和同事没少给他介绍对象，都无疾而终。"我就喜欢谈一个知识分子"，聊起婚事，他抬头斜视着屋顶，一片亮瓦透射出一缕阳光，眯着眼补充一句，"宁缺毋滥。"

"知识分子？那也得撞大运啊，自己得照照镜子，差不多得了。"金大姐谈及朱大哥的一根筋，习惯性地撇撇嘴。

大杂院像故乡的村庄，可以端着饭碗串门，鸡犬相闻。住进来不久，就知道小院没有秘密，谁家来客了，哪家小狗被隔壁院大狗给咬了，张家的大女儿找了一个外地的湖北姑爷，百来口人的大杂院，他们在茶余饭后津津有味地谈论着，既暗中较劲，也乐此不疲。

自然，朱大哥的婚事一度成为大杂院一等大事。

年轻时朱大哥高大、英俊，情窦初开时候也赢得不少女孩子的芳心。技校毕业后，他进了工厂，所有恋情都有始无终。

好运还真是被他撞上了，虽然谈不上大运。朱大哥被人介绍了一位，也就是后来的朱大嫂，那时离异带有一小女孩子，是一个小餐馆老板。

那晚相亲回来，朱大哥敲开我的房门，一脸喜色："嗨，告诉你一大事儿，我那事儿成了，我今天看了一个，彼此对上眼。"然后他停顿了一下，等着我反应，随之赶紧补充一句："嘿嘿，戴眼镜的，看起来挺有文化。"

"离异还带一小孩？多亏啊！"我惊讶不解，脱口而出。

"那有啥？"他一拍大腿，嘿嘿笑着，"一下子多了俩，我这岁数，也没打算要生孩子，娶一个来了俩，可不赚了！"

不几天，他就把戴眼镜的大姐领回来了。大姐第一天洗了几大桶衣服。我下班推车回来，看到一个略胖、三十多岁的戴眼镜女人在院中晾晒衣服。她看到我，停下手头活儿主动打招呼，还推了一下眼镜，略带调侃地对我说："甭看我戴副近视眼镜，左眼300度右眼500度，其实就是一大老粗。"她顿了顿，扬了一下眉头，加重语调说："听你朱哥讲，你可是真的文化人！"

她就这么一个推眼镜的动作，至少，一下子获得了我的好感。

不久，大姐就搬进来同住，后来顺理成章地成了朱大嫂。她搬进四合院时，是在夏末，院里树上结满了枣子，青如翠玉，间或一两粒红软，十分醒目。也是在那青枣的季节，我考取了研究生，要从四合院搬进学校住。搬家那天，朱大哥提前从工厂骑车赶回家，和大嫂忙碌一通，做了地道的北京炸酱面，为我送行。朱大哥还招呼了他的好友王贝，开着面包车把我和行李拉到了学校。

我搬离四合院不长时间，朱大哥被工厂下岗分流了。离开工厂那天，他先到车间把车床擦洗得铮亮，把扳手、套筒工具整齐地收集起来，放进铁皮工具柜里，然后摘下白色安全帽，脱下蓝色的帆布工服，到会计室用黄挎包装着财务室领取的遣散金，用《北京晚报》包了一层又一层，塞进书包。他从财务室出来，穿过走廊，走过工厂厂区，一路撞见得以留守的工友，他一边用右手轻拍着鼓鼓的黄挎包，一边打着招呼，神情故作轻松。

朱大哥走到厂门口，转身抬头仰视着斑驳的厂名大字。厂名是镂空的铁艺制作，悬挂在褐红色厂房大楼顶部，雨淋日晒，公司的"司"字中间一"口"掉落了，无口之司，就那么不祥地衰败地悬挂着。他朝着厂名大字，深深一鞠躬，告别二十年的光阴。此时，灰蒙蒙的天空下起了毛毛细雨，雨点从后领处滴落在朱大哥的颈椎上，有些冰凉。

三年后，工厂倒闭，后离开的同事拿到了高于朱大哥五倍的补偿。那些工人，是与朱大哥同一批进厂的工友。

大嫂听闻后，内心震撼，心有不甘，她一把把朱大哥推出门外："才三年，咋就差那么多呢？这不是欺负老实人嘛？你也去找厂长，给找补回来。"

朱大哥站在门口，眯着眼，不紧不慢："我还没说完呢。知道他们是怎么换来的吗？是用命！"

原来，工厂土地被拍卖给地产商盖房子，获得一大笔补偿款。留守的工友们，硬是拉着厂长要跳楼，厂长一下子"拉了胯"，给逼出来高额补偿。

"那补偿，可不是求来的，是下狠劲儿，用命换来的！"他重复着这句话，反问大嫂："你愿意让我拉着厂长跳楼用命换五倍补偿吗？"

大嫂听完，愣怔半晌，琢磨过来了，就大手一挥："哎呀，那别介啊，有钱没命，要钱干吗使啊？"

朱大哥眯着她嘿嘿乐："这个事儿呢，就说是这么一个理儿。再说，我

5

也'抹不丢地'，何况早出来，万一赚得比待在工厂拿死工资要多得多，那咋说法呢？"

大嫂破涕为笑："你还挺能白话的，大道理一套一套的。得嘞！冲你这想得开的劲儿，怎么的也得犒劳犒劳你。"

她摇摆着臀部，转身进去厨房，给朱大哥做他爱吃的炸酱面去了。

那时我从学校毕业出来，在一家财经媒体做调查记者。朱大哥给我电话描述这件事时，仿佛在讲述一个与己无关的故事，谈及细节还绘声绘色。

朱大哥从单位辞职，托关系在西四一个新开业的鞋商场租了一个柜台。大嫂提醒他："你这刚下岗，就跑去做买卖，能行吗？"朱大哥脖子一梗："树挪死人挪活，我就不信了，这么大的一个北京城，还没有我能折腾的事儿？你看看那些外地人，小买卖做得不也挺好的吗？他们拖家带口，还租房住。我们是地道北京人，上下溜达门儿清，岂能做不成生意。"

朱大哥脾气一倔，大嫂就由着他了。朱大哥把工厂买断的补偿款和亲戚借款，一下子砸进去。结果商场没啥人流，一年下来赔了本，被一记当头棒喝。

朱大哥有些灰头土面，他默默地把卖不掉的鞋，借用板车拉了一趟又一趟，小杂房堆不下就堆在杂房门口，还在枣树底下，堆了一小山包。朱大哥看着一眼地上风落的米黄色的小枣花，沉默了三天。后来他出去转了一圈回来，一跺脚，硬着头皮，又骑着自行车，蚂蚁搬家，一夜又一夜，在木樨地夜市摊亏本甩卖，耗时三个半月。

大嫂没有数落他，倒是怂恿他去饭馆帮忙，说都是两口子的啦，一家人，不分彼此，也不宜精力分散。早先，朱大哥好歹是国营工厂开塔吊车的一好把式，徒弟不少，颇受尊敬，他从未想过吃软饭，更不想跑去跟着老婆开饭馆，那可是当初没学可上、无工厂可进的闲人干的，他拉不下脸。不久，朱大哥还是搬到建国门外，去大嫂开了多年的小餐馆做帮手，干得不亦乐乎。小餐馆那些年很火，主要得益于永安里盛名一时的"唐人街"，当年"唐人街"是北京高档娱乐场所，不亚于东三环盛极一时的"天上人间"。

生意很好，但是不存钱。嫂子身体不舒服，腰有点儿酸背有点儿痛，朱大哥就给她请中医过来按摩调理；送小孩学英语，请家教，按小时收费，每周五课时；还有她父母，一大帮亲戚，就靠这个小饭馆养着。

大嫂弟弟由于犯事被判了9年徒刑。姐姐痛惜弟弟，经常去监狱探望，送人情礼以便图个轻松活儿。每年在弟弟身上花费不少。比如，每次去监狱探望，求管理者给安排一个轻松的活儿，比如养鸡，就得给他们塞钱。监狱农场有队长和指导员，都要孝敬到，一个不能少，介绍人也不能少。这送礼还得讲究，把钱塞进茶叶筒里，不能直接给钱就了事，去了还得请他们吃饭，在监狱农场附近最好的餐厅点菜，被请的人自行点菜，一桌菜钱不少银子，得，一年要去过四五次，每次都得这样打发。

刚打发完一个多月后，弟弟就打电话来，说换领导了。又得重新打发。大嫂疲于应付。朱大哥劝说别糟蹋钱，这些人不断重新洗牌，搁谁都扛不住！让他好好改造，在里面吃点儿苦不要紧，改造好了，出来重新做人。大嫂一听就不干，哭嚷着说不是你的亲弟弟吧，人家在里面累坏了你也不会心疼。

说起这事儿，朱大哥对我说，这事儿要是搁到现在，"老虎苍蝇一起打"，谁敢要？吃顿饭都不敢出来。

弟弟刑满释放回来，一直找不到工作。大嫂很疼爱这个弟弟，找朱大哥商谈，就提出来把餐馆让给弟弟。朱大哥一口答应。

"餐馆是你嫂子一手折腾起来的，她完全有权力处置嘛，我也不反对。"朱大哥感慨，这人性啊，就是善！在北京城，这样的姐弟情得打灯笼可劲儿地找！

搬回四合院后，他们开了个小铺店。人不能看轻自己，路还得往前走，命还得往前奔。朱大哥搬回时，已是秋天，或许"秋太淡，添红枣"，树上枣子红红结球，任秋风舔过。

他们将临街的厨房进行了简单改造，把朝向街道的窗户拆掉辟门，开了一个小卖部，卖些小杂货、日用品。一间卧室给了继女，一间卧室夫妻俩住，我原来住的那间小杂房，改造成厨房了。

他们倾其所有，房子简单装修后，手上就只剩下3000多块钱。他们有点儿心慌，一分钱都不敢动。万一有个三病两痛的怎么办呢。

不过，时来运转。第一年，他们一个夏天就挣了5万多块，"甭看这个小门脸，利润还真丰厚，你嫂子是个生意料啊。"

税务、工商最初几次过来征税费，朱大哥急了，一瞪眼："我一下岗工人，还带着孩子，拿什么缴税？"赶上好政策，市场监管部门根据他们实际生活情况和相关政策，主动为他们办理了税费减免各类手续。

逐渐地，四合院原住民住户日渐见少，有的孩子在外面买了房子，长辈跟着搬过去，有的长辈病故，孩子不愿意住这儿，就搬出租楼房，把平房租给别人了。大杂院里，外地人比老住户还多，操着夹生的普通话，从朱红色的大院门进进出出。

中戏的毛老师退休了，儿子留学美国，老两口子住在大杂院。朱大哥空闲时跟着他去公园吊嗓子。朱大哥右手揉搓着核桃，左手做着动作，日益臃肿的躯体跟着腔调费力地扭动着，眉毛抖动着快乐，唱着胡同里老北京耳熟能详的太平歌：闲来无事我出了城西，瞧见了别人骑马我骑驴，回头看见了推车的汉，我比上不足比下有余。

我们坐在小门店，大嫂在一旁听着我们久别重逢后的闲侃，偶尔插话。朱大哥提及当年在胡同口修自行车的河南信阳小伙子，摇身一变，成为书商了，还娶了胡同的一北京姑娘。这年头啊，自强不息，日子就有奔头。

不时有路人买中南海烟二锅头酒和老北京酸奶，大嫂就起身找货，递给对方，手指柜台上的支付宝和微信二维码，提醒他们扫码付款，手段娴熟，一气呵成。

四合院家家安了冲水马桶，不再去公厕排队。家门口又增加了一条地铁线，可以直达香山。周边平房被推掉盖起了大楼。

大嫂带过来的女儿即将大学毕业。大嫂不想孩子住回四合院，母女俩做着大房子梦，最好是六十八层的，站得高看得远，望尽北京城，这数字还吉利。

把梦想照进现实的，就是等待着四合院拆迁了。那样会获得一大笔补偿款，可以买大房子。

四合院拆迁一波三折。此前，家家户户被上门做着拆迁动员，后来听说北京城改变规划了，要大力维护古迹，不拆迁。他们有些人四处打听、游说，"这哪儿称得上是四合院啊，哪是古迹啊？就一大杂院呗。"

最近，又传出动迁消息了。

"那小杂房不会不计算面积吧？"还不知道何时拆迁，大嫂就担心临时搭建的曾经租给我住的小杂房能否补偿。

"哎哟喂，要那么多钱干吗呀？差不多得了，政府也不会亏待我们。我们总不至于开着宝马去扫大街吧？那叫拆迁'土豪'！"朱大哥说着说着，眯着眼幽默了一把。

大嫂笑着白他一眼：就没见过这么整天傻呵呵的。她转头跟我说，这么多年，就算是下岗了，他还是这副臭德行：做人讲个正，做事局气，图个穷快活。

看似笑骂，只言片语间，冒出一缕人间烟火，弥漫着他们之间的耳鬓厮磨和对生活的韧度。

临走时，大嫂突然问我："你说，股市还能起来吗？"

他们知道我现在做投资，应该拥有洞察经济大势，甚至点石成金的能力。

朱大哥在一旁补充："她没事儿也看盘，给整得五迷三道的，满屏花花绿绿，哪儿看得懂啊？网上不是说了吗，中国大妈买什么就涨什么，然后哐当一下，就全砸大妈手上，跌停啦。"

朱大哥说着说着就嘿嘿乐了。朱大嫂站起笑骂着，拍了一下朱大哥："瞎掺和什么呢，自己不懂净瞎说。"

朱大哥一不留神，被大嫂一拍，右手一抖，两颗亮里透红，红中透明，纹理深刻清晰的核桃，滚落在地。

其实，对一地鸡毛的当下股市，我也看不懂。

王　贝

王贝赖以糊口的面包车丢失，是发生在凌晨。

头天晚上，他兴冲冲地又来四合院找朱大哥打牌，牌桌上还有金大姐的大弟三儿等。那晚王贝手霉，三人赢只有一人输，输牌的就是王贝。熬夜打到凌晨3点，大家哈欠连天，有些扛不住了，嚷着要散，各回各家，各找各妈。王贝执意不肯，坚持打到第二天大亮。牌散，王贝一脸倦容打开朱红色四合院如意大门，他停靠在四合院外边的面包车不见了，一下子急了眼。

朱大哥当天晚上给学校宿舍打电话，与我聊了十多分钟，全部是痛惜王贝的点儿背。他一声叹息，这下瞎了，敢情王贝以后日子咋过啊。其时，朱大哥正在西四新开业的商场惨淡经营着一个鞋柜，押下了他的全部积蓄。他只字不提自己备受煎熬的小生意，都是对于王贝接下来生计的担心。

王贝不是四合院的，但是在四合院有亲戚，从小就在四合院泡着，与朱大哥、三儿、毛老师等人一起玩大的。

王贝是工农兵大学生。瘦长白净，腰板儿直，戴着眼镜，眼神透露着颇具诱惑的忧郁，冯远征式的，文艺范儿十足。有一瞬间我走神：这人，要是多看几眼，有几个少妇扛得住？

他毕业后被分配到北京某机械总公司，国企。据说他辉煌时，曾官至分公司总经理。

王贝两大嗜好：女人和赌博。他的人生悲欢，与此密切相关。

他被迫从公司辞职，也是因为女人。那时国家实行计划经济，买好车需要凭借该公司计划指标。门头沟一个做煤矿生意的女人，辗转找到王贝，求他帮助买了辆皇冠。由于帮助搞到指标，王贝收取了4万贿款。

不巧，那辆皇冠买后不久，需要换真皮座椅，又让王贝找到属下的汽修公司。当年，这些汽修公司偶尔搞一些偷梁换柱的勾当，在换真皮座椅的时候，做了手脚，将一些关键原产部件进行了调换。最终被买主发现。买主又找到王贝，让他处理。但汽修公司不承认，双方争执不下。一怒之下，买主撕破面皮，直接闹到总公司，并且将王贝受贿一事一并告发，同时准备起诉公司。

麻烦来了。总公司派人下来调查，领导找其谈话，给王贝指出两条路：一是干脆辞职，拍屁股走路，既往不咎；二是继续留在公司，官司责任全部由王贝个人承担，恢复原职。无奈，王贝只得辞职了事。

我见到王贝时，他开着辆面包车，常来四合院找三儿和我的房东玩。那时他主要跑送货，每天可以挣一二百块钱，日子过得比较滋润。

周末，王贝经常开车过来找房东喝酒消遣。胡同口，有一个露天烤肉串的甘肃人，戴着回族的无檐小白帽，见到王贝过来就眉开眼笑。可不是嘛，大主顾来了。甘肃人殷勤地把羊肉串、霸王腰、牛蹄筋、羊蛋、羊小排、鸡翅、皮椒红等送到房东大房间里，放在支起可折叠桌子上，满满一桌。王贝从牛皮皮夹里抽出几张百元大钞递给甘肃人，随口说多的记着，下次再多退少补。

几个小板凳，两瓶二锅头，三五人对酒。只要我在房间，他们就喊上我。王贝酒量不行，二两二锅头下肚就面红耳赤，最初我还阻止，发现不听劝。大伙儿就笑说，你能劝得了他？劝说无效，我们就索性让他喝个够。还别说，王贝总是能在醉与不醉之间戛然而止。他喝到酒酣之际，就摇晃着站起来，顺手把有靠背的小板凳调换位置，靠背靠前，把头耷拉在椅子靠背上，眼神忧郁，看着一把把被剥皮褪尽肉串的竹扦，一言不发，看破红尘般禅定。

有一次，此情此景，我斗胆问："你满意吗？"

王贝慵懒地红着眼回应："能不满意吗？"

…………

他明白我在问什么。王贝慢吞吞地，说了一番阅尽人间春秋：这人啦，既要昂头看天，也得低头看路，没有人是永远顺着，也没有人永远走背字儿，信命不认命，不要悲观，只要活着，就有机会。

王贝给我的印象，亦正亦邪，充满着矛盾。王贝最感兴趣的话题就是谈女人。只要一谈到女人，他就两眼放光，立即坐直身子，挺直脊柱。

王贝自嘲又不无兴奋：嗨，我这人啊，一辈子离不开女人。就这么点儿出息。

谈女人的话题由此展开，也成为烧烤佐料。虽重复千遍，大家依旧听得津津有味。他不避讳，也不忌惮，趁着酒兴，泡妞史讲得活色生香。他说从不讲假话、客套话。这个白净的瘦高男人，我怎么也无法把他的形象与泡妞高手联系在一起。

王贝见到我就念叨他也是大学毕业。他的口头禅，"人生不过如此，不能让生活一闷棍打死，自个儿给自个儿活得滋润。哪怕吃喝嫖赌，图一逍遥，也值。"

那时我还是个嘴上无毛的毛头小伙子，对那些从他嘴里吐出来的一些插科打诨的黄色笑话，有着本能的排斥。

一次周末，我在小杂房里看书，他敲门进来："小兄弟，晚上跟我出去吧，找个小姐泡泡，攒那么多钱干吗啊。"

我一刹那耳根燥热，有些惶恐，冲着王贝连连摆手：不去不去。

王贝满脸遗憾。他转身离开又转头回来，说："要不这样吧，你刚参加工作，薪水也不高，这费用我出，权当陪我去，行不？"

我执意不去。房东朱大哥闻讯走过来，推着王贝离开。朱大哥说："穷磨蹭！人家刚出道，还是个雏儿呢。这拉人下水的活儿，可别干！"

王贝嘟囔着辩解："哪能拉人下水，这是让他早些认识社会。这社会可不像书本，是学校教不出来的，早点儿认识，少走弯路，就不会吃亏。看到他，就像看到我当年的自己……"

王贝玩世不恭，也有正形的时候。

一个周末下午，天不热，毛老师出差了，金大姐去了西单商场买东西，反正院里在家的人不多，十分安静。王贝到四合院找朱大哥，他人不在，就敲我的门。看到我在码字儿，就站在门口跟我"搬杠"。

王贝问："你这读书人，知道'书中自有黄金屋，书中自有颜如玉'是谁说的吗？"

我脱口而出："宋真宗赵恒啊。他在劝学篇说'富家不用买良田，书中自有千钟粟。安居不用架高楼，书中自有黄金屋。娶妻莫恨无良媒，书中自有颜如玉……'"

王贝做了一打住的手势，制止了我暗自得意的摇头晃脑："鼓励你们读书考取功名是当时人生的一条绝佳出路，考取功名后，才能得到财富和美女。但是，这皇帝老儿的真正用意并非如此。"

王贝盯着我，等着我表示出吃惊的样子。

吊儿郎当的王贝竟然玩真的啦。看着他摆出认真辩论的态势，神情庄重，我站起来，从房间出来。他后退，转身走到小院干瘦的枣树下。我们彼此对峙着。那时我像一头斗志昂扬的小公牛。

我直接回击："顾名思义，这句话就是十年寒窗苦读书，一朝闻名天下知。说俗点儿，读书就是为了改变生活现状、混个吃香喝辣的好前程。不是吗？"

王贝摆摆手，还叹了一口气，表示着理解错误的惋惜状。此时，一阵秋风袭来，掀起一股凉意，盛夏结束，入秋该换穿长裤了。

王贝凝视着我半晌，然后气势磅礴："其实这个皇帝老儿心机很深，他看似鼓励大家读书，实际上是转移民众注意力。"

这是谬论。皇帝转移臣民注意力干吗？我没有说出口，我脸上的表情直白无误地告诉了他。

他继续滔滔不绝："弗洛伊德说过，人的所作所为皆是因为欲望，而人最基本的欲望就是性欲。这个皇帝劝学'书中自有颜如玉，书中自有黄金屋'就是转移欲望。科学家们就是如此，他们压抑着自己的欲望或者是将欲望释放到研究当中，相当于转移注意力。那么，这个皇帝老儿为什么要转移欲望？"

为什么？一国之君，何况经济高度繁荣的宋朝，有什么理由转移注意力？转移什么？我说这是个伪命题。

王贝嘿嘿笑，把单眼皮眼睛笑眯了缝。

他打住笑，一本正经，不疾不徐地说，宋朝建国，是不流血的政变，也就是说历朝历代建立新政权都是通过战争流血更替。而宋朝则是和平的"陈桥兵变""黄袍加身"，凭什么天下就是赵匡胤的？他是禁军头目而已。因此，他们获得政权的底气不足，才有后来的杯酒释兵权，才有朝小野大，才会有"华夏民族之文化，历数千载之演进，造极于赵宋之世"。

王贝说话多了，有些口渴，他做了一个吞咽口水的动作。他伸出右手食指，在空气中抖了抖，语气铿锵有力：他们的主要手段就是克制欲望，转移注意力，鼓励读书，"秀才造反，百年不成"……

千匹马在我心中奔腾。这是谬论。这是奇谈怪论。这是哗众取宠……我的惊诧表情再次表露无遗。

王贝在滔滔不绝中，又突然刹车，停住话题。他不待我回应，一转身，右手高举过头晃了晃，算是道别，头也不回地大踏步朝院东离去。日落时分，黄昏的余晖，落在青砖灰瓦的院落，树影斑驳。

面包车丢失后，就失去了钱的来源，王贝生活质量立马下降。那时，他和老婆正在闹离婚。

一次在朱大哥家吃烧烤，还是两瓶二锅头，不过食物只有羊肉串，一碟花生米，一碟拍碎的黄瓜，品种大幅减少。这次，是朱大哥买的单。

酒过三巡，王贝对三儿说，这日子不能就这么糟蹋了，不能就这么成天猫着，我们得想辙。

三儿无业，也在寻找出路："有啥辙不？"

王贝："我们去珠海吧，那儿有同学，做房地产的。"

三儿有点儿犹豫："广东那地方，都是生意精，我怕玩不转。"王贝一
瞪眼："啥叫玩不转？玩不转别人，玩转自己就行啊。"

于是，他们二人一拍即合，就去珠海投奔王贝的同学王秋秋了。

王秋秋是菜市口大杂院的，此时在珠海做房地产，由于不景气，只好
把房子出租，有两栋楼，邀请王贝去代管。

王秋秋还替王贝开了个杂货店，收入归王贝，同时还支付王贝每个月
基本生活费。

初期，基本生活费无法满足王贝大手大脚的开支习惯，他还每月跟北
京的老妈要生活费。

租房收入终于有了起色，王贝的那点儿"嗜好"又心思泛动。一个人
闲不住，四处找小姐，并且升级换代，找着找着竟然学会养女人啦。消息
传回北京，朱大哥说，他在北京可不是这么干的，只泡不养。

王贝抽时间从珠海赶回北京，利索地跟老婆离了婚，儿子判给老婆。
之前，王贝坚决不同意跟老婆离婚，他们是大学同学，不管人在外面怎么
厮混，毕竟糟糠夫妻。也有闲言碎语，王贝那小心思，谁不知道啊，老婆
在一家上市公司下属的全资子公司当经理，有稳定的生活来源嘛。

王贝恋爱了。王贝在珠海认识一个二十多岁的夜总会"小姐"，还真动
感情，二人嗅上蜜了，同居着，还谈婚论嫁。

王贝的老妈子赶到珠海，那小姑娘的妈妈也去了，双方家长都见了面。
临定亲前夕，王贝思考再三，最后还是临阵逃脱，颠儿了。毕竟，比小姑
娘大三十来岁，比她爸爸都大呢，王贝认为有点儿业障，可不能祸害人家。

王贝偷偷回京，躲着那小姑娘。王贝找到朱大哥，在一起喝酒时，和
朱大哥谈起他与小姑娘的事，眼里泛泪。朱大哥劝他结婚，都啥年代了，
还老封建，年龄不是问题，问题是要爱她。王贝听后，还是摇摇头，态度
坚决，就是因为爱，所以不能耽误人家。

小姑娘追到北京来，疯了般四处找王贝。小姑娘身材好，找到一份收
入不菲的导购工作，也同时找到了在一家三甲心血管医院停车场看车子的

王贝。小姑娘在医院门口哭得稀里哗啦，进进出出的患者以为患啥绝症了，叹息这么年纪轻轻的……

只有躲着的王贝清楚。

小姑娘哭诉说，她愿意赚钱给王贝养老，哪怕再上夜总会也在所不惜，"看不下去他沦落为看车的"。

这年，王贝54岁。

三　儿

三儿是前清贵族，面宽口阔，身材矮小，一丝不苟地梳着大背头，油光锃亮，走路八字步，"满嘴跑舌头"，常常"想当年，俺北京城……"由此开头，话痨话密，就像说书的一样，在人群中一站，谁也不怵，口若悬河起来。

三儿在他平房屋顶上架了一大笼鸽子，经常一大早，他爬着扶梯上到房顶，拿个长杆小旗指挥他的鸽子在空中盘旋。我第一次撞见时，颇为新奇。

三儿是金大姐的大弟弟。我当他面叫三哥，背后就跟着喊三儿，感觉亲切。

搬进四合院第二天一大早，内急，要上大号儿。四合院及周边的居民共用公厕，在大院外左侧。我弓着腰小脚碎步，跑出大院，到公厕边就傻眼了。厕所门前排着一条长队，都是要上大号儿的，正是夏天，不少人穿着大裤衩，光着膀子，有看报纸的，有聊天的，也有沉默不语的，宛若排队取号抢购紧俏商品。我夹紧双腿，小步挪动，龇牙咧嘴，满脸惶急，被排在前头的三儿瞅到，他一下子明白了，于是招呼我过去。他边说"借过道儿，小伙子要憋出病了"，边把我往厕所里推进。大伙儿都是邻里街坊，虽然有点儿不情不愿，但还是给三儿面子，纷纷错开身子，让路。待我一身轻松出来，那舒服劲儿，酣畅淋漓。许多年后，我们开车奔赴怀柔参加一个国际会议，车上坐着三位亿万身价的富豪，车行半途，一位嚷着憋不住了，要求在紧急停车道停车解决。我们开玩笑伸出五指：5000万！那哥们儿憋红着脸说，这节骨眼儿，多少银子也愿意掏。我们哈哈大笑。一刹那想起了那个夏天的四合院的早晨，我笑出了泪。

三儿之前干过什么我不知道，当年我搬进去时，他没有正式职业，四处打漂儿。三儿是爱新觉罗氏正根儿。他家老爷子建国初期在中南海开轿车，和总理合过影，放大的照片高挂在房子正中央。自然，别人看三儿的眼神就不一样，带些新奇。

"三儿，要是搁清朝，你可是贝勒爷，提笼架鸟，不愁吃穿。"

"那年头，我进出得是广亮大门，比这如意门还大。"

"是的，你家是王府，大门上最少有九行五列共45颗铜钉。"

"得嘞，王公贵族提笼架鸟不愁吃穿，那叫寄生虫吗？寄生就是自己做不了主，人家给你一口是一口。还是现在好，挣多挣少，吃好吃差，自己说了算。"

"三儿，你干吗不练练书法啊？瞧瞧人家，你们皇族的启功大师，人家一字千金。练不成也行，学学风水也好啊，现在老板都好这口。"

"哎呀，本人满族，祖先活动在东北，祖上就没给艺术细胞。还是歇着吧，啥事儿简单就干啥，这年头哪有饿死人的，只有懒死人。"

三儿经常被一些生意人带到南方去"应场"。这些生意人会对谈判对手吹嘘，我们在北京背景厚着呢，这位就是清朝皇帝后裔，300多年基业，道还深着呢。

这些招屡试不爽。尤其是在计划经济时代，市场没有完全开放，一些所谓的北京背景，被外面传得讳莫如深，商业活动成交率大增。三儿经常混吃小生意场，不亦乐乎。

巅峰时，有广告商策划请三儿给厂商产品代言，那时广告圈请明星代言大行其道，请不起明星代言的厂商干着急。广告商则另辟蹊径，找到三儿，替三儿量身定做，厂商大喜。其中，一家北方的保健品公司跃跃欲试，欲签下十年代言。拟写的广告语："皇家传承，值得信赖。"三儿踌躇满志，也许转眼间就成一广告名人。不料，老爷子获知，大发雷霆，直接冲进三儿家里，将尚未签署的广告代言协议撕得粉碎。老爷子冲着三儿恫喝：你炸庙谁啊？

名人梦碎，躺着挣钱看来没戏。此时，市场进一步放开，三儿的出身背景基本起不了作用。他继续打漂儿，甚至有点儿糟践自己。那年，王贝也走背字儿，要去珠海投奔他的同学王秋秋，一看三儿没啥正事儿干，并且还可以做伴儿，就鼓动三儿一起南下。三儿放心不下房顶的一笼鸽子，他媳妇儿说不管，忙着上班谋生呢，没那闲工夫。还是朱大哥主动接盘，说放心吧，一只都不会少，你走时多少只回来保准还是多少只，说不定还添了子孙呢。三儿于是彻底放下，跟着王贝南下，奔赴他的光辉前程。

三儿会烧一手京味儿好菜。小时候馋嘴，经常观摩妈妈做菜，不时趁机尝一口，金妈妈年轻时候是钓鱼台国宾馆大厨，三儿的弟弟四儿得其真传，也子承母业，在钓鱼台国宾馆谋一厨师岗位。三儿属于偷师学艺，源于馋。这偷来的手艺，包括宫廷菜、官府菜等，口味浓厚清鲜，质感多样，菜品繁多。经典的几款如烤鸭、炸酱面、京酱肉丝、羊蝎子、熘肝尖、鸭肉葱卷、醋熘土豆丝等，样样拿手。做京菜需要耐心，像北京著名的驴打滚，虽是一道小吃，做起来颇见功力。

驴打滚是三儿经典表演节目。在众目睽睽之下，三儿煞有介事，白色的百褶高帽一戴，如神附体，大展厨艺。点着小火，他将黄豆面放入平底锅内，锅内无油无水，用木铲子不停地翻炒。黄豆面颜色由淡黄色逐渐变成浅褐色，并能闻到豆香味，第一道程序完了。

三儿把炒好的黄豆面稍微晾凉，过筛备用。然后，三儿把糯米粉放入盆中，慢慢倒入清水，先用筷子搅拌，待其均匀吸收水分后将结块的糯米粉团成面团。随后把面团放置在一个平底容器中，轻轻压平，放到蒸锅里，用大火蒸20分钟左右。用保鲜膜蒙住容器，防止蒸好的糯米面表面变干，晾至温热。紧接着，在面板上洒上炒好的黄豆面，将温热的糯米面团放在案板上，再在上面撒一层黄豆面，用擀面杖把糯米面擀成书皮厚的长方形面团。把红豆馅均匀地涂在糯米面皮上，抹平。

三儿提起一端小心地向内卷，卷得紧密，不留缝隙，以免中间松散。接着用快刀将豆面卷切成均等的小段，将余下的黄豆面用筛网均匀地撒在小卷上，转眼间，大功告成了。

王秋秋目睹过三儿炒菜功夫。王秋秋说，哎哟喂，不认识你的认为你是棒槌，认识你的以为就是掉腰子、把不住边，没想到还身怀绝活儿。

三儿经此一夸，这偷来的，没想到成了一门谋生手艺。

王秋秋赞叹不已，决定重用三儿，帮扶一把，就在卖不掉的楼盘一层门面房，开了个小饭馆，大胆地让三儿自主经营，凭自个儿本事挣些生活费。在珠海，由于王秋秋四处招摇，宣扬三儿的特殊身份，还真吸引来一些"朋友"。

其中就有浙江的生意人。

这些人是道上的，无论黑道白道红道，都吃得开。他们主要靠放高利贷赚钱。这些人经常找三儿玩，他们可能真是想交三儿这个北京正根儿的皇族后裔朋友了。

好景不长。王秋秋生意上出了些麻烦，资金短缺，想托三儿从这帮人手里弄些钱来，把车子和房子抵押出去。

三儿找到这帮人，说贷款一笔钱。这帮人问：是你贷还是替别人贷？三儿说是自己。他们就说，我们是放高利贷的，如果是你贷，别说这一笔小钱了，就是翻十倍我也贷给你。

三儿心中大喜，没想到这帮人如此仗义，自己还颇有身价嘛。不过，他们盯着三儿话锋一转："先小人后君子，如果你贷款了，我们朋友就没法做了，在商言商，我也不要求抵押，就贷给你。"

三儿看着他们的眼神，突然就有点儿后怕，心里发怵了。

王秋秋一听说不要抵押，也心里没底。

贷款不成，三儿就觉得不好意思。毕竟，这个饭馆是王秋秋给帮忙搞的，自己也没帮上他啥忙，继续留下占点儿便宜，不合适。他表示去意，王秋秋再三挽留不成。三儿很快将餐馆关掉，打道回府了。

三儿回京后，有了在珠海开饭馆做小买卖的经验，对生活充满着希望，不再畏惧。更主要的是，三儿重新发现了自己的价值，并非一无是处，四处打漂儿混饭吃。"咱也长着一双手，也不比人家少零件，人家能活得好好的，咱也能凭着双手过上小日子，可不是嘛？"于是，他们两口子在四合院西门找了个门脸儿，开了个小饭馆，起早摸黑。三儿还起了一个霸气十足的名字：爱新觉罗氏家常菜馆。做地道京味儿菜品。几年下来，生意红火起来，饭馆逐年扩大，从一间、两间、三间，他拿下了其他干不下去的小门脸，直接从内部打通，成了一个大饭馆。每到中晚餐，附近上班的，住宿的，外地打工的，附近居民，他们取号排着长队，扫码付款，食客拍照转发，口碑相传，成了网红店。

三儿的女儿大学毕业，在银行工作，年轻人渴望住大房子。不过，与四合院众多邻里街坊不同，三儿并不希望拆迁，即使给了一笔一辈子花不完的补偿款，也不愿意四合院在自己手头上没了。

"三儿，你咋不开窍呢？这院子早被外地人占领了，守着还有啥意思呢？早该拆啦！"有搬出去的街坊开导他。

"这年头，我们就甭拔份儿，我们不比外地人强啥了，想当年，我们祖上也是从东北过来的。"三儿回敬。

街坊一听这话，就揶揄他："敢情你是商人，来的都是客，全凭嘴一张，每个人在你眼里都成钱袋子啦，一家亲呗。得，你就踏踏实实住上几辈子吧。"

三儿就嘿嘿乐着，不急不恼。

近来，三儿常常睡不着觉，担心哪天这个院子给拆迁了。已退休在家多年的金大姐数落这位大弟弟，没事时净瞎琢磨。

金大姐发间灰白交错，岁月无情。恍惚间，我心底涌起了一个柔软的念想，在郊区新投资的养老院不久将要竣工，青山绿水间，贴着大自然生长，我乐意盛邀他们到那儿慢慢变老。不知这天到来的时候，他们是否还可以四方相聚，携手相守，亲如家人，还是否舍得别离西单大杂院？

这个念头，我还没打算现在就告诉她。

"不拆，是留个念想；拆，是富贵；拆与不拆，像现在的日子，都是一个好。"

金大姐说这话时，四合院里石榴花儿正红。

作者简介

陈楫宝，笔名阿宝，中国作家协会会员、北京作家协会会员，鲁迅文学院第三十三届高研班学员、北京老舍文学院首届中青年作家高研班学员。曾在《中国作家》《北京文学》《边疆文学》《诗歌月刊》《安徽文学》《满族文学》等刊物发表文学作品。出版财经畅销长篇小说《对赌》《白手套》等。

简　评

　　小说的作者是曾经的北漂青年，在北京大杂院里遇到了三个老北京人。这三个大杂院里的北京人是从以前的时代走过来的，所以保有着那个时代的天真、忠厚和洒脱。他们不是那种能够与这个现代巨型都市无缝对接的北京人，因此有了新的痛苦和矛盾，他们如何生活如何面对自己的困境，这是非常有意思的值得探究的问题，也是这篇小说很有意思的点。现在的北京和老舍的北京，叶广芩的北京，甚至王朔写的北京都不一样了。"北京人"成了北京的一个很小的部分，京味也被内化成了一种思维方式和写作态度。一个新北京人用自己的眼睛发现着老北京人的生活，老北京人的气息，也让我们重新发现这个城市人们的心态和风貌，这里的传统和现实，应该是京味小说的一种延展，也突显了一种新的城市性格。

偷　　窥

琅　环

　　"您好，滴滴专车为您服务，请系好安全带。"

　　开车前，詹俊面带微笑转向后排报出服务用语，其实他根本没拿正眼看那两名乘客，只知道是一男一女。

　　从广安门到首都机场的距离不近，一路上这两人话不多却显得挺亲密，听着像是一对夫妻，丈夫出差，妻子送行。也许是情人也说不定，这年头哪还有老婆送老公的——开车是多枯燥的营生，詹俊全靠偶尔冒出的各种念头消遣自己，他不禁在心里笑了一下，这才从后视镜里扫一眼身后的女人，只瞥见一头乌黑的垂发和一小截挺翘的白鼻尖。

　　当詹俊把目光看向前方的时候，黑头发也好、白鼻尖也好就都淹没进数以万计模糊的女乘客形象中，就像他的宝马3系汇入浩荡车流，走过全无痕迹。

　　停车之前，后座男人一句话直叫詹俊血像热粥潽锅一样往上涌了一小下，男人建议女人乘坐他的车原路返回。那可就太好了，但凡专车司机都知道在机场趴活儿最麻烦，落地乘客虽多，但地铁、机场大巴和正规出租车会分流走绝大多数人流，而专车收费比普通出租车高出一倍，弄不好一两个小时接不到订单还要白搭停车费，更惨的还有可能被交管局逮个正着，一罚就是一两万。

　　女人却不同意，紧随男人下了车。干这行这么久虽说早就习惯了，詹俊心里还是难免凉几度。他脸上可是一点没表现出来，忙着下车帮乘客拿行李，动作潇洒干练。倒不是服务意识有多强，实在是航站楼前停留不能超过三分钟。他心里着急，无意间碰到女人的手，当时全没在意，是那只手重新握回方向盘时，指间有点异样的跳动，让他莫名想到手捧一只鸽子、感受鸽子喉咙含着咕哝声的那种震动……午后强烈阳光刺着眼睛，墨镜一

21

角的色彩正像是鸽羽紫莹莹的反光。

詹俊是老司机了，在机场趴活也自有秘诀，停车场有半小时免费停车时间，他把车停好，果断锁车拿着接单手机和一块面包直奔到达层等候。这样一来，因为距离潜在乘客更近，平台系统有可能优先派单给他，趁这工夫还可以把延时两个钟点的午饭简单粗暴地解决掉。果然，大约25分钟以后，就在他纠结是走是留的关键时刻，接到了去往市区某豪华酒店的订单。

要说在二环路上把车开出漂移的效果，詹俊反应神速，但在其他很多事情上他这人往往迟钝，直到帮新乘客拎起那只深蓝色大号行李箱时，他才察觉出异样。这样一来，心思反倒活泛起来了，明显感觉到身边男人已经尴尬得手脚僵硬、表情凝固，有那么一刻恐怕直想掉头逃跑。

在内里，詹俊的心因为窃笑而像把簸箕似的筛抖起来，好像有一把麸皮筛到领口里那么痒痒，叫人实在想笑。但表面上他仍保持着镇定，若无其事地把箱子塞进后备厢，动作一如拎出它时那样干净利索。

"您好，滴滴专车为您服务，请系好安全带。"

如果说在电子系统随机派单的情况下，连续两次搭载同一位乘客是极偶然事件，那么接下来的境遇更加出人意料，从后座脚垫上捡起酒店房卡的时候，他简直怀疑那个光头是蓄谋的。

"不是你想的那样。"这应该是男人正式跟詹俊说的第一句话。

"看您说的，我只管开车，不会乱猜乘客隐私。"说话时詹俊实在没憋住，噗的一声笑出来。这一笑算是破了神功，实在太尴尬了。

男人却好像什么也没发生，不急不恼地接过房卡，略做沉吟，问出一句："滴滴好干吗？"。

"看怎么干了，肯卖力气每天开车15小时，也算是日薪千元月入几万的人。"

"嗯，我也是为挣钱累成狗的苦逼。"

男人给詹俊转账1000元，詹俊乐呵呵把车开到指定地点，停在一栋高档住宅楼下。他看热闹不嫌事儿大，兴奋得直咬手指甲，见男人伸长脖子张望的费劲样，干脆像变戏法一样变出两只小巧的望远镜。

他解释说是看演唱会用的，一直在车里扔着。单纯出于好奇，詹俊也把眼睛凑向望远镜，边看边咂嘴："这样不好吧……"

"你看当然不好，我看自己老婆有什么不行的。"

詹俊可没打算收回目光，他正看到女人在窗口扎辫子，乌黑的垂发拢在脑后，于是那一小截白鼻尖俨然化作一座小凉亭的飞檐，点缀在开阔脸颊中心，在阳光下闪着瓷器般的光芒；一对大眼睛掩映在更高处的风景中，像顾盼生辉的潭水。可真是个美人儿啊！詹俊明白光头为什么煞费心机监视自己老婆了，啧啧啧，他有点同情他。

"不是你想的那样。"这话男人说第二遍了，有点挑衅意味的笑容就再次出现在詹俊脸上，不过他把眼睛望向这位新朋友，向他投去兄弟之间心照不宣的一瞥。

"真不是，你想想看，如果我怀疑老婆外面有人，能拉你一个外人来围观吗？"

詹俊翻了个白眼，好像还真是这么回事。

"结婚了？"

詹俊点头。

"几年？"

"哎呀有九年了吧。"

"有孩子？"

"女儿二年级。"

"信得过你老婆？"

"废话！"

"敢说了解她？"

"……"

"你就不想看看她平时什么样，我是说你不在场的时候？"

詹俊险些脱口而出，自己已经有些日子没见过孩子她妈了，还好这话被他生吞回去了。

"所以呀，我也是突发奇想，就是想看看我不在的时候她是什么状态，每天都干什么。"

"再怎么着也是偷窥，对自己老婆也如是。"

"没办法，大概与我的工作有关吧。"

没等问，男人已经告知，但詹俊不以为然，如果说摄像师和偷窥癖之间有什么必然关联，那也只能用来解释影视圈的混乱。

但偷窥一事，着实让人体验到一种难以言说的隐秘快感。

圆圆的望远镜里，美丽人妻显得清晰而不真实。她消失了好久，再次出现是在凉台晾衣服；然后又消失，回来拿拖把擦地；又消失，回来拿水壶给花浇水。花洒里的水就那么一直洒着，她像是早给忘了一样，久久望向天空。詹俊和男人虽说是看见，但他俩简直是同时听见一声轻轻的、原本应该悠长实际却很短促的叹息，像一片羽毛轻扫着耳朵。

到此时为止，光头男人一直是很放松的态度，磊磊落落的样子，请人看自己老婆的时候甚至带着点小得意。他主动介绍说妻子叫陆羽琪，32岁，是大学校花，他费了九牛二虎之力才拿下，原本在出版社做编辑，他让她辞了职，目前是全职太太。"女人嘛，在家养尊处优挺好的。"说这些话的时候，男人语气轻松、侃侃而谈。詹俊开始相信他的话，心想大概搞艺术的都是神经病，这光头看来真的只想换个角度，像看戏似的看看自己老婆。

但是当詹俊开车尾随在红色奥迪 A7 后面时，他明显感觉到男人情绪陡然有变，拿眼角扫了两眼，只见那哥们儿眉头紧锁，双眼紧盯前方，嘴唇抿成一条线。詹俊也就不再说话，专心开车。正是傍晚时分，闪亮的红色轿跑左突右移，开得真不赖。

陆羽琪把车停在公园门外，从后备厢里拿出一个桶状背包便进了公园，詹俊这才注意到她一身质地柔软的黑衣相当贴身，把身材玲珑有致地呈现出来。车还没停稳，做丈夫的已经蹿下车，詹俊觉得又好笑又傻眼，他明知自己应该老老实实坐在车里等着，可偏偏鬼使神差也跟过去。他给自己想好了正当理由：兄弟你实在离不开望远镜，哥们好心给你送来了！

可是当他追进小树林，发现摄像师手中早已端好一台小型摄像机，这男人盯着镜头的脸上写满了震惊，震惊之中又有一种惊喜、沉醉、恐惧混杂着迷惑不解的复杂神情，让他整张脸都充血，变得又红又胀。詹俊忍不住靠过去细看，本来担心会被责难，没想到男人腾出一只手紧抓他的衣袖，用困惑的眼神望着他，那眼神明明是急迫的邀请。

"我天！"

詹俊觉得眼睛被唰地晃了一下，顿觉头晕目眩，简直睁不开眼。当然不可能是强光晃眼，落日余晖经过层层树影的过滤是那样朦胧柔和，他们像是裹在淡橘与暗绿色毛绒绒的编织物里；也不是女人的美艳与性感晃眼，车后排的女人也好、望远镜里的女人也好、摄像机里的女人也好都是美虽美矣，却谈不上性感，总给人一种苍白如纸、清淡如水的感觉。

晃到詹俊眼睛的是这个女人肉体的折叠、弯曲与扭摆的极限——陆羽琪正像一条无骨的长蛇一样盘绕在毯子上。正是陆羽琪本人无疑，然而一时间竟分不清哪里是头哪里是脚，哪里是黑发哪里是衣袖，哪里是手指哪里是腰肢，哪里是嘴唇哪里又是心房！

只见她的头毫无阻碍地向后仰去，头顶流畅地抚过一节节脊椎，然后肩膀不知怎的从侧腰处扭出很复杂的曲线，头顶这才轻轻枕在了圆丘般的臀部上。而她的手臂仿佛脱离了身体的驱使，变成了两条五足白虫，依次爬过长长脖颈、小巧乳房、小腹、腰肢和圆润的大腿……

这个蛇一样的女人充满耐心、无限柔情地抚摸着自身每一寸肌肤，也说不清是从什么角度一直摸到了赤裸的双脚。轻轻用手一拢，两只脚就从脑后伸到了面前……詹俊和男人眼睁睁看着她突然张开嘴伸出鲜红柔嫩的舌头，把一颗颗白玉珠般的脚趾含进嘴里吮舔。

这样一来她整个身体就变成了一个首尾相连的环，原地旋转、盘桓，速度越来越快，并且随时变换着形状与角度，一会儿手臂朝天，一会儿膝盖外翻，一会臀部盖住了身体的全部，总之这女人简直像是工匠手中千变万化的陶器……

就算这诡异场景从某种角度来看充满神秘的艺术质感，但詹俊也是欣赏不来的，他只感到毛骨悚然，头皮发麻，有凉气从齿间一直吹到脚底。为了掩饰这恐惧，也为了找回一点现实感，他讪讪笑着嘀咕："你太太这瑜伽真是练绝了！"

"简直活见鬼……"做丈夫的脸色别提多难看，"我从来不知道她会什么瑜伽，她是那种在床上都嫌手脚僵硬的女人。"

"你没跟错人吧？"

"怎么可能！"

但男人随即闭口，如果说刚才他的表情已经足够震惊，那么从此刻开始，他已经出离震惊，他不敢相信摄像机，于是直视前方，接下来更加不敢相信自己的眼睛又不知道要去相信什么，没办法只能向詹俊求救，他用惊恐万状的双眼望着詹俊。

同样恨不能抠掉眼珠的人正是詹俊："她什么发色？"

詹俊再糊涂，也不至于忘了铺满后视镜的乌黑垂发，也忘不了临窗扎起的乌黑马尾，就在几秒钟之前黑发还和黑衣纠缠在一起像晕开的墨迹一样难分难辨。

难道是晚霞给她染了发？随着身形的变化，一头黑发正逐渐变色，不一会儿工夫就成了一种招摇的酒红和浅粉色的渐变。如果说颜色的变化还勉强可以归因为光线，那么原本不事雕琢的直发竟一根根飘起，变得弯曲蓬松，又怎么解释？

女人终于停止了旋转，舒展身体趴在地毯上，胸部高高抬起，双臂撑地，头向后仰，这时你再看她的头发，一朵朵饱满的大波浪在肩头此起彼伏地涌动，简直像是浪头正盛的水面。就是专门去发廊烫上几小时，也难说能烫出这么精致绝伦、洋洋洒洒的发卷。这又该如何解释！

大概是头发的变化过于明显，吸引了两个男人全部注意力，所以他们直到女人虔诚地念出瑜伽的结束语"Namaste"并且慢慢睁开眼睛的时候才看出，不止头发，而是所有都变了，眼前这个女人已经从头到脚全然变成了另外一个人！

詹俊和男人面面相觑，不知所措。

认错人了！绝对！认错人了！

他们第一反应当然是从一开始就认错人，陆羽琪不知道跑哪去了，眼前这个女人压根不是她。但摄像机记录下了一切。

坐回车里，二人目不转睛看视频，因惊悚而陷入沉默的对视。这一次他们把注意力放在了陆羽琪的面部，起初绝对是陆羽琪本人无疑，多次定格仔细确认，那个在树林间穿行、铺好毯子、盘腿打坐的女人苍白、平静、孤独，像一朵独自绽放的幽兰，确定无疑是陆羽琪本人。但是随着她诡异行为的进展，她的肤色开始逐渐变化，原本白皙的脸色像是洒上了落日金粉，变作晚霞里一颗饱满麦穗的色调；尖鼻头变圆；颧骨的曲线微微突出；眉毛说不清是怎样改变，反正跟之前不一样了；眼睛是闭着的，看不出什么；下巴可是比原先显得刚硬了；除此之外身体的每一个部分都得到了重塑……其实每一处的变化都是细微的，然而合在一起则完全变成另外一个人，尤其当她双手合十睁开双眼，那陌生的眼神便俨然昭示着她成了一个模样、神情、气质、心境全然不同的另外一个人！要说差别到底有多大，就是两个毫不相干的女人之间的差别——除了性别以外，简直无一相似。

如果不是一路尾随而来，詹俊不会知道闹市区藏着这么狭窄幽深的角落，像是女人煞费苦心遮掩起的一块黑斑，连月光都照不进来。穿黑衣的女人闪入这地方，将身影交给黑夜，便消失不见了。

男人慌了，摸出电话来打，有懒散腔调回应："你到了呀？"

"啊？哦，我刚落地……老婆你在哪？"

"在外面呢，跟朋友约好去酒吧坐坐。"

"什么酒吧？和什么人？"

"一个小酒吧，就是几个朋友。怎么了，不让？"

"不是，我只是……"男人把眼神和詹俊对上，这才有勇气说下去，"能发张照片来我看看吗？"

一串咯咯的笑声传来，"干吗呀，才走就想人家？"

"是啊，好想你，发几张照片来吧。"

"我这光线暗得很，拍不成照片。没事挂了啊，放心不会到太晚的。"

"陆羽琪！"男人喊出名字，名字被黑夜夺走，电话便挂断了。

詹俊不知所措，他感到黑暗像洪水淹没过来，冰凉而压抑，已经深及胸口，有一种恐惧的腥味从水中漾漾泛起。

他很想就此抽身离开。米佟出走，孩子放学去爷爷家，每天都等着他收车去接，孩子睡得早，去晚了就只能摸摸她熟睡的小脸。

但男人提议分头去找，又仿佛有巨大的引力牵引着他，让他身不由己。尤其是当男人说出寻找的目的，詹俊感到无比惊讶愤慨的同时，莫名其妙又产生了一种必须由自己先找到那女人的紧迫感。

"刚才那段视频光线和角度都拍飞了，这可不是我的风格，根本拿不出手！"

"你说什么？"

"影像呀！我天，你没看整个人都变了，这应该是一种特异功能吧！

不行不行，这么牛逼的事儿必须重拍，正儿八经把全过程从各个角度完美
呈现！"

"你关心的是这个？拍摄？"

"当然不只那么简单，后面的运作多着呢！"

男人接下来说的是詹俊听不懂的专业术语，边说边手舞足蹈地比画着。

"抱歉你说什么？"詹俊打断他，"运作？运作什么？"

"没什么！"摄像师倏地停止不动，只有一抹无声的笑容撕开夜色一角
渗出阴森森的白光，詹俊这才知道，恐惧的腥味是从这里透出。

蛛网一样的胡同、一扇扇紧锁的木门、尘封已久的杂物，詹俊跌跌撞
撞走着，好像跋涉在被遗忘的森林。光头男人去了和他相反的方向，詹俊
不知道他是不是找到了、更不知道那诡异的女人身在何处。就像半年来，
他不知道妻子米佟去了哪里、是否有人和自己一样也在寻找，或者她干脆
正和别的什么人在一起。他突然意识到婚姻关系似乎就像是黑夜中结成的
一层层蛛网，男人和女人一旦深陷其中就难逃纠结。到底是谁在逃避、谁
正紧逼，谁为捕手、谁是猎物，哪个已奄奄一息、谁人还垂死挣扎——婚姻
是一场以爱之名的博弈。在这样一个闷热的夏夜，詹俊大口喘气，却像溺
水一般，愈加感到窒息……

变色龙酒吧。

比萤火虫还微弱的光点依稀组成五个字，落在斑驳的砖墙上，像是随
时会熄灭或飞走的样子。这是好半天以来詹俊看到的唯一一点光亮，他的
眼睛像久旱的庄稼一样吮吸着那光：变色龙酒吧！

小　巷

小巷

又弯又长

没有门

没有窗

我拿把旧钥匙

敲着厚厚的墙

——顾城

可不就是没有门没有窗，借着微光，詹俊吃力地辨认出墙上歪歪扭扭刻着的几行诗句，觉得世上再没有比这更精辟准确的警语了。他忍不住把手伸到厚厚的墙上摸索，并且老老实实从裤兜里掏出一串钥匙，庆幸没有一把是新的。

他像虔诚的信徒一样用旧钥匙叩击厚厚的墙，然后将耳朵贴在壁上静等，叩三次、等三次，扣的声音不大，像被墙壁吸进去了一样，全无回音——童话和诗歌都是骗人的。

"谁，干吗的！"大约也有不骗人的时候，比如一个气喘吁吁的胖女巫凭空出现突然拍你肩膀的时刻。从中午到现在，詹俊多少能做到处变不惊。

他看出眼前其实是个相貌憨厚的胖大姐，没来由给人一种亲切感。

"问你呢，哪来的，在这干吗呢？"胖大姐挺横的，眼里闪着警觉的光。

"我是来找人的，女的，叫陆羽琪。"半年来，詹俊深刻领悟到一个道理，没有什么比实话实说更安全。那天早上，米佟是给过自己机会的，但他选择了说谎。太可笑了，女人是多可怕的动物，什么事能瞒得过她们！

胖女人顿时放松下来，眼神有了笑意："是羽琪约你来的？"

詹俊点点头，心想是陆羽琪丈夫约来的，也差不多吧。

"头一次来吧？"

詹俊又点头。

"哎呀你找错地方了，这是后墙，前门在那边呀这个傻兄弟！"胖女人突然目光炯炯盯着詹俊看，"是兄弟吧？还是妹子变的？"

"这都能变？！"詹俊的想象力又被冲击了。

"目前知道的只有一个姐们儿，原本也只能随便变变，可她好死不死非要变成别的女人的样子，然后去考验自己老公，男人嘛，你想想哪有不偷腥的猫？结果那姐们儿伤透了心，给她老公做了最后一顿晚饭就离开了，打那以后连男人的模样也能变了……"

胖大姐的声音渐渐淹没进音乐声中，詹俊这才注意到他们已经跨进一座小四合院，胖大姐跟站在门口暗影处的两个人解释，说詹俊是陆羽琪引荐来的，然后拉着他绕过黑黢黢的影壁，眼前便豁然明亮。詹俊看见院中树上挂着闪亮的彩灯、屋内柔和光亮中有人影晃动。音乐声从那里传来，耳熟极了，詹俊却一时想不起歌名。

"欢迎来到变色龙酒吧，从此以后，你不再孤单更不要害怕，你看，你不是一个人！"詹俊看出胖大姐的眼角似有泪光闪烁，但歌声太美妙太迷人，把他的魂儿勾走了，叫他顾不得旁的许多。

他忍不住屏住了呼吸，看到只有饭桌那么大的圆形舞台上，正是陆羽琪在唱歌——是一头粉红卷发、小麦色皮肤的那个陆羽琪！她的状态是那样放松，双目微闭、头歪向一边，一只手拿着麦克、一只手与腰肢一起款款摆动，光脚丫轻轻在木板上打着节拍。

> 或许明日太阳西下
> 倦鸟已归时，
> 你将已经踏上
> 旧时的归途，
> 人生难得再次寻觅相知的伴侣
> 生命终究难舍蓝蓝的白云天
> 乌溜溜的黑眼珠和你的笑脸
> 怎么也难忘记你容颜的转变……

詹俊终于想起，这是罗大佑的《恋曲1990》，曲风却给人耳目一新的感觉，节奏更富变化，时而紧凑、时而悠扬、时而轻松、时而抒情、时而高昂、时而幽怨。演唱者还在意想不到的地方加入了模仿小号、口弦和萨克斯的精湛口技，把这首歌演绎得变化多端、娓娓动听。

所有人的目光都被歌唱中的陆羽琪牢牢吸引，詹俊当然不例外。他已经说不清近距离观赏一个女人随着乐曲的旋律而从头到脚变来变去，自己的内心到底是惊骇还是麻木。大半首歌的过程中，陆羽琪的外形至少变换了三次，身高或高或矮差距足有半尺，身形或胖或瘦明显到瞎子都看得出，脸上的模样更是从一张脸到另一张脸绝不重样。

而作为酒吧的这间房屋不大，五十平米的样子。大约只有十来个人围坐在舞台边啜饮酒水、低语呢喃，房间深处的小吧台后面，有个烧焦木头般乌黑干瘪的小老头儿，也像木头一样面无表情一动不动。但是詹俊又总有一种错觉，觉得周围乌泱泱溢满了人，因为这些人随时都有可能发生巨大的变化，从一个人彻底变作另一个人的模样。

身边的胖大姐不知什么时候已经变作一位手捧酒杯，身材婀娜的年轻女郎。

"还是我啦！"她没心没肺地笑着，"你还真是个雏呢，看样子是才发现自己能变？"

詹俊表情木木的，不知做何反应。

"怎么认识羽琪的？"女郎推了詹俊一把，"问你呢，怎么傻子似的。"

"我开滴滴，她坐我车。"詹俊实话实说。

"这么巧？！"女郎眼睛亮了，将酒一饮而尽，"你不会是开着开着车当场发作的吧？"

"说实话，我还不知道这到底是怎么回事……"

女郎用善解人意的眼神安抚着他，从旁边桌上抄起红酒瓶又倒了一大杯，让詹俊也喝，詹俊表示开车来的，不能饮酒。

女人便自顾自喝酒并讲下去："这种感觉我太懂了，一开始我们全都吓坏了，羽琪会慢慢解释给你的。"

"你跟我说说吧！"詹俊急切地恳求。

"说来也简单，就是两个极小概率啪的一下配对在一起，恭喜你中大奖了。"女郎用酒杯夸张地碰一下酒瓶，又是一饮而尽。

"两个什么极小概率？"

"你真不知道？"

詹俊摇头。

"怎么总是遇到你这样的雏呀！"女郎显出不耐烦的样子，"既然你是陆羽琪的人，扫盲的事应该她来做，或者你等到每季度一次的心理疏导吧！"

"别别别，求你了给我讲讲吧！"

"好吧就跟你说说啦！"女人第三杯酒入喉，谈性渐高，"通俗地讲，首先，我们应该都是有一小截基因发生了变异，患上了一种怪病——变色龙综合征。你上网搜一下好了。"

詹俊忙不迭拿出手机搜索，果然看到全名叫作"变色龙吉尔伯特综合征"的网页，大致扫了一眼，意思是说，早在20世纪20年代，美国博物学家丹尼尔·吉尔伯特就在南美洲发现了一只既能变色又能变形的变色龙。丹尼尔观察到这只变色龙的肤色、体长、体重、头围、眼睛、鳞片的形状等等都能在短时间内发生明显的变化，甚至变得根本不像爬行动物。他认定这只变色龙的基因发生了突变，将这一惊人发现公之于众。接下来，竟然有一个摩洛哥人宣称自己也能改变模样、身材和肤色，就像这只变色龙一样，随后世界各地纷纷证实确实有这样的人存在。为数极少，但散布于全球各地。经过研究，这些人的变体功能都不是天生的，而是在受到强烈刺激以后，于某一天突然出现的……这一现象作为人类未解之谜，至今无法解释。

詹俊倒吸一口凉气，竟然有这种事，真是世界之大无奇不有！

"看明白了？"女郎问。

"只能说……多少看懂了字面意思。"詹俊感觉头都要炸了。

"听着，你这样理解：倘若变色龙综合征的发生率是十万分之一——因为截至目前没有准确的研究数据，所以我只是胡诌说十万人当中有一个人是这样：天生基因就发生突变，具备变颜、变体的潜质，但单纯的基因突变是隐性的，也就是说这个人有可能一辈子都变化不了。明白吗，因为这只是小概率事件之一，必须有第二个小概率事件来引发，就像点炮仗，又要有火药又要有明火，这样才会嘭的一声炸开。"

詹俊费力地听着，点点头问："那第二个小概率是什么？"

"人格分裂喽。"女郎悠悠叹气，脸上慢慢展开了一个看似无忧无虑的笑容。

看了詹俊吃惊的模样，她直翻白眼，并用一根手指用力戳着詹俊的心窝："这么吃惊干什么，难道你的心没有受过重创？"

詹俊不敢说话了。

"所以说，只有当变色龙遭遇精神病，才有可能嗖嗖嗖……"女郎用嗖嗖嗖的声音代表变形，她已经显出醉意了，"全北京到目前为止，不超过20人，全国范围也是寥寥，所以说我们是一个非常小而紧密、彼此之间没有秘密、肝胆相照的圈子——你，欢迎你的加入！"

詹俊一时不知如何回应，自己脸上的笑容一定难看极了，好在女郎根本没在意，她正对着舞台欢呼嚎叫。陆羽琪已唱起别的什么歌，詹俊根本听不见了。

"变化的时候，是什么感觉？"沉默了一会儿，詹俊小心翼翼地试探。

"你是什么感觉？"女郎反问。

"我不知道……"詹平全身皮肤都绷紧了，生怕被识破。

"我明白，有好几个人是睡醒了照镜子就不认识自己了，变的过程一点感觉也没有。"女郎淡淡地说，"也有非常惨烈的，死去活来，受了大罪过。至于我，也没睡、也没太受罪，只是感觉有点不对，全身皮肤发热发胀，以为是起了疹子，结果走到我妈面前被她问我是谁。"

"哦……"

"不过后来就比较难了，你也一样，如果想自由掌握变化的能力，还要不断地练习才行，这个过程很艰难，但是没办法呀，我们这种人，这一生注定要和自己周旋到底。"

"你说变化还需要练习？不变不就好了，何苦来的……"

"你还真是雏啊！"女郎意味深长地笑了，眼神中既有轻蔑又饱含同情，"怎么可能！就像是已经打开了一道门，你想装作什么事都没发生过？不可能！"她神经质地爆发出一阵大笑，然后又突然一本正经地说，"再说，能拥有不同的相貌就等于拥有不同的人生，食髓知味，这是会上瘾的呀！"

詹俊万想不到女人会这样说。

"我们都是病人呀，不治之症！"醉意催人语，女郎越说越兴奋，渐渐眉飞色舞起来，"精神出了毛病、身体也变异了，简直是被魔鬼附体，不晓得什么时候就会发作，与其让病魔折磨我们，说不定哪一刻就在公众场合或胆小的亲友面前变来变去的，还不如我们自己掌握它的规律，让魔鬼听命于我们！"

女郎伸出手臂按住詹俊的双肩，把酒气吐到他脸上，"放心吧，慢慢来，一切尽在掌握。"

詹俊无言以对，他不敢和女人对视，在她的掌心中萎缩着，女人不再理他，抽回手去拍打节拍。又是长久的沉默。

"那么你……"

"嗯？"

"我问你受了什么打击？"

"这个啊，你等一下……"女郎在詹俊眼皮子底下突然像个气球一样把自己吹大了，并且至少老了二十岁，一个青春年华的少女瞬间变作身材臃肿、一脸醉相的大妈，詹俊几乎无法承受，他想哭、想吐，想拿头去砸墙。

"我亲爹死得早，我妈改嫁以后默许那畜生任意玩我，从11岁开始……说来惭愧，直到那老东西把自己玩死在我身上，我才嘭的一下分裂了，呐，会变了。这样多好，再有人欺负，老娘吓死他！"

詹俊受不了了，他转头望向其他地方，发现满眼都是正在变化的人形，感觉胃里翻江倒海。

胖女人主动凑到他耳边来："你看吧台那个黑脸男人没有，他从小走失，四五年以后被亲生父母给找到，哎呀，幸好头上长着一颗痣。听说找到的时候正在街边当小乞丐，人变得傻乎乎，什么都不知道。后来好不容易缓过来了，可还是不记得走丢那些年的事，不过人总算没啥毛病了，一家人当然不再追究，这样开开心心过了二十几年好日子，可他偏偏好死不死跑去贵州旅游，也不知怎的突然之间情绪崩溃，把自己的脸抓了个稀巴烂，从此以后，嗖嗖嗖……"

"还有那个，你看，正在变的那个，她妈妈是个控制狂，从小到大把她的时间精确管理到每一分钟，因为水热好舒服想多泡一会儿脚？门都没有。"

"还有那个……"

"陆羽琪呢？"詹俊突然问。

"她？"胖女人把香肠一样的手指按在胸口，肥厚的嘴唇里发出一连串油腻的啧啧声，"她的事可不好说。"

"到底怎么了？"

"她……她丈夫是个摄像师。"

詹俊眼前闪过光头男人的形象，既有起初磊磊落落的样子，也有不久前阴森森的笑容，"他打她？"

"不不不，他拍她。"

"拍？"詹俊一时没听懂。

"嗯，打着爱她的旗号拍她裸照、裸体视频、不雅录像，然后……"

"然后怎样？！"

"供人玩赏。就是说无偿或有偿地分享给一帮热衷此道的朋友，他还一直、一直想要搞那种派对，很变态那种，说不定已经搞成了。偏偏不知道为什么羽琪又着了魔似的离不开那个男人，我总觉得她也离不开那种生活，可心里又过不去……于是有一天，啪，嗖嗖嗖，又一个！"

詹俊耳朵嗡嗡响，感觉自己眼睛要爆出来，说不定就要脑出血而死掉，透过泪幕他想要寻找陆羽琪的身影，发现已经找不到了，台上换了一个老年披头士正在弹电吉他，房间再没有熟悉的身影。他用手抵住墙才能勉强站住。

"嘿，那么你呢？"女人痴痴笑起来，"要我说咱们不应该叫变色龙酒吧，应该是'比惨俱乐部'才对。"

"我老婆离开我了。"詹俊脱口而出，真像是受了委屈的孩子一样，急于把久久积压在胸中的痛苦一吐为快。

"就这？"女人闪着难以置信的眼光。

"她一定是知道我出轨的事了……"詹俊把心一横，语气极快地说下去，"就在前一天，我跟一个女乘客约会来着，是对方主动的，要我请她看演唱会，见面约在广场，广场上有一群不怕人的和平鸽，我见那女的远远走来，就伸手抓了一只鸽子给她摸摸，然后带她一起看了演唱会，再然后就去开房了……"

"你等等吧，我有点乱……"女人伸出手打断詹俊，因为醉，在原地打了个晃，"你别告诉我，第二天晚上你回到家看见你家餐桌上摆着一盆炖鸽子，还有一张演唱会的票根，特别傻，是费玉清的演唱会？"

"你怎么知道？！"这次詹俊清晰地听到自己内心撕裂的声音，难道说人格分裂就像手撕白布单一样是能撕出猎猎声响的！

胖女人又开始变形，同时张嘴要说什么话，就在这时门外突然传来一阵骚乱，有人在高喊陆羽琪的名字。

作者简介

王名环，笔名琅环，北京人，门头沟区作协理事、北京作家协会
会员、北京文联签约作家、北京少年儿童杂志社专栏作家、北京老舍
文学院首届中青年作家高研班学员。主要作品有长篇小说《都市之下》、
儿童奇幻小说《神奇的地心之旅》《大漠诡城》等近20余部、散文《赶
秋香》、短篇小说《偷窥》等。另有短篇小说、散文散见于报纸杂志。

简　评

这篇小说从一个女性的变异开始，讲到人的变异和分裂，并且剖
析了这种分裂的背后意义。这是现代主义小说非常常见的主题。在写
作方式上，作者用特别写实的方式构造一个虚拟的世界。小说从人讲
到蛇到变异俱乐部，用细节推进整个故事，以至结尾的悬念设置，层
层递进，有着完整的逻辑脉络。可喜的是，作者把这样一个看起来很
概念化的故事写得好看好读，让读者带着问题一直读下去，读到最后。
这对于一个初写小说的作者，是成功的尝试，我们也可以从中看出作
者的写作潜力。

爱的集结号

周宝平

傍晚，京城天际，碧空如洗。

慵懒的晚霞，在风中恣意起舞，夕阳辉映，朵朵云彩便顿时有了生命，绽放出绚丽的花蕾。温暖，美丽。

下班时分，往日的纠结，又开始在我脑海撕扯不清。

去？不去。不去？去！

一

首都五环以里，处处都有晚高峰，拥堵一天更比一天猛。蠕动的私家车，就跟闲逛的蜗牛，走两步，停三步。

回到小区，已是夕阳在山。柔和的霞光为楼宇草木蒙上了一层薄薄的金黄，破旧的小楼，也幻化成童话世界里国王的城堡，静谧清雅。花园里，开着各色的花儿，随风摇摆，散发着沁人的芬芳；围墙边上，两只流浪猫上蹿下跳，觅食嬉戏，像是情侣，也像是母子。

推开房门，家的温馨迎面而来，像三月的春风，吹落了忧烦的柳絮，吹开了幸福的花朵。

厨房传来"当当"的切菜声，清脆而富有动感。餐桌上，摆着已经做好的几个菜。一盘蒜拍黄瓜，一盘韭菜鸡蛋，还有一盘肥瘦相间、红里透亮的红烧肉。

红烧肉是我的最爱。在一楼，我就闻到它迷人的味道。

"儿子回来啦。"听到门响，张姨温柔地抬头望向客厅，额头蒙着薄薄的汗丝，眼神里满是浓浓的关爱。

　　几个月来，每当张姨喊 "儿子"的时候，我的心总是触电般地颤抖。一种做贼的心虚，无时无刻叩击我的心灵，拷问我的灵魂。

　　面对张姨唤喊"儿子"，我总是下意识地、从内心深处回应和遵从。

　　"妈，我来炒菜，您歇会儿。"

　　共处的日子静如流水，时光款款延伸，平淡自然。一天又一天的母子生活，我也已习惯管张姨叫妈。

　　"不用！你看会儿电视。上一天班了，挺累的！我再炒个土豆丝，咱就开饭。"张姨围着印有蒲公英图案的围裙，拿起装有葱花的小碗，走到煤气灶前准备炒菜。

　　我洗了洗手，走进厨房，随手抓起一块黄瓜塞到嘴里。接过张姨手中的铲子，翻转锅里粗细均匀的土豆丝。

　　天色渐暗，残霞漫卷。我不经意瞥向窗外，只见余晖里，一个佝偻的老人，迈着蹒跚碎步，独自走向家门……

　　突然之间，一种难言的孤凉，海浪般拍打内心。不由地，我回头看了看正在盛饭的张姨。她日渐苍老的脸上，布满岁月无情的刀痕，两鬓银丝，沾满生活的艰辛。

　　"出锅喽……开饭喽……"我刻意大声吆喝，营造些阳光与欢笑，好驱赶心头萦绕的悲戚。

　　张姨盛好米饭。依旧是她一小碗，我一大碗。

　　我们相对而坐。

　　"妈，咱娘儿俩喝口红酒，我采写的空巢老人抱团养老的稿子，受到领导表扬了！"我有些赖皮，也不经张姨同意，直接倒了两杯红酒。

　　张姨原本不喝酒。最近，我总是变着法子让她喝些红酒。我单纯地想，红酒助眠，喝一点儿，有助于她酣然入梦。

　　张姨迟疑一下，端起酒杯："祝贺我儿子受到表扬！你还别说，这个养老啊，的确是个社会大问题。"

　　"祝老妈幸福快乐。您的晚年，有我陪伴！干杯！"

　　我恭敬地碰了一下张姨的酒杯。

　　"来，儿子，吃肉。这是我今天一早专门去城东市场买的，山猪肉。肥，但不腻。多吃点儿。"张姨夹起一大块红烧肉，放到我碗里。随后，她又夹了块黄瓜，喂到自己嘴里，发出清脆的声响。

张姨高血压、高血脂多年，平常很少吃肉。就因为儿子喜欢红烧肉，隔三岔五，饭桌上总能闻到红烧肉醇香迷人的味道。

现在，看着我大口大口吃肉的样子，她的脸上洋溢着幸福，似乎看我吃饭，也是一种享受……

美妙温馨的晚餐时光，短暂而让人回味。闲聊中，一盘红烧肉让我干掉一多半；鲜艳热烈的红酒，也只剩一抹淡淡残迹。

照例是我收拾饭桌。我洗好碗，收拾妥当，像往常一样，默默坐到张姨身边，边嗑瓜子，边陪她看电视。

这些天，北京电视台热播的都市情感剧《情满四合院》让众多老北京人，尤其是上年纪的老北京人着迷；当然，《情满四合院》也占据了张姨每天的黄金时段。

相同的生活环境，相仿的生命年轮，相似的人生际遇，剧情的跌跌宕宕，牵引着她的情感起起伏伏。

电视里，老伴儿离世后，孤寂无助的一大爷对着老屋傻傻发呆，眼睛充满无助与凄凉。

和一大爷一起伤感的张姨也泪眼婆娑，嘴里喃喃地念叨：这人老了啊，最怕的，就是一个人……

一个人。

这是普通得不能再普通的三个字，这也是简单得不能再简单的三个字。当从张姨透着担忧和无奈的嘴里说出时，我的心刹那间痉挛，像被无数钢针胡乱扎刺般疼痛。

一种无言的苦楚，压得我喘不过气来……

二

一个人……

一个人生活，是孤独可怕的。造化弄人，这个大千世界，张姨再没有一个亲人了。

我不是张姨的儿子，张姨并不是我妈。

张姨不知道我不是她儿子，她把我当她真儿子。

张姨是个苦命的女人。

谁也说不好，今后的人生旅程，不知会从哪天起，她就得一个人行走，就得一个人面对悲切与毁灭。

我是张姨儿子小强的同事，与他同岁，个头相仿，胖瘦相当，都是国字脸，一样戴眼镜。在单位，很多人都说我俩长得像，就跟双胞胎似的。

共事久了，也就逐渐熟悉了。闲聊中，总会说起家里的往事：十岁那年，小强的父亲跟一个年轻漂亮的女人走了。善良传统的张姨觉得，总会有一天，丈夫能回心转意，回到曾经那个温馨快乐的家。

然而，十多年过去了，无情的现实折断了张姨的希念。从十岁起，小强再也没见过他的父亲；其实，他也不想见！他就当从来没有过父亲！

倔强的张姨也没有再嫁，与小强相依为命。这些年，小强知道张姨受过多少苦，也知道张姨承受的艰辛，甚至屈辱。从小学到中学，从中学到大学，张姨把小强当王子一样呵护。

小强曾立誓，一定要给张姨美满幸福的晚年生活。

去年，小强传媒大学毕业后，成功应聘到《京华晚报》当编辑。含辛茹苦的张姨也总算舒了口气，曾经那些单调得有些灰暗的生活将成历史。她的人生，终于迎来亮丽的色彩。

然而短暂的幸福，就像风雨中摇曳的蜡烛，挣扎着扑闪几下，就灭了。

三月前，也是在一个残阳如血的黄昏，巨大的不幸像一块从天而降的陨石，瞬间击碎张姨生命中刚刚绚烂起来的那抹亮色。

下班回家的路上，可怜的小强和他那辆刚买不久的山地自行车，一同被不知为何发疯的大卡车卷进了车轮；强大的冲击力和绞杀力，把自行车扭成一团厚实的铁饼，浸泡在殷红的鲜血之中。

生命脆弱得像小孩吹起的泡泡，一落地便碎得了无踪影。小强当场停止了呼吸，来不及跟他妈说上只言片语。

太平间里，踉踉跄跄的张姨神情呆滞，浑身像筛糠似的颤抖，上门牙将下嘴唇咬得青紫，露出一缕血丝；粗糙干瘪的双手颤颤巍巍，哆嗦得不能自己。

张姨揭起灰铅一样沉重的白布，只看了一眼，便栽倒在水泥地板上，不省人事。

在医院监护室里，她整整昏迷了三天，像一个跋山涉水，行走千里的脚夫，累得虚脱。她呼吸均匀，酣然入梦，长睡不醒。

期间，我们报社的同事轮流陪床，照顾张姨。

张姨醒来的时候，是早上八九点钟的样子，正好是我在医院值班。

当时，我坐在窗户边的椅子上，翻着手机上的新闻。首都正在进行大街小巷整治，政府出资主导，让古老的胡同恢复老北京的韵味。我以《老街坊的胡同情》为题的深度报道，被好几家主流媒体转载，反响热烈。很多有过胡同生活经历的老北京人，评论怀念过往的美好时光。

窗外天朗气清，一缕明亮的阳光，挤进窗帘，端端照在张姨的脸上。

"水……水……"我还沉浸在自己采写的稿件里，忽然耳畔传来有气无力的叫声。

张姨醒了！侧头张望，似乎在找人。

我赶紧起身，快步走到她的床头。

"儿子，给我，倒、倒杯水……"张姨看了我一眼，声音依然微弱，舌头舔了舔干裂的嘴唇。

儿子？她似乎在叫儿子？我有些恍惚，有些发蒙，心里犯起了嘀咕。

水杯在床头的桌上，一早就换了新水。试了试温度，不烫。我把吸管插进水杯，把另一头放进张姨的嘴里。

"儿子，有橘子没，我想吃橘子。"喝了半杯水后，张姨似乎恢复了些体力，疲惫的眼睛，也泛起了几分光亮。她瞅着我，向我要橘子。

"橘、橘……子……呃，您，您等……等等，橘子……我，我下楼，下楼去买……"当张姨盯着我，冲着我叫儿子的时候，我成了一个呆头呆脑的傻瓜。我不知所措，更不知如何应对。

出了病房，我一路小跑，找到张姨的主治医生赵永明。

"赵主任，2床醒了。不过，她好像精神有些紊乱，刚才，刚才她把我当成、当成她儿子……"我把张姨醒来后喝水、认错人、要吃橘子的事儿，详详细细给赵大夫重述了一遍。

"你去买橘子，我去看看。"

出了医生办公室，我大脑神经的余震接连不断。脑子里似乎有千百个
问题，似乎又是一片空白。

张姨到底怎么呢？

失忆？显然不是，她还记得儿子。

记忆紊乱？有可能，那她会不会把别人也当成是她儿子？

因为我和小强长得像？这有可能，她应该知道，小强已经不在了啊。

潜意识里不愿接受失去儿子的现实？有可能，但不能自欺欺人啊？！

这情况是间歇式的么？

到底精神还算正常么？

这情形多久能恢复？

…………

买橘子路上，一个又一个疑惑涌上心头，我自问自答，有的能猜个大
概，有的毫无所知。

当我再回到病房，正好在门口碰到赵永明主任，便跟着他，来到医生
办公室。

"我刚才去看了看2床，各项体征指数均正常，身体应该没有大碍。不
过，由于受到强烈的精神刺激，她的记忆出现错乱，好像排斥接受一些特
殊信息，记忆也出现了阶段性失忆。"

"是不是潜意识里，她拒绝接受小强的意外？"我问。

"当前来看，不排除这种可能。小强是她生命中最重要的人，可以说，
是她精神世界的唯一支持。从现在来看，她无法接受没有儿子的生活。"赵
永明说，"而你，是她苏醒后第一个见到的人，错把你当成她儿子，也算情
理之中。"

"她会不会因为身体虚弱，眼花没看清楚，我和她儿子小强长得挺像的。"

"你说的也有可能。咱们先观察几天，再看看她反应。"赵主任对自己
的判断，也没有把握。

再次进病房之前，我在心里默默祈祷：张姨，希望您早点康复，希望
您能认出我是谁。

看到我手提兜里的橘子，张姨来了精神："儿子，快，给妈剥一个……"

三

张姨醒来后，我成了她的"儿子"。陪床的事儿，也顺理成章地成为我一个人的活儿。

报社领导了解情况后，还专门给我放了一个礼拜的假，让我全身心照顾张姨。

至于我这个"儿子"，必须得继续扮演。赵主任再三叮嘱，不能再让她受一丁点儿刺激。不然，张姨真就可能从此精神失常。

就这样，稀里糊涂地，我成了张姨的"儿子"。

在张姨身边的每时每刻，我也尽心尽力地扮演一个好儿子的角色。

住院的几天里，我寸步不离地陪在张姨身边，照顾她的一日三餐，讲采访中遇到的一些人和事儿，给她解闷儿。

我给她讲在冰窟窿里救人后，默默离开的平民英雄；给她说海坨山2022年冬奥会举办地的村民们，为奥运赛事无私奉献的凡人善举；给她说表面光鲜的天价明星，背地里偷税漏税的那些龌龊勾当……

每天晚上，我都会打一盆热水，给张姨泡脚。这是我长这么大，第一次为别人洗脚。张姨坚硬粗糙的双脚，脚掌的厚实的老茧，折射出她为生活的努力奔波。

说来奇怪，我竟然对张姨有一种自然的亲近感。我心甘情愿地尽己所能，无微不至地照顾她。

即便如此，可我始终没喊过她"妈"。我不会叫"妈"。是因为我没有妈，从来就没叫过"妈"。

我是个孤儿，从小在孤儿院长大。我的童年记忆单调乏味，过往的日子也波澜不惊；在我的生命词典里，从来没有家的概念，也没有父爱的阳光和母爱的雨露。

长大后，孤儿院陶院长曾告诉我：我出生还不到一个礼拜，就被遗弃在区妇幼医院门口，是保安听到啼哭声后报的警。后来，我就被送到孤儿院，一直在那里生活，直到上大学。

我从内心深处感激孤儿院里的阿姨，她们大多心地善良，待人和蔼。他们用心照顾我们的衣食寝居，分担我们的悲伤忧愁。在我的心里，她们是世界上最关心、最爱护我的人。

可不知为什么，从小到大，我只管她们叫老师、叫阿姨，唯独没有叫过妈妈。

妈妈这个概念，在我的心里模糊却又敏感。我没有随意地管谁叫过妈妈，是因为我知道，什么样的人，才是妈妈；什么样的爱，才是母爱。

五岁那年的冬天，我得了肺炎在区儿童医院住院治疗。孤儿院人手不够，院长把我送到医院后，就委托医院护士帮忙照顾。

和我一个病房的，是个大我一岁的小姐姐。她漂亮温柔的妈妈白天晚上都陪着她。

姐姐喜欢唱歌，嗓音像百灵鸟一样，歌声婉转美妙。

"世上只有妈妈好，有妈的孩子像块宝……"姐姐唱歌，妈妈打节拍，病房里很快便蔓延开甜甜的幸福。

看着姐姐和妈妈一起唱歌，我才知道，每个小孩都应该有妈妈。

我的妈妈呢？我有时也想这个问题。可小孩的思绪，很快被香甜的美味所代替。

姐姐的妈妈贤淑善良，见我少人照顾，每天给姐姐的水果、饭菜，也都会给我一份。

有妈妈真好！很多次觉得，姐姐的妈妈，好像也就是我的妈妈。沉浸在别人的幸福中，我甚至天真地想，要是一直生病就好了。

凌晨时分，我们总是高烧。姐姐被妈妈抱在怀里，轻轻拍打，细声抚慰；我抖得都听到牙齿磕碰的声音，却只有把自己缩进被子，用牙紧紧咬住大拇指，一声不吭，等待天亮。

病愈回到孤儿院，我又恢复到从前的生活。不过从此以后，我把自己所有的时间，都填得满满的，学习、干活、读书、睡觉；不给自己留一丝空闲去回忆，医院里的姐姐和妈妈在一起的快乐时光。

我羡慕一家人在一起的幸福，却从来没有恨过遗弃我的人。当然，我也从来没有想念过他们。在我的生命里，他们就是透明的空气，连漂浮的尘埃都算不上。

在孤儿院长大，就把孤儿院当成自己的家。工作后，我把每月工资的一半交给院长，以便让我的弟弟妹妹们，生活得更好些，也以此表达我的感恩之心。

即便如此，我也知道，就是有再多的钱，就是有再多的美食、玩具，弟弟妹妹们也不会感受到妈妈的爱，不会感受到一家人的温暖。

是的，一家人的温暖。

可谁能想到，阴差阳错的，我一个孤儿，十几年后，我成了有"妈"的孩子，成了张姨的"儿子"。

张姨苏醒后，又在医院观察了三天。做完系统检查后，就出院回家了。

回家前，我以收拾房子为由，提前去了一趟张姨家，把小强的照片悄悄收起来，藏在衣橱的抽屉里。

四

命运就是这么奇妙，从小不知母爱为何物的孤儿，二十好几了，却要学着当"儿子"。

我住进小强的房间，买了一些他曾经穿过的同款衣服和鞋子，模仿小强说话的语调和走路的样子。我尽量让自己更像小强，更像张姨的儿子。

住到张姨家后，总感觉身后有一双眼睛盯着我。

那是小强的眼睛。

那双眼睛有时幽怨，有时感激。那双眼睛无时无刻地看着我。

我给张姨做饭、刷碗；我给张姨洗脚、捶背；我给张姨买橘子、买药、喂药。这个时候，那双眼睛流露出欣慰，感激。

看着张姨给我买衣服，给我系围裙，看着我们一起看电视嗑瓜子，那双眼睛流露出妒忌，幽怨。

总之，那是一双无处不在的眼睛，那是一双透着五味杂陈的眼睛。

我被这双眼睛盯得如芒在背，心里发毛，精神疲惫，有时甚至整夜难眠。心虚与纠缠的背后，我也清楚，这个寂冷的小屋，正是因为有了我这个"儿子"，才光亮温暖；张姨切菜的双手，正是因为有了我这个"儿子"，才灵动有力。

我在心里不止一次地对小强说：我不想这样，我不想欺骗张姨。我不为获求母爱，更不为谋求财产；我只是不忍伤害可怜的张姨，不忍让她再受丁点儿的刺激……

出院以后，张姨的生活平静且平凡。巨大的不幸，似乎没有在她的记忆里，留下任何痕迹。

很多时候我想，彻底的忘却，未尝不是一种幸运的解脱，未尝不是一种悲悯的幸福。

关于上次住院，我告诉张姨，是她血压太高，晕倒在地；今后要好好休息，多多锻炼；保持好心情，控制好血压。

周六，持续了好久的周末加班状态终于出现了例外，北京也迎来难得的好天气。

我开车带张姨去郊游踏青。张姨听邻居说，龙庆峡是个山清水秀的地方，值得一去。

湛蓝的天空，洁白的云彩；浓绿的杨柳，嫣然的花朵。首都的春天，在白鸽的阵阵哨音中，焕发出盎然生机。

这里果然钟灵毓秀。青山峻朗，碧水清幽，自然画笔鬼斧神工，在京北大地，勾勒出一派江南风韵。

进了景区，我搀着张姨坐上龙形电梯，来到游船码头。

我们租了个小船，船上除了船工，只有我和张姨。

船开得很慢，也很稳，船移景换，水动山摇。两岸的美景仿佛是徐徐展开的山水长卷，给人一种置身漓江的独特感受。看着眼前美景，张姨兴致高涨，不时用手机拍照。

"儿子，你看，你看那山，跟斧子劈开的一样。"

"那石头长得像只猴儿。"

"看，好多松鼠……"

行走在优美画境之中，我的心绪也被张姨感染，一边给她拍照，一边哼起了小曲儿。

"儿子，别哼了，给妈唱一首！"张姨嫌我哼得难听。

"世上只有妈妈好，有妈的孩子像块宝……"我自己也说不清，为何唱这首老掉牙的儿歌。想以玩笑的方式讨好张姨，其实也是自然的心灵流露……

听我唱完，张姨"哼哼"假笑："还世上只有妈妈好？我看你呀，早晚也是娶了媳妇儿忘了娘！"

"看您说的，哪儿能啊？！我就是娶了媳妇，也不会忘了娘！您放心吧。"我明显感觉到张姨的不高兴，尽量哄她。

从出院到现在已经两个星期了，这两个星期里，我只管张姨称作"您"，没有叫过一声"妈"；也不是不想叫，可我也不知道怎么了，总觉得别扭，每次话到嘴边又咽下。

品尝完柳沟豆腐宴，我们踏上回家的路程。路上，我接到报社临时采访任务。回到家，换了身衣服就匆匆出门了。

邻省一座在建的大桥突然垮塌，六名背井离乡的农民工，永远失去了宝贵的生命。官商勾结，偷工减料，为了金钱，黑心包工头丧失人性的畜生行径，让人义愤填膺。

无耻的社会蛀虫！

采访回到单位，我立马写稿，用记者的正义之笔，揭露那些扭曲的欲望，鞭挞那些不可饶恕的灵魂。

华灯初上，一场迅疾的雷阵雨，催促人们回家的脚步。而后，阵雨转成绵绵小雨，淅淅沥沥抚摸着绿肥红瘦。

我还在埋头写稿，门卫老万打电话来，说有人找我，让我立马下楼一趟。

一出大门，我就看见张姨在雨中踱来踱去。她没打伞，衣服已然湿透；弯着腰，双手捂着肚子，小心翼翼，像抱着个婴儿。不时地，她抬头望望楼门口，显得有些焦急。

看我出来，她小步跑了过来。

"儿子，给，你最爱的红烧肉。天黑了，也不见回来，我就给你送过来……"张姨从怀里掏出饭盒，眼神和语气里，全是牵挂和关爱，雨水在发际滴淌，她全然不顾，只是习惯地用右手往上捋了捋头发。

炙热的温暖和难言的酸楚，一同涌上心头。

我第一次深切地体会到平常而实在的母爱。她朴实，无私，热烈。她是阳光，慈爱的光辉照耀儿女；她是港湾，宽厚的怀抱呵护儿女；她是泥土，甘甜的乳汁汲养儿女……

我不知道，在我脸庞上流淌的是泪水还是雨水。

这一刻，我得到曾经错过的母爱。我大脑混沌一片，却又无比清晰；我心里万分难受，却又无比幸福。

我心疼地喊："妈——您看您，怎么，怎么也不打个伞啊！"

五

普通的市民，平常的日子。我和张姨的生活，充满温馨和快乐。

每天，我们一起准备早餐。张姨熬粥，我拌小菜；要么我骑自行车去早市，买回油条豆浆，然后一同享用。

晚上下班回到家，大多时候张姨已准备好丰盛的晚饭。我们一边看电视，一边吃晚饭，有时还会喝点红酒。等我洗好碗，就陪着张姨到附近的公园聊天散步。

每每拉着张姨的手，有说有笑漫步在绿柳曲径，我就知道，我已习惯了给张姨当儿子，甚至享受这样的生活。

再过三天，就是小强离开这个世界整整一百天的日子。我原准备一个人去墓地看看他，送束鲜花。我想告诉小强，我替他把张姨照顾得挺好的，让他放心。

可哪承想，报社接到紧急任务，临时安排我去重庆采访。

我走后的第二天，一份意外保险理赔通知单，寄到张姨手里。它就像一颗原子弹，把张姨蓊郁的生活炸得寸草不生。

通知单里，有小强车祸的调查报告。那些惨烈的现场照片，勾起了她全部的记忆。

张姨看到冰冷的太平间里，永远睡去的小强；看到儿子生命最后一刻，惊悚的表情。

时空停止跳动，一切都凝固了。窗外的惊雷，根本无法唤醒她空白的大脑。

她把右手的四个指头塞进嘴巴，用牙齿狠狠咬着；脸可怕地抽搐，成了一种怪异的模样；嘴里绝望地呢喃着，泪水糊满了手掌。

她的整个世界，她的人生宫殿，在剧烈摇晃，迅速坍塌，然后一起吱呀作响，朝深渊跌落……

小强百天的忌日，张姨一个人去了陵园。

她像抚摸着刚出生的婴儿，轻拭遗照上的尘土。坐下来，紧紧搂着墓碑，就像搂着儿时的小强；她什么也没说，一直这样搂着，眼泪像断了线的珠子，从早上一直流到黄昏。

当西天最后一抹霞光隐于山后，陵园里静得有些阴森。

张姨从兜里掏出一个玻璃瓶，里面装着她从五个药店买来的安眠药。

"儿子，等着我，妈妈来找你……"

就在张姨拧瓶盖的时候，手机铃声响了。她犹豫再三，还是摁下了接听键。

"妈，我从重庆出差回来了，刚落地。您猜猜，我给您带了什么好吃的？"

接到我的电话，张姨拧瓶盖的手颤抖了一下。

"是您最爱吃的橘子！我给您在重庆买了当地最好吃的橘子。"

橘子，张姨爱吃的橘子，唤醒了她的另一片记忆：医院里，那个长得像小强的孩子，给她洗脚，陪她聊天；公园里，那个长得像小强的孩子，陪她遛弯，陪她跳舞；龙庆峡，那个长得像小强的孩子，给她拍照，给她唱歌……

这是个陌生的"儿子"，这又是熟悉的"儿子"。

这个陌生而熟悉的"儿子"，让张姨绝望的眼睛，又一次泪如泉涌。

"失去了一个儿子，又得到了一个儿子。"张姨喃喃自语。而后，她沉默了一会儿，缓缓地说：

"儿子，妈这就回家，给你做红烧肉去……"

作者简介

周宝平，笔名雨轩、柳舟、启承，1981年出生于甘肃天水，大学本科。延庆区作家协会会员，副秘书长。2007年到延庆报社工作后，结缘文学，编辑《延庆报》副刊近10年，喜欢诗歌、散文，作品偶见《北京日报》《京郊日报》等。

简　评

　　人口老龄化和失独问题是当下中国面临的重大问题，也是老百姓关心的热点。这篇小说试图用自己的方式解决这个重大问题，他给出的解决方案是"爱"。曾经的孤儿长大成人，偶遇失独老人，老人渴望着亲情，年轻人也从未得到过母爱，于是一个成了幻想中的"儿子"，另一个自然就是母亲了。面对难解的社会问题，这是一个理想化的解决办法，一个另辟蹊径的团圆结局。这样的故事虽然不一定在常理之中，只用"爱"来解决问题也未免缺少现实性，但这一结局却展示着作家的一片深情。每一个人都将老去，作家在面对这个现实，处理这个现实的时候，都在展示着他们不同的内心世界。

白 平

林勇鸿

白平是我的亲人，我有记忆的时候，就长在他肩膀上。他扛着我到处跑，把我带得像个假小子。白平皮肤很白，浓眉大眼，身材高挑，满脸坑坑洼洼的麻子，据说是小时候出水痘落下的，村里人也叫他白麻子。我懂事儿后，每当别人这么叫他，我就拿小石子丢他们。白平会夺过我手里的石子，哈哈一笑说："没事儿，叫什么也不能少块儿肉。"

白平没来我们家之前，是跟他哥和母亲住在一起的。他家住八万胡同的最里头，八万胡同一共十户，大多姓白。白平家院子不大，中间一棵枣树，树冠大得出奇，遮住了整个院子。院里三间房，土坯的。他哥住西屋，他跟他母亲住东屋，中间是厨房。厨房东、西两面都盘了灶，中间留个窄窄的过道走人。他家的窗户用老旧发黄的宣纸糊住，光从宣纸的破洞处透进来，投在打了补丁的灰粗布炕单上，炕单显得更老旧。屋里没什么多余物什，东屋里仅有一组躺柜，用石头垫高了底儿，放了些旧衣服。

白平他哥是村里有名的"秀才"。听白平说，他哥原是一表人才，能书会画的。但我见到的却不同，那时，他哥少了一条腿，据说是生产队劳动的时候被打麦机砸到了，医治无效，才截肢的；但白平又跟我说，不只是被砸了，还挨了打，腿是被人打断的。

白平他哥拄着一双木拐，面色黢黑，胡子拉碴，身上穿油腻的古铜色棉袄，棉袄的盘扣掉了一粒，前襟露出一大片黑褐色内衣。他念《诗经》里的句子给我听："硕鼠、硕鼠，无食我黍……"念完还给我比画："大老鼠啊大老鼠"。小时候，我最怕老鼠，他一念，我就哭。白平就将我扛在肩膀上哄着："长安不哭，我们念小老鼠，上灯台，偷油吃，下不来。"我很是坚决地说："对，不让它下来。"

他哥见白平哄孩子这般没原则，总是撇嘴："孩子就是这么惯坏的。"

　　白平的母亲是一位小脚的老太太，驼背，经常戴一顶旧式军绿色帽子，
帽子上的五角星是红色的。我喜欢那个星星，她却从来不让我摸。她还抄
了很多毛主席语录，贴在灰突突的墙上。但白平说，她根本不识字。她养
了一只土狗，狗的性情很温和，从来不叫。她在路口乘凉的时候，狗就趴
在她脚底下。她喜欢跟狗说话，有时候还哼几句小曲儿，她说话的时候，
狗睁着湿漉漉的眼睛望着她，她哼曲儿的时候狗也跟着哼唧。

　　白平母亲有哮喘，每到换季，总咳得喘不上气来。春天已到末尾，院
里枣花迟开。老太太在枣树下洗衣服，狗趴在树下打瞌睡。洗着洗着，老
太太上不来气儿了。狗哀号了几声，趴在白平母亲身上也不动了。狗，十
五岁，寿终正寝。

　　爷爷带我去吊唁的时候，白平家院门口已挂起了招魂幡。院子里正有
杂耍班子表演，还有一个穿粉红褂子的女人唱曲儿，声音扭扭捏捏，远不
如白平母亲唱得好。

　　白平母亲的棺木停在枣树下，漆得黑亮。白平跟我爷爷说："找不到好
木头，只能拿朽了的杨木凑合，帮儿特别薄……"爷爷说："行了，到底用
了些好漆，不显次。"白平又说："我母亲一辈子受噎，没享过福。临走，
都没弄个好棺材，我心里有愧啊……"

　　我对棺木不感兴趣，就到处找老太太生前戴的那顶帽子上的五角星。
没找到，就去问白平，他告诉我，那个星星在他母亲手里攥着，是要陪她
入土的。她以此表示追随伟大领袖毛主席的决心。

　　没找到那个星星，我觉得很失落，就去西屋里找白平他哥玩儿，他哥
手巧，会用草编蚂蚱。我去的时候，他正在搓麻绳，而且已经搓了七八股，
有我的手指头粗细。我问他搓绳子干吗，他说："小孩子家家，别瞎问。"

　　办完母亲的后事，白平想起来还有一只狗待处理。他到处找那只死狗，
最后在堂叔家发现了狗毛。白平跟堂叔说："狗是老死的，肉不好吃。"堂
叔说："有肉吃就行，多少年都没吃过狗肉了，香着哩。"说完还要给白平
盛一碗，让他尝尝。白平赶紧摆手，问狗皮在哪儿。堂叔说狗皮卖给了堂
侄白勇。白勇是个泼皮，浑不懔的，白平见了他都要绕道走。为了要回狗
皮，白平找白勇软磨硬泡了大半天，又花了两块钱。要回来的狗皮挂在房

檐下，白平让我摸摸，我却不敢。

白平母亲去世后没几天，我做了个噩梦，梦里看到她穿着绸缎裙子，拿着一个烟锅袋子敲打我的头。我全身抽搐，动也不能动，出了一身冷汗。第二天一早，我赖在床上一阵后怕。我想，这个梦，我一定要说给白平听听，不过又想，小孩儿的梦，他会信吗？要是觉得我胡说呢？就在我还纠结要怎么讲给他听的时候，我母亲把我从被窝里拎起来说："昨天晚上，白平他哥没了。"

白平他哥是上吊死的，用我看到他搓的那根绳子，吊在房梁上。据说，他吊得挺高，踩着他母亲去世的时候借来的板凳上去的。他一个腿脚不便的人，是怎么做到的呢？很匪夷所思。

我迷迷瞪瞪地跟着父母又一次去吊唁。这次白平没有像他母亲去世的时候那么哭，他甚至都没流眼泪，他跟大家抱怨："这个混蛋玩意儿，这不给人添乱吗？他以为他走了就都干净了吗？他懂个屁……"

白平没哭，来吊唁的人也就没有人哭，有人留下吃饭，有人帮忙出主意："大哥一辈子没结婚，死了是不是要结门阴亲？"白平红着眼睛吼了一句："他结个屁阴亲，横死的人，配吗？"

白平他哥生前是说过媳妇儿的，我爷爷做的媒。姑娘是本村的，眼睛看东西不太利落，但长得很漂亮，油亮的头发梳一双长辫子，白平带我去看过。那姑娘知道白平去看她，脸红得像一只煮熟的虾。白平递了几块儿水果糖给她，她就把糖装进衣服口袋里。白平打发我去一边玩儿，然后跟姑娘聊了一会儿。看完姑娘，白平偷偷塞给我一包野葡萄，说："不许告诉别人。"

我们乡下的野葡萄结在碧绿的秧上，一串一串的。起初是绿色，酸涩，熟了变成紫色，酸酸甜甜，很好吃。野葡萄摘起来不容易，力气稍大，就碎了。摘了满满一袋子，白平的确是费了心。我被白平的野葡萄收买，就从未跟别人说过去看姑娘的事儿。

办完他哥的头七，白平找我爷爷商量，要不，还是给他哥娶门阴亲？我爷爷起初有些不赞同，他可能认为人死灯灭，没那些讲究，而且还花钱。但白平说，他哥这一辈子挺冤的，好好的一个读书人，本来挺要强，后来不但书不能读了，还断了一条腿。他哥自杀，也是为了不拖累他，死得憋

屈。最后白平从我爷爷那儿又借了一百块钱，找邻村的人买了一个头些年
去世的女人的棺木和遗骸，跟他哥合葬了。

白平他哥去世后，我再也不敢到他家玩儿了，总害怕从黑漆漆的屋子
里走出一个青面长舌的吊死鬼。与别家的吊死鬼不同，他家的还是一条腿
蹦着走的，想想都觉得阴森。白平天天睡在那间屋子里，是不是心里也有
些害怕的？

白平搬到我家住，是因为他那三间土坯房漏雨太严重，修也修不成了。
况且，他没钱修。我爷爷参加抗美援朝战争的时候，是白平他爸把我爷爷
从死人堆里抢回来的，那场战争，他爸没能回来。我爷爷回来后，把白平
一家当成了恩人。

白平搬到我家，我最高兴，因为他肯花时间陪我玩儿。他说，他的时
间是最不值钱的。他下地回来，我俩就玩儿泥巴。下雨天，他教我玩儿象
棋，他还会打扑克、推牌九。他还跟我说麻将，他说打麻将是所有棋牌游
戏里最有意思的。

那时候，我没见过麻将，有次将芝麻酱抹了一身，问他："这就是你说
的打麻将吗？果然很香。"他笑得眼泪都出来了，说："真是个笨孩子。"然
后，他用肥皂水帮我把衣服上的麻酱一点点儿洗干净。

我母亲是不乐意我跟白平玩儿的，她说："一个大男人，寄人篱下，有
什么出息？"

那时我小，说不出跟谁玩儿与有没有出息无关一类的话，所以母亲
在家的时候，我就安安静静地在屋里看小画片。等她瞅不见的时候，就
找白平。

白平其实很能干，他一个人把十几亩地打理得井井有条。他会浇地、
打畦、播种、打场等，一般农活儿都难不倒他。到我家后，白平还把养驴
的事儿接过去了，他定时给驴添草料、牵着驴去河边饮水、还去地里刨野
萝卜给驴吃，驴见了他会欢喜地尥蹶子。

白平教我给驴顺毛儿，我们用小挠子给驴顺毛的时候，驴肚子就咕噜
噜唱歌，有时候它高兴了还打响鼻。白平说："你看，他舒服了多好相处，
其实很多人也是顺毛儿驴，只要能摸着他的毛，就一定能捋顺喽。"

白平是在我家住了两三年后离开的，我爷爷总说，可能是母亲的态度

让他感到不舒服了。但我知道，不是那样的。

有次白平带我下地看割麦子，我一个人坐在地头的树荫下，边看一群男男女女挥汗如雨，边揉了麦穗吃里面的嫩粒儿。这也是白平教我的，他说麦粒儿嫩的时候又香又甜，还有营养。我坐的地方偶尔有送水、送饭的大姑娘、小媳妇儿路过，看到我，她们就开始议论："哟，听说五六岁了都不会喊人，是不是哑巴呀？"

其实我是会讲话的，就是在陌生人面前不讲。他们的议论让我特别难过，但就是不能开口辩驳，我去找白平告状："他们说我是哑巴。"白平就笑，他给我看一种会叫的昆虫，对庄稼有害，叫蝲蝲蛄的。他说："你看，到处都是这玩意儿，难道听蝲蝲蛄叫唤你就不种庄稼了？"直至很久以后，我才明白，这世界上到处有伤人的声音。难道你为了在意它，就不好好过自己的生活了吗？

白平的处境，让他很早就透析人情世故，所以，他断不会因为母亲的几记冷眼就有所退却。让白平离开的原因，我想应该是梅子姑姑。

梅子姑姑就是给白平他哥说过亲的姑娘。他哥去世后，梅子的亲事就一直没着落。她眼睛有疾，又加上与吊死的白平他哥说过亲，让迷信的人都觉得这姑娘不吉利。后来白平背着我爷爷去见过梅子姑姑好几次，每次都拿我当挡箭牌。

有次晚上，村里放电影，白平非说我要看，于是"陪"我到村里的大场上。小椅子一放，把我一个人晾那儿，他自己去找梅子姑姑了。我对看电影不感兴趣，就想念起梅子姑姑家的糖瓜来，脆脆甜甜的，还不粘牙，于是也摸着黑去了梅子姑姑家。

梅子姑姑家住村边，黑灯瞎火，她不方便出门，再说，她也看不了电影。家里弟妹都出来看电影，她一个人在家看家。白平发现我跟着他，就让我在门口放风，他翻墙进去喊梅子。我坐在梅子姑姑家篱笆门外看星星，唯一惦记的就是白平出来的时候给我带点儿糖瓜。看星星看得都快睡着了，白平才出来，我听到他在门口跟梅子姑姑说："不管多难，我都娶你。"我听到梅子姑姑轻轻地"嗯"了一声。

其实后来白平还去找过梅子姑姑的，就是没带我。他问总我："你梅子姑姑好不？"我说："她要给我吃她们家糖瓜就好。"于是，白平就从口袋里掏出几颗糖瓜给我。那是梅子姑姑家的糖瓜，上面滚了一层芝麻，又香又脆。

开春的时候，白平就跟我爷爷提出要翻盖房子。爷爷说盖房子要买些青砖，还要伐几棵树打檩条和椽子。白平没钱，所以我母亲就抱怨，房子是说盖就能盖的吗？

白平铆足了劲儿要盖房，一开春，就到处挖土，用黄泥和小麦秸秆拓坯。他哼着小曲儿将那些方方正正的土坯码到一起，让我帮着数数，说要数到两千块儿。他还让我给梅子姑姑送水果糖去，不多的几块儿，用手绢包得很仔细，他说我可以偷吃一二，但不能吃多，让梅子姑姑发现了，就不喜欢我了。我怕梅子姑姑不喜欢我，梅子姑姑要给白平当了媳妇儿，以后我们可是一家人，她若不喜欢我，恐怕不太美妙。

梅子姑姑收了白平的水果糖，白嫩的脸蛋上像涂了胭脂。她让我给白平带回一副鞋垫儿，纳的团福的。纳得不好，但白平却欢喜得很，来回摸索，并放在贴身的大口袋里，每天都要看好几遍。

转眼，盖房的事儿已张罗就绪，就在动工的喜气洋洋的鞭炮声中，有人与我母亲报信，说梅子家出事儿了。

梅子家偏僻，也少人去。那天，偏偏邻居张黑媳妇儿去了，还将滚在炕上的张黑和衣衫不整的梅子抓了个正着。张黑咬定是梅子勾搭他，还说梅子不但勾搭他，还勾搭别的男人，他还口口声声说见她与别的男人睡过。梅子百口莫辩。

梅子爸妈不问青红皂白，先将梅子扇了几个嘴巴子，又将张黑夫妻打出门去。都是老街坊邻居，梅子爸妈觉得没脸见人，在家抱头痛哭。

梅子也觉委屈。是张黑见她长得美，起了歪心。那天正巧家里没人，他觉得机会来了，把她按倒在炕上，还撕了她的衣服。但这些话，她跟谁说去？当张黑媳妇儿喊来人的时候，梅子全身都光着，她觉得自己以后没法做人了。

梅子摸索着找到前些日子治腻虫用的农药，还有大半瓶，想也没想，就给自己灌下去了。待家里弟妹发现的时候，梅子已经口吐白沫，还未送到当地的诊所，已经断气。

梅子断气前，是有些不甘心的。她想起白平，他说过要娶她，他还说要给她盖几间新房，给她一个家……可是现在，什么都来不及了。她跟家里提过白平，父母不乐意，母亲说："你给他哥说过，如今又给弟弟说，让人笑话。"如果死了，还有人笑话吗？梅子不知道。

晚饭的时候，我母亲把梅子家的事儿当闲谈说了出来，爷爷唏嘘不已。我端着碗的手则不听使唤，一大碗棒碴粥全部洒在桌上，没有人训我，我自己却哇哇大哭起来，爷爷哄了半天，我才停止哭泣。我傻傻地看着白平，他自始至终都像没事儿一样低着头吃饭，吃得很慢。

晚饭后，我像往常一样去白平那儿听匣子。他将匣子声音放得很大，一个人躺在炕头上，头埋在被子里，握紧拳头，使劲儿砸枕头。那双纳了团福的鞋垫儿，在他胸口处的襟袋里，露出别扭的针脚。

梅子的丧事是悄悄办的，没有人知道她几时下的葬。三姑六婆来家里串门，说起梅子的时候，多少有些唾弃。说这个眼瞎的可不简单，不知道背地里勾引了多少男人，幸亏死了，不然，往后村里还不乱了套。听了这样的话，我往往会偷偷掉泪，我想，这世界上除了那对糊涂的父母和几个无知的弟妹，或许只有白平和我为梅子姑姑伤心了。

白平的房子刚打完地基，突然就停工了。他与爷爷说有位表兄在北京卖菜缺人手，叫他去帮忙，而且盖房还缺点儿钱，他出去挣上半年，回头手里充裕些。白平有无表兄，爷爷门儿清，但仍同意他去了北京。临行前，爷爷跟白平说："记着，这儿永远是你的家。"他走的时候，还抱了我，他说："等我们长安长大了，也上北京。"

白平刚到北京，不是卖菜，是卖鱼。从白洋淀趸两筐锅包鱼，挂在自行车后座两边，一筐熏的，一筐煮的。在衣食不足的时代，锅包鱼也是美味。白洋淀到北京，骑自行车要走一天还多，白平一早趸了鱼就往北京赶。到夜里，赶到北京城，在城下眯一会儿。等到第二天天亮就可以叫卖了。白平嗓子好，以前在麦场上给我们唱过京剧，卖锅包鱼自然不在话下。一天把两筐锅包鱼卖完，能赚二十几块钱。白平人勤快，也肯吃苦，两三天跑一趟白洋淀，一个月下来，能赚三百多块钱。

年根底下，白平回家看我们，给全家人都带了礼物。尤其给我的特别多，有好看衣服、好吃的，还有一个娃娃。娃娃的黑色长发编成两根麻花辫，大眼睛，穿一身小碎花裙子，有点儿像梅子姑姑，但我不敢再提起梅子姑姑。有一次，我不小心在母亲面前说漏了嘴，我说梅子姑姑很好，还送白平鞋垫，母亲赶紧捂住我的嘴，让我跟谁都不要再提这些事儿。

很多人听说白平去北京赚了钱，纷纷向他打听北京做买卖的行市。也有请他吃酒席的，每次吃酒席，他必然喝醉。回来又吆喝锅包鱼又是唱京戏，像耍猴的一样。我爷爷跟他说："不能喝酒，就别去了。"白平说："不行，得去。以前村里谁请白平喝过酒？谁看得起白平呀？现在大家看得起我，我不去可不行。"白平手里有钱，谁家请吃酒的时候，就给谁家孩子打发压岁钱，五块、十块的，体面得很。

过完春节，白平没提盖房子的事儿，而是说还想去北京。那些盖房的材料，他让爷爷拿防雨布给盖起来，等他回来再说。白平这次是要在北京落脚的，他托人在京郊找了间民房，一个月20块钱的房租。京郊多的是这样的房子，都是当地农家院里折腾起来的简易房，就是个睡觉的地方，不大，里头有张床，有个桌子。白平很知足，这么多年，他第一次睡上了床，虽然是租来的，却让他有了扬眉吐气的感觉。

与白平同住一个小院儿的，还有七八户。有卖馒头大饼的、有开小吃铺子的，也有卖菜、卖水果的。白平与卖菜的亲近，卖菜的跟白平喝过几次酒，两人称兄道弟起来。卖菜的教给白平进货的时候如何挑到便宜菜，也教给他如何在买卖过程中缺斤短两，甚至还给白平介绍了个女人。

女人长得一般，离过婚，白平不介意，说没事儿，只要能好好过日子就行。见过几次面以后，女人就搬到白平租的小屋住了。白平喜欢女人的身体，他抚摸着她不算丰腴的大腿说，再胖点儿就好了。女人操持家还算在行，她在出租屋里搭了个灶台，每天熬点儿粥，煲点儿汤，变着花样做点儿吃食。白平每天早出晚归卖菜，就图回去能吃口热饭，有个热乎人。他赚了钱就交给女人保管。女人要陪着白平出去卖菜，他死活不让，说风吹日晒的，人都粗糙了。赚了一年钱，白平想跟女人办了婚事，还想回家把房子盖好，这样以后女人有了孩子，就可以在家看孩子。白平三十好几的人了，再不要孩子，都跟别人家差一代人了。女人把钱数了数，只给了白平一半。她说跟前头男人离婚还没离利索，得拿点儿钱回去把婚离了，才能跟白平办婚事儿。白平一想，把所有钱都给了女人。"你回去用钱的地方多，我一个大老爷们，还能赚。"

女人回去，白平给买的车票。她说买到长春的，白平去火车站排了半宿队，正好到他那儿的时候没票了，他觉得回去不好跟女人交代，就在火车站又蹲了半日，后来花大价钱在票贩子手里买了张高价票。

那年春节回家，白平穿一件白毛衣，蓝灰色喇叭裤，配黑色皮鞋，还戴了一副墨镜，乍看起来，像城里人。那时候，我已经上小学了。他还想像小时候那样把我扛在肩上，我却不同意。他只能拍着我的头说："瞧瞧，我们长安都成大姑娘了。"

大姑娘正因为期末没得奖状烦恼，白平知道后，说："这有什么困难的？我们画一张不得了？"他说干就干，真找了张纸，帮我画了个奖状，画得非常像，还特意画了红色的章子。

其实，那时候，白平也烦恼着。好几位亲戚都说，白平八成是被仙人跳了，那个卖菜的估计没安好心，找个女人把他钱骗了拉倒。果然，女人一走就没音信了。说好的正月初七让到北京站接她，根本就是个谎言。白平从初七接到十五，连个鬼影子也没接到。正月十五晚上，白平回来过节。爷爷难得开了瓶酒，白平一个人喝掉半瓶。大半夜的，他在院子里声嘶力竭地唱《冬天里的一把火》，唱完又哭又笑，任谁都劝不住。

白平又一次启程去北京。这次他换了住处，也换了行当，跟一帮东北人在新发地搞蔬菜批发。批发市场鱼龙混杂，往往只做半天生意。白平在外经营了几年，上过当，受过骗，也骗过人，该懂的他都懂。半黑半白的批发中转商，做生意一半靠三寸不烂之舌，一半靠操家伙。白平游走在这些人中间，钱来得容易，去得也快。市场收工后，白平开始抽烟喝酒，还打麻将，这是真正的赌博，动辄赢几千块，输几千块。白平有钱了，就去找形形色色的女人。还因为争风吃醋在澡堂跟人动过手，被人捅了刀子，住了医院。

这些都是同乡人传到家里的，他们谈论这些的时候，仿若身临其境。也有人绘声绘色地讲，白平找的那个鸡有多漂亮，村里就找不到这么水灵的姑娘云云。后来他们说话都避开我，母亲觉得我是大姑娘了，有些话未免污了我的耳朵。

但有时候耳朵听到的未必属实。每个人都有自己的视角，去观察、思考和判断，然后得出自己的结论。

当时，年少的我正被一些事情困惑着，心情烦躁。少先队评选大队长、中队长，我因平时学习成绩不佳，性格又内向，所以，连个小队长都没混上。自怨自艾了好久，后来听大家说白平的事儿，我豁然开朗。直接去学校门口的小卖部买了好几个三道杠、两道杠，轮番戴胳膊上，堂而皇之地走在校园里。同学看见，问我这些杠杠都是哪儿来的，我直接告诉他们，买的。有时候，明明不是事儿的事儿，何苦认真？我想如果白平在，看到我无所谓的样子，一定会被逗乐。

那年春节，白平没有回来过年，却让乡亲们捎回来许多年货。爷爷派父亲到北京看望他，却没见到人。有人说他跟东北人去外地过年了，也有人说，他拐了一个有夫之妇跑路了。此后很多年，白平都没有回来过年，连消息也不往家捎了，他跟家里彻底断了联系。

我长大了，读了高中，又读了大学。我之所以选择到北京读书，是因为觉得白平一直在北京，虽然不能见面，但我们能在同一片蓝天下共同呼吸，也是一种亲密。

我爷爷在世的时候，老惦记帮他把房盖起来，他老说："白平不知哪天就回来了。"我父母也同意将白平的房子盖起来，万一，他哪天回来，也能有个去处。

他们准备了很多年，买了砖瓦、买了钢筋水泥，就在准备动工的时候，白平突然回来了。他身材比以前更消瘦，面容憔悴。他说临时遇到点儿麻烦，需要借点儿钱，父亲把盖房的钱都给了他，他连夜就走了。

走前，白平要了我的电话号码，他说："这钱，我以后给长安吧。"白平曾说过，我就像他的闺女一样，他要为我攒嫁妆呢。

白平拿钱，是为了给一个女人治病。女人是在一家美发店认识的。明面上，女人是洗头妹，实际上是做皮肉生意的。有段时间，白平做蔬菜批发赚了些钱，就隔三岔五找这个女人，两个人熟了，说话也就无所顾忌。白平就劝女人："你日子不好过，再说，年纪也不小了，该为自己将来打算打算，不如找个人踏踏实实过。"

女人摇头："我这样的，还能找谁呢？"白平对女人说："你要不嫌我老，就跟着我得了。"女人很乐意。就跟了白平。

白平跟女人搭伙过起了日子。女人不会做饭，白平做；女人不爱收拾家务，白平收拾；女人喜欢漂亮衣服，白平给买。女人自己都觉得白平对她过于好了，但白平说："俩人能在一起就行，不计较这些。"

他们在一个老旧小区租了楼房，一居室，每天能洗澡，还有独立的卫生间。白平觉得这日子，越来越像城里人了。白平又倒腾起蔬菜水果买卖来。他买了个平板电动车，骑车到处走街串巷。只是这时候做生意麻烦多起来了，城管老追着小商小贩跑。白平赚的钱有限，除了维持俩人的生活，所剩无几。

女人是在一次免费体检的时候查出宫颈癌的，已经到了晚期。也不知道哪儿组织的两癌筛查，房东太太刚自费做完，就拉着白平屋里的女人去凑数。房东太太说，国家给出钱，不查白不查。于是，女人稀里糊涂地去体检了。这一查，就查出了问题。

开始，白平不信女人得了病，他花了大半年时间陪女人到各大医院做复查，希望听到点儿不同声音，起码让他有点儿念想。但女人的病，最后还是被确诊了。女人回来跟白平说："这个病，也是我咎由自取的，咱又没钱，就不要治了。"白平不同意，说："就是让我去偷去抢、去大街上磕头要饭，我也得把你治好喽。"

白平从家里借的钱，都给女人治病花了。可惜最后，仍没能保住女人的命。女人离开的时候，白平给她买了一身新衣服穿上了，他知道女人爱美，不能让她走得不光鲜。

白平后来才知道，与农村的殡葬风俗不同，在北京，人死后是要送去火葬场的，而这些事情，都需要花大价钱。白平手里没钱，女人病的这两年，他不但没赚钱，还坐吃山空。白平拿不出钱给女人安葬，只能把她丢在医院里。

女人死后，白平开始到处找工作。可是，此时，北京已经不再允许小商小贩骑着三轮车卖菜了。白平年龄尴尬，又无一技之长。

好在天无绝人之路，一位同乡跟人合伙开了一家小快递公司，正缺人手。负责招聘的合伙人起先不同意，他觉得白平年龄大了，又不会用电脑，不能胜任快递工作。白平的同乡给合伙人讲了白平的情况，出于同情，合伙人才勉强同意让白平试试。

白平五十多岁，去快递公司做收货、分货，也帮忙送快递。白平送快递比别人用心，与客户闲聊的时候还谈下两个公司的业务，这让白平的业绩提升了一大截，收入也翻了倍。

当然，白平也有吃亏的时候。有时，他将文件送错了地点，或者将包裹丢失。快递公司是有制度的，丢了件，要赔偿，还要罚款。白平不敢声张，只能自己掏腰包，将事儿私了。

快递公司的工作，总体不错。但唯独一样，白平觉得难受，就是工作起来没有时间吃饭。他有时候要从早上七点一直工作到下午两点。年龄大了，血糖忽高忽低，他有时候饿得精神恍惚，就在路边买个面包就着凉水吞下去。后来，路边卖面包的摊位不允许经营了。他再要吃面包，需走到马路对面老远的小超市，来回要耽误十几分钟，而这十几分钟，正是决定他能否在两点前完成派件的关键时间。如果两点前不能完成派件工作，要扣除当天一半工资。白平舍不得那份工资，所以一直都坚持着。

送了几年快递，经常在外面风吹日晒，白平的模样已经变了。他皮肤粗糙，皱纹增多，脸上的麻子看起来已经不是很明显了。他的头发已经变得花白，以前还偶尔染染，后来，连染也懒得染了。

我参加工作后，去看过白平一次。他一手推着装满货物的小推车，一手拎个蛇皮袋，在寒风里艰难地行走。看到我的时候，白平有些诧异，但更多的是惊喜。他说："这么冷，你不要到处乱跑。"我用力点点头，觉得眼睛酸涩得厉害。

白平请我吃拉面，把碗里的牛肉都夹给我，他感慨道："这一晃，都过了这么多年了。"我低头吃面，不敢抬眼看他。这让我突然想起梅子姑姑去世那天晚上，白平低头吃饭的样子。

白平又住回了之前的简易房，这些年，房租涨得太快。他从简易房的大房间换到小房间，房间里仍是一张床，连电视都没有，那又有什么关系呢？白平最喜欢的还是话匣子。他偶尔买瓶小二，就着花生米小酌几口。

白平所向往的岁月静好，也不过如此。但往往，命运不尽如人意。

那晚，夜深人静，白平和几个年轻小伙子正在库房里盘点第二天一早要派送的急件，库房里突然就起火了。大火来势凶猛，一瞬间整个库房都被火舌吞卷进去。白平离库房门口最近，所幸没被当场烧成灰。但有时候活着比死了更需要勇气，他全身90%的皮肤被严重烧伤，康复无望。他一个人医院里苦挨了一天，又一天。

我不知医院如何查到我电话，并通知到我的。那时候，或许白平已经咽下了最后一口气。我想白平或许盼望着我能够去见他最后一面的，他应该还有话对我说；又或许他祈祷着不要见到我，毕竟当时他面目全非、血肉模糊，样子很是狼狈。我试着去理解白平是怀着怎样的遗憾和悲恸离开这个世界的，终是不能感同身受。

我去结算了白平的住院费，又让老家的同学帮忙开具了各种证明，然后找了一家最好的丧葬服务公司，带白平去了火葬场。

是我将白平的骨灰带回老家的。我父母坚持要给白平起一座新坟，我说不必，这事儿也不要宣扬。现在父母年纪大了，反而越发重视起我的意见来。

我将白平的骨灰一分为二，一半撒在了他母亲墓前，一半埋在了梅子姑姑坟旁。

如果是别人，这样做的确是大不敬。但白平不同，如果他活着，说不定他会提前为自己办个隆重的葬礼，甚至还要雇几个人去哭一场半生漂泊的苍凉。

不给白平起坟头，我也有自己的私心。那样就能假装白平还活在世界上一样，只是我不知道他去了哪里，在做什么？但我相信他一定会回来，回到亲人身边。

我又去看过白平家的老宅，那些堆在角落的土坯都已经过化成了黄色的泥巴，被雨水冲得到处都是。院子里的枣树，被雷劈过，一半树冠已多年不见长叶。现在却生出了新的枝丫，开了满树的花。

作者简介

林勇鸿，女，北京作协会员，海淀作协理事，海淀小作协副秘书长，笔名闲林、人间小可等，主要作品有长篇小说《说好的幸福呢》《假如爱情多一点》等。

简　评

　　这是一篇特别朴实，特别真诚的小说，写了一个真实的中国农民奋力求生的故事，这在今天并不多见。不长的篇幅可以解读出很多的内容。底层的悲惨命运，很多人一生认真生活，努力劳动，但依然穷困潦倒。其中的男性被骗婚，却并没有人关心他们的死活，女性同样被压榨，找不到生活的希望。小说的可贵之处在于，它写农村写农民，没有虚假的家园情怀，没有怀旧，没有文学读者眼中常见到的乡村，只有老实人的悲剧命运，切实的活生生的人的遭遇和原初的生活状态。小说不长的篇幅里可以解读出很多现实社会问题，却更可以看出作者对农民兄弟深厚的情感，这种情感使平凡的文字有了意义。

佳 人 瘦

左雯姬

那些年，我的生活没白天没黑夜的。

白天与黑夜，眨眼间地轮转，瞬间"劈"来。我所听到的人声，也会时不时飘散，飘远，但总牵系耳畔。有一种声音始终清晰可辨，牵动我的心，我的每一根神经，哪怕是被一片黑幕撞到眼前，但，"嘎吱"声，能听出镜头摇向的角度；"嗡嗡"声，能听出拍摄到第几场。镜头在满负荷地捕捉美丽的人们，鹤立的身材，娇艳如在清晨露水中初开的玫瑰般的脸庞，个个都是天使，因为有他们，仙境才是真正的仙境……打开现实的眼，打量他们，其实个个都瘦得——皮包骨。

我刚走到主管办公室门口，黑幕又瞬间劈来，尽管内心千般纠结，也没法儿力挽一头栽下去之势。我睁开眼，周围聚了些人，丢人是丢得彻底了。有人喂了我几口朱古力水，但无力感还是叫我没法儿快速起身。我们公司设在五星级酒店内，我正好倒在走廊上，那里的地毯是最厚而绵软的，反倒增加了起身的难度。门内的主管叫我："进来。"我的经纪人赶忙拉我一把。

递给我三颗形似"馒头饼干"的代餐，它的模样是微缩型的那种压实面儿烤馒头，大小却跟药片差不多，是真正烤馒头的百分之一吧。我一颗一颗慢慢塞进嘴里，贪婪地细细品嚼，心都恨不得贴过去，跟那满口满腔的浓浓麦香来个深深的拥吻。

主管走近我，一直盯着我，半晌，那眼镜片后边的目光才渐渐从我的脸上散开，飘出一丝柔情。她说："有场大型走秀，我们公司是主办单位之一……"她又扫了一下周围的其他演员、模特，冲他们喊："还呆着干吗，等着下蛋啊。走吧，把我刚才交代的，都好好准备一下。"

那些人走后，主管重新盯着我，气沉丹田，将话语稳稳地说出口："这次由你领衔走秀，好好把握吧。"我半张着嘴，错愕。

我叶嘉欣身高一米七二，上 T 台，身高只算得上刚刚够格。服装设计师需要的是衣服架子，个子越高越好，相貌并不要漂亮的，怕抢衣服风头。看看那些 T 台秀的"复制人"吧，长相、气质都是"批量生产"的，往往糙之又糙，而美人儿永远是难求的。我虽算不上天姿国色，但一副"江南面孔"，也胜过这些模特儿，生动鲜活可人得多，怕是跟她们格格不入呢。我十六岁进入时尚界，是平面模特，比一般 T 台秀挣钱多。十八岁考入艺术院校表演系，虽不是国内顶级的名院校，但从此也做上了正规演员，模特不过是兼职，且锁定在平面广告和时尚杂志上。一听 T 台秀，心里"咯噔"一下，我连时尚界也"沦陷"了？

主管板着的那副面孔，微微泛起些许松动的笑意，说："这次 T 台秀不一般。我记得你是有 T 台经验的！"我皱起眉头使劲想，辩解道："给朋友帮忙做过几回主题秀……"主管抢白说："这次也是主题秀，经典电影服饰展，下边的观众都是内地影视界的大人物。"主管以凌厉的目光上下打量着我，说："你必须减肥，七十五斤。"主管一语落定，我心凉透。但她却不再瞅我，似不经意地说："三次排练，不要再被刷下去了。人家都刷脸，你可不要刷跌份儿。"主管向来都干脆利落地收尾，打个响指，叫我"闪"了。

我走出公司，比刚回公司，走得还要艰难，还要漫长，心情低落到无语。

对于今天试戏，我被剧组刷下二十三次的"劣迹"，主管只用"刷跌份"影射了一下。这次的谈话，叫我始料未及。

试戏的地方总是不安静的，人头攒动。像热浪，像海潮，仿佛不断伺机把人吞噬。

刚拿到剧本，五分钟时间准备。如果我身体处于正常状态，也能应对自如。应变能力是我们做演员的基本素质之一，导演当场要改什么，临场要发挥什么，我并不怵。可是，我正在节食减肥，确切地说是"断食"。我又累又饿，眼前总像是在闪电，神经随之惊跳。我是以超人的意志力完成表演的，可那个小导演不停地打断我，还一遍又一遍炸雷般地吼："再来一遍，再来一遍……"我感觉周围的声息不断催逼过来，快要窒息，无法，再也无法集中精力。我被抽空，感觉成了一根木头，可怜见的枯木立在那里，被吼叫的风捉弄。"再他妈来一遍。"他终于高喝一声，"换人。"我差点就要仰天大笑了。真像极了菜市场进货的，挑来拣去，最后还是颐指气使地吼："摆出来的菜都不要，把库存的新鲜货都给拿出来呀！"

我们走向夜色里的街道，那嘴碎的经纪人也一直保持着他少有的沉默。我深吸口气，气息直抖。我感觉身后不是经纪人，是一列殡葬队伍。到底是给谁送葬，为谁默哀！

入行时，我是一百斤，在常人眼里已经是偏瘦型的人了。我这张江南面孔，像柔和的面团，在人形拉横的镜头里，毫无优势而被"秒杀"。越是好镜头，脸就被扩展得越大。头要小到鸡蛋那么大，脸上有一点点肉都是一场重大灾难，镜头会毫不留情，给你呈现出一副蠢相。尊贵的镜头，绝不可以拍出废片来，如皇帝下达的处决令，我的标准体重是85斤，超一两都不行。我减到八十五斤，争得时尚圈内的一席之地。现在，我的体重肯定是超了，而主管刚才说，连八十斤也不行了！主管不会乱说话，她是根据专业人士的测试结果定的。年龄超过二十五岁，我的体重要再减。

我一直很自律，节食和锻炼，尤其这一年，我更加努力。体重却执拗上升。

打的，回到东二环宝莱街的高级公寓。三室两厅一百六十平米的大套间，装修得金碧辉煌。但那不是我的房子，我只租了其中最小，朝向最差的一间卧室，每月租金也小一万了。我在其他方面的开销不算大，尤其吃，我几乎不吃。至于穿戴，在最困难的时候做过野模，那时得了不少衣服，且穿呢。索性就要住得舒服点儿啦，也是满足下虚荣心。我们这行，是需要一层装逼摆阔的底气，足以盛气凌人的资本的。

我不能免俗。咱们这行可不是好玩儿的地界，我们是最要入圈子，排队站，认师门，过集体生活，分工协作，懂得抱团才显"团队精神"的一群人。名角儿可以当异类，人家有底气；无名之辈想当异类，会被边缘化，等同于找死。

我一进屋，就看见门口一双带钻饰的高跟鞋，那尖细的鞋跟，直踩在我的脑神经末梢上，一阵紧似一阵。我有两个室友，都是超级男模，分别租住了另外两间大卧室。主卧最大，阳光暖房，还带大露台和卫生间。那么，这双高跟鞋是谁的？当然不是我的。

一扫眼就扫到餐厅的大餐桌上。我靠，竟然有盒饭，残羹剩菜，还冒着味儿呢。马克杯里还有碳酸饮料，高脚酒杯的口沿儿上印着红唇……他妈的，反了天了。我气炸到了头顶，开骂："懂不懂规矩呀！不懂就别他妈出来做人了。这是公共区域，叫谁收拾呢，让老娘弄，我全他妈扔了去！"我在卫生间里拼命搓衣服，到了公共阳台，我又傻眼了。晾晒杆上全是女人衣服，当然也不是我的。我的两个室友，超级男模刚一进屋，我就炸雷般地吼："他妈的谁招来的玩意儿？有言在先，都他妈在外头解决的，老娘这些天都回来呢，当我不存在啊，找抽啊……"

一米九几的超级男模室友，愣吓住了，半天才缓过神儿来，诉苦说："哎哟欣姐，现在我们经济困难呀，半年多没个正经活儿啦。今年全球金融危机，制造业又萧条，导致……"我真想破口大骂，你们住一间房，Gay（同性恋）呀！再说，干吗把那间最好、最大的主卧租出去？招一贩毒的，诈骗的，那可有你们好看的了！

一个超级男模贴心地给我煮了西红柿土豆汤，里边还放了几只大鲜虾。我喝着汤，眼泪都要掉下来了，我的胃有点受宠若惊地惊跳了几下。

我慢慢嚼着汤里的"实惠"，男模就把新室友的基本情况，向我汇报了。

吕梅娇，十七岁，刚回国，签约了新丝路，在《瑞丽》拍大片，跟MGZ签下大片协议，广告商排成了一溜儿长队在等她……个子嘛一米七左右，长相和气质像英国嫩模，可她是地道的中国人。声音超甜，酥到人的骨头缝里去了。天使般的面孔，冲你微微一笑，就控制不住想抱她。我看着那说得起劲的男模，简直惊呆了！

这女孩十五岁涉足广告，十六岁去了日本，不久又去了欧洲做平面模特，最后成为一英国珠宝设计师的御用模特。前日回国。"为什么回国？"我问。超级男模们连打着哈欠说："好像是要进军影视界。"

我直瞅着那两个拍屁股走进睡房的超级男模，顿感只身一人的客厅，空荡如野，一股股气流震荡……

早晨八点，我就被经纪人叫醒了。我在家附近的小公园跑步，十点到星巴克跟经纪人汇合，我被允许可以买一中杯（实际是最小）热奶。

我的第一个问题是："这次走秀我有什么好处？"经纪人一如既往地尖酸刻薄，反问："你还有脸跟公司谈条件？非得叫人笑掉大牙了你才甘心？"

"我受这么大耻辱，你把自己择得干干净净，作为经纪人，合适吗？"我身子一抖，梗着脖子瞪着眼，就好像昨天的气儿没撒完，今天，但凡有点力气了，我就非得把这件事给掰扯清楚不可。昨天的遭遇，简直成了我艺术生涯当中洗不去的"污点"。做新人那会儿，我都没一天试过这么多场戏的，也就三五场，没通过，改天再去试戏好了，也许就"转运"了。当我是扛大包的呢，怎么就听凭了这帮无头苍蝇的瞎指挥。

我刚签的新公司，经纪人也是新合作，"磨合期"，我已失去了耐心。

经纪人的手头都有一大把演员，而我是其中最有资历的。要不是看在这家公司把我捧着，当主力推，我哪儿会跟这种创业型的小公司签约？这行里的人，满嘴跑火车的太多了。想到这，我的心都快猝死掉了。

什么狗屁经纪人，把我们当一堆烂萝卜白菜，批发大甩卖呢。

"他妈的，"我想吼，可嗓门儿冲杀到半道儿就泄了，威力尽失，反倒呈现令人添堵的可怜相，我说，"你到底专不专业？"

"你瞎怪谁呢。"经纪人冷静地瞅着我，竟叫我无以应对。经纪人继续说，"现在形势不同了，以为还可以摆老资格？你们这行，最不值钱的就是资历了。"

经纪人这话也没错，我们这行，新人笑，旧人哭，太平常。

"得啦，幕后的事儿你无能为力，也就别瞎啰唆了。"

"我总得有知情权吧。这回，我有竞争对手吗？是陪榜吗？你最好给我交个底，否则……"我的内心正疯狂地张牙舞爪起来，"撕逼了"，大不了不干了！

经纪人认真地看着我，歪嘴笑了，那张无肉的脸，就像出了事故的一张烂脸，他说："你要是太差劲，什么时候都不缺竞争对手，逼下台的傻逼。这次的T台秀是我力荐的你。那服装设计师跟我是拜把子的交情。"我翻了个白眼，心想，你以为国际时尚大师是跑江湖的呢？拜把子？你以为你是座山雕啊？经纪人根本不在意我的态度，继续得意地说："我太了解他了，在英国镀的金，法国巡的展，跟咱们一帮子影视界大鳄有着千丝万缕的关系……这次回国首秀，我也是参与策划的，聚拢人脉，双赢。"

我是头回认真瞅了经纪人一眼。"哈，你可总算激活啦！"我不失时机地讽刺说。他却说："就这样，你还是有危险。你最轻的体重纪录是八十斤吧，现在呢，早上测体重了吗？"我忙说："没。"我想到昨晚那碗番茄土豆汤，应该还在肚子里。经纪人说："明早去公司称重量，五天后再称一次，体重达到要求了才能见设计师和秀导，还有一位大导演。"经纪人见我情绪低落，又打气说："你还是有两下子的，亮身段，唱几句，连京剧段子也能哼得像那么回事儿，比那些傻逼模特儿强百倍。T台走秀你也有经验，比那些演员走僵尸步强多了。综合能力不错，可千万千万，别被体重毁了所有啊！"

不大对劲啊，我回瞅着经纪人，皱起眉，支棱地开腔说："我还没答应上这场秀呢。合同上可没这条啊，怎么你们叫我做什么我就做什么？"经纪人严肃吓人的脸凑近我，逼视着说："这两年，你可得赶紧给自己的艺术生涯一个交代了，否则……你没几次机会了，这是见大导演、大制片人的大好机会。错过了，哼，以后可保不准比昨天那情形还要惨……"我无声地，默默咽下刚气喷吐出来的"血"。

谈话结束，我准备端杯走人。经纪人的目光像一支冷箭投掷过来，没好气地问："拿杯子干吗？"我当着他的面又喝了一口奶，说："带着喝完呗，你不知道奶可以减肥？"经纪人直逼向我，说："那是对普通人，普通人都是臃肿的肉包子，你们是要在骨头里剔肉，奶对于你们根本不起作用。"

地狱之火在身上燃烧的滋味，你们尝过吗？我全身痛得蜷缩起来，颤抖，冒出的汗不是普通的水，是铁水，烫得我快背过气去。

在公司称的重量，九十五斤，这种打击，就地自裁都嫌晚了。天杀的，头天晚上还蒸桑拿了，一天吃下的唯一东西就是一个西红柿煮的汤，分三餐喝下的。桑拿是没蒸多会儿，瘫在沙发躺椅上缓了半天。真应了"越减越肥"那句滑天下之大稽的话了！

从公司回到家，我就抹瘦身霜。这种霜很辣，让皮肤产生烧灼感，只限于涂小腹、小腿，不能超过半个小时。我全身涂抹，而我的皮肤属于敏感型，比一般人的忍耐力还要差。"生死存亡之际"，我一咬牙一跺脚就干了。我几乎痛晕过去，痛到心脏骤停了几秒钟。那时真后悔了，可来不及了。我不停地念叨，"七十五斤，七十五斤，一定一定减到七十五斤。"我念"魔咒"一样支撑着自己，不让晕厥过去。

我哆哆嗦嗦地用保鲜膜裹住身体，刚麻木了的灼痛感，又直线苏醒，我的心房直颤，心脏要跳出嗓子眼儿了。我歪歪倒倒地走到音响前，将音量开到最大。房间震动，脚下的地板跳跃，心脏被电击复活，我呐喊，什么也阻挡不了我瘦下去。我随着节奏扭动、起跳，一脸欢笑！

一面忍受外界的折磨，一面快窒息的自残，撒旦的痛一定要嫁祸他人。我激发了人类的超能量……跳了半个小时，我的心脏竟然平稳起来，呼吸竟然畅快起来，疼痛竟然消散过往，欢乐情绪竟然在心里升腾起来。

停下来的那一刻，又差点心脏骤停。我忍着万箭穿心的痛，哆哆嗦嗦地揭开保鲜膜，脚步飘忽到卫生间，扶着墙冲冷水浴。镜子里一张可怕而陌生的脸，惨白至极。而全身红通通，红似血，仿佛血液、血管外置，像一个"血馒头"。

辣疼的感觉还会时不时上来，无法休息。情绪也像过山车，大悲大喜，控制不住。我专挑喜剧、相声、小品来看。我看得极专注，专注地笑，笑出泪，又干脆抛开笑，痛哭一场，全当排毒。这晚，电视屏外有人影晃动，我一惊。光束里，一张娇小的脸。这是我跟吕梅娇的第一次照面，她似影似幻，美得惊艳无比。

她的容貌把整个世界都点亮了！她一笑，喷出芬芳来，让人止不住深吸一口气。她却冲我甩甩长发，吐舌头，扭腰肢，走了。

我莫名其妙，有点生气。但回味这绝世美貌，不快就像打嗝一样，瞬间通气儿了。美女我也喜欢，比如奥黛丽·赫本、英格丽·褒曼。我不像有些女人，瞎起劲吃醋，自己离美貌十万八千里呢，却要嫉妒跟自己完全不在一个平台上的大美女。我觉得那种人不是不知天高地厚，而是蠢猪一个。

我们几个老室友，私底下给吕梅娇起了"吕美人"的绰号。吕美人很古怪，一天到晚可以不出门，有时夜间开工，有豪车接送。吕美人不用节食，还吃巧克力、冰激凌、慕斯蛋糕、可乐、炸鸡……这些食物，在我入行模特时就断根了。

那天，我感觉自己的头顶上，显现一圈光环般神圣了。我的体重，完美的七十五斤。不能再涂瘦身霜了，为了防止反弹，我连水都得控制。排练之余几乎不坐，一天只有一顿饮食，在下午一点半到两点之间，那是最熬人的时候。我可以坐下了，仪式般拿着一个小纸杯，用开水冲紫菜汤，打一个鸽子蛋，捂熟，慢慢吃下、喝下。晚上九十点，走台打晃了，我再吃一根香蕉。

演出终于到来，秀导把我叫到一旁，愤怒地指着我的胸口说："怎么回事？这太红了，粉都遮不住，五分钟内不解决这个问题，就换 B 角。"

我低头看自己的胸口，瓶盖大小的红圈，瘦身霜留下的后遗症。我也着急，化妆师急中生智，在我胸口绘了一朵花。他用了那么多颜料遮盖，我担心地说，"不会得皮肤癌吧。"他白了我一眼，冷冷地说："就算立马儿得皮肤癌你也得画啊，难道你想被换掉？"我立马儿闭嘴了。

舞台上也是危险重重。我的经纪人及公司不会去考虑，只有我自己来操这份心。我可不想把这场秀办成我的"葬礼"。比如鞋跟儿超出了七公分，跟儿尖得足以刺穿人的咽喉。我不但要走还要舞动，还要走到分支台上，那一路，追光只打在我身上，就像开夜车，前方的车打了远灯，晃眼且晕眩。我还得走位，到达活动台，台子旋转升起，有失重感。我吊上威亚，从半空往下坠，做翩翩飞舞状，还要把握音乐的节奏。设计得真美，可我怎么做？

我跟设计师商量，他语气很好，可是，他坚定地透露出我个子矮，责任全在我，那么出事也应由我承担。我跟设计师磨了半天，鞋子的高度也没矮半寸。我向秀导说明分支台上的危险，秀导不耐烦地打断我："能不能上？刚中戏毕业的那个 B 角……"

这是一场近一个小时的秀，普通 T 台秀只有二十分钟。要换近三十套衣服，大部分是戏服，头饰重，衣服沉。我顶着十来斤重的东西，揪得头皮刺痛，身上叮叮嘟嘟一堆。这 T 台秀的确特别，需要表情，需要亮身段，需要舞蹈，还需要腾空翻，需要吊威亚，需要淌水，下雨……十几天的排练，我觉得是不可能完成的动作。从早上六点起床，到凌晨两点左右回到寓所休息，我还能保持三四个小时的深度睡眠。在我们这行，简直是回到婴儿时代了。果然——奇迹出现了，所有动作我都能做到。

演出时刻，我穿上第一套服装，从后台看到舞台灯光在高高的屋顶上倾泻。我浑身一激灵。我缓步走上台前，没有音乐，没有声响，全凭我对步伐节奏的掌控，我的内心在吟唱。我从漆黑的台下，听到一片掌声雷动，我知道我的第一个亮相成功了。我感受光打在我身上，我的身体扇起了一片片轻盈美丽的羽毛，每根羽翎都被圣光照见辉煌……那一刻，我在舞台的状态是超然的，是神来的，我不是我，是神圣的精灵。

演出完，没卸妆就虚脱得打晃，经纪人一把扶住我，兴奋地问："你现在最想要什么？""巧克力，不要黑巧，太苦了，要牛奶巧克力。"我的经纪人愣了，有人递给我一支巧克力，声音极轻，但很清晰，"本来就低血糖，自己该备的。"我虚弱地抬起头，竟是刘万。

说他是我的前男友，我都有些拿不准了。刘万也是演员，是著名艺术院校毕业的，传他在考艺校之前就火遍三里屯酒吧一条街，在东城体育馆路的出场费达上万元，所以大家给他起了个"刘万"的外号，后来竟成了他的艺名。刘万作为偶像明星推出，名噪一时。我们交往过几次，他把我弄上床后，就再没主动跟我联系了。每回都是我给他发短信，拐弯抹角地表达我对他的如饥似渴。可这厮对我的"求渴"信号爱搭不理，大大伤了我的自尊。这圈子里的男人，没一个靠谱的。

他也来参演这场 T 台秀了？我竟浑然不觉。原本被大家都看好的人，怎么混成这样了？我再次瞅他，心想，他大概对我也没感觉了。噢圣母玛利亚啊，我这猪脑子在想什么呢。刘万说送我，我立马答应了。这是我们分手几年后的第一次重逢，大概也只能是以这样的方式了。

我问："你现在做什么呢？好久没你的消息了。"刘万用他那依旧万人迷的双眼瞥了我一眼，嘴角微微一翘，典型的克拉克·盖博式的微笑。我颇为品着味儿地看着他，内心却在哭泣，我还那么着迷他。刘万说："都不看新闻啊。""你上新闻啦？哇，什么时候？""不是头条，当然就没什么关注度啦。只是宣传……话剧。""干吗做话剧，能挣钱吗？"他扭过头来，意味深长地看我，低沉地说，"你还那样啊，不过，太瘦了，得当心啊。"我有些心烦地说："我就那命！"可恶，他竟不再说话了。男人都他妈操蛋。

刘万把我送到家门口，我没下车的意思，有些厚脸皮不甘心地多待了会儿。四目相对，把我的心凉透了。我推开车门，不再看他，敷衍地说了声"谢谢"。他轻柔而浑厚的声音，微带一丝恰到好处的如朗姆酒的甜度，说："照顾好你自己啊。"我头也不回地走人，鼻子发酸，风叫我泪水盈满眼眶。

一进家门，我的三位室友都蹿出来，开了香槟，呐喊着："祝欣姐演出成功！"尽管我有些莫名其妙，但还是很感动。吕美人出的点子，两位男模竟也如此听从。吕美人这晚态度反转，让我一下子起了好几层鸡皮疙瘩。

她提议玩通宵，去夜店，她请客。那两个犯贱的，一听有人请客，兴奋异常，像捡了多大便宜似的，错过了就等于犯罪。可我太累了，真怕今晚会嗨晕过去啊。吕美人终于放我一马，约明晚去夜店。

我摸到床，就睡过去了。迷迷糊糊地听到吕美人的声音，她问我可不可以上我的床跟我聊会儿天，我内心别提有多诧异和别扭了，可我已经呼吸深重了。她见我没回答，自作主张地上了我的床，自作多情地帮我掖好被子。她开了床头灯，侧身看我，我嘀咕，灯太亮我睡不好。于是，她把灯关了。她说开了，我断断续续听着。无非……一个十七岁的小屁孩儿，竟然还有什么"史"吗？恋爱史？

在英国有个男人，三十来岁，资助人，我想。可她说不是，是同行。靠，三十几岁了还在混模特？太奇葩！可老外就是这样，老的也能留下来，老的就能成为大师。中国没有大师，各行各业只有刚入行的年轻人，年纪稍长就被逼走了。他是纯种的雅利安人。我想，完蛋了，你们没戏。果然，她伤心极了。我说老家伙不必惦记。我转过脸，微睁开眼，在地灯反射的微光里，吕梅娇泻着一头长发，纤细白嫩的手指打开一只小铁皮盒，里边有好多像水果糖一样的东西。她拈一颗几乎要塞到我嘴里，我立马儿用手一挡，扭过头去，把脸死死压在枕头上。吕梅娇说："你没事儿吧，这能让你解乏，有力气。"我攒足劲儿，终于爆发，坐起身，冲她吼："就这玩意儿，让你到现在都不想睡觉吧。"吕梅娇毫不在意我凶巴巴的样子，还在我床上扭动，说："在英国是合法的，我们都吃这个，减肥最好啦！国内没得买。我的英国男友……""别再提他，我不感兴趣，你快给我滚出我的房间，我要休息啦！"我最后一句声嘶力竭，吕梅娇终有所动，眼底露出一丝怯意。这本该是十七岁孩子的样子，她就是太老成了。她悻悻地走出我的卧室。我上了内锁，扑倒在床上，迅速坠入"温柔乡"。

日出三竿，我才出房门去上厕所，看到吕美人在客厅一角正贴墙练站姿。我揶揄地说："嗬，勤奋啦，做给我们看没用……"我急匆匆钻进卫生间，完事出来，吕美人还站在那儿一动不动。我这才走近她，瞧得仔细。她小脸苍白，有了黑眼圈，可怕的是，眼角有裂开的细干纹，巴掌大的脸完全呈锐角，锐气逼人。我问："你一夜没睡？第几天了？该死的药会要你的命。"吕梅娇只是笑，笑起来还凑合，但跟当初的清丽、清纯扯不上了。

我的肚子叫起来，吕梅娇说："喝早茶去。"我没反应过来，她不耐烦地叫道："吃早饭啊，去不？我请客。"我头点得像鸡啄米，"小兴奋"抑制不住！穷人命。

吕梅娇秒变粉嫩瓷娃娃，我惊呆了。什么"妖术"。我都怀疑刚才看到的，是不是幻觉？裸妆，出水芙蓉。淡灰和白色的衣裙相衬，束起一拢头发，碎发弯曲散落。我的眼珠子钉在她身上都快拔不出来了，那些男人看了该不疯了呀！我立马儿觉得，保护她的责任重大！

在必胜客我们吃了顿丰盛的美式早餐，我的胃撑得难受。吕梅娇提议在商场逛逛，不买东西，只竞走。我同意，消消食儿去。我们在商场里打打闹闹，互相追逐，引来不少人侧目。我们就当小舞台演出了，更加兴奋。

中午统一意见——不吃饭。我们先看了一场电影，到下午三点左右去KTV，吃一盘水果当午餐，边唱边跳。我发现，吕梅娇唱歌走调，竟不自知。我成了麦霸，她很乖，给我伴舞，舞伴得还行。

入夜，吕梅娇给两个超级男模室友打电话，一起去夜店。吕美人的精力太旺盛，简直是超人，让我怀疑让我感叹……我老了。我们嗨到凌晨，我实在扛不住了，嚷着要回家。我喝了些鸡尾酒，又没吃什么东西，感觉特别头晕。我走在起伏不平，充满气流，离奇而刺激的路上，唠叨着"不能陪这帮小年轻玩命了"。

我坐进的士，吕梅娇陪着我，我靠在她的肩头。她又掏出那只圆形的小铁皮盒子，一颗水晶蓝的"糖果"晃了我的眼。吕梅娇轻轻对我说："欣姐，吃一粒，醒酒。你精神老不济，怎么应付工作？"我问："这到底是什么？"吕梅娇甜甜地笑着，说："很安全的，英国的模特全吃这个，我跟前男友分手，这就是我的战利品。放心，在英国吃是合法的。"我压抑着自己的怒火，却已经坐直，梗着脖子说："是兴奋剂吧，你吃了几颗？你到底有多长时间没睡觉了？"我又烦又乱又燥，吕梅娇那轮廓鲜明的脸上闪出慌张的神色，但她很快镇定，不知道她哪来的底气。她似乎在用她的笨脑子想了又想，才说："学名太长，记不住……我们给它起了个雅号，叫蓝宝石。它是让人兴奋，但不是毒品。我可以送你一盒，不贵……"我别过脸去，再也不理她。

我回到家就把自己的房间锁上。那孩子在我门外折腾，邻居都报警了。

下午四点我才醒，脑子仍昏昏沉沉。我的经纪人通知我，晚上参加一个宴会。

我出门前特意叮嘱两位男室友，叫他们看紧吕梅娇。我把吕梅娇吃兴奋剂的事告诉了他俩，他们点头说："从国外回来的，怎么都无一例外啊，可惜她才十七……""别发感慨了。"我说，"现在咱们摊上了，就该注意。至少得有一个人盯着她，今天很关键，她一旦倒下，你们立刻打120，千万不能耽误，生命就在几秒钟，大家都有经验的，不用我多说。"

有部战争片，一位士兵在开战出征时说："这不是我愿意的，但我别无选择。"我此刻的心境就是这样，我化妆、做头发、穿晚礼服，花去足足三个小时，赴宴。

我的经纪人把我拉下车，从后门进。我埋怨："为什么走后门？"经纪人哼了一声，说："咱们公司连车都不派，打的来的，你好意思走正门？"

在宴会厅的门口，就感觉气氛诡异。是田娜菲。

她简直就是一串排骨在行走，悲催的"索马里饥民的鸡胸"展露无遗，拖地长裙，裙摆随着走动而飘动，一片光打来，白骨精在人间。

每次，我向导演们递上简历时，他们都会用一种入定的目光看我几秒钟。他们统一启尊口，第一句话就是："你跟田娜菲真的是同学？"我就当没听见。都毕业五年了，我在剧组好歹也混出点脸熟了，干吗还要靠一个我最讨厌的人的光环，以求关注？

我以专业第一考进本艺校的表演系，而这位，形体僵硬，表情做作，唱歌找不着调门儿的田娜菲同学，竟然是第二名。班上所有同学都不服她，我更不服，也不屑。可是，她竟成了我们班最早出名的。这让我更不服，但不能不屑了。最后，她成为我们班最有名气的。苍天啊，你是怎么把观众的眼力见儿给弄得这么差劲的？

大二那年，是我最靠近一部大电影女二号的时刻。我和田娜菲在同一组面试，导演只把我留下，聊了很久。显然，导演一眼相中了我。

那晚，我回宿舍经过锅炉房，从楼上泼下一盆肥皂水把我淋个通透。那时冬天，北京的冬天多冷啊，我浑身打战地回到宿舍。宿舍里住着六名同学，只有田娜菲不在，其他人都帮我拿毛巾擦，还贡献了她们热水瓶里的水。可是第二天，我还是发高烧了。

我没能参加第二次面试，与那次机会失之交臂。快毕业了，田娜菲因出演那个女二号，成为一颗冉冉升起的明星，曾在同一剧组的男同学，终于忍不住把事情原委透露给我。剧组传我嗑药。我这才恍然，难怪剧组不再给我任何机会。

我看着田娜菲"飘"过去，傍着一位年青的新锐导演。那导演我也认识，正是参与排演了我上次T台秀的电影大导。我真是哭笑不得。到底我前世，不，是我们前世发生了什么呀，这个田娜菲怎么就阴魂不散呢！这位大导对我印象不错，实际上是他邀请的我，参加他们导演的盛会——借一个电影话题的宣传名头而聚会、交流。

新锐导演向我走来，很热情地跟我打招呼，我不理田娜菲，但她的眼神像电灯泡一样亮了，还不停地向我闪闪地"发信号"。我内心直冷笑。导演向我介绍田娜菲，田娜菲竟十分嚣张地撕毁了我们当年的约定——互不相认。她竟主动说我们是大学同学，向我示好，还那么假惺惺地显得跟我很亲昵，让我很气恼。可是，我又不好在别人面前跟她翻脸，尤其是这样的重要人物。我只得应付几句，抽身离开。

我刚转背，就听到那位新锐导演跟田娜菲嘀咕："你这位同学好像不善于交际。"田娜菲就说："哼，不然也不会混得这么惨。""有多惨？""没戏可拍，混到群众演员堆里去抢角色了！"我的经纪人蹿到他们面前，说："你是她同学，不该帮帮她吗？""阿斗是扶不上墙的，人又倔，不属于聪明的那一类。搞笑吧，我们班专业第一的人，只有老师喜欢她，出了校门就另一码事儿了。"我气愤地转身怒视着田娜菲，她却向我挥手，那胳臂细得像肌无力，让我闪念——从棺木里伸出来的干尸的手臂。她笑得怎么那么不要脸。

我一个人走到自助餐区取餐。我发现所有人，都只是拿着一只红酒杯，杯里的酒一点没动，见人抿一口，不过是酒水沾湿下唇而已。有个终于忍不住吃了三薄片牛肉的中年男人，他大腹便便，身旁的女伴演员只吃了三片生菜，乐呵呵地拍着那男人的肩，说："哇，好胃口喔！"那男人不好意思地说："这几天节食减肥好辛苦啊！每天都是头昏眼花的。唉，我其实特别敬佩你们啦，干这行真不易呀！"男人说着，眼里充满了怜爱之情，抬起他那肥厚的爪子就在女演员搓衣板一样的后背上摸了一把。好像没尽兴，不甘心地又摸了下胳膊。我想，你能摸到啥？手没硌出血来呀？

满眼的，有名无名的演员都形销骨立，置身这些人聚集的场所，你会恍惚觉得自己不在"人间"，可能在"冥界"！这些人一旦散落"民间"，就十分扎眼。不是因为靓丽，而是瘦到那种惨绝人寰的地步，叫人怀疑，这人是从集中营里穿越过来的？还是得了什么绝症？

我去洗手间，闹肚子了，在厕所里久待了会儿。我听到有人来，她一阵咳嗽、干呕。我从小门缝里看到，镜墙上映出田娜菲的身影，格外明亮。她打开水龙头洗手，擦手，从鼓鼓的小包里，掏出粉饼，口红补妆。我完事了，推开门。田娜菲惊慌地扭身看我，一不小心把手提包掉落到地上，一只小铁皮盒子滚出来。田娜菲慌忙捡起盒子塞进包里，可我已看得分明，那不正是吕梅娇吃的那种兴奋剂嘛。我故意问："你慌什么？""没没没有啊。"我看到她全是骨头的胸脯费力地起伏，表情倒镇定，眼底透出寒气逼人的高傲与不屑，说："你吓我一跳。"我凑到她近前，少有的心平气和，说："演技你是提高了不少，可惜老得太快，这干巴瘦……""能上镜就可以了。我不愁没角色。这次我要跟那位新锐导演合作了，等着我拿大奖吧！"我笑了，扭头就走，跟这种人没什么可聊的。

我已经攥紧了拳头，决定反击。眼前浮现出过往的一切，我的内心无法平静。我现在的一切被动局面，都是田娜菲在搞鬼。她有副这样的德性，也有这操蛋的能耐。

田娜菲把我的最后一线希望给撕毁了。那时，我们圈子里颇有声望和名气的制片人李向东，对我怀有好感。我们约会过几次，他就迫不及待地动手动脚。面对好几部戏的诱惑，我只能半推半就。当时李向东的副手，正是田娜菲的男友，现在成前任了。田娜菲见不得我好，钻山打洞查我的隐私。她轻而易举就查出了刘万。

当时我跟刘万已经没什么了，田娜菲却生生把我俩这碗"冷饭"让媒体炒热了，炒烫了，烫伤了我俩。刘万的情况我一直不太清楚，但他的确是在那时淡出了公众的视野。我呢，三四线的演员没什么关注度，关注的，也就是那几个给我饭吃的人，其中就有李向东。李向东翻脸不认我了，说伤了他的心，欺骗了他的感情，烂女人永远不能原谅。

我像一条被弃的狗，舔着被主人用链条鞭打的伤口，默默无声地到荒野去觅食。我进剧组变得越来越艰难。横店那帮小导演，结成二十多家导演协会，都是拉帮结派，合力欺上瞒下。他们对上贪没，向下讹钱。田娜菲的现任男友就是其中一个厉害角色，在各剧组安插一些莫名其妙的关系和眼线。

我在楼梯间打了个电话给我熟悉的一个娱记，叫他去报案。在某宾馆的宴会大厅，有演员携带毒品。

我刚回到宴会厅，田娜菲像变了个人似的，拉我逢人就介绍，"我们是大学同学啦，好久不见的，各自忙呀。"我跟她耳语，"你吃错药了吧，当年……""多少年前的事啦，还记仇哇，太小心眼了吧！"她一直拉着我，几乎强揪着我，这人瘦，劲儿还不小。

好不容易我才摆脱了田娜菲。我来不及跟我的经纪人打招呼，连电梯都不敢上，直接走楼梯下到一层大堂。慌乱中我忘了走后门，直冲向旋转门的大正门。李向东与我迎面走来，他还拉着杨晓雨的手。我没法儿不愣住。李向东好像根本不认识我，根本不看我。杨晓雨看了李向东一眼，善解人意地，眼里含着暖暖的笑意又向我比画了几下，示意过会儿打电话给我。

杨晓雨是我最好的闺蜜，也是唯一的。在大学里我俩是最聊得来的，宿舍里那么窄巴的一张床，我们硬是要挤在一起睡的。现在，我们来往少多了，的确是各有各的生活。没想到，她跟李向东在一起。至少可以打个电话言语一声儿的，我的心头掠过一丝不快。她也用不着这么多心吧，我跟李向东早翻篇儿了。难道还要瞒着我？我难道不希望她好？我正要走出大门，一个人跑进来，我们仨全僵住了。这个冒失鬼就是刘万！

他带着摩托头盔，打扮还真另类。电梯门开了，李向东拉着杨晓雨进去，刘万不知为什么也拉着我进去。我们四人在狭小的空间里，尴尬无比。李向东按了楼层号，我就知道是来参加宴会的。李向东看着我们俩，以一种怀疑的目光。刘万也按了电梯楼层，是顶层。我舒口气，真快窒息而死了。李向东这一对终于到达目的地，电梯门一开，他们一走，我就怒视着刘万。可是，我们谁也没开口。

　　到了顶层，刘万很熟悉这儿，竟找到通向天台的梯子。哇靠，真高，
晕。我没好气地说："你带我来这儿干吗？你拿什么眼神看我呢？"刘万笑
了，淡淡地吐出："十万个为什么呀你。""我得走了。""急什么，不看场好
戏吗？"

　　我听到从楼下传来的警车鸣笛声，往下看，人很小，一群人影在灯火
阑珊里影影绰绰。奇怪，那个穿晚礼服的女人，我却看得分明。她被两名
民警挟持走向警车，她不是田娜菲才怪呢。我冷冷一哼，不小心又被刘万
看到。

　　刘万说："你让那娱记打的举报电话吧。那是我哥们儿呀，你大概忘了，
还是我介绍给你认识的。"我恍然，真忘了。刘万继续说："我正好在附近
做事，就过来看看。你果然太莽撞，这时候不该离开，会被抓住把柄，你
知道田娜菲有多鬼，她可能会指认你栽赃陷害。如果你现在离开，此地无
银三百两呀……"

　　我愣愣地瞅着刘万，刘万慢慢抱着我，我快哭了。可是，我推开了刘
万，说："你彻底瞧不起我了吧，就我这副德性！我是个麻烦，你可以闪啊，
像以前一样，闪到一边偷着乐去呀。"刘万歪着那颗俊秀立体的头，说："你
还讲理吗？"我撇了下嘴，更加气愤地说："我们还有理可讲吗？最后一次，
我们……事后，我反复琢磨，头都想痛了，我到底哪儿没做好，你到底有
哪些对我不满意，你就这样，不理不睬，哈……我以为，我他妈的就是太
自以为是了，是吧！你去追求你的事业吧，我当然不能当可耻的拖你后腿
的人，你也不给我这机会呀，是吧。田娜菲把咱俩的事儿挑出来，你也没
言语一声儿，可见你多清高啊，全是不屑，我就倒霉了，想来是我咎由自
取啊……"我看着刘万，他只把眼光放向远方，远方有什么？黑乎乎的。
我诉说有些困难，但还是继续说下去了："我能怎么办啊。考艺校，光面试
老师的打理费就得三十多万，之前的专业培训又是三十多万。对于一个三
级城市的普通家庭来说，哪来这么多钱？要不是我爸长年在非洲做建筑工
程，他也没这么多钱。这些血汗钱，这些跟我妈长期分居换来的钱，全用
在我身上了。我不为钱，我不努力挣钱，我还是人吗？"我再也说不出话
来了，刘万再次拉我入怀，我心里很感激。可是，缘分这东西，我们也无
能为力。

我抹一把泪，补妆，按刘万说的，回宴会大厅。分手之前，我又问刘万："刚才你说在附近做事，做什么？""送外卖。"我一愣，然后傻傻地问："体验生活？"他只是笑笑，最终才说："不是所有的北京人都是大富翁。我家没有房子，跟父母住的是胡同里的公房，不能买卖的。咱们上学那年代，酒吧歌手还行。现在，我再也靠不了那个了。不过，北京人无论哪个阶层都活得——自在。""不是，你开玩笑吧。"我简直不敢相信，问："那车呢？""你是说那天送你回家开的车？我一哥们儿的，我给他当司机，兼助理，他有活儿我就去，车会给我使一阵……""怎么会这样啊，不是在演话剧吗？""演完了。你也知道，咱们的收入不稳定，花销还大。我，又是那么不会经营的人。"我们沉默良久，刘万突然说："对不起啊小叶，我那时，没想到你会那么伤心。"

我"哼"了一声，刚才对他的所有感激，此刻都已烟灭，我的眼底冷如钢铁。"牛逼的北京爷们儿，你不闪，我可要闪了。"我奔跑而去，刘万还喊着："你慢点儿……"风起了，我偏加快速度飞奔，刹不住。

回到宴会大厅，新锐导演正找我，说："刚才你看到了吗？太可怕了。"我垂下眼帘不语。那新锐导演摇头说，"她发生这种事，算是完了。近期我的新电影要开机，还不嫌乱的。其实我见你第一眼，就觉得你是我的女主角，可演员定了，我不好说什么，现在……恐怕有变。"导演摸了下我的脸，盯我的眼神，表露出怜惜、疼爱，完全熟男意在掌控中的那种实力派表演。可我，就是用起搏器也震荡不起我的情绪来。导演说话完全不能当真，只能当作他在泡我，可我没心思泡他。有些有德性的导演，倒是真想用你的，可他只做得了三分之一的主，还有制片人，还有赞助商。就连这三分之一的权力，也是看得起他。这个新锐导演长得倒不讨厌，我安静地一笑。他又来了一句："你的眼睛太美了，不，是迷人。"我叹了口气。导演说话，总是那么苍白无趣。

我回到家，两位超级男模正在啃苹果，看电视。我问："吕梅娇呢？"超男模说："你走没多会儿就被一豪车接走了，我们锻炼，手机锁柜子里了，所以……"我愤愤地说："全都是些没心没肺的，小吕也是，不知道我在担心她呀，一个电话也不来。"

吕梅娇一夜未归。我做梦，梦得很奇怪。我梦见李向东摸我，亲我，

我们做得很热烈，我感到舒服极了，身子底下一片潮热湿润。我醒来，知
道麻烦了，提前一周来了例假。梦像个预兆，几天后，李向东竟主动给我
打来电话。

李向东负责了那位新锐导演的电影投资项目。原定田娜菲做女一号，
杨晓雨女二号。杨晓雨真是"千年老二"！她在学校就从未演过主角，似乎
就是按配角定向培养的。后来出了校门，倒一直演主角了，只是她的领域
是小制作的导演个性化影片，离钱很远，离名气也很远！杨晓雨却一直坚
守着这条道路，让我对她刮目相看。这回，是有所不同了。杨晓雨说："我
们的目标是戛纳。"我一听就来了精神。杨晓雨继续说："李向东的意思是
得马上拍了，田娜菲不能用。别说十几天后她才能从看守所出来，就是出
来，这戏也不会给她了！我是女主角的不二人选，李向东现在倒挺在意我
的，嗯，你不生气吧？"我忙说，"我为你高兴还来不及呢。"杨晓雨又说：
"我向他推荐你做女二号，咱们演对手戏！"

"噢。"我止不住一阵酸楚。

李向东来找我，说是把剧本给我，还要跟我谈些具体事宜。他一见我，
眼神就不对了。李向东一下子把我扑倒在床上。他这头壮硕的牛，压得我
动弹不得，他还不停地低声喘息，说："我想你，真的想你，好想好想。""去
你妈的，瞎想些什么，你跟杨晓雨好上了，杨晓雨是我什么人你知道嘛。"
"不知道。"我们推来搡去，"活"干不成，话也说不好。"喂喂喂，你怎么
可能不知道……""别别别提她，我爱你。""我不爱你，你疯了！"活见鬼
了，李向东摸得我很舒服，二十七岁的身子，正需求旺盛呢，可天天活成
了清教徒，我也为自己叫屈。这男人，一双坚硬的大手，抚贴在我的胸口，
摩挲着我的乳房。我闭上眼，打算"屈服"算了，他的手顺势摸到我的腹
下，我的胯上，我立马觉得这男人特别操蛋，就坚决而拼命地推开了他。
我为我的决绝感到自豪。

李向东最终只能作罢，俯下身看我，说："你瘦多了，跟杨晓雨一样。
以前你的身子可是圆润的。"我说："不瘦行吗？你们会找个臃肿的人拍戏
吗？""是啊，难为你了，想让身子有点肉，脸又要小，胳臂还要有型，大
腿还能上镜。"我与李向东相视而笑。

李向东坐在我身旁，搂着我问："还想刘万那家伙？"我看着他，不知

他什么意图，我淡然一笑，就此化解一切，说："你还耿耿于怀？""就那傻逼？"我皱起眉头，不悦地说："他不是傻逼。""做表演的不上银幕，不就是傻逼嘛。""至少他还有选择权，这就不易。""你是想当然，你就关心你自己。""我是顾不过来。"

我们正说着话，门外一对男女大吵。女人的声音我熟，吕梅娇。男人的声音很陌生。我们不去睬，继续我们的谈话。

李向东说："刘万跟咱们不是一路的。你要知道啊，我一直喜欢你，惦记你那时候的肉感。""你就为这个来的？"李向东一笑，转而有些凄凉，说："杨晓雨不正常。她减肥……总是吐，有一次我看见她在厕所里，拼命抠自己的喉咙，真恶心。她太瘦，还说自己胖。心理有问题。我们好几个月没做那事了，她一点也不想。我摸她，她浑身发抖，闭着眼，咬着牙，像上刑。我又不是头种猪，对我真是个侮辱。""嗬，你以为你还不是啊！"门外太吵了，尖叫，拍打……他们到底要闹到什么地步？

李向东毕竟是个成熟稳重的男人，他叹口气说："我理解她，我会成全她。这就是我能为她做的。"外边的声音太震了，怕闹出人命来。我走出房间，客厅没人，吵闹声传自主卧。我拼命拍主卧的门，里边的人根本不理会我们的警告。李向东拿一张卡插到门缝，门就开了。我冲了进去，把那男人推开，吼道，"要杀人啊，欺侮女人算什么男人。"那男人也吼起来："你看清楚了，谁打谁啊！"我这才看到，这男的脸上青一块紫一块。他穿着背心，露着的脖子、胸、胳臂，全都伤痕累累。我结结巴巴地说，"你你你个大男人，不不不，不会躲呀？"那男人因气愤和伤心，脸上的五官都扭曲变了形，说："就当我受这最后一份罪吧！""你休想，"吕梅娇尖叫起来，"除非我死了。今天我十八岁生日，明年这天就是我的忌日……"男人恶声恶气地说："谁管呢。"吕梅娇一头撞向那男的，把那男人直撞到露台上去了，差点撞飞掉下去。这么吓人的爆发力，让我恍惚身临片场。男人恐怖地叫起来，把吕梅娇狠命推开，夺门而去。那男的边跑边喊："疯子，我找美女，不是找毒蛇。"吕梅娇抄起一把水果尖刀掷过去，幸亏没扎到那男的，我都看傻眼了。

忽然就找不见吕梅娇了，我跟李向东分头去找。我在一条马路边见到吕梅娇，她正俯在地上。我把她的身子翻过来，看到她额头上磕出了血。

她依然处在癫狂状态，幸亏李向东及时赶来，否则我根本控制不住。我打了120，救护车一来，随护人员给她打了一针镇静剂，这才安静下来。她安静地发抖，哭泣，我抱着她，也泪流不止。

在去见导演试镜的头天晚上，我来到吕梅娇的房间。她刚从医院回来，还很虚弱，躺在床上，睁着眼。她正常多了。我给她订了外卖，有长寿面，给她补过生日。

见到那位新锐导演，他说："小叶啊，你才应该是女一号，可是李向东不同意。就那杨晓雨，太会来事儿了。""我很知足了。"我淡淡地说。新锐导演注视着我，说："你还是不信任我啊！"我凄楚地说："我能信任谁呢？""你看剧本了吗？""看了。""感受呢？""不错……""好个无辜无助又纯洁善良的样子，就是你这个样子，大大的眼睛，幽幽深冷的基底……杨晓雨呢？尖细脸，丹凤眼，活脱脱一处心积虑，心思深重的人，她才是女二号，反派角色。""她不是这样的人。""我是说角色。李向东太逗了，竟然说这样的相貌与心灵的反差才更特别，更有戏，更能体现女主人公的无辜和无奈，更有悲剧性。为她我们还得改剧本。我怎么调动悲剧性，你说？"我当然说不出什么来。

开机仪式那天，田娜菲带着一帮打手直接从看守所冲杀过来。我以一挡十，站在田娜菲面前，田娜菲的样子又叫我吃了一惊。短短十几天，她肥成这样儿。衣服紧巴巴的，像箍着一个气球人。脸上的轮廓失去"陡峭的山峰"，全成小山包了。我对田娜菲说："照照镜子吧，你自己不争气怪谁？别再出洋相了。"田娜菲指着我，说："这世上对你最有帮助的人有两类，一类是贵人，一类是敌人。贵人不必说，至于敌人，不就是咱俩这种嘛。可是最后毁掉你的，不是你的敌人，而是你身边装天使的小人。""你可以当人生导师了，不用去做演员。"

事后，杨晓雨一个劲赞我，说我是抵挡田娜菲这个女魔头的大功臣。我知道，杨晓雨颇费了心思，只为稳固我在剧组的位置。

一夜又没睡。体重秤盘的指针偏右了一点点，我脑子里的那根弦就紧了又紧，快崩断了。白天的拍摄十分紧张，在北京远郊，有夜戏，回不了家。开始大家还想在车里对付，最终还是不得不住进当地的民宿。秋寒时节，我们穿夏装拍戏，冻得一层层鸡皮疙瘩直翻。天凉不好消耗热量，人更容易胖起来。为保持体重，我几乎不吃，身子一直处于"冰柜状态"，捂不热。这天，我请假回家，打算好好睡一觉，恢复下元气。

我正熟睡，被一阵叮叮唧唧的声音吵醒。我感觉满房子火光绰绰，惊吓醒了。一个穿白色长裙，幽灵般的女人在我的床下点了一圈儿白色蜡烛。我摸了一把自己，还有感觉啊……"你还好吧！"那女人的脸冲着我，我差点叫出来。"不不不好，你你你谁呀？"女人一笑，我恍然。我打开床头灯，眯着眼儿，说："梅娇啊，你干吗呀。这些天你都干吗啦？""在减肥。我漂亮吧，到底漂不漂亮……"她又开始歇斯底里了，哭起来像拉响的警报，全城警报。

"你怎么啦！"她根本不听我的提醒和质问，一直哭，一直哭，哭得瘆人。忽然她又大笑，又大哭。我害怕极了，抱住她那尖瘦的肩膀，又怕稍一用力，那细骨架子就散了，碎了。她一下子倒地，再没发出半点声儿。我忙叫那两个超男模室友，打了120。我们都不敢碰她。

我们进了医院，值班医生说："马上手术。"护士们把吕梅娇推进手术室。我们刚签完手术责任书，护士们就把吕梅娇推出来了。我诧异，说："我们签字了！可以手术啦！""已经做完了。"我又张着嘴愣了。医生潇洒地说："心梗，分秒必争！"

我回到剧组已是中午，一直没吃东西，真他妈像条饿狗，晃荡在拍摄地的街头。阳光像明晃晃的大刀，不断来回地在我头顶上砍杀，砍杀得一片萧飒。台词在天外，演对手戏的演员，从明暗中穿梭，恍若闪客。我挣扎，这个下午，我没挣扎过去。一晚上，独自待在简陋的乡镇卫生所输液，内心品着被咬噬的感觉。

一帮可怜虫！渴望名利的镜头"嗡嗡嗡"地扭转，"咔嚓咔嚓"，像吸人血，啃人骨头，贪婪的声音，弄得我耳鸣。可是，偏爱凑过去啊，偏不甘心啊。我的泪，断了线一般地往下滴，往下滴。我还有泪！比她们强。

拍摄的最后阶段，我不得请假，不得回家。我跟杨晓雨住一间房，因为我们要求"亲密"。这天天气不好，都躲在宾馆里没出来，我跟杨晓雨难得叙旧，零距离，我发现她手腕上有针眼，十分密集。她掩藏得太好，我竟才发现。

我惊呼："你疯了？"杨晓雨轻飘一笑，说："没那么严重。只有海洛因才能让人彻底忘掉食物，还能精神饱满，真活出了神仙的滋味。""你会死的……白痴。""你不懂。你从没胖过。还记得吗？我一米六八，到过一百二十斤，甚至一百三，在大学我就被定位为傻大妞，或者中老年妇女。""我可没这么叫过你啊。""这没有意义。你不叫不证明你不这么认为。群众角色，路人甲乙丙丁我全包揽了，戏里分配的角色，也就是我人生的角色。无论我多么努力，都没用。一句话把你打发了，条件所限。""就算这样，你也不能饮鸩止渴啊！"杨晓雨望着天花板，好一阵子，我们都无话。我感觉我刚才说的话像一片落叶，被轻风嘲弄，有什么在反复碾轧我的心。我听到她梦呓般地说："欣儿，我不怕死，我怕那样活着……我们上大学时，同学传了条可笑的新闻，国外一个大胖子死了，去火化时引起了火灾。你们都笑了，可我想哭。"

一个镜头往往重复 N 遍，我坐在马扎上都僵了。我认识的那个娱记到了剧组，打了招呼。过后，他给我来电话，说在路边支着的火锅摊子吃东西，叫我过去。我一到那儿，娱记就给我一个大大的拥抱，我推开他，骂道："死胖子。"娱记并不胖，正常人的块头，只是我们总爱出语恶毒。娱记冲我一乐，坐下来，说："怎么跟杨晓雨混到一块儿去了！""怎么了？""你一直都那么二吗？难怪刘万说你……""他又说我啥啦？""二呗，太二，为了不刺激你，他不让我说……哈哈……"那厮说着竟笑得不行，疯癫了吧，我白了他一眼。我问："有什么不可告人的吗？""你真不知道？杨晓雨不是简单货色。你的事她都参与了。想想你那些倒霉事儿。""不可能，那都是田娜菲干的。""你是直脑子啊！""不管怎样，获利的都是她呀。""杨晓雨混得也比你好吧，从中没捞点利？""……""一发生事，她都在你身边。""也不是啦……唉，人生就是罗生门啊！"娱记瞅了我一眼，怪瘆人的。他低声说："对于你来说是罗生门，对我们很清晰。刘万不让我说，我实在没法忍了。你对杨晓雨毫无防范，我怕你成为第二个田娜菲。知道嘛，田娜菲太惨了，圈子混不下去了，跟一极丑的老男人过日子，听说经济上还紧巴巴的……杨晓雨很聪明，叫你帮她拿下田娜菲，她再对付你。田娜菲多明白，你可是个糊涂蛋！"

"我对付田娜菲，纯粹是我跟她的个人恩怨……""我们不在一个平台上讲话好嘛！"我们停顿了一下，他吃着火锅里涮的菜，那个美的，让我直咽口水。娱记又说："杨晓雨的星光大道已经开启了。你呢，有点别扭。你并不适合演反派角色，终究费力不讨好。你小心啊，被'流拍'，面临重新洗牌，你还是很艰难！""谁也不是神仙，谁能料到呢？""是啊是啊，杨晓雨已经拿到了下一部戏的合同，她的片酬正悄然上涨。你呢？"

我闷声不语。朋友不该互相祝福吗？就这点，杨晓雨的确不爽快。唉，要怪也只能怪这魔咒般的世界吧，人不可能再回到从前的单纯了。

娱记美美吃饱，十分怜悯地看着我，说："就一口不吃？"我苦笑着说："闻着味儿就饱了。"娱记拍着我的肩，说："坚持就是胜利，但愿别——先倒下啊！"我点点头。他又说："多少人倒在厌食症上了。拍完戏，赶紧补补。"我们话别，感觉悲壮。

回到剧组，杨晓雨怪怪地瞅着我。我说："晓雨，记住老师说的话，心有杂念的演员，在台上是看得出来的。"杨晓雨会意地点点头，我们的眼神融得像棉花糖。

最后一场戏，导演一次次喊重来，像出战的口令，一次次爆响，一次次燃起我的激情，超越了自我。我拼尽全力，仿佛经历了若干世纪，苦难的世纪。我眼前由模糊到清晰，清晰了整个世界，光线太耀眼。半秒，一阵黑。我倒下，头重重磕在桌角上，我感觉满嘴是血，有点意识，只觉痛得钻心，又听到一片尖叫……

我睁开眼，发现躺在病床上，经纪人在我身边。他告诉我："杨晓雨也在这家医院。"我感觉有了精神，不等点滴打完就想起身。我看到门外刘万的侧影晃过，很纳闷。经纪人那种尖锐感的声调消失了，陌生的柔和让我听得分明而仔细。他说："刘万知道你的事，他叫我们暂时不要通知你的家人。"我盯着经纪人，他才解释："这次，你很危险，肾脏功能正在衰竭。幸亏及时，你又不曾用过任何药物，所以才得救了……"刘万走进来，对我说："你得好好考虑下了，必须改变现在的生存状态，杨晓雨已经没救了。"

我穿过大楼，来到杨晓雨的病房。我俩单独相处的时间不到十分钟，却仿佛穿越了许多时空。不是追忆过去，而是当下的生死之门。

"我知道……"杨晓雨的声音，像从地底下冒出来的。她像早已死去多年的骷髅，而我要做出最好的表演，不能让她看出我内心真实的惊骇，并显出最亲切和悦的表情来安抚她。"我的生命再也无法挽回了。""别多想，会好起来的。""我在想，我有对不起你的地方吗？我又觉得，我没有对不起任何人啊！每个人都会这么做的。你看那些成功的人，有德性吗？成功了都有德性，没成功，德性能上得了台面儿吗？"开始，我相信杨晓雨，人之将死，其言也善。可她不停地念叨，她没对不起谁，这反倒让我怀疑了。

杨晓雨瞥了我一眼，我觉得她根本不是在看我，她已经看不到我了，看到的是另一个世界，那个世界让她恐惧。她轻轻说："帮我化个妆。"

我给杨晓雨化好妆，用手机拍了最后一张照片。她已经失神，尽管五官精致。

杨晓雨此后一直昏迷。第二天，撤掉所有点滴，停止治疗。下午，她的父母签下了死亡证书。

电影第一场新片发布会，在杨晓雨的葬礼上举行。也许这是杨晓雨生前所希望的吧，可我感觉别扭。……我们一色黑衣，佩戴白花，我原本含着泪，却被无处不在的摄像镜头，"大炮筒"，熙熙攘攘的场面干扰，墨镜后的眼睛终究干涩了。这是一场表演，棺木里的杨晓雨，永远的演员，终了，是道具。

杨晓雨临终时跟我说："我若有来生，你帮我祈祷吧，让我天生就很瘦，怎么也吃不胖的那种。"我说："为什么不祈祷不再入这行，不在镜头前，过自在的生活。"她惨淡一笑，说："我喜欢镜头啊，我改变不了它，只求改变我了，哪怕入地狱。"

一声巨响，那道铁闸门，关闭了我与杨晓雨的前世今生。火苗不大，不会引起火灾。可是，杨晓雨啊，你就能保证自己不再是个笑话了？

十年后，我站在一幕超大的广告牌子底下，仰望那巨幅广告牌里的美人。我一眼认出，是吕梅娇，更加美艳夺人，在广告牌里呼之欲出，还是那清丽脱俗的少女。现在的美容技术更加发达了，平常人也都在打水光针，注入蛋白线，玻尿酸，如同防腐剂一样，将人们的脸、身体长久"保鲜"。

一个年轻的妈妈带着一个小女孩走来，小女孩就在那大广告牌前走不动道了。小女孩打扮得像芭比娃娃，一个劲问她妈妈："我漂不漂亮？"妈妈回答："你是最美丽的小天使！"小女孩又指着广告牌上的吕梅娇问："跟她比呢？"妈妈毫不犹豫地回答："她是很漂亮，但跟你没法儿比呀！"小女孩露出满意的神色，抬起公主般高傲的下巴，无意间瞅了一眼我。我冲她做了个鬼脸。

当我转身走开时，听到这对母女还在说话。女儿说："妈妈，那个阿姨也挺漂亮，就是有点胖。"妈妈说："不胖啊。"女儿说了一句令我非常吃惊的话："她不是 Camera face（镜头脸）。"

作者简介

左雯姬，湖南湘潭人，2005年发表小说。已发表中、短篇小说《回头看看》《首席技术官》《难将息》《天井》《迷糊的行走》《夏初三十度》等上百万字。出版长篇小说《职场深处》。《灵魂出窍》获中国作协鲁迅文学院主办的文学创作竞赛奖，《再见，牡丹亭》获首届"先觉杯"全国文学大奖赛优秀奖，《声声慢》获中国小说学会主办的"中国当代小说奖"。现定居北京，自由撰稿人。

简 评

中国的文学作品中，对于城市生活经验的表达是比较薄弱的。真正能够结构出一个好的故事的作品并不多，把当代城市生活的敏感点恰当地放进去的小说也不多，这位作者一定程度上做到了。从写作手法，语言，每一个起承转合可以看出，这是位对城市生活有充分体察的成熟的写作者。小说里的女演员们拼着性命瘦身以求生，尔虞我诈以求生，出卖情感以求生。都市病态的审美趣味，人与人之间的微妙关系，城市生活的内在规则，作者都恰到好处地讲述了出来。在此基础上，如果作品可以收敛更多的枝蔓，侧重于核心内容的表达，也许就可以不只是一篇好看的小说，而更近于一篇好的小说的标准。

良人当归

方 言

1

他是好人！

我不是他撞倒的。

年过七旬的陈大爷躺在北京天坛博爱医院 ICU 重症监护室病床上。经过医护人员一番抢救，在昏迷整整六小时之后，苏醒过来。他艰难地撩了下眼睑，有气无力地说了那两句话。

"爸，是这个人撞的您么，您不用害怕，警察在这里呢，您和警察说说这个人怎么骑车撞的您。"

"他是好人……好人！"陈大爷气息微弱，"他是好人，我不是他撞的，是他救的我……"

"家属先都出去吧，病人需要休息。"一名护士展开两臂，做驱赶羊群状。

经过几天的治疗，陈大爷除了头部外伤还没有好，已经完全脱离生命危险，从 ICU 病房转到普通病房。

在陈大爷苏醒的次日，他向家属和警察陈述了"家属认为被撞"的经过。他说，咱是北京人，咱做人做事要讲文明讲道德，要讲理儿，不能讹人，更不能恩将仇报。我那天是自己栽的一个大跟头。正好于铁柱送餐从这里经过，他扔下车，二话没说，背起我就往医院跑。开始我还清醒呢，后来，我什么都不记得了……是于铁柱救了我！他是我的救命恩人！

七天后，于铁柱提着一口袋水果到医院看望陈大爷。

病房里一共三张床位，除了陈大爷之外，有一张床位空着，另外一张床上躺着一个胖女人，见到于铁柱进来，立刻坐起身来，面带愧色。陈大爷床边方木凳上坐着他的儿子陈大宝，他的老伴偏腿坐在床沿上。

"大爷，您好些了吗？我过来看看您。"于铁柱走到陈大爷的床前，他小声地说。

陈大爷挺了挺身体，陈大宝赶忙把方木凳让给于铁柱。陈大娘接过于铁柱带来的水果，有些不好意思地说："这，这，你来就来，还买什么水果，这怎么合适？"

"铁柱。救命恩人呐，多亏你了。"陈大爷语气厚重，话里充满了感激之情，"你快坐，快坐。"

"谢谢于大哥。"陈大宝脸露愧色地说。

"铁柱，你这脖梗子上和脸上怎么贴了这么多创可贴呀？"陈大爷很吃惊地问。

于铁柱呵呵直笑，没有回答。

陈大宝有些不好意思地说："爸，那是我姐给抓的。"

"还疼吧？"陈大娘关切地问。

"大娘，我早就不疼了。"

"没想到你是个好人！"这时，旁边床位的胖女人一脸不好意思地搭了话："那天……对不起啊，冤枉你了。"

于铁柱赶紧站起身，冲着胖女人点了点头，笑着说："没事儿，您，您，您也是见义勇为……"

于铁柱对于这突然来自身后面的插话，不知说什么才好，一时间找不到恰当的词语，竟然冒出了一个"见义勇为"。他的憨实、局促和不恰当的随机应变，竟然把那个胖女人逗笑了。胖女人笑靥如花，笑声爽朗通透，瞬间缓解了病房里有点尴尬的气氛。

"现在，像你这样的好人真是不多。"胖女人说，"要不是老爷子苏醒了，打死我我都不信。我心直口快您别在意啊，我们小区有一家，亲爹摔倒了，亲儿子都不敢扶，知道为什么嘛，因为四个儿子，一个比一个混蛋！"

陈大爷紧握着拳头，咬着槽牙，嘴角下沉，表情凝重。

"哟哟，爸，您别生气，别生气！"胖女人感觉自己说重了，陈大爷怒发冲冠了。

　　胖女人没再说话，似乎有些抱歉又有些钦佩，隔着陈大宝向于铁柱挑
起大拇指，还用力地抖了抖，以此加重一些钦佩和赞美的力度。

　　"大爷，您好好养着，我要回去了，我还得送餐去呢。"于铁柱回身问
陈大宝："我的身份证还在您这里吧？"

　　"嘿！不好意思，在在！"陈大宝羞愧地说，"真的忘了，我顺手塞包里，
忘瓷实了。"

　　"是我不好是我不好！"胖女人一边这么说，一边居然哈哈大笑起来："那
天，我们几个人一起挠你时，是我把你钱包摸出来的，里面有几百元，让
我给交了住院押金了。"

　　于铁柱笑而不语，但他的表情对这情节是确认的。

　　陈大爷更是又好气又好笑，嘴里直骂这死丫头……

2

　　于铁柱四十五岁，是外地来京务工人员。能听出他略带一点点甘肃口
音，并不浓重，毕竟他来北京很多年了。每当问及他老家在哪儿，他总是
一语带过，说他的老家是一个地广人稀、鸟不拉屎的地方。

　　外卖送餐是近几年才在北京出现的一个新兴职业。

　　2016年春天，于铁柱曾经一个叫贺老六的工友率先走出工地，改行外
卖送餐，半年下来挣了好几万，还是现钱儿。于铁柱眼活心动，紧随其后。

　　外卖送餐，是于铁柱在北京所从事的第22个职业了。他搬出了建筑工
地宿舍，和贺老六一起住进了地下室。

　　贺老六说，地下室怎么了？地下室很好！哪一个出国的人没有刷过盘
子？这里虽然是地下室，但是能让我一个月挣5000元，手掐把攥！干上几
年，我就能衣锦还乡了。

　　于铁柱没有贺老六的俏皮和口才，但他完全认可贺老六所说的话和畅
想的未来。他心里想，吃点苦又算得了什么呢，咱就是个穷人，咱没有享
过福，咱还没受过苦么？

　　一天晚上，于铁柱抢到一单。这是一个"风雨单"，一般抢的人不多。

于铁柱需要钱，渴望挣到更多的钱，所以他风雨无阻。在他心里，反而希望有更多单子都是"风雨单、暴雪单、半夜单"，没人和他抢。

已经是深秋了。入夜的风雨冰冷得刺骨。送餐路程不远，可是，在他送餐途中发生了一点小意外，他的电动车后轮胎扎了。电动车平时很轻便，跑起来快得就像哪吒三太子的风火轮儿。可是一旦出现扎胎、放炮、电池没电等问题，那就真的变成了一个累人的东西。车身加电池总重两百多斤。于铁柱为了每天能多跑几单，常常还要在车上配装一块备用电池。这样一来，他的电动车就有三百多斤。

雨真是太大了，他的雨衣已经两面全湿，浑身上下都被淋成了落汤鸡。但是他迈着坚定的脚步，在深秋漆黑的夜里，推着电动车艰难前行。

这一单送餐，他能挣五元。

大约走了两公里，于铁柱走到一座过街桥边，这座桥他常常经过，每次经过时，都会停车驻足，爬上桥双手扶着桥栏，向桥下飞奔着的、日夜不息流淌着的车流灯海，投以深情的目光，路上的车流带来的风，吹拂他的衣衫。桥下公路上一束束雪亮灯光，仿佛在互相追逐，由远及近地跑到他的脚下，眨眼间又从他的脚下"欻欻欻……"奔向远方。

于铁柱一手扶着桥栏，一手撸了一把脸上的雨水。

突然，他对着桥下的车流，在密密的雨帘之中大声呐喊。

"为了我的儿子和闺女，我得好好干。"

…………

他一遍又一遍地呼喊这句话。每喊一遍便感觉信心和动力就增加一分！。

"为了我的儿子和闺女，我得好好干。"

"为了我的儿子和闺女，我得好好干。"

车流滚滚，雨声阵阵，他的呐喊像风中远远飘摇的风筝，若隐若现。

3

于铁柱抢到一个顺风单。这个点餐人所在位置，距离他住的地下室很

近。而且时间赶得也相当好。送完这一餐，晚上十点半，今天就可以收
工了。

他给点餐人打了电话，接电话的是一个女人。当他挂断电话之后，感
觉接电话女人的声音特别熟悉，似乎在什么地方听到过。他使劲搜索、甄
别、拣选大脑中有关这个女人的声音和形象，过电影似的一幕幕回放，可
最终都被他一一否定。

于铁柱很快就到了点餐人的地址。当房门打开的瞬间，一切都变得那
么奇妙和顺理成章。

点餐人确是一个"老熟人"，是在天坛博爱医院里挠过他、打过他、抓
过他脸和脖子的胖女人。

"哈哈哈……"胖女人爽朗地笑了，"怎么会是你呀？哈哈哈……"

胖女人并不急于接铁柱手里的餐盒，她一只手不轻不重很有分寸感地
锤了两下于铁柱的肩头。另一手半遮着胖嘟嘟白嫩的脸庞。她开心地咯咯
笑个不停。

于铁柱也着实地愣了神情，万万没有想到世间竟有如此巧合之事。他
用一秒钟细细回忆了一下刚才那个电话里的声音，嗯！他确信无疑。

胖女人笑声让于铁柱觉得有些不好意思，露出一个中年男人很难为情
的、间有尴尬又间有羞愧的笑容。

"快进来坐，快点！"胖女人说话间去拉于铁柱的臂弯。

"大姐，不，不！"于铁柱没有动弹，面露难色地推拒。

胖女人一用力就把于铁柱扯到了门里。

于铁柱站在门口的位置，并没有动。向屋里略作张望。屋子很乱，床
上地上沙发上茶几上桌子上……只要能看到的地方，都散乱着书刊，薄的
厚的合着的打开的半打开的夹着书签的仰面朝上的扣着朝下……杂乱得没
有一点章法。

"傻愣着干吗？快里面坐吧！我家乱了点儿。刚才跟谁叫大姐呢？咋这
么不会说话呢？"胖女人快人快语，她接过于铁柱手里的餐盒，放在餐桌
上仅有的一小块空闲处。

于铁柱有些木讷地僵着，不知道该怎么接这话茬，也没明白到底哪句
话不够得体，竟惹得眼前这个女人嗔怪。

胖女人说："我比你还老吗？进门就叫大姐，哼！你说你该不该罚？！"

哦！于铁柱总算明白自己哪里说错了，呵呵地笑着，可他还是想不出来该怎么称呼这个女人。

"行吧，不难为你了。你就叫我名字吧，于凤，笔名晓凤。"

"你也姓于啊？"于铁柱有点惊奇，"我姓于，那我叫你妹妹吧！"

"这就对了，五百年前是一家人！"于凤说，"不用东张西望的，这屋里没有别人，好几年了，出气儿的就我一个！"

于凤从茶几底层拿出两只小小的玻璃酒杯，又到小客厅柜子里取来一瓶白酒。

"相逢一笑泯恩仇！"于凤说，"今天咱们喝一杯吧，以前结的梁子，今天就算了了，好不？"于凤不容于铁柱思考、回答和辩驳，拧开瓶盖，就要倒酒。

于铁柱赶快推辞："大，大，大妹妹……我不……"

他刚想说"大姐"，自己又觉得不对，立即改了口，改成了"大妹妹"。当他此话说出口之后，便和于凤一起笑了，他笑自己笨嘴拙舌，于凤笑他的憨实。

"别说什么'不'了！该喝不喝也不对！"于凤把于铁柱按在餐桌前的椅子上，把餐桌上昔日的已用餐具叠落在一起，收走。她说："亲哥，你别闲着呀，把餐盒打开呀？"

"我，我还不饿！"

"那不行！"于凤蛮不讲理地说："不饿你也得吃。吃一口你也得吃！前几天，我挠过你、打过你，今天你给我送餐，你要是不吃一口，我怎么敢吃呀？这饭菜里万一有蒙汗药呢？"

女人天生就是一种不讲理的动物。谁要是和女人讲道理，那就输定了。

于铁柱拙于言辞，面对一个口齿伶俐的北京女人，他就像患了语言障碍症，支吾了半天，最终也是哑口无言。

于凤把两只酒杯倒满了酒，抄起一杯，说："柱子哥，我给你赔罪了，我先干了！"

说着，于凤仰头一饮而尽。然后，她把酒杯倒悬了一下，以显示杯已成空，滴酒不剩。

以于铁柱的判断，于凤是一个热心人。那天在医院发生的事，虽然是一场误会，但也是一场充满爱心的误会。他二话没说，端起酒杯，便一口干了。

"这第二杯酒，我敬柱子哥！在这么一个人人都怕'沾包'的时代，柱子哥大仁大义，勇于救人，令我佩服！"于凤说完，又把酒干了。

"谁让我赶上了呢，谁看见了都得救！"于铁柱言语激动，牛眼小盏杂陈人间百味穿肠落肚。

"这第三杯酒，敬缘分！刚才你打电话时，我一听这送餐员说话声怎么那么熟悉呢，但是我没有多想，哈哈……真的是'冤家路窄'呀！哈哈……你承认不，这是不是缘分？"于凤捧着酒杯，双眼看着于铁柱，一动不动地，似乎在等于铁柱肯定。

"当然是缘分了，怎么不是缘分？我在电话也听着你的声音耳熟呢！"于铁柱主动把酒杯撞向于凤的杯子，说："还是大缘分，都姓于呢。来，干！"

…………

漫漫长夜，就在这推杯换盏愉快地交谈中度过。

深秋之夜，月朗星稀。于铁柱离开的时候，已是午夜。于凤送他到楼下。

妹妹，你上楼吧。

于凤说我再送送你，能够认识你真好。于铁柱说太晚了，别送了，我离这里没有多远。于凤却说我也想溜达溜达。

他们走到一座行人过街桥旁，于铁柱把电动车停在路边。

"我们到桥上看看吧。"

"桥上看什么？"

"看汽车！"于铁柱在酒精的刺激下，有些兴奋："在我们老家哪有这么多汽车可看？"

于凤看着于铁柱稚气的样子，觉得就像小孩子一般。他们走上过街桥。夜晚的风，真是清爽，吹在脸上，令人机灵灵地打寒战。于凤是第一次在午夜时分走上过街桥，看夜晚的车流和长龙般首尾相接的车灯，她没想到车流灯火竟是这般壮观，令人兴奋，无法言表。

"喊一句话吧！"于铁柱说。

"喊话？喊什么话？"于凤没明白于铁柱的意思。

"每次站在过街桥上，我都用最大劲喊一句自己最想说的话。"

于凤说："哦！你是哥哥，你先喊！"

于铁柱做了一个吸气的"起式"，两只手做喇叭状罩在嘴边，用全身的力量喊出："妈……你在老家还好么，我一定带你来北京看汽车！"他呐喊音量极大，声如洪钟，在嘈杂车流中，有压倒群车之势。尤其他呐喊出的那句话，真诚真挚，赤子情深。于凤欢笑同时，也在自问自责。从小便生长在都市里的孩子，又有几人搀扶着自己父母，一起观赏过这午夜川流不息的车流呢？

"想什么呢？我喊完了，该你了……"于铁柱说。

"我……我……"于凤踌躇地说，"我喊什么呢？嘻嘻……我真的没喊过，这么大声，要是被过路人听到，多难为情呀……"

"不要紧，就是要这样大声地喊！就像我们村支书在大喇叭里讲话一样。"于铁柱说："我以前在建筑工地塔楼楼顶，在鸟巢的'碗沿儿'，在国贸三期的最顶尖儿，我都喊过。"

"你还在鸟巢上喊过呢？"于凤问。

"那当然！我在鸟巢工地当过力工呢！"

"我想好了，我能喊了吗？"

"能！喊吧！"

"向哪个方向喊？"

"桥下，车流中间，灯最亮的地方！"

"最想说的话吗？"

"最想说的话！"

"明晚，我想吃宫保鸡丁盖饭！！"

4

"你再讲一个故事再走，行不行？就再讲一个！"

自打那天两个人酩酊大醉后，铁柱简直成了于凤的专业送餐员。于凤

比铁柱小两岁，是个"主妇型"作家，曾以"主妇型"作家身份受邀客座
过北京电视台某档生活栏目。

于凤的丈夫马达是一名反扒民警，在一次执行反扒任务时不幸牺牲。
马达牺牲那天正好是他的生日。她在家里做好了长寿面，可丈夫再也没有
回来。这已经是很久以前的事了。于凤和马警官还没有孩子，丈夫牺牲后，
她一直一个人生活。曾经生活中很多阳光、很多激情、很多笑容，都如同
瞬间吹熄的烛光。多少个夜晚，她都是在烟草中，酒精中、文字中、键盘
的嗒嗒声中孤独度过，直到天明。她已不再写美食和居家生活类的文章，
早已拒绝了《晨报》为她开设的"女人晨香"专栏约稿。她的文字由清新、
活泼、阳光，一下蜕变成为思考与深觉。她的文章用稿率很低，因为她的
感觉飘忽，思想深邃、文脉跳跃。每天当晨曦的微光洒满窗棂，新的一天
来临时，她才能安然入睡。然而这个作息规律非常不好，总是不知不觉带
她走进慵懒和颓废。

北京作家灿如银河，在这样的文化交流中心，多出一些作家也不足为
奇。诚然，在北京作家圈里能一提"晓凤"二字，就能让人们感知到热度，
就能让人们把这个作家的形象、作品的名字和"晓凤"二字紧密地结合在
一起、重合在一起，严丝合缝不错位，并非易事。于凤做到了。她成了"晓
凤"，尽管是以"主妇型"作家出道，但这也很难，令很多作家无法企及。
北京给很多有梦想的作家以得天独厚的优势和机会，与此同时，北京的大
文同化共同体，大文化认同感，大文化自信心，也让这座八百年的城池变
得残酷无比。于凤，早已经身心俱疲，马达的离逝，彻底让她停了下来，
暂时止住了长时间的"疲劳驾驶"。

于凤不再通过 APP 点餐，而是跟铁柱商量好，每天由他直接买来，她
直接付给他钱。买什么餐食都可以。每天饭后，于凤就会缠着铁柱给她讲
故事。她说她是作家，要丰富创作题材，但其实，于凤只是想让铁柱歇
息一会儿。渐渐的，这个环节成了一个必须，成了晚餐不可缺少的组成部
分。再后来，这个环节的重要程度远大于了晚餐本身。最后，便完全与晚
餐分离，单独成为一个身心相依偎的美好时段。于凤很享受这种午夜陪伴，
也很渴望这种陪伴。很久了，已经很久没有这种幸福感觉。她从心底里升
起的一丝温暖察觉到的这一点。

"好！那我就再讲一个我的故事吧！"于铁柱似乎有很多故事。他都记不清给于凤讲了多少故事。他不会胡乱编造，只讲自己真实的故事。于凤听得很认真，她已经把柱子哥讲的一些故事写进了自己的文章。因此，她的文章也开始透进了阳光，渐渐返青儿了。

于铁柱喜欢啜饮花茶。于凤每天都会为他泡一杯浓酽花茶，放在他的左手边。

于铁柱靠在沙发上。于凤说这是时下北京流行坐姿——"葛优瘫"。于铁柱笑笑，在昏黄壁灯下，话音低沉悠缓，声音的质感被渲染，就像午夜时分，文艺广播中的男主播朗诵诗歌，慢起的乐曲，皎白如水的月光……随后，一个具有磁性的声音，在耳畔慢慢响起——

送外卖这份活，工作不仅在一天中有两个小高峰，在一年中也具有季节性，订单高峰期便是天气最恶劣的时候，也是路况最差、外卖时效最久的时候。

因为天气差，大家都懒得出门，下大雨，人们都选择宅在屋里叫外卖。这份活儿，北京人基本是不干的。送外卖的大军中，有八成都是外地人。

恶劣天气，送餐员们真是又爱又恨。爱它是因为订单多，赚得多；恨的是天气不好行车危险，人也吃不消。

今年夏天，七月份。不知道你有没有印象，京城有一场大暴风雨。第二天一早，报纸新闻标题是"大树专砸大奔"，呵呵……不是大树"专砸"大奔，而是北京人有钱，开奔驰车的多了……

我有一个老哥们，名叫李朋。我们是工地上的工友，他比我大三岁，四个孩子，老婆有疯癫毛病。父母都是聋哑人。有一个弟弟，在上海工厂打工，后来发生工伤，截掉一只胳膊。我被贺老六叫来做送餐员，我觉得这份工作比工地上做装配工既轻松又挣钱，还不拖欠工资。便把李朋也从工地上喊来，才一个多月，就赶上了这场大风雨。那天的风和雨实在太大，手机上有很多单子，都没人接。我心里很痒，想捡这些"风雨单"，但是我觉得太危险了，最后还是没接。

但是，李朋冲了出去。我们劝阻他：你不要命了。李朋说：放心吧！我得挣点钱，这餐总得有人送。我的电动车是新买的……

电动车是我们送餐员最重要的家当。好几千元。他才干了一个多月，

除去吃喝，车钱还没有挣回来。他能不急么？我心里不是也很急吗？！我
能理解他。

可是，李朋刚刚冲出地下室，走上地面，刚刚把电动车打着火，连人
带车就被大风掀翻了。他爬起来扶住车子，还没站稳，发现身边一辆小厢
货摇摇欲倒。李朋来不及把电动车推走，又怕小货车砸到自己车，一咬牙，
就用手拼命撑着顶着那辆小货车。但是在大风面前，他的力量基本上是被
忽略的。"砰"的一声，货车被风掀翻，李朋被压在车下，红红的雨水从车
下流出来。

大家听见响声跑出来一看，可把我们吓坏了，七手八脚将货车抬起，
李朋的身体被压得扁扁的，他身下是那辆崭新的、承载着他生活新希望的
电动车。

贺老六说李朋实在是太傻了，为了避免几千元的损失，为了挣几块钱，
搭上了自己的一条命。不值！

也有朋友说，贫穷最悲哀之处，是总觉得无论什么事情只能拿命挡，
命比纸还贱。唉，这是嘲讽啊！

唉，我和李朋是同龄人，家庭情况只稍有不同。我很难受。如果换了
我，新车，新工作，想想孩子、疯老婆、残疾弟弟，年迈的聋哑父母……
我也会奋不顾身！

…………

于铁柱静静地流下两行热泪。

于凤从茶几对面，走到沙发旁边，挽着他的手臂偎坐在他身旁，头侧
靠在他的前胸。她一句话也没有说，听他的心脏咚咚咚地狂跳。

5

"今天送餐，遇到一件可笑的事，简直快他妈要笑死我了。"于铁柱下
午三点半送餐回来，一推开地下室的门就迫不及待地说。

一般这个时段，贺老六、老柴和张木鬼都会在。老柴和张木鬼是前一
段才住进来的。也是他从前的工友，大家都能聊得来、信得过。

"什么可笑的事呀？还能让你边走边拍手的？"一个女人的声音传来，吓了于铁柱一跳。

"于，于……你怎么会在这儿！"于铁柱瞠目结舌，愣怔怔地看着坐在他床沿上的于凤，简直都不敢相信自己的眼睛。

"哈哈哈……"贺老六等人笑声特别怪异。

"我怎么就不能来呢？"于凤表现得很得体很端正。她说："我来听笑话呀，你遇到这么可笑的事，我们几个都等着分享呢，快说吧！"

于铁柱脸"刷"地红了，不由自主地看了看那三个兄弟。

老柴在一旁敲锣边，胡乱搭腔："快说吧！你捡着钱啦？"

"捡着钱有什么可笑呀？"贺老六对于凤说，"上次他倒是捡了个手包，里面有五千多块呢，还有身份证、驾驶证……你猜怎么着？"

"他还不请你暴撮一顿呀？"于凤打趣地说，但是她心里非常明白以于铁柱的性格，他是不会这样做的。

"哪儿呀？切——"老六翻了个白眼，嗤之以鼻，他说，"我也以为他得请我们吃火锅呢，谁承想，他按着身份证上面的地址，骑车走了大半个北京城，一直到海淀温泉那边，把手包给人家送回去了。我这顿火锅也没有吃上。"

"咯咯……柱子哥这是活雷锋啊！今天我请你们，补上这顿火锅儿！"于凤说，"你挑地儿！"

"你瞧瞧，还是嫂子敞亮！"贺老六对铁柱挤了一下眼。

于凤的脸也腾地一下红到了耳朵根。

"别胡说！找揍呢你！"于铁柱偷看了一眼于凤，假意向贺老六扬了扬老拳。

"快说你的笑话吧，我们都等着听呢！"老柴打着马虎眼。

于铁柱把头盔摘下来，挂在墙上，手套扔在桌上。他说我今天去送餐，当我敲开房间时，开门的是女主人。她一手拿着菜刀，门里不远处还躺着一个男的。可把我吓坏了。

"啊？"三个听笑话的人，同时发出惊讶之声。

"杀人了？"贺老六问。

"没有！现在这年轻人呀，真没法说！"于铁柱摇着头。

原来，小两口儿在吵架。女人让男人到大床睡，男人偏在小床睡。女人便拿菜刀假装威胁。男人就势倒地不起，装死。女人问他躺在地上干吗？他说：我死了。女人又问他，你死了怎么还睁着眼？男的说：我死不瞑目。女人揪着男人的耳朵问，你死了怎么还能说话还能喘气？男的说：夜夜受折磨，我咽不下这口气！……这男人的回答真快把我笑死了。

于凤、贺老六、老柴三人，此时笑得前仰后合，贺老六直喊笑得岔气儿了。于凤也说这个男人真幽默。老柴笑得咳嗽不止，就像七老八十病入膏肓的老棺材瓢子。

"后来呢？"于凤问。

后来，那女的把菜刀扔在一旁，接过我手中的餐盒。她突然郑重其事地问我：大哥您帮我点小忙行不？我说行。她用手指躺在地上的男人，说：您受累帮我把这块懒肉捎楼下去，扔垃圾桶里得了。哎呀妈呀——我一听，这忙我可帮不了。我赶紧走了……

于铁柱说得兴奋，他连说带比画，神情，对话，人物关系转换，都非常到位，小小地下室此时就像一个小剧场，笑声不绝于耳。

"你知道中央电视台有一个节目叫作'星光大道'么，我给你报个名吧！"于凤开着玩笑，说，"我觉得你有演小品的天才呢！"

"拉倒吧！"

"走！咱们一起吃火锅去！"于凤招呼贺大家伙。

贺老六一听火锅立马就来了精神，"噌"地就床上跳下来。

"这，这，还是不去了吧？"于铁柱说，他有些犹豫不决。

"嫂子都来了两小时了。"贺老六说，"你不吃饭可以，我们大家等你等得肠子都转筋了！"

"别瞎说！"于铁柱呵斥贺老六满口放炮。

四个走出地下室，来到街上，就近找了一家火锅店。由于早过了吃饭的时间，饭店里一个顾客也没有。饭店对于送餐员来说那是再熟悉不过的了，但是于铁柱他们，却很少有机会这样坐在饭店的餐桌前。对他们而言，别人最普通的一顿饭，却是他们难得的奢侈；而别人用餐的时间，正是他们最辛苦的时候，是他们的车轮飞奔在路上的时候……

"木鬼干吗去了，今天他怎么还没有回来？"铁柱问老六。

"他呀，打别的工去了！"

"打别的工？"于凤十分惊诧贺老六的话，"不是送餐么，还打别的什么工？"

"他平时打两份工，送餐，保安。"老六说，"这不，今天又加了一份临时的——去通下水道了。"

"哦！"于凤若有所思，她继而追问贺老六，"你打几份工？"

贺老六还没说话，而是在说话之前眉毛、眼神和下巴轻轻一扬，挑了一下于铁柱和老柴。

于铁柱没等贺老六接着说话，而是在霎时间把话题和贺老六的表情全部接收了过来。

"我们仨人，懒人得懒癌，送餐以外什么都不干，是吧？"于铁柱给老柴挤一下眼睛，说，"诶，老柴，木鬼去多长时间了，给木鬼打个电话看他回来没有？"

"我给他打一个电话问问吧！"老柴说。

"他怎么叫这样一个名字？"于凤不解地问。

于铁柱说，我们外地人有个名字就行，没有那么多讲究。我也问过他，他爹给他取名叫"张槐"，户口登记时，村支书写字水平不行，槐字写得分了家，办理身份证时就成了张木鬼了……

于凤觉得姓名应该是一个人最重要的生存标志，村支书怎么能这么随意和不负责任呢。她对贺老六的名字早就有些耿耿于怀。但是怎么说那也是老六的父亲为他取的名字。但是木鬼这个名字，是村支书写的错别字呀！

"村书记怎么能这样呀？"于凤很遗憾地说。

"能写字就是好样的，还有不识字的呢。"于铁柱说，"嗨，农村人儿，有个名儿就行了。"

这时，老柴也给木鬼打了电话，木鬼说回不来还没完事，不用等他。

于是，大家这才开始开火、起筷、涮肉。

翻滚的火锅，香气四溢，热气在一片欢乐声中升腾，笼罩着四张笑脸。

6

于凤不敢相信自己的眼睛，她抬起头，仰望这座矗立在东二环商圈的大厦。大厦如同一把锋利宝剑，举向天空，宝石蓝的外立面玻璃幕墙，在初冬的暖阳里，熠熠闪光。

长时间仰视，于凤颈椎生疼，头晕目眩。她在大厦下面低着头站了一会儿，稍作休息。当她再次抬头仰望时，却惊呆了。在大厦顶端，此时已经垂下一条条绳索，一二三四五六七，一共七根。每条绳索下端都吊挂着一个人，大厦太高，远远望去，他们状如一个个小黑点，时而悬丝下垂移动，时而静止，时而在高空风力作用下左右轻盈地飘动……

于凤走进大厦，进入电梯，电梯轿厢一侧的两排楼层触键板，长得令人生畏。她先选按了个50，然后又按了取消，重新选择了70。第70层，是一家贸易公司。安装着电子刷卡门禁系统，陌生人不能随意进入。于凤和这家公司前台接待小姐说明她是外墙保洁公司工作人员，只是来拍几张工作照片，检查外墙保洁清洁度，拍完就走，不会过多打扰。接待小姐笑容可掬，善解人意，给她做了必要的身份登记，尔后，喊来一名保安员，带领着于凤进入公司内部办公区。

于凤站在高大通透的玻璃幕墙里，八百年的古都北京一览无余。条条公路、街道纵横交错，鳞次栉比的高楼大厦插入云端……这是政治经济文化交流中心，是东方文明圣都。

于凤在窗边伫立了几分钟时间，这时，窗子外面一条条绳索开始一点点垂下来。起初是七双穿着单鞋的脚，然后是七双腿，然后是每人腰间拴着的小水桶，然后是他们手里握着的左右上下不停摇摆的"玻璃刮板"（一种类似于汽车雨刷器的擦玻璃的工具），然后是一张张熟悉的脸庞……于凤心如刀绞，他看到贺老六悬挂在百米高空之上的窗子外面，还有瘦如茄秧的老柴、满口残齿黄牙的木鬼、长期营养不良细长脖的小顺子……

贺老六悬垂在略高于凤头部位置时，他突然睁大开了眼睛，惊诧的眼神，夸张的表情，似乎发出了惊叫声……但是贺老六这种神情瞬息之间黯淡下来，他朝于凤说了句话。于凤站在窗子里面，什么也听不到。他又用手指了一下右侧斜上方的那个"蜘蛛人"，仰头和"蜘蛛人"说了句话，那个人立即"关闭了手里的雨刷器",透过玻璃幕窗,看到站在窗子里面体态丰腴、白嫩端庄的于凤。他向于凤尴尬又勉强地笑了笑,招了招手,说了一句话,然后,又忙不迭地开始了手里工作。

于凤看到了那熟悉的蜘蛛人用力咬着牙关,脸部肌肉绷动,喉结骤然凸起变大上下不停移动,坚毅的目光……

于凤站在那里,簌簌泪下。

此时,六只蜘蛛都做静止悬停状,只有一只蜘蛛在不停地吐丝结网……

7

睡足四小时,起来又是一条好汉!

于铁柱床头贴着他的这样一句话,这是他的誓言。

脑袋下的手机震动把于铁柱吵醒,他噌地跳下床,抓起外衣就往外跑。还要赶到新发地去卸蔬菜呢,这个活得半夜干。

黑暗中胳膊被谁一把拽住了,吓了他一跳。定睛一看,一双熟悉的眼睛在黑夜里闪闪发亮。

"你怎么在?"

最近于凤爱上了这脏兮兮乱哄哄的地下室,没事就往这跑听故事。可是半夜不走,这可是头一回。听着木鬼、老六他们的呼噜声、磨牙声,于铁柱有点不好意思。

"出去说。"于凤扯着于铁柱走出了地下室。于凤严肃地问:"你要干吗去?"

"我……我撒尿。"于铁柱灵机一动。

"你胡说!你是要去新发地吧!"于凤的话让于铁柱心中一凛。

"我……我……你……你……"于铁柱不知该说什么好。

"行啊!好汉于铁柱。"于凤手拿着一张 A4 纸,漫不经心地看着纸上的这句誓言,说,"我就以为我是个作家,没想身边还潜伏着一个诗人!你这诗写得不错呀!"

于凤那天去地下室时,第一眼就看到了铁柱床头这句诗。贺老六告诉她这是于铁柱写的。她就把它揭下来放在了自己包里，说这么好的诗我收藏了。

"这纸怎么在你这里？"于铁柱嘻嘻嘻地笑着，表情佯装得就像一个无赖，伸手欲夺回那纸，但是却被于凤迅速塞回了包里。

"于铁柱，你有几条小命儿容得你这样糟蹋?!"于凤面若冰霜，声音大得吓人，往日爽朗的笑容一扫而光，取而代之的是一片怒火："四小时？你知道那幢楼有多高么？你知道外面的风有多大么？你知道我看你时，我有多么不敢相信自己的眼睛么？四小时？你睡了四个小时就又起来拼命！于铁柱，你不要命啦……"

"那个，我，我以后不去擦玻璃了！我保证！"于铁柱看于凤是真急眼了，他便千方百计哄她高兴。他说："今天我去送餐，遇到个可笑事，我给你讲讲！"

"不听！别给我扯没用的！"于凤认真地看着于铁柱。

"好好，不扯没用的。我给你说点正事。"于铁柱躲避着于凤的注视。

"我不听！"于凤突然伸出手，把于铁柱的脑袋搬向自己："你说吧，你还干别的兼职没有？"

"没有！绝对没有！我要骗你我是狗！"于铁柱誓言旦旦地说，"我对天发……"

他嘴里发誓的"誓"字还没吐出来，于凤的眼泪已经滚出眼眶，一颗颗豆大的泪珠子在路灯下闪闪发亮。

"一开始，我以为你就是蹬蹬三轮车、装装瓷砖，所以我没理你。"于凤的声音里，充满了委屈，好像自己被欺骗了一样。"嘿，我真没想到你还玩起了蜘蛛侠？！"

"我也没有想瞒着你。只是不知道怎么告诉你。"于铁柱说。

"人们都说北京姑娘'话密人傻心眼好'。"于凤说，"我是话密，人也挺傻，心眼好不好的你自己琢磨。"

"好，好，心眼好——"

"但是，我觉得，从今天开始，我不话密了，也不冒傻气儿了，对人更不会好心眼儿了！"

于凤说完呜呜呜地哭了起来。

铁柱心里忽然特别难过。和于凤交往这几个月来，他还是头一次看到于凤这么着急，这么生气。他们俩这段时间几乎天天见面，对他来说，每天算计着时间吃饭、睡觉和工作，就想挤出时间来多跟于凤在一起，只要于凤在身边，他所有的劳累、不甘、无望，就会消失得无影无踪。于凤是他生命中的一道光，是他的力量、能源。

"柱子哥，我爱上你了！"于凤忽然抹了一把泪，笃定地说。

"啊！"铁柱愣住了，张着大嘴不知说什么好。

于铁柱心头犹如压了一块巨石，心情无比沉重。他渴望这份爱情的到来，可他又怕伤害了这爱情的花朵。他把于凤紧抱在怀，十指相扣，唯恐自己一松手，这只美丽的凤就飞跑了。

于凤是作家啊，她是城里人，北京人，漂亮女人。于铁柱知道他们之间的差距，他从来不敢任凭自己心里乱撞的小鹿被她看出来。

"说，你爱我吗？"于凤的目光像燃着的一团火。

"我……我不能……我不敢……我……"太突然了，于铁柱语无伦次。

"什么能不能敢不敢的，就说你爱我不！"于凤瞪大了眼睛。

通过这段时间相处，两人确已心生爱慕，产生了浓厚感情。但是，于铁柱还在小心地保持彼此间的神秘距离。在他看来，自己的生活状态、生活品质、家庭情况等和于凤相比有着天壤之别。有一天晚上，他俩饮了几杯白酒。饭后，于凤如软泥一般瘫倒在他的怀里，留他别回去了。可他很自卑，有些无地自容，他的家庭条件太差了，他不想连累于凤。他明白于凤的心，可是他觉得自己配不上于凤。那个晚上，他把于凤抱在床上，掩上被衾，忍住内心隐隐的痛，轻轻地关上了房门，独自走回了地下室。

"爱。"声音小得像这半夜蚊子叫。可是于凤听到了，她一头扎进了他的怀里。

"爱我，以后就要爱惜自己身体，不要再这么拼命。"于凤幸福得浑身颤抖，滚烫的双唇贴在那焦渴的唇上。

咸咸的泪水在口腔里传递。

8

"以前我不爱哭，自从遇到你，我竟哭了。"于凤自言自语地说，包含了女人的娇嗔。

"有吗？不就昨天掉了那几个眼泪吗？"

"哼——我要惩罚你。你过来，到我跟前来。"于凤一边招呼着于铁柱，一边在沙发站起来。说："你得背着我。"

"啊？"于铁柱发出惊讶之声，面露难色地说："我这么瘦小？"

"嘿？原来你是嫌我胖呀？行，好吧！"

于凤话音未落，便从沙发踏到地板上，三步并作两步走到于铁柱的面前，趁他猝不及防，一把揪住他的一只耳朵，使劲朝一个方向拉扯。疼得于铁柱滋龇牙咧嘴，直叫喊哎哟妈哟姑奶奶轻点儿轻点儿耳朵掉了耳朵掉了……

"说，你是不是嫌我胖？"

"没有没有，我没嫌你胖。不不不，你一点都不胖。"于铁柱耳朵在人家手里，疼得不知道说什么才好。

"这还差不多！你背不背我？"于凤一手揪着于铁柱的耳朵，一手捂着嘴咯咯咯地笑。

"背，背，我背！"

于凤这才把于铁柱的耳朵松开，两只状如小馒头一般的白嫩手儿往于铁柱的肩头一扒，脚掌一用力，"噌"地一蹿，就爬到了于铁柱后背上。于铁柱故作泰山压顶状，低着头弯着腰，双手从背后半搂半托着于凤的肥臀。

"我的小毛驴小毛驴，倔呀倔脾气倔脾气……"于凤兴奋、得意，趴在铁柱背上，嘴巴凑在他耳边哼着歌儿。蓦然她又突发奇想，说："小毛驴你给我唱首歌呗？"

"我哪里会唱歌呀，我从来都没有唱过歌。"于铁柱说。

"唱啥都行！快点快点！否则我再罚你驮我跑三圈儿！"于凤又开始揪着于铁柱的耳朵。

"行行行，我唱我唱，我唱什么呢，我真是不会唱歌儿啊！"于铁柱想了想，说，"我唱个小儿歌吧！"——

> 背呀，驮呀
> 背着我的老伴儿
> 过黄河呀
> 河对岸有片洋芋地呀
> 驮着我的老伴儿
> 刨一气呀
> ……

　　"哈哈哈，不行不行，你这叫什么歌呀？"于凤笑得都有些岔气儿了，直喊肋头窝儿疼，"不行，你这是糊弄人！哈哈哈……"

　　"你这不是强人所难嘛，我真的不会唱歌儿，这还是我小时候学的呢。"

　　"那你就再驮我三圈吧，要不你就驮着我过黄河吧！"于凤说，"我要过黄河刨洋芋。"

　　"我实在没有劲了。咱能不能坐下唱。"于铁柱说，"坐下，我肯定给你唱，肯定！"

　　"行吧！我的小毛驴！反正你也跑不了。"

　　于是铁柱把于凤放在沙发上，他也顺势坐下靠在于凤身边。

　　"我前些年出来打工的时候，跟别人一起做几个月的小生意，卖十三香。我给你唱两句卖十三香，行不行？我就会这一个了！"

　　"你还卖过十三香呀？好，唱吧，行不行听听再说！"于凤矫情着，"唱得不好听，我可不买你'十三香'哟！"

　　于铁柱清了清嗓子，定了定心神，仿佛是在回忆多年前的曲调和唱词儿。他双手十指交叉反扣托着后脑勺，又翕动了两下鼻孔，确认鼻孔的气息通畅无阻不影响发声，然后他才开始唱起——

> 小小的纸儿四四方方
> 东汉蔡伦造纸张
> 要问这纸有什么用
> 你听我慢慢地说端详

记者用它来写稿件

作家用它来写的是文章

宣传那改革和开放

十八大的精神放的是光芒

工程师用它绘的是图纸

医生用它来开药方

纸张落到哇我的手

张张包的都是十三香

上等的花椒和大料

陈皮肉桂加良姜

丁香木香这是亲哥儿俩

同胞姊妹就是辣椒茴香

……

起初，于铁柱唱得轻盈自在，声音清脆洪亮，字正腔圆，韵味十足。唱到一半时，声音渐渐变小了，节拍也变慢了，最后竟然停了下来。

于凤听得正入神呢，她很不解地问："怎么了？"

铁柱没有言语，沉默了片刻，他很怯懦地说："凤儿，我……我，我还想干点兼职……"

"卖十三香去呀？行，我同意了！"于凤一听于铁柱这话，就知道他的想法了。这几天其他几人都去干零活儿，而他没有去，浑身上下闲得难受，心里也痒痒的难受。

"不是。我想多挣点钱！"于铁柱很坚定地说："我想多挣钱！"

"跟我说说原因？"于凤按捺着胸中的怒火，很平静地问。

"家里穷，孩子们都在上学，需要我多挣钱来养家糊口。"

"我怕你累死了！"于凤说，"你也得对你自己负责。现在你还得对我负责。除非——你爱我是假的！"

于铁柱急忙说："我是真的！可是——我怕，连累你！"

于凤站起身，走到写字桌前，从抽屉里取出一个牛皮纸信封放在于铁柱面前。

"原谅我，前几天我看了你的手机短信。这是你儿子在短信里提到的两万元。"于凤说："这样的事情你不能瞒着我。再说现在国家都提倡大学生创业，你怎么能不支持他呢？"

"他还有两个妹子，我小女儿……"于铁柱欲言又止，顿了一下，他说，"钩子都上大学了，他应该多考虑他妹！"

"咱们以后风雨共担。"于凤说："你也要考虑孩子，也要考虑我，更要考虑你自己的身体！"

一个男人为真爱而感动。于凤紧紧地拥抱他，两颗心紧紧贴在一起。

9

"今天有什么高兴的事么？赶快给我讲讲。"于凤问。

"哪有什么高兴的事呀？都是晦气事儿。"于铁柱无精打采，低声闷语地说。

"晦气事也说说，生活需要佐料。我的小说也需要情节。"于凤近段日子开始写小说了。

"先是给一个顾客上楼送餐，回来后发现餐箱里丢了两盒饭菜，我只能自己赔偿，花了我二十五元。之后我接了一单。我把餐送到时给顾客打电话，语音提示顾客手机欠费，无法接听，但是又不知道欠费。哎呀，我这郁闷呀，心想怎么这么寸劲呢？没有办法！突然我灵机一动，用我的手机给他的手机充了十块钱，之后，我才给他打通了电话……"于铁柱说。

于凤挑了一下大拇指，说："你越来越聪明了！如果换了我，都不一定能想出这个办法。"

"别人一单挣五元。我一单赔五元！"于铁柱说，"这个顾客是个盲人，他根本就看不见我给他充了十块钱！他家里又没有别人。"

于凤从来没有听到过这么可笑的事呢，她都笑出眼泪来了。

于铁柱实在无奈，唉声叹气，他问："这俩事能赚三十块钱稿费吗？"

"能，能能！"于凤被他问得有点懵圈，明白过来之后，她不得不佩服于铁柱这种"百姓智慧"比 GDP 数字还要真实和说明问题。

"我想回一次家。"于铁柱说。

"嗯？什么时候？"于凤对铁柱突然冒出来的决定有点意外。

"不知道。"

"家里出什么事了吗？"

"没有！"于铁柱沉着地说，"想我闺女了。这几天总是梦见她。"

"你什么时候走？"于凤问，"我和你一起回去？"

"你赶紧写小说吧。我老家那里是个鸟不拉屎的地方。"

于铁柱走了，于凤急得像热锅上的蚂蚁。

头天还好好的，第二天没来给于凤送餐，于凤饿着肚子跑到地下室，只见到于铁柱留下的一张字条："我回家看看。"

什么情况？谁也说不清楚。老六说于铁柱接了个电话，连行李都没收拾，就急匆匆地跑了。对了，临跑之前，还把老六所有的积蓄都给借走了。

电话一直关机，于凤简直不知该怎么办好。

"是不是家里出事了？"小顺子帮着分析，他俩是老乡，只有他最了解于铁柱的情况。

于铁柱有一儿两女，老大是儿子，已经考上大学；大女儿叫枝儿，比钩子小六岁；小女儿叫青儿，又比姐姐小两岁。于铁柱是暮生，独子。老婆是本村人，已经死了好多年了。

于铁柱在北京打工，将照顾孩子的重担，交给了已经苍老的母亲。青儿身体不好，患有先天性心脏病，只上了两年小学，便辍学在家。于铁柱在北京走访过很多家医院，都说老三的病，必须要早治，否则会有生命危险。但治疗费用一直是铁柱心头大患，医生随口一说便是万字开头。他以一个父亲的名义感到悲伤。

于铁柱拼命打工，只要是能挣到钱的工作，不谓脏累，他都愿意做。他就想能早点为可怜的小女儿看好病……

"行了，你别说了！"于凤满脸是泪。她立刻上网订票，就算站一路也要早一刻见到柱子哥。

埋葬了二女儿青儿，铁柱和于凤在一场风雪之中离开了那个名叫池水沟子的小村落。

入冬以后，天气寒冷，青儿患了感冒，又因感冒引发了肺炎，最后导致先天性心脏病发作。

于铁柱回到家时，青儿已经在镇上的卫生院住了五天，卫生院正在和他母亲商量将青儿转院或者送回池水沟子。这时铁柱推门走进医生办公室，当即决定转到县医院。卫生院仅有的一辆破旧的救护车上，他坐在车厢里紧紧地抱着二女儿。青儿微微地睁开眼睛，看着自己正躺在爸爸的臂弯里，她微笑着，轻轻地喊一声："爸爸……"又过了一会儿，她再次微睁开眼睛，微笑着看着于铁柱，气息绵弱地说："爸爸，你怎么才回来呀，青儿想你了，已经等你好几天了……"

青儿微笑着走了，那天正好是她十二岁生日。

"很久很久以前/我是我，你是你/在这熙来攘往世界里/我们不期而遇/从此/不再分离/让爱融化/一同老去。"于凤喜欢唱的一首歌。唱得自己泪流满面。她依偎在铁柱的怀里。

"对不起。我真的很后悔，我不该拦着你做兼职，我不知青儿有这么严重的先心病。"于凤一直在悲伤自责中无法自拔。

于铁柱双眼红肿，嗓音沙哑。他低沉地说："这怎么能怪你呢？我是她的父亲，我没有能力治好孩子的病，没有照顾好她……"

"以后你有什么事，都要告诉我。"于凤紧紧握住于铁柱满是老茧的手："有什么事，咱俩一起担。"

"对不起，拖累你了。"这回，是于铁柱泪如雨下。

"柱子哥，你来!"于凤拖着于铁柱爬上玉泉河上的高架桥。

夜空中，星星一闪一闪地洒在静静流淌的河水中，像一块黑缎布上点缀着无数颗美丽的宝石。

"你看，天再黑也没关系，因为夜空里也有星星。"于凤指了指天上，又俯身看着脚下的大河。"我愿意做你的星星。"

10

于铁柱从老家回来，心火郁结，外感风寒，生了一场大病。一连在地下室硬板床上躺了半个多月。其间于凤几次劝他搬到她那里养病。可他坚

决不肯。他说：不合适！老六、木鬼……我们都亲如兄弟。冬天地下室除
了房租以外还要多交一份取暖费，我们几人都是均摊。该交取暖费了，我
这时候撤出了，不仗义。

沥沥拉拉二十天之后，于铁柱大病初愈。他重新戴上头盔，骑上电动
车开始接单送餐。

"怎么样啊，于师傅，这一天下来还适应吗？"

晚上八点，于铁柱来到于凤的住处，一进门就瘫软在沙发上。

"真累啊！"他说。

"我炖了鸡汤、排骨、红烧肉，还买了一块酱牛肉和一个酱猪蹄。"于
凤指着餐桌上满满一桌饭菜说："当当当当，于大老爷，请您移步御膳房！"

"我的娘啊——"于铁柱瞪大了双眼，看着满满一桌子肉食，简直瞳孔
都开始放光了："有酒么，我想喝口酒！"于铁柱使劲地笑了笑，面部肌肉
僵硬难看。

"不对，不对……你不是想喝酒，你这表情不对！"于凤发现了铁柱笑
得比哭都难看，她一连说好几个"不对"，她知道于铁柱肯定又遇到什么
事了，他这僵硬的表情，不对！继而她又意识到于铁柱主动要酒这举动也
不对。瞬间，她还发现今天他收工的时间更不对。这才八点，这应该是他
一天送餐最忙的时段，他以前都是十点十一点收工，十二点多的时候也是
常事，从来没有八点回来过。于凤说："你说呀，到底怎么了？别让我着急。"

"这么多的好菜，不喝一杯都对不起你！"于铁柱还在掩饰。

"柱子哥……"于凤有些急眼了，一动不动地看着于铁柱，目光逼人。

于铁柱突然低下了头，像一只泄了气的皮球一般。他再也笑不出来，
再也挺不住了，他双手捂着脸和额头，"哇"的一声，大哭起来："这回完
了，这回完了，电动车丢了，点的餐也丢了，因为没有按时将餐送到，饭
团网还要处罚——"

于凤怔了一下。

"没事！多大事啊？！没事儿——"于凤深知电动车对柱子乃至所有送
餐员意味着什么。李鹏为保护电动车不要命，即使死都要用身体罩着电动
车。于凤尽力用话语宽慰着于铁柱。她说："你报案了吗？"

"报案了，我就是从派出所走着回来的！"于铁柱说。

"报案就行了。也许明天或者过不了几天，派出所就能帮你把车找到。"于凤说："正好你病刚好，趁机再调养两天，岂不更好吗？"

"警察说让等消息。我问什么时候能破案，他们就说等着吧，别着急，要是没事做，再买一辆先骑着……"

"那就等等再说，这都是说不准的事，也许明天就能找到呢！"于凤一手拿着西凤酒瓶，一手掐着两只酒杯，故作不经意的样子，说："快别想了，你不是要喝酒么，来，今天2017年最后一天，明天就是2018年了。咱们辞旧迎新，喝上两杯！"

说着，于凤便斟满了两只酒盏。

"哦！明天我就四十六了。"于铁柱说。

11

第二天早晨，于凤和铁柱两人六点起床，简单收拾了一下，之后便出了家门。按照昨晚的计划，今天他们一起去房山区爬上方山。

房山并不太远，走新修的京良路直插，已不用再绕行杜家坎。出租车司机自称是房山人，对房山的一草一木了如指掌。于凤说，您能不能给我们介绍一下上方山呢？司机师傅哈哈一笑，得意忘形，仿佛小学生考试考到的题目都是平日烂熟于胸的题目一般得意。他说，上方山主峰海拔高为八百六十米，有两千年的佛教文化历史，是一座集自然、佛教和溶洞为一体的综合性的国家森林公园，有著名的"九洞十二峰"。九洞是：天王洞、九环洞、云水洞……十二峰是：天柱峰、骆驼峰、茶罗峰……还有以兜率寺为首的七十二禅院。上方山史称"幽燕奥室"，享有"南有苏杭，北有上方"之誉……

出租车司机滔滔不绝，对上方山进行了一番全面的介绍。当他把车开到上方山山脚下时，他似乎还意犹未尽，但又不得不祝于铁柱和于凤两人旅游愉快了。

按出租司机的介绍，到上方山游玩，分东西两条线路。西线上山乘坐缆车。东线爬云梯而上。他们主要目的是爬山，所以便选择了东线。

　　从东线上山，路不算太陡，但是路线比较长，稍陡的一段路就算是云
梯了。登上云梯，转了华严寺、几个小庵，到兜率寺时已是十点半。在兜
率寺旁看到两个方向的路标，向东是一斗泉和天坑。向西是云水洞，之后
可直接西线下山。于铁柱看时间还早，对于凤说，咱们向东走看看去。于
是，顺着山边的小路走，一面是高山，一面是悬崖，路边没有护栏，走路
时他们手拉手，小心地看着脚下。又到了一个岔口，左边是一斗泉，右边
是天坑。他们决定向右走，去天坑方向。路过阴阳洞时，有两位出家人正
在做饭。于凤跟他们讨了一杯泉水，继续前行，大概又走了二十多分钟，
到了天坑。

　　这个天坑真是太壮观，口小肚子大，深约七十多米，气势恢宏，令人
精神振奋，到此确有不虚此行之感。可能是因知道天坑的游人不多，来的
便少，天坑的安全措施实在令人担心，一圈围栏，中间和两边还有豁口，
轻易就近到天坑的边上，脚下就是七十多米深的天坑了，看着黑黑的洞底，
于凤提醒自己和于铁柱一定要小心，真要是一失足，一千年内应该没人知道。

　　于铁柱提议在天坑边上坐下来歇息片刻。于凤早就觉得腰膝酸软，此
时柱子哥提出这个建议，她觉得甚好。

　　他们找了一块相对平坦的大青石坐下，于凤立即把背包拉开，寻觅早
晨出门前藏匿在里面一把火腿小肠、五香卤蛋等美味。铁柱倚坐在青石上，
若有所思，一言不发。

　　"你在想什么？"于凤问他。

　　"你说这天坑用多少年时间形成的？"

　　"上亿年吧，或者几十亿，上百亿年！"

　　"我们在这个世界上只有几十年啊！"于铁柱说，"我们的一生就好像岁
月长河中的一滴水。"

　　"嘿，我发现你真的很有诗情。这句诗不错。真不错。"于凤用欣赏的
目光看着铁柱。

　　"是吗？"于铁柱说，"要不要我给你朗诵一首诗？"

　　"太好了！你很长时间没有在过街桥上呐喊了，今天你就对着天坑喊一
次吧！"

　　"好！"

于铁柱站起身，小心地向前走了几步，穿过了围栏的豁口，站在天坑的沿儿上。

"我朗诵一首在你那里看到的诗吧！"

于凤说："什么？你还偷偷学习诗歌呢？"

"这首诗叫《我叫张铁蛋儿四十六》。我前些天无意中看到的。读了几句感觉没生僻字儿，就背下来了。"于铁柱说，"原诗写是张铁蛋儿，我给你朗诵个改编版——于铁柱。正好今天我也四十六了。"

说心里话，于凤对这首诗没有一点印象，也许根本没有看到过。但是她真没有想到于铁柱竟然看到了，背下来了，还进行了改编。她很激动。

于铁柱望着壮观深陷的天坑，望着起伏的峰峦，他开始朗诵，开始呐喊——

　　　　　　　　他一口气跑到山上，
　　　　　　　　擦了擦汗
　　　　　　　　对着山那边
　　　　　　　　大声地喊
　　　　　　　　我叫于铁柱！
　　　　　　　　山那边传来
　　　　　　　　我叫于铁柱！

　　　　　　　　我今年四十六啦！
　　　　　　　　我今年四十六啦！

　　　　　　　　我怎么就这么难？
　　　　　　　　我怎么就这么难？

　　　　　　　　我叫于铁柱！
　　　　　　　　我叫于铁柱！
　　　　　　　　我今年四十六啦！
　　　　　　　　我今年四十六啦！

我怎么就这么难？
我怎么就这么难？

他又擦了擦眼泪，
哽咽着喊

我叫……
我叫……

于
于

铁
铁

柱！
柱！

我四十六啦！
我四十六啦！

我真难！
我真难！

我叫，我叫于铁柱！
我叫，我叫于铁柱！

我叫于铁柱！
我叫于铁柱！

> 我叫……
> 他的声音越来越小，
> 已经到不了那边。
> ……

于凤泪流满面。

作者简介

　　方言，原名孙海潮，北京人。中国民主人士。北京老舍文学院首届中青年作家高研班学员。北京作家协会会员。国家二级心理咨询师。房山区作家协会副秘书长；房山区政协第六、七、八届政协委员；房山区青联委员。1993年开始写作并发表作品，创作题材以小说、散文、诗歌为主。现有文学作品260余万字。

简　　评

　　这是一篇非常有现实感，一定程度反映中国当下经济社会状况的小说。小说中，两个主人公有较大阶层差距，但最终走到一起。阶层反差特别大的两个人怎么样走到一起，他们各自的生活困境以及产生情感的依据都是小说的写作焦点。作者对两人产生情感的过程和细节有很多交代，情感的碰撞和现实冲突也写了很多，一定程度反映了中国人在社会巨变的情况下面对的情感问题和经济问题的一个选择，也展现了一个复杂变化的中国。尚可改进的是，作者的这种关注和表达更多停留在表层，而阶层的差异如何被克服，情感建立的依据说服力都稍显不足。

　　新闻止步的地方就是文学开始的地方。用文学的方式表达现实关怀，作者正在路上。

单程车票

李 灵

1

摩托剑鱼一样穿梭在缓慢流动的下班车潮中。

怀明远一手扶着车把，一手回拨一个来电。啥，听不清。减速、慢行，蛰进一个胡同，停下。他重复着，……6单元601室……得咧，十分钟见。

危险。艾小琬嘟囔一句，把压扁的脸转向另一侧。

快醒醒，天亮了，手机导航永乐大街17号院。明远拱起后背贪睡的女人。

小琬不情愿地离开肉垫，一摊水渍印在蓝色的 T 恤上，看起来像一只鼓肚子青蛙。扑哧，她忍不住笑了。摩托发动了，视线一恍，那印痕却幻出熟睡婴孩的图景……小琬一惊，默默叹了口气。

咋？

不咋。

在离开他之前，小琬陪他看房，是想知道他给心爱的杨一花租个什么样的房子，当然也想知道他住什么地方。万一，哎……那时再见，彼此也许就是陌路了吧？

轮胎好像硌上硬的东西颠了一下，艾小琬的心也被扎了一样，很疼。

春风送爽，道路两侧的池塘里，才露尖尖角的荷叶比肩摇曳。

风景不错，如果能在这一带租到房，咱们好好庆祝一下。明远兴致勃勃。

省点吧，将来好置新房娶媳妇。小琬无精打采，话里有话。明远不置可否，一声长笑随风撒进暮色。

当务之急是先结婚再置新房。话在明远心里，没说出来。他寻思厂子面临外迁，职工去留未知。租个宽敞房子和女人先把家安置了。想到自己神经大条差点错失至爱，他便如芒刺在背，不由攥紧把手。突突突，摩托催促般地提速，小琬一个后仰，凉风飕飕钻进薄衫，她连打几个喷嚏。

京城北端山城，五月天。

早起秋裤薄棉袄，晌午裤衩大背心。傍晚太阳下山，暮霭迅涌，寒气愈重。

披上外套！风硬碴碴的刮得脸刺疼，像恶作剧的男人用胡须在扎脸。

现在导航开始，距离目的地永乐大街5分23秒……志玲版语音娇滴滴响起，小琬把重新定位的手机递给明远。从后备厢抽出一件男式外套。

伸手！风大，小琬加大了嗓音。

摩托减速。握着车把的右臂听话地伸向后边的空袖子，再腾出左臂套进另一个袖笼。暖和的两只手臂扶住车把，重新提速。

呼啦啦，风吹起没有系扣的衣服，帆一样往后高高扬起。

2

这不是吃货的风格，怎么了这是？看着满桌饭菜没动几筷子，怀明远贴近小琬，头、脸，全身上下都袭击了一遍。

大叔，我告你侵犯啊，小琬睁着无辜的大眼斜睨着他，全身绵软任他所为。

咋？该不会？一簇灵光乍现在怀明远的头脑，但很快被冷水兜头浇灭。杨一花那张刀嘴把他杀得体无完肤，斩断了他希望的火苗。

小琬等着下文，岂料下文却被明远就着酒吞进了肚子。

回避，又在回避。一阵酸楚涌来，长睫毛在小琬泛青的眼窝处投下一抹浓重的阴影。你吃，我看着你吃……她努力照顾着他的情绪。

得，别遭罪了，躺窝里去吧。明远连拥带抱把小琬扶上床。

这桌饭，怀明远做得风生水起，艾小琬却不在状态。

以前，见吃就眼放光，听吃就流哈喇子的"吃货"，如今不理这茬口了。

约哪哪都不想去，吃嘛嘛也不香甜。到底啥情况？逼问急了，艾小琬说，有本事你露一手做桌好饭给我吃。

难住明远了。从小到大他还真没掌过勺，没好生做过一顿饭。两年前，杨一花从韩国鼻青脸肿地回来，他也不过就是煮面、叫外卖而已。但怀明远是谁？经过那一次三天三宿的生死锤炼，他活成一条全新的汉子！

行，露一手！全新的怀明远很久没有这么兴奋了，他感觉挑战自我的时刻到了！

为此，他特意下载了一个"吃货"软件。一有时间就潜心钻研，费好些流量不说，就准备食材也费好些银子。

仅容下一人的小厨房，他忙乎一整天。洗、涮、摘、捡、切，粗活不在话下；煎、炒、炸、爆、溜、汆、炖，精细的技术活儿，商场一个智能锅能顶点事儿；色香味温及火候的把握，勤问手机电脑。十道菜，平均每道十多个工序，算起来108道工序。

108，意味深长。中学课文就有108道工序才能打造华贵的景泰蓝；磕108个头表示至上虔诚；敲108次响钟表示辞旧迎新和"闻钟声，烦恼轻"；戴108颗佛珠说是能除去108种烦恼……108道工序，代表我的心。

然而，520这天表白又泡汤了。艾小琬，看起来傻白甜脆的香瓜一枚。说心里话，怀明远还真不知道从哪下口。

回到茶几前，他独自消化那108道工序。

手机铃声开始震动。隔着玻璃屏风，小琬猜是杨一花的电话。果不其然。

一花……恢复了以往习惯性的称呼，那边似乎愣住了。杨一花清脆的嗓音再次响起时，竟似哽咽。

明远，你喝酒了？怀明远的手莫名哆嗦了一下，手机没拿稳，啪一声落在瓢盆之间。叮叮当当……那些瓢盆碗碟发出一连串的议论纷纷。

一花你说什么？再说一遍……我会处理……别说对不起，一花你在那边要好自为之，其他以后再谈……低沉而急切的声音充斥着狭小的房间。真真切切，每个字都雷声一样震击着薄薄的屏风！

隔屏有耳。

3

挂了电话，怀明远绕到床前，轻唤墙角缩成一团的人儿。轻摇仍未动。小琬面壁侧蜷，似在熟睡。想起一花的叮嘱，他若有所思。

若不是加了块木板，一张单人床怎能容纳两个人？此时，明远感到实在无法再容身这逼仄的空间。

明天，租新房！明远一屁股落在床沿，弹簧一样冒出了决定。

啊！被蜇了似的，小琬叫出了声。唰啦转过身来，愣怔着大眼睛。只一声，她又腾楞缩了回去，带了很大的怨气！果真念念不忘啊。小琬眼前晃过杨一花悔痛的神情。

昨天艾小琬去见了这位杨一花。

小琬告诉她，自己即将离开小城，请她照顾好明远。一花除了摇头之外没有多余的话。

等一下。就在小琬转身之际，身后响起一花的声音，颤颤的带着喑哑。小琬愣住了，难道要骂她吗？要控诉吗？无论怎么，她已经做好了心理准备。

告诉我，你是不是跟他已经有了……软软的手搭在小琬僵硬的肩上，她差一点就要转过身，像小时候扑进花姐的怀抱。到底同样身为女人，莫非她一眼就能看出端倪？小琬心里清楚，那种亲密关系从始至终不过是自己的一厢情愿罢了。

不，什么都没有……她断然否认了一花的判断。尽管她的声音听起来如同哀叹，但她内心深处却有一个异常坚定的声音，告诫自己：挺住。

珍惜吧，他心里还有你……她说出这句，仿佛被掏空了心窝子，必须深呼吸才能板直身体，木偶一样头也不回径直离开了那间精装修的房，离开了欧亨利花园小区。

小琬知道，前天怀明远也曾来过这个小区。

怀明远不会住进杨一花的房子。这在小琬意料之中，但意料之外的是，她没想到一花这么快就追来电话，明远这么快就决定为她租新房！

装睡，是装不下去了。艾小琬想大声哭出来！明远知道她没有睡，板一下她的身体。她固执地保持蜷缩的姿势，像凛然不可侵犯的大理石塑像，一动不动。

风暴正在她的身体里剧烈翻卷。

明天，陪我看房吧。

……没有回声。她有心事，明远知道。她啃秃的指甲、忽闪的眼睛藏都藏不住，问她却不说，让人急不得恼不得。

周日，也该出去转转了。明远仍坚持。

行！小琬本不想答应，但转念又想看看他给心上人租什么样的房。挤了几个月的房子，现在嫌小了，恐怕是心窄吧？张罗这一桌菜，无非就是想跟她道声歉？我连日来躲着他，无非就是不想听到那一句对不起……然而，躲得了初一能躲得了十五吗？现在前任电话催了，他等不及了。

自从拿到医院的诊断证明之后，艾小琬独自躲在蜗牛壳里好些日子了……是回避还是留恋？或许都有。她决定在离开之前，必须要当面问清一些事情。活要活个痛快，死就死个明白。她翻过身来，重新面对眼前这个男人。

前天，你去欧亨利小区找谁呢？刚要眯着，又被惊醒。明远对上一双充满质疑的眼睛。

怎么了？变硬的舌头让他的语气听起来满不在乎。鬼知道，我找谁了……他伸手想搂住小琬，却被她鱼一样滑脱。

鬼让你找杨一花？小琬闻到了自己的声音散出酸菜坛里拎出来的味道，可惜明远醉了，他的嗅觉失灵了。

我是想去，不过……含混的声音渐次微弱，从他翕动的唇形辨出一个名字，一花。

他承认了！赤足站在冰凉的地板上，小琬的泪水夺眶而出！明远的鼾声此起彼伏。仰起头，艾小琬把泪水生生咽了回去。

4

杨一花，这个著名前任是横在怀明远和艾小琬之间的大活人。

肤白貌美身条好，有学历，有才艺。追一花回家，几乎是当初欧卡重工的车间男们的统一口号。明远更是铁定心思要娶这朵厂花。

两人交往八年，他被掏空的不只是身心。

那套集体产权房若能办下来房产证，他也会毫不犹豫落上杨一花的名字。厂子集资建房整整五年，从预付款六万到首付七十万都是明远自掏腰包，他不想给一花任何压力。

三十出头的杨一花仍是小城知名的一枝花，往黄脸婆的同龄女人堆里一扎，她嫩豆腐的肌肤几乎能掐出水来。

男人负责赚钱养家，女人只管貌美如花。一花说得理直气壮，明远乐得逆来顺受。与其说她逆生长，倒不如说"雕琢"得好。周边各大美容医院明远快如数家珍了，爱屋及乌，他心疼女友捯饬时的惨淡，也喜欢她花枝招展时的妖娆。

艺术之花要保鲜。杨一花爱美是有理由的，谁让她是小城屈指可数的评剧花旦呢？

怀明远和杨一花同时进厂，同时被编进殴曼重工的青工文艺宣传队。联欢会的舞台上，一曲《花为媒》惊艳四座。一花云步轻移，长长的水袖抛撒，收放之间，收住了怀明远的魂。这一缕魂魄随她悠悠飘荡好多年，却生生落不了根。

也许是年岁大了的缘故，明远越来越习惯独处一隅，捧书阅读，渐渐淡出舞台；而越唱越红的杨一花不仅唱出厂子、唱出全区，还大有唱出京城的势头，并调到了区文化馆。

那些年，双方年轻。一个唱一个读，各得其所，倒也没过多分歧。近些年，红遍全区的一花经常外出演出，把明远晾在一边，再不提结婚的事。

提，就是"三没二不"。没钱没房没车，不想裸婚，不想被拴住，她有很多理由。爱她就给她一个世界，权当她在舞台上水袖翩翩，云步轻移呢。明远由着她的性子。

五年之痒七年之痛，看紧点吧。若不是哥们善意提醒，明远还悠哉乐哉呢。

一花，咱把婚事办了吧。明远的语气不同往常。

这事，回国之后再谈。一花沉吟着说，这次不是微调是整形。明远同意了。

期间两人还讨论过布置婚房等细节。明远满心喜悦开始筹办婚礼，想象着把仙女娶回老家，多么令人兴奋。一花从韩国来电说增加了手术项目，急需十五万。怀明远没有犹豫，把所剩家当如数转给了准新娘。

把裹粽子一样的人儿接回来，伺候那张不忍直视的脸直到恢复貌美如花。见美人心情大好，明远接茬儿聊起结婚的话题。

单位集资房开始办使用产权证了，知道吗？对镜梳妆，一花却聊起了房子。

听说了，商品房产权证暂时办不下来，拿钥匙时还要缴一笔不小的数呢。话，明远只说了前半句，后半句没出口。不抽烟不喝酒的明远除了上班，业余时间码字撰些稿费。多年积蓄交了首付之后，剩下十几万，原本打算装修婚房、再买辆代步车，因一花额外的美容项目让原计划泡了汤。

这套大面积的家庭房大指标，还是我托的关系呢。一花盘起高高的云髻，淡淡地说。

这是事实。当初厂子集资建房是为解决外来务工人员的宿舍。房子大多一室一厅，均摊面积不超三十平米。有限几套家庭房的大指标，分给公司管理层都不够。其他的几十套小平米房也要面对二百多名符合条件的职工呢。别说申请大房大指标，就算申请小房小指标也是各种条件限制。争房的简直打破脑袋。

杨一花就是有办法。她不仅能申请到两个小指标，还能把两个小指标合二为一置换成一套家庭房的大指标！为此，她还申请怀明远奖励她一份价值不菲的生日礼物。

八十八平，三室一厅，你、我、孩子，够住了。怀明远对未来充满畅想。

是啊，谁结婚不想抱孩子。杨一花打了玻尿酸的嘴巴笑起来有些不自然。

5

拖了五年的房子终于交钥匙了，杨一花却提出了分手！

理由更是"奇葩"到让怀明远哑口无言。一花说,两人一起从没采取过措施却从没有怀过孩子,她不希望组建丁克家庭!

这不明摆着骂人是太监吗?凭什么你就一定是下蛋的母鸡呢?一时间他愣在那儿顺不过气来!

接下来的事更让人瞠目结舌。这个女人申请房时能把小指标合二为一,交房办手续时又变着花样把大指标一分为二!就是说八十八平米的家庭房,她拥有一半使用权。

不光是怀明远,周围的人都重新认识了杨一花。

究竟谁给她这个特权?真相昭然若揭,唯独雾中人不自知,或者说怀明远习惯了掩耳盗铃,已经很久了。

从什么时候开始的呢?明远百思不得其解。一分为二。亏她做得出来,明远想都不敢想还能与这样的女人同在一个屋檐下。冷硬的小床上,头痛欲裂的他瞪着天花板。三天三夜,他颗粒未进,滴水未沾。若不是房东破门而入,后果不堪设想。

两个月后,一花来电。

对不起,明远……她拖着戏腔,听起来假声假气。要恨你就恨我吧。明远不语,奇怪,他心里明明窝着火儿,却提不起来恨。好男不跟女斗,他报定心思听她唱戏。

我提议,你参考一下。一花接着说,我现在有难处,你若有闲钱呢,按房子的市价折现金,我看你也挺紧张……不如拟个协议,你把房子先借我租住二三年,先前的十五万也算给我折价了,我用它来装修新房……明远,你倒是说个话儿……

行,照你说的办,明天签协议。说完这句,怀明远再无他话。

一席长谈,杨一花仿佛舒展水袖又唱了一大段,唱得曲曲折折,凄凄艾艾,完了却鲜少回应,她不习惯地愣在那里,一时间竟忘了挂电话。手机两端,隔了距离的空鸣声响起。

有史以来第一次,怀明远先挂了杨一花的电话。

年近六旬的厂长为新欢弃三十年糟糠不顾,还有什么不可以苟且的事呢?

然而,他那南方的家婆也不是一盏省油灯,攥着把柄扬言要举报。惹骚送不了骚的男人只能乖乖回后院熄火，杨一花落个被始乱终弃的结局。

风言风语铺天盖地污水一样倒灌进怀明远的耳朵，他概不理会。

阳关独木，从此陌路。让他严重内伤的是那个分手理由！唯独默默承受。

他从不认为自己真有毛病，但随着闲言碎语怀明远对自己越来越没自信。每有人张罗给他找女朋友，总要问一句"其他"方面都还好吧，问得意味深长。也许说者无意，但听得多了，明远心里越来越发毛。

外形帅气时尚的怀明远，骨子里却很传统。

三亩地一头牛，老婆孩子热炕头。这一幅中国田园式的水墨丹青，不亚于凡·高的向日葵和莫奈的星空，珍藏在一个农民儿子的基因里。纵使览遍万水千山，阅尽人世百态，如果选择一种生活模式，它仍是他最向往的美好愿景。这幅永远无法淡化的图景越来越清晰，清晰到某个夜晚或清晨，他希望可以触手可及。

6

怀明远与艾小琬结识于第十届"玫瑰之约"相亲大会。

每年七夕前，由灵山街道主办，驻区单位协办的相亲大会都在锦绣中心公园如期举行。

一年前的一天，欧卡重工的工会接到电话。一个女生自报家门，说是主办单位委托的第三方鹊栖林社工事务所的志愿者。负责核查协办单位登记在册的未婚青年信息。怀明远和艾小琬接上了头。

接下来是配合主办方整理核对信息、填写调查问卷，洽谈协商业务等等。一来二去，两人熟悉起来。

作为最大协办方的欧卡重工企业，年年招录的未婚男性为相亲会提供大量数据。前些年，这些男青年还算是相亲大会的香饽饽，近些年情况有变。男女生育比例失调的影响，在相亲大会上可见一斑，加之企业效益不景气，相亲成功率无几。

"僧多粥少"。工会大姐用这个成语状述了男多女少的窘境，引起哄笑也引发深思。开始时主办方硬拽着企业"拉郎配"，逐渐演变成企业"剃头挑子一头热"。即便如此，领导也很重视这项工作，往往指定专人负责。毕竟职工婚姻大事，也是企业工会管家们要关心的事。

工会大姐做子宫肌瘤手术，领导安排管共青团工作的怀明远暂时牵头。

从第一届开始，各驻区单位未婚青年资料都已输入信息库。每年对库存信息核查更新。未婚、已婚、离异、丧偶四类婚姻状态，该增的增，该减的减。摸排动员本单位符合条件并愿意公开相亲的员工签订个人同意协议，再与主办方签定集体担保协议。

十年前，怀明远从分厂调至总部时不过二十二三岁，曾大拨哄参加过两届相亲会。谈了杨一花之后，就没再理会。他和杨一花的事闹得满城风雨，人尽皆知，不是他怀明远的功劳，得拜杨一花的名头所赐。

若不是好心的工会大姐事先又将怀明远补录在册，他是不想再去凑热闹的。现如今凡事都兴个骨干带头作用，大姐软言相劝他就从了。

相亲会成立了领导小组，街道一名干事任组长，怀明远和社工事务所的杜中华任副组长，还有提供场地的白河居委会社工以及艾小琬等大学生志愿者等若干成员。

不久，组长参加区后备干部轮训，工作移交给怀明远主抓。杜中华这边忙着读研，把大部分事务交给了艾小琬。怀明远和艾小琬成了名副其实的主副手关系。

好在前几届相亲大会摸出了路子，专项资金走申请审批手续。仅用一周，筹备策划、组织宣传、外联协调、后勤保卫等几大块都基本理出了眉目。一次协调会后，怀明远掏腰包，几个年轻人聚在一起。

大哥，登记册上那个三十二岁未婚的怀明远和您同名？艾小琬问。

同名同姓同一个人，以后改称我为大叔吧。

啊？大哥秒变大叔？几个社工快惊掉了下巴。

追大叔可是热播剧哦，我喜欢。麻辣火锅让小琬言辞火辣。

我追。我也追大叔。一时间亲吻的、搂抱的，令久经沙场的直男内心无比崩溃。这年代女生几乎人人都可跟山寨里的贼婆娘们有一拼。正自感叹，一茎藤臂缠上明远结实的臂膊。

Stop！一个暂停手势，艾小琬煞有介事地说，你们追，经过我同意了吗？

No！凭什么非你专利？谁不知道你是学霸哥的名花。同校不同系的大学生无遮拦的酒话其实早已腹黑很久。

那好，谁买单，大叔就归谁。艾小琬语不惊人死不休，怀明远一脸黑线。

一时间，几个太妹面面相觑。大家习惯 AA 制，这几位以为明远这个袁大头埋单，蹭人好饭拍马溜须，是她们常干的勾当，谁曾想还有付费领人一说。

我宣布，大叔归我喽！这边犯愣之际，那边已经扫码付费。小琬拉起明远溜之大吉，剩下几个不顶事的小雌虎吱哇乱叫。什么顾大嫂、孙二娘之流，到底抵不过扈三娘的才智。打那以后，怀明远就和艾小琬扯上了说不明撇不清的关系。

7

玫瑰之约，盛况空前。

很多媒体的记者闻讯赶来，连央视生活频道的记者也赶到现场采访并进行了实况直播。此次相亲大会成功率超过以往各界。一时间，各大网站、影音电台相继转播，产生很大轰动效应，远远超出主办方预期。

先前，明远对新闻报道并不热衷，他认为踏实做好工作就是本分。传媒专业的艾小琬负责宣传，她以自己缺少实践经验为理由经常请教明远。

大叔，今晚七点生活三频道有专访，不见不散。这是他们之间的一种默契。往往节目结束，小琬的"意见征求"便紧随其后。

提提看法呗。刚开始，明远还找托词，但小琬那股子执着和热忱感染了他。认真看片子，仔细挑毛病。他的一孔之见多被小琬接收和采纳。渐渐地，明远对宣传的态度由被动转主动。

涉及欧卡重工企业的专访，他主动跑前跑后协调各部门收编材料，精心设计采访背景，落实采访对象并亲自撰稿。宣传个人的同时也宣传了企业，还巧妙普及了企业腾退的前沿政策，给小琬很多实质性帮助。

他没想过艾小琬居然能搬动央视和好几个大网站，没想到他策划的公司专题片在直播和大量转播中被领导看到，他也没想到相亲会之后还会发生那么多的意外。

怀明远回到总部，难得一笑的女厂长态度明朗多了。

自从总部接到当地规环办下发的整改通知后，核心领导们愁眉不展许多时日。

原因说起来，一方面是大势所趋，京城各区都在疏解非首都功能；另一方面环保指标要求日益严苛。作为汽车制造业的欧卡重工，举步维艰。总部除企管和营销等少数部门保留原址，其他部门及整个生产线都将退至京城以外，甚至迁至偏远省市。

企业集体的利益无不牵动着职工个体利益，关乎未来的走向，怎能不让职工们对去留议论纷纷。尤其是在当地已经结婚生子的职工更是七上八下，心神不宁。以前遗留和积压的职工福利、待遇等纠纷，让一部分员工开始滋事生非。为此，上一届领导班子采取严苛的处罚措施，动辄解聘或解约，公司上下人心惶惶。

明远之所以对何去何从持顺其自然的心态，是因为没有家的牵绊。与杨一花分手那段时间他也曾消沉过，真想打个包裹躲进深山种地去。然而，有厂就有家的观念早已植根于他多年职业生涯养成的习惯里，无声无息。

当初明远从共青团借调给工会时，正值几个重要生产部门陆续停产整顿。原本热火朝天的生产线变得冷冷清清，经常加班加点的职工变得无所事事。以厂为家埋头工作的怀明远给领导留下深刻印象。

不久调令下来了，明远调到了总部的政工人事科。

这意味着做了十多年一线工作的怀明远走到了公司管理层。在企业发展的这样特殊的转折期，还能晋升一个普通的，且是异地进京的员工到管理层，这与之前很多异地的干部、员工无故遭到解聘或解约的做法大不相同。

多年来一直自修学业的怀明远相继完成了行政管理和人力资源管理两个专业的本科课程，加上从事过生产线党支部的实践经验，他很快接手了业务。部门工作在他带动下有了新起色。

不过闲下来的时候，他还是时常怀念那些战斗在一线的工友们，怀念那些嘴上爱插科打诨内心大多良善的伙伴们。

处理完一天的业务，办公室里空落落的。随手扒拉一下朋友圈，累积了几十条信息。"艾家小妹"发来的信息，让他迫不及待地打开想看。

大叔，升职了还不请客？岁末冰封的季度，小琬的音容笑貌四月来风一样涌进冷清的办公室。

大叔时刻准备着呢，哪家随你挑。他有一种立刻要见她的冲动。大家公认相亲大会的成功，离不开明远的直接挂帅，但他清楚若没有小琬鼎力相助，哪来那么多回味和欣喜？

比格。她答得干脆，把怀明远逗乐了。

都说对某种食物或吃法保持多年喜好的人对情感也相对专注，对她是否适用？若是以前就依了她，但那天怀明远请她去了梅州饭店。那家闽南风格的菜品是小城公认最具特色，也是最贵的餐厅。是谁激发了他的主动性？他想起杨一花各种减肥和忌口，饭店也是在她挑三拣四之后决定的，明远总是被动接受。

有机会一定要带这枚吃货到处逛逛。油然而生的念头，让明远对窥见自己的内心感到很新奇。仿佛小时候窥见蛰伏在山洞里的野兔冬眠醒来，正蠢蠢欲动……还有一座沉睡多年的活火山，即期待又惶恐。

艾小琬回校后，凭借街道实习鉴定上极高的评语以及教授的推荐信，获得留校资格。

她接手教授创办的鹊栖林社工事务所的协助工作。杜中华出国了，这个消息对于小琬来说，悲喜交加。喜的是，她在京城高等院校拥有了助教身份；悲的是，大家都说她煮熟的男鸭飞了。

明远听小琬絮叨。听着听着，一瓶法国人头马路易十三就下了肚；说着说着，艾小琬喝掉了另一瓶1500毫升的加汽香槟。

一杯接一杯，一句接一句。艾小琬控制不住自己的情绪，哭了。这一哭，哭得梨花带雨，哭得明远的千山万水都在雨中；一会儿，小琬又笑了。这一笑，笑得倾国倾城，笑得明远的城里城外都洒满阳光。

都说好事须相让，坏事不相推。艾小琬一介女流能做到上半句，他怀明远一个好汉为什么做不到下半句？她不走，他决定奉陪到底。

她说，他走了。他说，她也走了。

她说，这么些年分分合合，留不住他。他说，"抗战"八年，我输到山穷水尽。

时间一分一秒地过去，服务员过来催了一遍又一遍。

她说，他们走就走吧，咱们该回就回吧。他说，行，咱们回吧。

至于怎么回的，又怎么回到怀明远的小屋，他和她都有没有太多印象。只是第二天早上，该发生的都发生了。

他说，留下吧。

她点头，含羞带涩。

算起来大半年了，他们双方没有见过亲人，也没有谈婚论嫁。

怀明远不是没想过，但他寻思着拿什么跟她谈。钱，都交了房子，房子在杨一花手里。自己何去何从，前程未卜。还有一些难以启齿的"其他"情况……老怀，你拿什么面对未来？这些问题让他感到前所未有的沉重。有时他想自己太窝囊了，应该找杨一花要回房子，但他在那个洋气的花园小区转了一遭，很快打消了念头又转了回来。

同病相怜的两个人走到一起，他什么都可以接受，而小琬年纪还小，他有一种乘人之危的负疚感。有时他想等小家伙冷静下来，会不会一走了之呢？他自认已经做好心理准备，可是为什么会有莫名疼痛阵阵涌来？

8

从永乐大街17号院出来时，天快黑了。

房间敞开着，方便租户看房。小三居，学区房，装修精美却价格低廉。领人看房的是房主的妹妹，有着南方口音。一间朝南卧室，虚掩房门，被遗漏介绍，小琬提醒中年妇女。她面无表情地说这是间小卧室，却不去打开房门。

趁明远和中介去转厨房和卫生间之际，艾小琬推开虚掩的门。好奇地探头进去，仿佛里面藏着人，随即她被冒出的怪想法逗乐了。

这是一间小卧兼书房，没有空调和其他摆设却有一张高档的公主床。藕荷色底调的壁纸，四面淡雅。一定是一位公主，嵌入式书柜里散落的一些小物件也印证了她的猜测。如果让她来挑选，她也会把这间留给孩子。

书柜里有一张落满灰尘的白色书签，艾小琬拿起来，一行娟秀小字映
入眼帘：

> 不要走在我后面，因为我可能不会引路；
> 不要走在我前面，因为我可能不会跟随；
> 请走在我的身边，做我的朋友。
>
> ——温思予

阿贝尔·加缪的名言。那是小琬喜爱的一位作家。什么时候怀明远已
经站在身后。当看到落款姓名时脸色陡然变了，站在最外层的中年妇女脸
色也变了！

永乐大街17号院7号楼6单元601室。明远重复一遍，瞪了一眼中介拉着
小琬就走。

怎么说走就走了。小琬愣住了，年轻中介一时没反应过来，房主妹妹
低着头不语。明远拉着小琬头也不回，走得匆忙而坚决。他的胳膊霸道有
力拽着她的纤细手腕，小琬疼得倒抽凉气，但那力道没有减弱，也没有丝
毫放手的意思。随着疾行的步伐，小琬几乎是被拖到小区门口。他用胳膊
像夹婴孩一样把小琬扔到后坐上。

抱紧我！他命令着，不管追上来的中介，发动马达绝尘而去。

回眸一瞬，仿佛眼前有雾。阳台上的中年妇女怎么变成一个女生了呢？
眨眨眼，再看，还是。直到车子拐弯了，那模糊的身影看不见了，然而两
道湿鞭子一样的诡异目光，一直尾随着甩过来！穿过一片阴暗的林子，阵
阵阴湿寒凉的气息袭来，小琬打了个冷噤……

贴紧明远结实的后背，这一刻，她感到自己真实存在。刚才被紧紧拉
住不放手的感觉，真好。就这样，走到哪里都可以。当年家乡那个冰冷的
小胡同，她多么希望明远哥能拉住她，带她走，走到哪里都可以。

明远没有解释，小琬不知其中缘由。

一口气开到城中心，车流渐渐浓稠，摩托慢慢降了速度。

这家十多年的比格招牌老店，生意一直火爆。

选择临近窗子的沙发坐下，怀明远仍然保持沉默。艾小琬也默默坐下

来，搁往常她会一路雀跃直奔美食。他雕像般的侧面，锁住的眉头和沉郁的眼神，凝固了四周空气。她轻轻叹了口气，努力收回目光。她越是被吸引却愈发不敢直视他。

一步一步，她走得好辛苦。哪有什么煮熟的鸭子飞了，杜中华是她的表哥；哪有什么分分又合合，大三时的备胎男始终没真正走进她心里……一步一步，她寻找各种接近他的理由。哪有什么躲避，她得知意外却不知如何应对……该怎样启齿？这些能成为要挟婚姻的借口吗？

不！小琬痛苦地想，我怎么能强人所难，怎么能把快乐建立在别人的痛苦上呢？他心里明明还有她。花姐电话一来，他就决定租房，前几天还去看她。他一直找机会要跟我谈话，究竟想谈什么？谈分手，谈别离？算了，随他去吧……艾小琬不再想那些让她懊脑并回避很长一段时日的问题。在一起，就好好珍惜每一天……这样想着，小琬直起身来。

艾小琬端着盘子，心不在焉地挑选食物，不时把目光抛向明远，他显然还沉浸在某种情绪中没有出来。是无法割舍又无法摆脱的一些情感，让他处在痛苦的矛盾纠结之中吗？

对不起，他也许会这样开场白。小琬忍不住又陷入冥想状态。干吗要对不起，不过是"艾小贱"自作多情罢了。在冥想中，她替怀明远又做了回答。很快他会从泥淖中抽出身来……放弃也是一种救赎。当初浑身是胆敢以身试法，如今为什么就不能拿出勇气面对残局呢？我会远远离开，祝福他们，然而，玻璃碎片嵌进肉里的刺痛感，再次袭来……

9

从京城最北端的南岗村，翻过一道大梁就到了北岗村。隔了一道梁仿佛隔着一个季节，南岗村的阳坡上已是草木繁茂，北岗村的阴坡上还是荒芜凄凉，隔着一道梁就隔开了省市。

艾小琬和杨一花打小儿生活在北岗村。一道矮墙隔不开两家亲人一样经常走动。

小琬初中年纪时，花姐就走出山村在京城务工了。每次回来都不忘捎

些小礼物，小姐俩躺在炕上总有聊不完的话。工厂、商店、影院，一切都
是那样新鲜。

午后，花姐取出她在工厂参加摄影比赛的获奖作品给她看。

装帧好的相框里，青年男子微微凌乱的碎发，雕塑般俊美的侧面，乌
黑深邃的眼眸……让小琬移不开眼的是，大哥哥脸上那抹暖暖的笑！

花姐给自己的作品起名为《阳光车工》。小琬想起村东头高擎着巨大老
鸹窝的那棵杨树，上学总要经过它身边，晴天总能看到高大的树梢上冉冉
升起的一轮暖阳！嗯，满满的阳光味道！她这样形容那暖暖的笑。少女芳
心瞬即融化……

花姐还朗读了写给大哥哥的诗。阳光的种子播撒在小琬的心田里，悄
然生根，默默发芽。

花姐带着明远来过几趟村子。

傍晌到家捎些日常用品，晌午之后赶车回去。每次都和在县城上寄宿
高中的小琬错过。印象中有一次匆匆照面。

周五，小琬借口来了例假，逃掉上午最后一节体育课，提前坐班车回
家。如她期盼的那样，当她急匆匆拐进那条窄窄的胡同，迎面就撞见那一
对人儿！纤细高挑的花姐和高大颀长的明远，他俩很般配呢。

丫儿回来了，给你捎一条围巾，快家去看看。花姐唤着她的乳名，亲
昵地招呼后，便匆匆赶车去。经过山村的几趟有限班车，都是固定乘车时
间。一声招呼，一个笑容，再没交集便彼此错过。目送着他们，小琬希望
时间就此停住。夕阳将他们的身影拉长，其中一个叠在自己的影子上，她
想抓住那个影子，可是那影子晃动着、晃动着，离开了……大哥哥转过头
来，眼底有一抹暖暖的笑……

空落落的胡同，只剩下她孤身一个人，久久站在那里，仿佛被抽空一
般，迈不动步子。有一刻她真想冲出去追上大哥哥，让他带她走，走到哪
里都可以。这不过就是她脑子里幻想，怎么可能呢？他身边有花姐啊！小
琬被自己的想法吓住了，一时间眼泪夺眶而出……

艾小琬如愿来到花姐和明远所在的城市，上了大学。

入校时，一花来看过她。说是打车来的，但停在马路对面树荫下的那
辆黑色奥迪车逃不过小琬的眼睛！

正如一花所描述的那样，她忙于参加各种演出。大学期间，她们曾电话联络打算聚聚，但总是这样或那样的原因未能成行。

杨父去世后，一花很少再回到那个日渐荒芜的小院。

小琬大三那年暑假，花姐回来了，还领着一个人。确切地说，是一个矮胖短粗的老男人开着一辆黑色奥迪车载着一花姐回来了。花姐变了。说不清哪变了，还是巴掌大的小脸，标致的五官更加精致了；原先的一马平川的胸脯现在简直称得上波涛汹涌，性感、丰满。但是小琬却感觉到时尚服饰包裹下的躯体显得很陌生，再也不是炕头上读诗的花姐了！

隔着矮矮的院墙，隐约传来打情骂俏！闪烁其词间，小琬察觉到一些不可告人的隐秘。然而她又能怎么样呢？她和明远哥甚至连一句话都没有说过，他们之间到底怎么了，小琬无从知晓。她也正与一个男生拍拖，面对花姐恋爱自由的理由，她甚至无从辩驳。

10

小琬给欧卡重工打电话，她还不知道接头人就是怀明远。

第一次筹备会上，主办方、协办方的人员济济一堂。逆着阳光，一个人走了进来。

仿佛在梦境中，村东头高擎老鸹窝的杨树梢上，正升起一轮暖阳！怀明远向她走来了！

自我介绍时，他没有认出她是谁。他怎么能将眼前清秀的女大学生与当年土里土气的丫儿联系在一起呢？或许与杨一花分手后，他有意识屏蔽了一些记忆。

纷纷攘攘的会场，嘈杂的人群，明远总能感到有目光追随着他，回过头来却什么也没有。即便对上，小琬也装作若无其事的样子礼貌微笑。明远没有多想。

他没变！只是眼神多了一些沉郁，笑容多了一些苦涩，乌发里夹杂几根让人心疼的白发……求证了他的求偶信息之后，小琬明白一花和明远的童话早已破碎。

　　她主动一步一步接近他……自己是多么幼稚可笑，一厢情愿。她原本
只想安慰那颗受伤的心，却不曾想自己也会受伤。

　　梅州饭店的那个晚上，一瓶香槟不足以醉倒小琬，真正买醉的是明远。

　　回到宿舍，明远已经醉得不省人事。一切都按照小琬在电影和小说
里看到的剧情既定展开。她心惊胆战地布置完那令人脸红的一幕后，便
也醉倒了。

　　她原想，这一夜什么都没发生，第二天醒来，两人会看到暧昧的场景。
一个也许负疚，一个装作负重，双双尴尬离开。她承认有些腹黑，但转念
一想若以后他真心接受了她，她会陪伴他终老；倘若接受不了，她也决不
死缠烂打。她对自己还是有自信的，然而后来剧情反转太狗血了，太出乎
意料了。

　　两人寸缕片纱的样子着实让醒来的明远暗吃一惊，却没有惊慌失措。
他甚至心存窃喜。酣睡中的女孩似曾相识，他喜欢她开朗活泼、乖巧懂事，
重要的是两人搭档时配合默契。

　　丝丝缕缕的负疚感又让他犹疑不定。她能接受他吗？她的眼神分明渴
望着关爱和体贴，他从背后轻轻搂住艾小琬……娇小的身躯微微颤抖，水
晶一样的眼睛仿佛看穿了他的心事。

　　压抑很久的火山终于喷发了。有一刻，他大脑一片空白，困囿的灵魂
被彻底释放了，翩翩蝴蝶正在云端飞翔……

　　该发生的就那样发生了！在那个狭小的房间，在阳光洒进来的早晨！

　　小琬以为他们会这样一直爱下去，白头偕老。

　　然而，杨一花似乎并不甘心，总是打来电话，而怀明远似乎并未与她
决断，总是藕断丝连。最近，他们不仅频繁电话还经常联系……

　　该梦醒了！艾小琬长舒了口气。她低着头看向自己，肥大的衣衫遮盖
住一些异样，也许再过些时日，就什么都遮不住了。

　　好在有了胃口，那就酸甜苦辣都尽情品尝品尝。无论悲欢还是离合，
她决定坦然接受生命的馈赠。

11

这家意大利风味的快餐是艾小琬的最爱。

优雅的轻音乐，隔断式私构空间，舒适隐秘。

烤串、鱼丸、薯条、新奥尔良烤翅、意大利面条，各种口味的比萨饼，水果、冷饮、热饮，一会儿摆满桌子。以前偏爱中餐的明远慢慢习惯了这种自助就餐模式。

多达百十种美食可供挑选。明远先取了一大罐黑啤，用一只小杯自斟自饮。他投向人群中的小琬，宽大的牛仔衬衫让她看起来像个中学生。一只忙碌的小蜜蜂，穿梭在柜台间采撷着各种美味。

小蜜蜂终于消停下来，轻轻落在他的对面。他慢慢呷着酒，看着一开始还算斯文，不一会儿就原形毕露的小吃货，一种轻松的愉悦充盈了他的身心。

自从在几个太妹中间公开埋单领走了明远之后，艾小琬说大叔该你请我了。

第一次小琬选了这家比格店。出于礼貌，明远笨手笨脚地端这端那。小琬轻车熟路，不多会儿满桌小吃琳琅满目。

花式吊灯低悬在餐桌上空，温馨四溢。两人也是这样面对面坐下来。

我感觉认识你很长时间了。话一出口，两人都笑了。

是不是我俩都没有喝孟婆汤？小琬接着说，明远不置可否，只是笑。完，他只要一笑，艾小琬就会溃不成军。一顿埋头猛吃，饿了好几天的样子。明远则一根一根地咬着薯条，咬得意味深长。

我追你行吗？他突然放下薯条，认真地问。

不行。头也不抬，飞蛾扑火的危机感让她有些口是心非。

一点可能也没有吗？明远不紧不慢地问。

一点可能也没有！害怕全军覆没，小琬干脆一不做二不休口不对心地答。

这就麻烦了。明远收回笑，默默盯住她。

一叉子牛肉丸，一刀子脆骨肠的小琬暂停大快朵颐，巴巴的眼神投向他，委屈小声嘀咕道，大叔，那，那……我还能吃吗？差点没把怀明远憋出内伤来，真拿这家伙没办法。他赶紧哄，吃吧，吃吧……

从那一刻起，怀明远决定要追艾小琬。

不就是吃吗？只要不是天天山珍海味，他还能供得起。他甚至制定了一套追求的中长期方案，然而事情发展往往就是那么充满戏剧色彩。

慢点吃，没人跟你抢。

宝宝好饿。又是那样一副委屈的眼神和语气，明远一口酒差点又喷出来。

一双小肉手边吃边舞，这被西方忌讳的吃相，却让明远心生欢喜。只要有时间，只要她高兴，他愿意带她到处转转吃她喜欢的东西。再忙再累，只要提吃这家伙便两眼放光；再烦心的事儿在她小嘴张合之间，狂啖咀嚼之下，便会灰飞烟灭。

他就是喜欢她吃东西的样子，喜欢她身上的烟火气息，甚至喜欢她身上所谓坏毛病……比如啃手指、蹬被子、梦呓谵语等。想到这里，明远漆黑的眼眸更加深沉，投向小琬的目光生出一种难言的情感。

12

那家看得好好的，怎么说走就走？是什么让你那么不开心？夜晚，水库堤坝上灯火通明，行人或健身竞走或安闲漫步。

有些人有些事，不是想搬就能搬走的。想搬又搬不走的东西搁在心里，就会不干净。怀明远站定了，面对她认真地说。

莫非那房真有情况？艾小琬大吃一惊。

为啥那间小卧兼小书房原封未动？明远反问。是啊，她现在还能感觉那间诡异的小房似乎影影绰绰，阳台上明明是中年妇女却模糊成女学生的模样……湖面凉风袭来，她不由抱紧胳膊，明远感受到来自她身体里的恐惧和战栗。

永乐大街17号院7号楼6单元601室。怀明远又重复一遍。十年前那个暑假，一个女孩跳楼自杀了。有说高考失利，有说失恋，还有说那女孩怀抱一个血孩子……没多久，一个男孩从空中水渠也跳下来摔死了。网上可以搜到那个血色七月。

没错，温思予是前任厂长温易久的女儿。未婚先孕的女儿死了，母亲疯疯癫癫。温易久把老婆送外地疗养好几年，稍有好转回来后又受到严重打击。

正是一封列举温易久逼死女儿、逼疯老婆、玩弄女人、滥用职权等十宗罪的检举信，把怀明远和杨一花这两个冤家又撺掇在一起。区纪委要求欧卡重工配合专案组彻查这桩公案。

案子落在了政工科。毕竟一起八年，怀明远不能坐视杨一花的现状不管。随着案情调查不断深入，各种隐衷逐渐曝光。两人虽不能说前嫌尽释，但彼此心结已解。

十几岁的孩子啊，能有多大的控制力呢？艾小琬想，换作我年长她几岁，又能如何？不照样也是飞蛾扑火吗？血色七月。女孩面对父亲的暴力母亲的尖酸，该怎样绝望？那个男孩原本不过想去安抚孤独的女孩，怎么到后来爱就变成了杀人的武器了呢？来不及想了，他毅然决然从高处跳下来，还要陪她一起走……

"有些人有些事，不是想搬就能搬走的。想搬却搬不走的东西搁在心里，就会不干净。"怀明远这话意味深长。杨一花是那个搬不走的人吗？艾小琬是想搬却搬不走的人吗？假如明天我从他的世界里消失，他的心里就干净了吗？

女孩细细的手腕不盈一握！明远自忖，这些日子她独自承受怎样的心理压力？难道她感受不到他的爱吗？他内心涌动的热潮欺骗不了自己。

昨天一花来电让明远震惊！女性直觉告诉她，小琬深深爱着明远并且有了身子……她告诉明远，她已经配合有关部门将害她的人绳之以法，她就要离开这里了。房子钥匙她会寄给他，那份私人协议是不受法律保护的，请原谅她的迫不得已……

从17号院出来时，明远心情沉郁到极点！一种潜在危险严重刺伤了他，当他把危险和至爱联系在一起时，深深的恐惧让他自责不已！失去的再也找不回了，他不能再失去了！

小琬——一声温柔的呼唤，让她恍如隔世。踮起脚尖她刚刚够到明远的肩膀，伸出手臂攀上他结实的颈项……再任性一次吧，她多想窝在这个温暖的怀抱，生生世世。然而，一张单程车票正在她的兜里，安静地等候。

远处的灯光在艾小琬的眼眸里，闪闪烁烁。透过模糊的视线，她又看见村东头那棵大杨树。打她记事起，巨大的老鸹窝就悬在村子的上空。白天鸟儿飞出觅食，夜晚双双归宿。不断有新生代的鸟儿在周边树上筑起新巢……

作者简介

简素，原名李灵。祖籍安徽，现居北京。中国作协会员，北京作协会员，中国诗歌学会会员。名录收入《北京作家辞典》，首都优秀中青年文艺人才库成员。作品散见《诗刊》《北京文学》《神见》等期刊，公开发表百万文字。

简 评

典型的女性小说，讲述工厂中发生的感情故事。作者结构事件的能力不错，男主人公两次恋爱的起承转合、语言对话都处理得很流畅，用生动的细节和文学性的语言表现人物两次恋爱的差异，较好地处理了情节的轻重，是合格的情感类小说。当然，在人物形象的把握上还有待完善，主人公的第一次恋爱以及期间的生活和工作缺少闪光之处，是个窝囊的形象，到了第二次恋爱整个人物焕然一新，若在这个转变中增加合理的过渡，小说的成熟度会有一个提升。

老王的"点赞"

史啸思

一

　　"左眼跳财，右眼跳灾，左眼跳财，右眼跳灾……"老王絮叨着，开始了一天的清扫工作，自打今天起身，他的右眼就疯狂地跳动着，给他这个老封建一种不祥的预感，今天肯定会出点事儿。他看起来老态龙钟，体态黑瘦得像个枯树杈，身穿橘黄色工服，布满褶皱的双手拿扫把，沿着走过来的路，清扫着地面上的尘土，仿佛想要扫去自己黯淡人生上的灰迹。他眼睛深藏在岁月洗礼并暗淡无光的眼皮下，机械地看着眼前的一切，在他的眼睛里看不到任何激情、希望、生机，甚至是一丁点可以赞美的东西，只映射出他手里的扫把和簸箕，这是他的生计。

　　阳光暴晒的中午，升腾的辣脸的热气，老王已经习惯了，这是干他这行必备的素质，低着头默默地扫着地面的土尘。晶莹的粉末，缓慢地从艳阳的天空上洒落，掉落在水泥地光亮的地表上，这粉末闪现着晶光，让水泥地有些涂抹脂粉的浮艳。老王眉头紧皱，这是对他工作的一种亵渎，刚扫完就被人弄脏了，但他忍住了，这也是他必备的职业素养，他继续扫除掉落的粉末。没多久，指甲壳大小的小颗粒，零碎地点点掉落，不出片刻，大片大片的晶透物体开始掉落下来，老王下意识地感觉到，这些东西是从自己的头上掉落下来的，正当他准备抬头寻觅的时候，一个影像超越了所有还没掉落的碎渣，轰的一声拍在了水泥地上……

　　是一个女孩，美丽，多姿，一身洁白的连衣裙，纤细的身子，白色的舞蹈鞋，她本该是在舞台上跳舞的，可现在却硬生生地平卧在水泥地上，

混乱且光亮的长发飘荡着，她双手展开，呈现美丽的姿态，而美丽的面孔
则枕在了路肩上，坠落在水泥路这个"舞台"上，任凭世俗恶人的评判。
顿时间尖叫声、呐喊声迸发了出来，人们发现了一件大事情。

　　而老王则默默地站在那里，一点都不惊恐，反而是无光的眼睛里充满
了期盼的星火，他从自己的兜里拿出个神奇之物，黑黑的盒子，闪亮的镜
面，还会时不时地发出叮叮声，让他爱不释手，对，就是手机。他的操作
是那么熟练，非常标准化的运作，堪称业内典范、行业标杆，他用粗糙的
手指在屏幕上快速拨动了一下，那轻巧的程度就像在弹钢琴的按键，这个
粗人此时竟然也能展现出这么优雅的动作，只听丁零一声，屏幕亮了，神
器被唤醒了……这得益于智能手机操作的便捷，让交流变得如此通透。

　　只见他用食指按住，对着那美丽的身影，一动不动，僵硬在那里拍摄
了起来，姿势是那么的专业，就这样坚持了将近十秒，随后食指轻轻一划，
这个跳楼的惨死的美女图像就被他传到了自己的朋友圈了。

　　而这个老迈的男人，粗人，丝毫不顾及这个白衣女子死去应该有的尊
严，他在意的则是自己能否得到朋友圈那个大大的桃心"点赞"，他很期盼，
期盼自己发布的信息能赢得许多"赞"，它带来的满足感对他来说是这一天
中最为兴奋的事情，也让他感觉自己这把年岁还能有存在的价值。满足感
充斥着他的内心，他沉浸在回复微信的点赞上，翻阅着自己微信的朋友圈，
等待那一个个桃心的堆积，屏幕右上角显示着这个人的名字，老王……

　　此时，一个年轻人站在屋顶的夹层上，一身洁白的上衣与裤子，穿着
白色的舞鞋，戴着眼镜，斯文且不失激荡，他喘着粗气，焦急的心情让他
的面容有些扭曲，他四处巡视都没有找到要找的目标，他颤抖着拿出黑色
的手机，急促地点击着上面的号码，却没有人接听，他环顾四周，不停地
跺脚，焦急地寻找着，很快他静了下来，因为他隐约听见熟悉的闹铃声，
循着这耳熟的音色，来到了楼顶的边缘。他看到楼下围观的人群。他惊讶
了，不敢相信自己的眼睛，他疯了似的快速地跑下楼，掉落在楼顶的手机
上显示着"小可"。

　　围观的人们多了起来，他们干的竟然和老王一样，拿着那个黑色的手
机，用他们的手指摆动着，将这一幕惨剧发送到自己的朋友圈，享受着直
播的快感，享受着成为网络聚焦点的愉悦，却没有人去挽救这个女孩，连

一个小小的举动都没有，甚至为了拍摄得更好更准，互相开始推搡了起来，把拍摄的有利位置当成资源来抢占，越抢越挤，越挤越推搡，甚至开始有人踊跃前行了，挤压站在最前面的人。这里成了新的舞台，女孩用她死去的身躯向世人展现凄凉的美，展示死亡的舞蹈，而她的观众，这群围观人，用他们内心的黑暗书写着"璀璨"的举动。

此时小可用力推开人群，往围观人群里使劲地挤着，一下就挤到老王的身上。

"你丫的懂不懂规矩呀！不知道这儿拍照呢！"老王骂道。

声音落地，小可没有任何回音，继续往里挤着。围观人群都在专心地拍摄这个女孩死去的场景，没人肯让出可供进入的通道。这个女孩生前可能也没有想到，自己的死竟然是一种贡献，贡献给了人群的疯狂，而老王的怒吼更像一个战吼，让围观的人群更加骚动了，让小可根本无法前行。

"让我进去！我要救她！！"小可喊道。

救她？这么大逆不道的言论岂能让人群消停，围观的人群更加混乱了，你推我挤的抢占着拍摄的有利地位。小可被挤了一个踉跄，倒在了地上，但却获得了爬行的空间，他缓慢地往前爬行，竟然摸到了女儿惨白的脚面，是那么的冰凉，却给了他爬行的动力，最终他来到了女孩的身边，用尽浑身的气力将她抱起，女孩的滑落的胳膊来回晃动着，就像没了牵绊的秋千，在空中肆无忌惮地飘荡，小可抱着女孩拼命挤出人群……

时间停止了……人们都在用同样的动作对待这个抱着死去的女孩的男孩……手机的闪光灯，咔咔的快门声，拍摄着，传播着朋友圈，老王咔嚓一声，留下了小可抱着女子流泪的影像……

完工以后，老王无聊得很，此时此刻想翻阅手机的那个食指又开始骚动了，他需要翻看着手机，如同毒瘾发作一样，需要解瘾了，哈！跳楼！朋友圈被这个事情刷屏了！通过那小小的屏幕，他看到了混乱的现场，一个男子抱着女孩哭泣的景象，等他再去点击它的时候……

此时屏幕显示……错误404。

二

老王很恼怒，因为他发现自己转发的视频看不到了，显示巨大的"错误404"，他顿时倍感失落，他感到自己最后一点精神的愉悦都被剥夺了。

但是很快他又被手机里的大千世界吸引了，心里默默地碎念着，你们爱咋地就咋地，我的国度就在这小小的盒子。有了它我的世界如此多彩，随后又固执地连续发送了两次那个女孩坠亡的视频，心里有了踏实的感觉。

"天王老子来催我，我有手机我不去……"

老王一边哼着小曲，一边扛着扫把返回工队了。

老王是一名学校清洁队的工人，每天干的就是去学校随意地转一圈，防止污垢和垃圾弄脏了学校的环境，可多年不变的工作，让老王开始得过且过了，压抑的生活让他驼了背，偏见的目光，让他眼睛没了神，他每天感受最多的就是别人的傲慢与偏见。可自从有了手机，有了微信朋友圈，他又找到了青春，这个身高一米七出头，有些落魄的男人，终于体会到自由的意味。

"狮子被关在牢笼里，开始是会反抗的，但时间久了，你打开笼子它再也没了勇气出去！"

当老王通过朋友圈的小文章读到了这条人生哲理时，他小学都没毕业的脑子竟然顿悟自己以前的生命就是没奔头的"瞎燃"了。

"瞎燃"这个词也是老王不知道从哪摘抄来的，他只记得是一句"为了事业我们要燃放自己的激情与青春"。看完这句话，老王当时就蹦出一句，哼，瞎燃！瞎燃这个词就成了他的口头禅了。

老王感到自己整日就为了这无聊的社会无聊的工作"瞎燃"了，干了一辈子体力活，如今都五十多岁了还要干体力活，这事是他内心一直的梗。他回到工室的第一件事就是躺在那个黑乎乎的炕席上，以前喜好的香烟也不再抽吸，而是窝着自己消瘦的身躯，用他满是厚茧的食指摆弄他的朋友圈，他感到很满足，一天的疲惫与怨恨都被这小小的盒子吸走了，这朋友圈太神奇了，竟可以窥探到别人的生活，了解到世界原来如此丰富多彩，而自己竟然那么的渺小。

看着自己朋友圈美女坠楼的视频后面将近一百个赞，老王很欣慰，他心里美滋滋的，感觉今天扫了那么多条路，倒了那么多垃圾，都没有这一条微信有成就感。这条微信再次让他成为那个国度的中心，那么多双眼睛在看着他，都是点赞的目光，而不是蔑视的目光，从来没有荣誉的内心被填充得盈满。想到这里他嘴角一乐，他感到自己今天做了一件非常有"意义"的事情。

"得嘞，下班喽！"

一晃就是一个小时过去了，如果不是自己肚子饿了在催债，老王还在朋友圈的海洋中游弋得找不方向呢。

嘈杂的公交车，就像一段催眠曲，催得老王昏昏入睡。

钟鼓楼到了，请您前门下车。

每天都听着这熟悉的报站声，老王知道快要到家了，可他今天却突然感到一丝失落，今天的事业他还没有完成。那就是发现身边的事情，并将之公布到自己的朋友圈，这已经成了他每天的事业了。他为此还买了本摄影的书籍，为他自认为"伟大"的事业奋斗余下的光辉。

他做到了，每次他发的朋友圈都有很多人点赞，一条狗的死亡，一对夫妻的吵架，一场交通事故，他俨然成了一个小小的媒体中心了，他一次一次刷新自己的点赞记录，这让他无光的生活有了色彩。

今天的女人跳楼让他攒积了人生最多的赞，他感到人生莫大的荣耀，精神莫大的宽慰，他喜欢这种感觉，这感觉棒透了。

这感觉就是他发现生活"美"的动力，他伸着自己的脖子，头四处摆动着，眼睛就是他的探照灯，他要每天都去发现生活的魅力，将他们发到自己的朋友圈。可今天的发现之旅马上就要结束了，却没有寻觅到他自认的生活之美，失落感从他的心底缓慢上升，开始在他内心荡起，晃荡得让他胸口发闷。

嗯，生活不会让老王失望的，它每天都会给这个城市下压抑的小人物们一点小小的开胃菜……

"流氓！"

众多的"探照灯"都朝向了车厢里发出这个声音的方向，当然也有老王，他是要发现生活的"美"的。一个女人，年轻且美貌，正指着一个男

人痛骂道。而那个男人更加理直气壮地回击，那女人骂得更加激烈，两人
甚至开始推搡起来，而那个男人骂的内容也升级了一个档次，包含了人类
所有的性器官。

老王眼睛亮了，他发现了生活的"美"。

手机立刻出现在他的手里，他要用这个小小的方盒子记录这个"美丽"
的瞬间。

但是……

"老丫挺的，录个蛋！"

手机屏幕里，那个男人蹚步过来，一个拳头砸向屏幕，屏幕黑了下
来……

人们都说，太阳每天都是新的，意味着生活美好的向往，而对于小可
来说，太阳的炙烤就是他痛苦的源泉。他找到了社团公众号的工作室，他
被转发女友死去的视频激怒了，这家该死的社团在他看来应该封杀，当他
从门缝里看到这群学生在那孜孜不倦地编着微信，他的怒火更是如爆米花
一样迸发出来，他感到的更多是罪恶，一下就踹开了门，众人被震慑住了。

"你们谁是负责人！"

"我是……"

"你看看你们干的好事！这是一个本该得到尊敬的女孩！你们竟然贩卖她
死去的尊严！"

"不是……同学，你是谁啊？"

"我是她男友！我要求你们删除这些视频！！"

"得得，我们可以删除，但不保证别的人会再传！"

"为什么？"

"因为原发视频没有删。"

"谁是原发？"

"我们一个用户，他叫老王。"

"他是干什么的？"

"好像是学校清洁队的……"

对于老王来说夕阳每天是新的，因为对于他这个岁数的，不论是太阳还是月亮，都一样，回家也就只是一顿饭，随后就是睡觉，但是现在多了一项，那就是刷手机，他很感谢科技，科技让他的精神美满。

老王也有过青春，也有过激情，也燃放过。当年进入清洁队，他的干劲是那么的充足，皮肤同现在一样黑油油，但那时他肌肉饱满，也算个小鲜肉，由于一把子力气，为人处事还算圆滑，他很快就干到了清洁队长的位置，同时认识了他的后来的女人，他和女人整日黏在一起，很快又有了女儿，老王就被幸福冲昏了头脑，满足于现状了，开始酗酒抽烟，结果一次喝多了打架，打没了队长，也打跑了媳妇。当时也是在工室的床上，窝着自己黑瘦的身体，喝着剩余的酒，感受自己人生的悲悯，后悔自己为何那么爱喝酒，沉迷这个玩意。

"哎哟，您这是干吗着哦？"胡同口的赵三德问道。

"你管得着吗？"

"这么大岁数人了，还跟人家练武呢？"

"事儿多不？"

"啊哈哈，就是感觉京剧脸谱上脸了！"

"你丫闭嘴吧！"

老王最不待见的就是赵三德，虽然多年的老街坊，但是总是调戏自己，这让他很恼火，他恨不得这个老混蛋出门撞死，下楼梯滚落摔死。他觉得就是自己卑微的职业才造成这个混蛋敢如此挑衅自己，更让他感到嫉恨的则是他没有的东西，赵三德却有，而且每天都要在朋友圈发布，那就是赵三德自己老婆做饭的手艺，糖醋里脊，红烧鱼头，等等。

"嘚瑟个啥！棒槌！"

想到这里，老王愤怒的口中蹦出了自己心中埋藏的不满。他随后进了屋，看见了自己的外孙，这一下扫清了他内心的苦闷。

"姥爷，你的眼睛怎么了！"

外孙子的提问，让老王的脾气被童真压盖得无声了。

"姥爷，爷爷画了眼线。"

"咦！臭美！"

老王的女儿回来看他了，还帮他做了一桌饭菜，十来平米的屋子里充

满了菜香，让他感到幸福满满。同样"瞎燃"的是他的家庭，自打媳妇和
自己离婚后，他就没了奋斗的动力，就当个工人吧，省得人惦记着。不过
他还有个女儿，踏实肯干，让他倍感欣慰的是女儿还会定时带着外孙一起
来看他，可他并没有能感到应有的天伦之乐，原因就是这个让他又爱又恨
的手机。

女儿今年三十来岁，干着一份会计的工作，和老王一样，生活"瞎燃"
了，她也离了婚。

老王归结这是家风所致，自己离婚带了先头，女儿如果不继承家风岂
不没法说明自己是王家人。老王得此结论是有依据的，当年劝解女儿不要
离婚的时候，女儿强有力的回复就是，你不也离了吗，去把我妈找回来。
老王的家风就是这样，所以谁也别劝谁，也不要去说服谁，最后他拧不过
女儿，离就离吧。

本该祥和的晚餐氛围，在可口的菜肴中暗淡了，女儿和外孙子分别两
边坐着，嘴里咀嚼着菜品，却不说任何话语……他们都在玩手机，那么专
注那么认真，把他老王当作了空气，当作了狗屎，老王冷冷地看着这一切，
温暖的菜肴映衬的却是冷漠的氛围，他顿时恼羞成怒，也不知道哪来的一
把子力气，将他粗糙的手掌重重地拍在了桌子上。

"他妈的！都别玩了！"

女儿和外孙子都盯着他，不知道哪里出了差错，甚是让二人无言以对，
他们迅速从朋友圈的世界里跳跃了出来。

"爸你没事吧！"

"没事！我死了都不要你们关心！就玩你们的手机吧！"

"你不也玩吗？天天看你朋友圈晒，今天还晒了个死人，也忒无聊
了吧！"

对！这就是老王认为的家风，他自己整日沉迷手机，他自己挥刀斩断
了自己的婚姻，还不能让晚辈们效仿了？自己没开好头，就不要去埋怨后
生了。他顿时没了脾气，缓缓地站起了身，有气无力地摇晃着身子走进了
自己的卧室，活着对他来说如此的黯淡无光。慢慢地他把手挪到了自己的
手机上，用自己的食指刷着手机，他要吸食这精神鸦片带来的快感，忘却
生活的不易，忘却眼睛上挨一拳的疼痛。他把今日的饭菜照片上传到了朋

友圈，为了炫耀他最后一点尊严与向往，可点赞数量就像他现在心情一样，低迷得可怜。

老王称之为朋友圈的低潮。

三

清晨的路上，车来人往，人们都在为生计奔波，为了活着忙碌着，老王也不例外，可他刚一出门，就被赵三德叫住。

"哥，有空吗？"

"没空！"

"哎哟，帮帮我，我家管子漏水了，需要个人来帮下忙。"

"你不有媳妇嘛？"

"早跑了！"

听到这句话，老王心里觉得纳闷，岂不是怕我难受，故意这么说的。

进到赵三德家中，一股潮气发霉的味道迎面扑来，窗台上则是一层厚厚的尘土，老王趁赵三德趴着弄水管的时候，又去偷瞄了一下他的厨房，冷清得让人发怵，一点油香都没有。

"哥！扳子！"

赵三德的话把沉浸在探索中的老王叫了回来，他感觉到朋友圈的东西不见得就是真的，至少在赵三德是这样。

"你媳妇呢？"

"说了，都跑了……"

"那你晒家里媳妇给做饭！"

"刷存在感！我现在也和你一样，光棍一个！"

"我有闺女！"

"对对！"

虚假的繁荣啊，老王心里突然冒出这么一句话来，他开始打量眼前这个赵三德，深感这个人的虚伪与无聊，竟然为了获得点赞而去作秀，顿时傲慢与不屑冲上了老王的大脑，可很快这念想就没了，他甚至乐了起来，他觉得自己何尝不也是这样吗？人啊，都是为了做作活着啊。

每天的扫地与清洁，机械化的生产让老王麻木，也让他感悟人生可以
如此平凡，平凡到没人会注意到环境这么整洁，竟然是由他这个清洁工来
打扫的。他烦了，不想干了，他的老腰先抗议了，酸胀无比，他需要玩手
机来缓解疲劳，别人用抽烟，他则用手机。当打开手机的时候，他惊愕了，
死去的白衣女人的影像怎么还在他朋友圈闪动，而且点赞数那么多，怎么
可以这样？他感到有些烦闷，迅速地往上拨动着，结果却是这个女人的影
像无时无刻不在老王的朋友圈里闪动着。

这次老王没有任何的愉悦，而是深深的厌恶……厌恶自己的网络朋友
们为什么如此的俗恶，这东西还在传播，一个死去的女人，太无聊了。

老王关了手机，他不想看了，眼睛里全是死去女人那洁白的颜色，那
颜色在他的脑海里浮动，他不相信，也不敢相信，因为纯洁这个东西离自
己太远了，他的心里只有朋友圈的赞。

一天的时光眨眼过去，今天一天的时间老王都没有刷手机，甚至连手
机瘾都没有犯，他出奇地平静，也出奇地安定，他被白色的纯洁刺痛了双
眼，因此不愿意再刷手机。

"你是老王吗！"

一个刺耳的声音惊悚了老王，他的探照灯照着前面来的一个人，还是
那白色纯洁刺眼的疼痛，他满脸通红，眼圈同样红着，快速走到老王跟前，
是小可。

"你就是老王吗？"小可再次问道。

老王缓缓地抬起了自己的眼皮，瞅了他一眼，他被这纯洁的白色晃得
睁不开眼，他眯着眼睛很不屑地回答："是啊！"

"我请你删除你发的那个视频！"小可很严肃地说道。

"什么视频？"

"那个坠楼女孩的视频！你是原始发送者！"小可吼叫道。

"你有毛病！我愿意！你管得着吗？"

"你就是个流氓！没道德！"

"嗨！小兔崽子，你骂谁呢？"

"你必须把你发的东西删了！"

"你狗拿耗子多管闲事吧你，我就不删，你咋着？"

说着只听扑通一声……

"你要干什么……哎！你……啊！"

小可狠狠地给了老王一拳，老王也不客气，也回敬了他一下，就这样开始礼尚往来了起来。

"你就是个流氓！混蛋！"小可骂道。

"小兔崽子！老子撕烂你的嘴！叫你骂！"

很快这耍猴般的景象吸引了一群观赏耍猴心态的人群，见到这旷古奇景，自然感到神奇无比，众人就如同老王一样，发现了生活的美，都拿起了自己手里的发现美的工具，记录下这"美"的一刻……

夕阳让人的心态低落，此时老王心情低落，像没有风的柳叶，蔫蔫地垂着，上次是眼圈，这次是浑身的疼痛，他认为这是家风……家他妈蛋风，都滚蛋吧！

"哎！你俩出来吧！"片警说道。

老王和小可被领出了号房。

"这是你俩的手机，收好了，下回别瞎打架了！"

二人沉默着不说话，都在回忆之前的过激举动。

"想不明白就跟这站着！"干警说道。

就这样一个粗人，一个细人，默默地站在看守所的门口，僵持着。可没多久，他俩的手机瘾就犯了，各自拿出了手机，看着手机继续僵持着，可是很快老王就气得坐在了地上，而小可则哈哈大笑。

只见那个手机朋友圈显示着两个人大打出手的场景，上面还有一段文字：今天在学校碰见两个耍猴打架的……

"报应！让你看看被当猴看是什么感觉！"小可吼叫道。

老王没有说话，默默地坐在那里喘着粗气，他体会到了这种被人看笑话的苦楚，小学没毕业的他感到了一种无名的羞耻感。

二人沉默着……各自走出了看守所。小可的白色衣裤刺痛着老王的双目，他不想看到这个男人纯洁的白色，这让他内心无比的不悦。

"请你删除那个视频……"

老王没有理会，他害怕，害怕这白色的纯洁沾染在自己的身上。

回到家的老王躺在床上，浑身的疼痛让他难受，如同千万根针在扎自己，犹如一群人围坐在他跟前，你一下我一下地捏着自己。老王只得用朋友圈的魔力来消解阵痛。但他惊讶地发现，之前那个白衣女子的视频还是频繁地闪烁着，还在朋友圈里活跃着，他再也不想看到这个，内心深深的耻辱感油然而生。下午，自己的丑态被传到朋友圈的样子让他记忆犹新，他真切地知道，被当猴子围观的痛处，感到尊严被人乱踩的不悦，更何况死去的人呢。

整个屋子黑着灯，老王动了一下手指，屏幕快速地向上移动，却继续显示那个纯洁耀眼的白色，怎么还有？他这才发现已经有人把他发布的视频转发了，他无法左右他人删除视频，他能做的只是拨动自己的手指。他不想再看见这个视频了，这让他内心感到无比的惶恐，今天白天和这家伙打架就够烦的了，可现在那个家伙死去的女友又跑到手机里骚扰自己，这让他恼怒不已。他想翻越出去，可是画面里又呈现白色的一片，是那个惨死的女孩，怎么还是她？他疯狂地翻动朋友圈，等待刷新的小圆圈转动着，圆圈停止后，却又是那白衣女子……不论他怎么刷，怎么拨动朋友圈，都是这个白衣女子，刷啊刷，拨呀拨，全是她。

随着朋友圈移动发出的哗哗声，那个女人的影像快速滑动，仿佛动了起来，这让老王无法直视。

"啊！你丫有完没完！"

老王把手机扔在了地上，他感觉自己遇见了鬼，手机的光亮长时间照射他的眼睛，让他看东西产生了墨黑的光斑，那光斑就在漆黑的房间里飘荡，老王快速地眨了眨眼睛，那光斑显示出那个惨死女人的影像，可是她不再那么悲凉，是一个笑脸。

"你喜欢我死去的模样吗？"那光影在说话。

"你看你都刷屏了！"

"那挺好，看来我还能给这个世界带来点欢乐。"

老王摸了摸自己的双目，他现在内心无比惆怅，他终于感觉到自己做错了一件事情，一件这辈子最后悔的事情，自己竟如此的丑陋不堪。

"你丫滚蛋吧！"

他拿起手机，找到自己那个原发的视频，用自己最后一丁点的力气，点击了下面那两个黑色字体，删除，他顿时感到内心无比的宽慰……

老王没有睡好觉，也不再想玩手机了，而是默默地打扫着学校的道路。由于低头时间过长，老王想要抬起头来看看天空，却看见那纯洁白色的小可，他冷冷地盯着老王，这让老王内心无比惊讶，那纯洁的白色刺痛着他的眼睛，刺痛着他的神经。

随后，小可走进了学校的礼堂，老王不知所措地跟了进去，为的就是要告诉那个男人，自己已经把视频删除了，不要让纯洁与白色再纠缠自己了。

礼堂是那么雄伟，空空的让人心里充满敬畏。舞蹈班的成员陆续进场了，大家开始排练起舞蹈来，老王则默默地站在舞台下，看着那个小可排练舞蹈，小可的舞蹈太美了，阳刚而不失柔美，老王突然觉得那白色不再那么刺眼了，而是那么美丽舒心。他无法拒绝，缓缓地拿出自己的手机录了起来。

随着镜头的拉近，画面里的身影衣着靓丽，纯洁的白色洗净了老王的内心，竟然让老王觉得不好的家风都被吹得烟消云散了，自己离婚，女儿也离了婚，孙子也不爱理会他，这些都是因为他的浑浑噩噩的生活所致，他成了万恶的源泉，成了消极因素的领头人，但现在他这些感觉全没了。

老王用手机继续录着，手机轻轻地上扬，画面里舞台顶上的灯具竟然开始晃动起来，老王的眼神一下就被这个细节吸引住了，他放下手机，仔细观察那个晃动的灯罩，它马上就要掉下来了，老王一看此景，迅速登上舞台，想要告知小可，却被一旁的舞者拦住了……

"你丫懂不懂规矩呀，靠边站！"

A城的朋友圈流传着一则新闻，A城一学校舞台照明灯掉落，清洁工王先生迅速登台救下跳舞青年，不幸被砸，身负重伤，男性青年则只受轻伤。

人们第一直觉会觉得这个人怎么那么傻呢，但又瞬间闪现了一个念头，这个人是见义勇为啊，从小老师就教导我们要帮助他人啊，这算给这个社会带来了点好处，给他点个赞吧……

老王终于得到了他应得的赞。

作者简介

　　史啸思，1986年生，专业特长为动漫设计和文化活动策划，在《文艺报》开有动漫随笔专栏，在《北京作家》《阳光》《燕都》《北京日报》等报刊发表小说若干篇。出版有长篇小说《编外》《年轻气正》等，系北京作家协会会员、房山区小作家协会副秘书长。

简　　评

　　小说是对现实热点现象"朋友圈"的深度思考。在一个越来越发达也越来越冷漠的世界中，陌生人的死亡成了人们关注和兴奋的大事。一个社会边缘人和失败者用关注周边的社会事件在朋友圈找到了存在感，所有人都在朋友圈发泄自己的黑暗本能。作者对人的剖析和思考有本质意义。小说的最后，主人公老王逐渐从事件中反思进而找到生活的意义，人的未来终究是有希望的。对新兴的自媒体的关注、思考，对人性的深层理解让我们看到这篇作品的意义。

金钱鼠尾

火天大有

顺治四年，浙江宁波发生了五君子翻城起义，由于乡绅告密，旋即失败。

督抚江南大学士洪承畴下令将义士的首级和后人押往南京。

一个女人找到避居杭州的南明大将萧拱宸，希望他指挥一支小股部队，去劫夺人犯。

六月八日

公元一六四七年（清顺治四年，明永历元年）的夏天。

梅雨结束得特别早，随即天热得也特别快。

从正北方向刮来阵阵干热的风，天上开始落下大片花白的碎屑，夹杂着一种说不出的霉腥味。

味道让人很恶心。

六月的时节，哪里来的飞雪和飘絮？

用手捻捻，又干又硬——这既不是雪花也不是杨柳絮。

——这是尸骨烧残的灰烬。

离此一百二十里的鄞县县城，四门封锁，从五月二十二到六月三日，每天都在杀人。

这个户籍二十万的富庶之地，人口足足去了六成。

清兵在西门外高搭一座积骨山，像火堆添柴一样，杀了人，不管是整尸还是碎块，就往上面一扔，县衙称之为"浮屠共冢"。

数里地外，远远望去，一座莹白的雪山上燃烧着熊熊烈火，仿佛地狱魔境一般。

慈县九峰山山麓，有一个不知名的小村落，村人大多靠着运送山货和
木材为生。

小村边角的地方，有一户人家，与众不同，不是柴扉竹窗，而是灰砖
青瓦，虽然院落不大，却收拾得十分干净。

酉时初刻——天将晚的时候，一个行色匆匆的年轻人潜入院子。他身材
修长，头戴一顶黑绒角巾压住前额，蒙着脸，整个身子掩在黑色的大氅里，
随身提着一个沉甸甸的包裹，小心翼翼地四外张望。

他似乎对院落十分熟悉，径直走到后庭窗下，轻轻叩了两下，低声说
道："秋君姐，在吗？是我，董志宁。"

虽然天气炎热，小屋却没有开窗，里面的人也没有料到来人竟然会在
这个时候到来。

沉吟片刻，门"吱呀"开了，这个叫董志宁的年轻人闪身进来。屋里
陈设异常简单，但却不同于普通人家，除了必备的箱箧案几，就是四室飘
香的几盆兰草，堆在床沿的一摞书。

进来之前，屋子的主人仿佛借着将落的日光在桌案上写着什么。

走近一看，只是六个字：

身家儿女故国

董志宁扯下蒙在脸上的黑布，走到屋角的水缸边，掀开盖子，喝了三
舀子水。然后走到房屋主人的面前，说道："有件大事要交给你去办，能答
应我吗？"

他的声音中带着惊悸和警觉，明显是最近受了极大的刺激。

董志宁，三十未到的年纪，脸色苍白，面容清癯，左颧骨有一道延伸
到下颚的鲜红刀疤，翻着血肉，有的地方尚未结痂，看上去异常恐怖。

看到这骇人的一幕，房子的主人虽然和他并不陌生，却也"啊"了一
声，退后几步。

她叫沈秋君，淮安府人士，年三十四岁，娇小玲珑，虽然过了妙龄，

依然徐娘半老，不失风韵。

看到她发愣，董志宁便又问了一句："你能代我去办件大事吗？"

沈秋君没有答话，心中已猜到和什么事有关了。一个月前，董志宁的盟兄华夏华吉甫在鄞县打出鲁王监国的旗号起义反清，不幸败露，华夏首先被捕，他的同谋者王家勤、屠献宸、杨文奇、杨文瓒等仓促起事，巷战而死。华夏先是被严刑逼供，后在五月二十七日被"寸磔而死"，全家问斩，株连九族。

所谓寸磔，就是大卸八块，是一种仅次于凌迟的刑法。

这就是历史上有名的"浙江五君子翻城案"。

先打断故事，说一些必要的题外话。

反清复明——本不是因为清朝特别坏，明朝特别好。那个时代的中国人，尤其是江南的汉人，心态相当复杂。

很多中国人其实已经承认清朝要比明朝好很多。

比如，在摄政王多尔衮划拉关外老幼十万家底进关之后，面临着争夺天下的挑战，他首先做了一件原本在北中国占据上风的大顺和在南中国苟延残喘的大明目前都忽视做的事——减租减税——每占一地减免赋税三年。

大顺军忙着追赃助饷，得罪了士绅；长江以南争立的明朝藩王们则依然盘剥百姓，争做正统。实际上，只有异族的统治者才把表面功夫做得很到位。

江南此起彼伏的反抗运动是因为另一件事，这源于多尔衮最大失策——颁布"剃头令"。

清初"留头不留发，留发不留头"——是将头颅四周的头发都剃掉，只留一顶如钱大，结辫下垂。

"剃发不如式者亦斩"，大于一钱也要处死！

这有一个响亮的名字："金钱鼠尾"。

不是现代人所描绘的，阴阳头牛尾辫。以汉人的服饰传统看，实在是无法接受！

汉人并非不屑满人的统治，而是受不了这种奇耻大辱。

巨大的刺激，对于长期自给自足，自矜用七省银钱米粮养活天下的南方人而言，更是不能忍受的一种挑衅。

在反清复明起义旗号之下，掩藏的是，那个时代中国人坚守尊严和保护传统的牺牲信念！

这种信念，后来和完整的系统儒学一起，被明末遗臣朱舜水先生带到了日本，影响了日本的武士道精神——二百年后的幕末时代，日本人尊攘志士们前仆后继的牺牲意志，多少也带着些许它的影子。

话说回来——

董志宁（这个人后来成为鲁王监国政权的一任礼部尚书），原本是华夏的好朋友，也是这次起义的核心人物之一，由他去联络四明山的王翊义军，也是幸好如此，在清军攻山的时候，随人杀出一条血路，负伤逃得活命。沈秋君发现他从进门到现在一直打着哆嗦，再仔细一看，黑衣服里有一块已经湿透了——是被血和汗水浸染的——炎热的天气裹着一身黑绒衣，是因怕人看出伤口还在流血。

"鞑子怎么会知道的，怎么走漏的消息？"

"正打算告诉你。"董志宁喘了口气，长途赶路，已经牵动了左肋下的伤口，血又流了出来。

这件事发生在公元一六四七年四月二十八日，适逢明永历元年，清顺治四年，鲁监国三年。被监国的鲁王朱以海封为兵部职方郎中的华夏，会和董志宁、王家勤、屠献宸、杨文奇、杨文瓒等人组建了一支小股团练，在四明山义军、舟山明军尚存主力之间奔走联络，同时也说服了宁波中军游击陈天宠、仲谟一起反清。

华夏等人以为，八旗兵无法长时间忍受南方高温，而且毕竟人数少，现在各地起义风起云涌，大顺军余部转战鄂北，不得不穷于应付，所以最有利的时间，就是在盛夏时发动起义。

这种情况下，华夏等人制订了一个详细的计划，在宁波四乡串联。

谋可寡而不可众，众谋则泄——也就是这种做法坏了事，被一个叫谢三宾的人察觉了，他是监国朱以海封的大学士。但却先于其他人降清，也没捞到一官半职，一直赋闲在家，不管怎样，他的声望要比华夏他们要强多了。他很快打听出许多华夏一干人密谋策划的消息，于是便去海巡道孙枝秀处告密。

实际上，这两个人交往甚多，还粘连亲戚，平时混得也说得过去，但谢三宾此刻一心谋求功名，也顾不得许多了。

得到消息的清方大为震惊，立即调动三路大军攻破四明山，王翊在仓促之间没来得及销毁档案，而这其中就有华夏他们的联络书信，里面把行军计划说得很详细：

> 敝府布置已定，越（绍兴）举随举，定越之日，急指一旅到宁，以便壶浆。钧亦从师东下，与抵关师合攻。

华夏、王家勤、屠献宸、杨文奇、杨文瓒，原本也不只是四明山一个依靠，还有驻守舟山的明军水师黄斌卿部两万余人，但由于消息阻隔，延迟了数日，明军进入了早已准备好的口袋阵，在宁波港外黄家山几乎全军覆没。

这下再也没有盟友可以借助。舟山的明军刚被击溃，四明山山寨也已不复存在，永历政权的军队分布湘南、赣南、广西、广东，也距离尚远。

清除了外围威胁，清军关闭鄞县四门，开始剿灭起义，将华夏等人缉捕入狱，严刑拷问，又十中抽一（十户中灭门一户），大肆杀戮。

现在董志宁和剩下的人，潜伏在海边一个叫后岗头的渔村。听到这个消息，咬牙切齿，华夏的儿子，华子龙和其他几位义士的子女，都还羁押在大牢里，要想办法要救出来。

按照董志宁的计划，必须先摸清城内的情况——想调查，就得有人混进城去，刚刚结束杀戮的鄞县，充满了恐怖的气氛，谁敢在这个时候进去，又怎么混进去？

这个任务落在了毛阿六的身上。

毛阿六，今年十五岁，原来是个无父无母的孤儿，流落街头，被华夏收养，当作自己的书童。他对华夏，就像父亲一样崇敬，在起义成员间传递消息，忙来忙去。华夏被捕的前两天，遣他去城外送信。他知道主人遇难后，痛不欲生，一度想自杀，幸亏发现得早，被大家及时拦下。

威望和德行，让华夏在起义队伍里有绝对的魅力。

毛阿六非常聪明，他没有从鄞县直接混进去，而是绕道余杭，装扮成被征的难民。叛乱后，鄞县内城县衙需要修补，于是从四乡征调民夫。混进鄞县后，毛阿六又凭着技巧能干，成为县衙内属的杂役，趁机探听到了大量的消息。

他送出的最有价值的消息是，五个义士——华夏、杨文奇、屠献宸、杨文瓒、王家勤的首级以及他们的子女，准备择日解送南京，呈报大学士洪承畴向朝廷请功。

还有一件事，毛阿六从狱卒扔掉的垃圾里，抢出来一叠华夏在狱中写废的文稿（这就是后来被王夫之收录的《过宜言》）。众人才了解了另外一些事——华夏在审讯时受尽非刑，在杏花雨、鲤鱼翻、莲华烙折磨下没有屈服，承认愤恨剃头令，意图反清复明。审讯官抓住联络书中有"布置已定，发不待时"八个字，很明显，意味着还有同党。对此，华夏说，因为时间不凑，来不及筹办兵马粮草，自然要这么写壮壮声势。为了保护同谋者，拼死不招，被加刑后复苏，故意满口胡言，审讯官实在无可奈何。

这次起义，是由于谢三宾的告密而全盘失败。谢三宾唯利是图，本意是保住万贯家财，"求用于新朝"。没想到非但不记功，他的偌大财产，还引起了海巡道孙枝秀的觊觎。

孙枝秀故意把他说成同谋叛逆，一并捉拿入狱。在审讯的时候，谢三宾一进入大堂，便连连磕头："大清功德盖世，革员顺治二年就曾出首相告，不意误陷群贼，顺治三年大军复浙，革员此时怎敢和反贼沆瀣一气，天日可表，日月可鉴。"

尽管孙枝秀先暗中派人告知华夏，谢三宾是告密人，是他的仇家，可以拉他下水，为他报仇。但华夏却在公堂上义正词严地说，谢三宾这种人，为同乡所不齿，是奸佞小人，形同猪狗，反清大业，是仁人志士才能参与的好事，怎么可能有他参与。

原本已经失去希望的谢三宾，几乎不敢相信自己的耳朵，虽然华夏刚刚骂自己是猪狗，但赶忙跪在地上连连给华夏叩头，不停说拜年的话。

孙枝秀很失望，不甘心的他又问了一句："难道一个参与谋反的乡绅都没有吗？"

之后，华夏所说的话，虽经毛阿六转述，但还是用他写在那些废纸上传出的原文更为贴切：

> 悲夫，何言之苦也！大明无乡绅久矣。即有亦膏腴洁衣，多买田产为子孙计耳。否则拥姬妾傲物取快一时，如与大明结没世不可解之仇矣。安得乡绅？

说到这里，有好一阵子，小屋里炎热的空气陷入沉默。

沈秋君问道："然后呢？"

"然后……"——董志宁有些不知所措，似乎有些茫然。

半晌，他心念十足，铿锵有力地说：

"一定要把他们的子女救出来，把首级抢回来安葬。"

沈秋君的身子一时间掠过巨大的寒意，仿佛坠身寒风怒号的四野。要从官兵手里抢人，这不同于军队作战，而是以卵击石，集合山寨谋反尚且不成，更何况现在只剩几个人，他把这话讲给自己听又能怎么样呢？

董志宁，在几年前只是个监生的身份，名义上是东南复社的成员，钱谦益的学生。钱谦益投降后，回到原籍宁波，得到鲁王监国手下大学士张振言的赏识，给了个参将的虚衔，却是一天兵也没带过。看他的样子，也不会在战场上有多大作为。

"必须去做，死也在所不惜。"董志宁自言自语道，他此刻心中热血沸腾，"对了，我来是要拜托你替我去做一件大事。"

"什么大事？"

"在说之前，我还要问你一下，你愿意帮我们吗？"

"愿意。"沈秋君几乎是不假思索地回答。之所以愿意帮忙，原因只有一个，就是华夏对她有恩。

沈秋君原是淮安府城一户中等人家的女儿，嫁给了本城一户姓孙的财主。数年后，丈夫去世，一个人孀居。甲申之变，清兵入关，弘光皇帝朱由崧上台，给拥立有功的江北四镇统兵十八万的高杰、刘泽清、黄得功、刘良佐划分地盘。

淮安府是兴平伯高杰的势力范围。高杰原来是大顺军的军官，李自成的小舅子，由于勾引李自成的小老婆，败露之后，投靠了湖广总督贺人龙。他的军队，军纪是格外的坏，虽然是名副其实的杂牌军，在明末诸藩镇中却以能征惯战著称。

淮安突然涌进来数万兵马，地方不够住，于是兵将各自占据民宅。光孙家就留宿五六十人，这些官兵看到沈秋君长得貌美，又是孤身女子，带着一大群丫鬟仆妇住在内宅，于是纷纷以借物为名，到内宅进行调戏。秋君也是个刚烈女子，但并不缺乏智谋。于是暗中找到带兵的队官，告诉他，自己爱惜名声，白天不便苟且，不如夜晚前来，脱掉甲胄，完事不要张扬，给自己留点颜面。

那队官听后大喜，果然脱掉铠甲，夜半时分约着十来个相熟的进入内宅。不料，秋君与几个丫鬟早用绳梯爬到了房梁，从顶窗气口到了屋脊，又派人紧锁房门，到处敲锣打鼓高喊"抓贼"。

淮安府差役将一干人犯带到大堂审讯，一问之下却原来是高总镇手下将官，深感左右为难。知府亲自坐轿到行辕通报此事。高杰也是个要面子的人，虽然知道这样的事难免，但当着众人，还是传令将队官人等一律问斩，并将所有兵丁遣散出孙宅。

秋君满心欢喜，刚到家，当时任淮安府推官的华夏亲自过来找她，让她快快逃走，为一妇人斩杀几员将官，高杰必不肯善罢甘休，即便他不管，他手下的人也不会不报此仇。秋君如梦方苏，赶忙收拾东西，遣散丫鬟仆妇。

不到一个时辰，已有几队官兵分别从东南西北四门围拢过来，直奔孙宅。华夏又遣人来报信，告知秋君到自己寓所避险，于是秋君便逃奔而去。

乱兵搜寻一番，不见踪迹，便占了孙宅，自此，秋君便寓居华夏家，半个月后，华夏找了个去南京的机会。秋君女扮男装，随华夏而去。

到了瓜州渡口，华夏让她速速逃走，她哭诉无处可去，华夏又动了恻隐之心，便让她去自己家慈县九峰山乡居居住。这就是故事开篇提到的山村小居。

华夏只是听说了她的事，感触她是个出奇的女子，便出手仗义相救。

这也算乱世之中，正人君子的一种缘分吧！

在秋君的印象里，华夏只是个中年的文士，穿着朴素，但收拾得有条不紊。自从她到了山居，几年内都没有来过，只是隔月送些米粮过来。直到最近商议起事，他们一干人才避开耳目，到她这里计议，但几次都是避开秋君，到厢房密谈。

也许旁人都以为秋君是华夏的外室，只是华夏并不明说而已——连董志宁都是这样以为。所以，他觉得华夏全家遇难，只有找秋君帮忙才理所应当。

秋君知道他们一定误会了，但又不便解释。

"你要我做什么？"

华夏是自己此生最大的恩人，死得这么惨，只能参与营救他的儿子，算是报答恩情。虽然内心沉重，很可能有去无回，但为了这个目的，自己在所不辞，也正是这种慷慨的激情，给予她莫大的勇气。

"拜托你去杭州，找一个人，他好像叫萧拱宸？"

"萧拱宸？他是什么人，为什么要找他？"

"他是先生口中的奇才，先生一直希望他来主持起义，也说过，如果他不幸遇难，就让他来主持大局。我们相信他一定有办法营救公子。"

"他在杭州的哪里？"

"这就不清楚了，据说是在西湖边上。"

"他是干什么的？"

"这也不知道。本来应该我自己去的，但我现在身上有伤，清兵又在四处画影图形捉拿我，我肯定跑不掉，只好委托你了。"

"什么都不知道！"秋君感到很泄气。但既然已经答应，也毫无怨言地准备去帮忙，就没什么可说的了。

"对了有这个。"董志宁递过长条包裹，里面是一把油伞。

撑开一看，相当精致考究，蒙在伞面的油纸要更加厚重结实，伞骨比常见的十二支、二十支多很多，仔细一数，竟然有三十六支，伞柄更长更粗。

最打眼的是，伞上的书画，浓淡氤氲，远山近水，上书陆九渊的五言绝句，字体飞扬秀逸，颇有赵松雪之风：

> 昂首攀南斗，翻身依北辰。举头天外望，无我这般人。

"凭着一把伞，就能在杭州找到一个人吗？"虽然满腹疑惑，她却没有再说什么。

"华先生说，这个人以前给他留下了这个，据说是要到杭州经营制伞生意。总之，拜托秋君姐你去找找看。"

送走了董志宁，收拾了一番，翌日一早，沈秋君简装带了一柄短剑离开了山村。

六月十日

董志宁回到藏匿的镇海"后岗头"渔村，收罗起人手，算上自己才六个人，没有一个人是经过大阵仗的。

这么点儿人怎么去营救公子？

"我有个人选，也是刚刚得知的。"说话的是六个人里的马天信，他原本是弘光政权的太学生，南逃追随鲁王监国，留在鄞县。

说完，他就离开了，一去就是五天。

六月十六日

到了第六天，马天信回来了，还带回来一个和尚。

在那个时候，为了躲避剃头令，有的人啸聚山林，有的人扮作和尚道士头陀，还有的干脆逃亡到残存的明政权势力范围。这个和尚想来也是如此，身材魁梧面显峥嵘，穿着袈裟僧袍，脑袋上却没有燃顶受戒。

"和尚"，名叫易道三，原本是大顺军一只虎李过手下的大将。满清入关之后，李自成败退潼关以西，李过则据守山西，后来撤退到鄂北一线，投降隆武朝廷，联合抗清，史称"忠贞营"。易道三则"匪性难脱"，不愿投降，于是便自己拉起几十人的小杆子成为流窜江南及鄂鲁皖几省的大盗。说是强盗，实际就是专门跟明清两个政权对着干，聚拢人马，抢夺官银，杀汉奸除赃官。

易道三干得最绝的一件事，是除掉大汉奸孙之獬，这件壮举还颇具传奇色彩，但鲜为人知。

孙之獬这个人，是一个串场明清两代，牵扯许多重要人物不可忽视的角色。所以在故事里多说两句。

这个人原本是天启年间魏忠贤一党。崇祯帝上台后，阉党倒台，崇祯下令销毁魏忠贤组织人编纂混淆视听的《三朝要典》，阉党余孽都不敢谏阻，唯有孙之獬却抱着《三朝要典》到太庙痛哭，既士林所不齿，也触怒了崇祯，将他一贬到底。

等到满清入关，政治投机的孙之獬马上俯首乞降，自愿报效。为显示诚意，孙之獬还带头与家人奴仆一起剃头留辫，换上了满装，极尽所能地讨好新主子。清廷为收揽人心，便接纳了孙之獬，让他担任礼部侍郎。

其实最开始的时候，清廷本没有全国上下推行剃头令的想法，自愿剃头，而且为笼络明朝遗臣，允许他们保留明朝衣冠，只是为了显示分别，才让他们与满族大臣各站一班。

我朝初入中原，衣冠一仍汉制。

这是《清太宗实录》里记载的皇太极的原话。

毕竟三百年前的元朝，也是这样做的，混乱如五胡乱华时期，也没有统一服饰的明确政令。

坏事就出在汉人内部。

孙之獬在新朝任职后，为亲近满族公卿大臣，特地穿戴满族服饰，并主动向他们的班列靠近。

但满族大臣自恃高汉人一等，拒绝他进入。孙之獬悻悻地想回到汉族大臣的班列，同样受到鄙夷和排挤，实在狼狈至极。

孙之獬受辱于朝堂之中，自知不可能再被汉族同僚接纳，一怒之下竟向摄政王多尔衮上奏，建言颁布"剃发令"，让全部汉人仿效满人剃发留

辫。多尔衮开始没当回事，但孙之獬见达不到目的，再次上书，这里面有
一句话：

> 陛下平定中国，万里鼎新，而衣冠束发之制，独存汉旧，此
> 乃陛下之从中国，非中国从陛下也。

从文笔上而论，这句话可谓铭心刻骨——历史没有记载多尔衮的朱批，
但无异极大地触动了这位摄政王。

顺治三年的1646年，由于此时清军已攻陷南京、苏州、杭州等地，自
以为大局已定，为显示新朝权威，便允其所请，开始颁布命令，规定国内
官民全部要剃发留辫，迟疑或不从者皆按谋逆罪论处。次年又颁布"易服
令"，要求全国官民穿戴满族衣冠。

多尔衮，在统兵战略上不逊于唐太宗和明太祖，但却是三流政治家，
如果换作皇太极或者康熙，是绝对不会这么干的。

由于腐败透顶，朱明王朝在汉人的心中已经渐行渐远，这么一来等于
把一大票人迎接改朝换代的希望，变成了奋战到底的勇气。

故事回到易道三身上——

顺治四年，也就是这一年的春天，易道三联合谢迁，攻占淄川。将革
职在家的孙之獬活捉，马上便将其游街示众。随后，在孙之獬的身上遍刺
针孔，插上猪毛，名曰"种发"，吊在城门七日七夜，然后与其家人七口一
起，斩首并暴尸通衢。

算是为天下汉人出了一口气。

敢作敢为，勇猛直前。

见到这个传奇人物，董志宁和一干人等喜形于色，但易道三却不爱讲
话，听了董志宁讲的大概，不假思索说道："在下有三十二个人手，悉数听
从调遣。我们落脚在海宁天后观中，有需要时再见。"

于是便匆匆离去。

答应得如此痛快，让人感觉不可思议。

很少有人知道，易道三和死去的华夏，曾有一番不为人知的缘分。

弘光政权覆灭后，鲁王朱以海浙东监国，华夏受封兵部职方郎中。奉命到江南各处招安各路义军。来到落脚山阳的易道三处时，隆武朝廷的招安使者正好也来到此处。易道三摆出酒宴招待双方。

易道三豪爽痛快，粗枝大叶，不善言谈，虽然是许多老百姓敬仰的英雄，但在当朝眼中却是流寇。所以隆武朝的使者傲慢自居，华夏却热情笼络，言谈共举大事。

易道三很是感慨，等隆武使者走后，单留华夏详谈，声言自己无意功名，既不愿投明，也不愿降清，只想啸聚山林，趁天下大乱做一番事业，也劝华夏，不管隆武，鲁王，都不是人君之选，大敌当前不想着笼络天下汉人，反而为了谁是正统打得不可开交，非但难成大事，早晚会被他们所害，而不如投缘人相聚一起，共同快乐自在。

华夏谢过他的好意，两人彻夜长谈，只谈国家世事，再不提招安一事。

华夏这个人，虽然是个文人，更是个典型的理想主义者，这种人身上有时会有一种在混乱环境中，凌然独立的魅力，能够聚拢其他不安于现状的人。

易道三就是这样。只不过和华夏见了一面，相聚了一晚，便倾心相交，心甘情愿蹈险，颇有古君子之风。

转天分别之时，双方共同约定，各奔前程，若日后华夏辅佐鲁王恢复中原，则易道三必来投奔麾下，若易道三成王霸之业，则华夏定当前来辅佐。

时至今日，刚刚一年，形势急转直下，不仅鲁王监国被清军挤到了舟山几个海岛的楼船上，"落日狂涛，君臣相对；乱礁穷岛，衣冠聚谈"；而自命贤君嗜好读书的隆武帝则拉着几十车书，名曰"御驾亲征"，实则躲避清军，出福建入江西，再至湖南，又回福建，边读边跑，终于被清军追上，杀死在福州；而华夏，也身归那世去了。

世势波谲云诡，难以抗拒呀！

"有了易道三相助，接下来，就等沈秋君找到萧拱宸了。"董志宁心中暗自想着。

六月十九日

走海宁，绕余杭，上虞，过绍兴，远避嘉定，渡六合、钱塘，沈秋君一路向北，满眼兵燹，原本繁华的富庶之地，几乎是一片废墟，见到的人，无不面带惊慌。

申时三刻左近，来到了杭州。

杭州这个地方，自从弘光倒台，清军长驱直入，没费多少兵马即行占据，而后从未易手，所以城郭、西湖景观大体尚存。

沈秋君找到城外的一家客栈住下，由于是个单身女子，所以掌柜也未加盘问。当晚就有巡城来查宿户路引，也搪塞过去。

六月二十日

杭州纸伞，长沙皮伞，甲路油伞，武昌布伞，并称为江南四大名伞。

杭州城里，制伞的名家商铺，不下几十家，基本集中在武林门混堂桥一带。

辰时起，沈秋君拿着这把油伞，依着街头的店铺，挨家挨户打听，走过前十来家都说不知道这手艺是谁的，也有的欲言又止，吞吞吐吐，总之是得不到什么消息。

走到第十四家的时候，上面写着"吉祥伞铺"，进去把伞放在柜台上，老板表情变得凝重起来：

"您是不是来找萧师傅的？"

"怎么，你认识他？"

老板四外探探头，欲言又止，上下打量沈秋君，终于下定决心似的，说道：

"这位大姐，请您借一步说话。"说完，转身掀开隔板，进入账房。沈秋君略一迟疑，也跟着进来。

"您问的这把伞，是鬼手伞仙师傅的手艺。"

"鬼手伞仙？谁是鬼手伞仙？"

沈秋君满腹狐疑。

"但是他现在惹了事了，官府在缉拿他呢！您就别多问了，我是好心，您赶紧走吧。"

秋君央告老板告诉她实情，经不住再三索问，老板只得将前因后果说了个大概。

弘光皇帝刚登基的那会儿（三年前），杭州城云集了北方逃难的贵胄商贾，一度带来的繁荣更胜往昔。

某一天，突然来了一个纸伞贩子，自称姓萧，年纪并不很大，但也有三十多岁。

没有人知道他的真实姓名，他也不向任何人说自己来自哪里，原来是做什么的。只是赁下一套宅院在西园巷住下。

制伞的过程非常烦琐，全部依赖手工完成：

工序七十二道半，搬进搬出不肖算。

这一行当，也带有很强的门派性质，如同武术、卖艺、书画、算卦一样，师承很重要。没有师承的作品，价钱卖不了太高。

但这个人的作品是个例外，水流、山石、人物、鸟兽、书法，样样擅长，神韵十足，画有仇十洲、董其昌之俊逸缥缈，字有米元章、赵松雪其潇洒不羁，独成一格。更出奇的，是经过他手制成的伞，较别家制伞更玲珑别致，坚挺耐用。

起初，他只是在武林坊、清河坊各处兜售，没过多长时间，就名声大噪，被最大的商铺"文白庄"延请，包售其成品，专门在后堂给他辟了一处阁楼居住。

但没过多久，他开始频繁换地方，几乎在所有的大伞庄都待过，但每家多则数月，少则半月，绝不常驻。

大家开始都以为这是个落魄的文人，想象是苏州唐伯虎、绍兴徐文长一样的人物，出类拔萃，恃才傲物，但没过多久，就感觉不一样。首先是他深居简出，没有酗酒狎妓聚众的癖好，其次就是从不让别人观摩他制伞，而只是拿出成品。

"为什么叫他鬼手伞仙？"

"他只说他姓萧，叫什么谁也不知道，鬼手伞仙，这个绰号，是原来有一次，有人给他送饭，无意中看见他正在伞上作画，大多数画匠，一只手

最多夹三支笔，一支描，一支染，一支晕，少数能夹四支——结果偷看的人
吓了一跳，他手上横竖夹了一大把笔，仔细一数，竟然有七支，而且倒换
起来快得异乎寻常，就好像……"

"好像什么？"

"好像长了一只长长的鬼手。"

"他发现别人在看他，于是就辞去伞庄的事。单独在钱王祠附近，租了
一个宅院，专心制伞，跟人接触更少了，每到交货的时候，就有人去取。"

真是个怪人啊，这么说要去钱王祠去找他喽。

秋君吊起了强烈的好奇心，但不免也有深深的失望感，原本以为找的
是一个了不起的军师，谁知道却是一个伞匠。

"那他怎么又惹上了官府呢？"

掌柜的开始讲另一个故事。

顺治二年（1645）6月14日，清军不费吹灰之力占领杭州，亲王博洛又
招降了避居在此地的几位明藩王（萧山的周王，会稽的惠王，钱塘的崇王
因此和弘光、潞王一样被掳去南京，鲁王当时在临海，多了个心眼没去，
逃过一难），因此杭州府一地，相比江阴、扬州、仪征、嘉定、萧山惨遭屠
戮，则已是大大的幸运。

暖风熏得游人醉，直把杭州作汴州。

自古以来，杭州比苏锡常南京松江府，更有奢靡之风，所以虽然兵戈
仍在，西湖游人相较往年稀少，但也是来往如织，穿梭如缕。

当年的下元节，这个掌柜的也在西湖边看景，突然发现眼前聚拢了一
大群人。挤进人群一看，却原来是三个挎弓悬箭的八旗兵在湖边争执，边
上一个孩子正在大哭。

原来，这三个镶白旗旗兵久慕杭州盛名，擎了两只海东青，也来湖堤
上走一走。秋风一吹，鸟啼蝶飞，这两只海东青也乍开翅膀，按捺不住。

恰逢迎面走来一个汉人小孩，小孩手上拴了一只大个的黄莺。黄莺见
到猛禽，从小孩手里惊飞起来，旗兵臂上的海东青也挣脱束缚，奋起追赶
黄莺。

本来以黄莺的速度绝飞不过海东青——但周围柳浪纷飞，黄莺穿枝过

叶，左躲右闪，最后向湖面上一头扎去。就在这时，两只海东青赶上黄莺，撕扯起来，各自脚爪上的缚带缠绕，难以分开。

黄莺一头扎进西首小瀛洲（三潭印月）最远石塔的圆洞。海东青个大，飞不进去，缚带又不够长，倒掉着在石面上扑打。

一时半刻，即使不吊死在上面，也会坠入水中。

此刻唯一能解的方法，就是用旗兵身上挎的弓箭，射断三只鸟纠缠的缚带。

但黄莺身处最远的石塔，据此足有四五百尺开外，湖面风大，小船尚且飘摇，何况弓箭——即使是晴空万里，平静无风，也是难以射中。

三个旗兵，连射了几箭，都是落在半途湖面。

这时，有一个人从人群中分出来，掌柜的一看，正是那位高深莫测的制伞先生，被称为"鬼手伞仙"的那位。只见他做了个手势，指了指八旗兵手中的弓，又指了指湖心石塔，再指了指自己。

三个八旗兵哈哈大笑——八旗劲旅依仗骑射天下无双，横扫中原，大顺、大西、明朝军队大多望风披靡。

一个普通的汉人，能有什么本领。

其中一个旗兵咧着嘴笑了笑，将手中的弓递了过去。

鬼手伞仙接过来，掂了掂，送了回去，又指了指三人中个子最大旗兵掌中的大弓。

大个子旗兵，一脸的看不起，抽出一支箭，连带将自己的弓递了过去。

鬼手先生一手接弓，一手从大个子旗兵箭袋里抽出六支箭，再接过那一支箭，掌中四支箭夹在指间，其余三支箭横在指缝，双角站成八字，立刻岳峙渊渟，好像换了个人。偏头看了一下柳枝的摆动，测了一下风速风向，不疾不徐地张开弓，"嗖"地射出第一支箭。

这支箭也太偏了点儿——三个八旗兵哈哈大笑，眼见就要落在湖面上了。只听，弓弦嗖嗖嗖，连响三下，旁观人眼中只见箭影攒动，第一支即将落水之时，被第二支箭追上，在箭尾上敲击了一下，从侧面直飞过去。钉进了石塔圆洞下的承尘孔，这里正是两只海东青的落脚处，有了落脚，两只鸟立刻站在箭杆上不再扑动。

第三支箭和第四支箭，一前一后，前面的箭力道衰减，方向未变的时候，后面的箭跟上，插进箭尾，直直向前，一下射断了缚带。

两只海东青展翅高飞。

第五支箭和第六支箭，也是一前一后，但瞄准的是石塔圆洞上的承尘，穿了进去，把黄莺逼了出来。

黄莺向来路飞回，飞到半途，最后一支箭发出，直射黄莺的脚环，从小洞穿入，挂在上面，黄莺翅膀经不住，越飞越低，越飞越坠，最后落在岸边。

鬼手伞仙冲着小孩一笑：

"赶快捉回来吧。"

在场众人迟愣了半晌，爆发出雷鸣般的掌声，真是神迹。

后来官府的海捕文书上这样写：

挟妖技，预谋不轨。

"您想，这样的本事，如果不是带兵打仗的，有谁能信啊，所以那几个旗总就上报府台了——当天下午就有巡捕来抓他，结果他先听到风声，提前跑了。"

秋君沉默不语，刚刚激动的心情，又一次沉寂下来。

跑了，到哪里能去找他呢？

"我们才知道，他的手那样快，连续七支箭飞出去，就像一眨眼的事，更不用说用笔在伞上画画了。"

场面一时间沉默下来，秋君比以前十几天更渴望见到他。

掌柜的看着秋君，突然说道：

"这个鬼手伞仙，有一个学徒，原本是和他一起做生意的，现在住在城外的水心桥，也许他知道他的下落。"

秋君给了掌柜二两银子，让他代为打听。

快上门板的时候，打听的人回来了，鬼手伞仙先生的伙计，现在住在城外吴山。这个人也做伞，开着一家竹铺，本人叫邓宝通，好像是杭州唯一与鬼手伞仙相熟的人。据说，他以前在泗州当军官。

要有谁知道鬼手伞仙先生的去向，这个人是唯一的可能了！

秋君更加沉默了，闷声走出"伞铺"，越发感觉前途未卜。

天边积雷滚滚，酝酿着一场大雨。

六月二十一日

鄞县、镇海、慈溪、奉化，开始下起雨。

董志宁、易道三一直在筹备营救华夏等人遗孤、抢回首级的计划。

首先面临的就是武器的问题——清军占据浙江以后，大举收缴兵器，虽然没有到达元朝时菜刀五家一把，联保共用的程度，但刀剑弓弩是绝对不许私藏的，私藏者轻则掉头，重则要受五户抽一的重罚（五户人家中有一户犯事，另外五户中随机抽取一户连坐）。

另外面临的一个不好的消息就是，舟山的援兵绝对不会来了。前次由于走漏消息，四月二十九日丑时初刻，舟山支援鄞县的两万水军，八十六条战船，在宁波湾中了清军的埋伏，全军覆没。

为此舟山水军的大帅黄斌卿对华夏等人反而充满怨恨。

大多数南明政权的带兵官，对反清复明热度并不高，这只是因为既不愿更改满服，又不想放弃权力，因此割据是最好的方法——换言之，这些人是在待价而沽。

此次遇险，黄斌卿刻骨难忘。二十八日晚，乌云翻滚，海面一片朦胧。出舟山海面的时候，他传令全军熄灭灯火。

顺风顺水，估计不消半个时辰就能抵达镇海、竺山。未到丑时，船正行到海面，四野一片昏黑。

左舷外传来嘈杂的声音，斜刺里一支舰队突然从暗处冲来，海面上突然灯火齐明，一股巨力撞在黄斌卿的坐船上，破出了一个巨大的口子，海水倒灌进来。

等他从海水中挣扎着出来的时候，发现眼前是一片火海，呼喊声不绝于耳，所幸一条断折的桅杆就在眼前，挣扎游到一处海岸。上岸一问，原来是沙吞礁岛。找到一处小庙藏身，寺里的和尚玄一弄了些斋饭给他吃，把随身的衣服藏起来，给他剃发换衣，然后催他赶快逃走。

黄斌卿匆匆找了一条小船逃回舟山。

未到辰时，清兵追捕而至，在寺内搜出一件海水中浸透的"领衣"和一颗"提督"官印，推测黄斌卿逃跑不久，于是拷打玄一质问去向，玄一故意胡乱指点方向，清兵四处追缉不到，翻回头乱刀砍死玄一作罢。

经此一场战役，黄斌卿风声鹤唳草木皆兵，遇到董志宁求援，声称再也不来了——更何况，以他仅存的一点儿家底，已然经不起耗费了。

传来的另一个消息是，巡海道孙枝秀已经报请南京告捷，清廷坐镇南京负责军政两务的最高长官，钦命督抚南七省大学士洪承畴，特命将一干人犯和华夏等人的首级，不日随派遣卫队一起解送南京。

看来是要在南京审讯并施刑，以显示威严。

"卫队现在在哪里？"他们急忙在桌上摊开一张地图。

"估计是从南京出发，走水路到苏州太湖，再到湖州，过江口到松江，走海路到宁波。"这样的行程在当时来说，是最快的——估计全程需要七天左右。

现在面临的问题是，到底是在鄞县动手，还是在解送回去的路上动手——在重兵防守的南京动手，想都不要想。

回南京最可能的路有两条：一条是出西塘河，进南运河，到余杭，转钱塘江到杭州，再入吴淞江，走太湖，溯长江而上，直到南京；另一条是走海路，直奔海宁，进钱塘江到杭州，过德清江到湖州，再从陆路到南京。

不论走哪条，如果解救囚犯，战斗都将演变成野战。

而且严格说来，回南京的路，远不止这两条，这两条只不过对于清廷而言，是最保险的——临近的府县没有任何的阻挡和威胁。

一日之间，他们又收到了一个不好的消息。

端重亲王博洛任征南大将军，会合英亲王阿济格，及护军统领尼堪、杜尔德等，率兵追击永历帝，分兵由浙江衢州、江西广信（上饶）两路进军福建。

这意味着浙江将集中越来越多的八旗兵和汉营兵，稍不注意，一旦暴露，危险将远远大于以前。

所以队伍之中，有人提议放弃，渡海投奔鲁王监国政权，持这种想法的人大有人在。其实从形势判断以及保全己方力量来看，这样做基本上是理智的选择。

董志宁态度很坚定，想得也比较简单，那就是无论如何要给死者一个交代，他本质上就是一个秉性刚烈的人，这一点后来在他成为鲁王监国礼部尚书之后，在台州起义，死守城池，与大批包围的清军拼死对抗的拧劲，与此时如出一辙。

六月二十二日

雨没有任何小的意思，略略起了风，风夹着雨点砸在脸上，略有些疼。

申时，杭州望江门外，三十里坡。

杭州古城，以十门著名。

望江门为杭城东南门，始建于南宋绍兴二十八年，南宋末毁。元末，至正十九年重建城垣，拓展东城三里，在此建门改名永昌，因登城楼可远望钱塘江潮，又称望江门。

出了城门，有好长一段路，隐隐地只听到巨大的牛吼一样的潮声。

"沿着茅山河边，过草桥渡口，再左右岔道，向右向西南而去，路上看见三十里坡的石碑，就到了妙觉寺，你要找的那个人就在那里等着你。"

昨天的午时，秋君终于找到邓宝通——"鬼手伞仙"的伙计——费了很大劲才说服对自己相当有戒备的这个人——把那柄伞交给他。

估计是对方看自己是个女人，不像是官府的坐探，才逐渐放心——答应今天的午时，还来竹铺听信。

难道是因为自己是个女人，董志宁才委托自己来的？

她不禁有这样的疑惑，但很快她打消了这种念头。

董志宁绝不是那样心思缜密的人。

论起来，他只是个具有献身精神的书生。

午时，当秋君再来到邓宝通的竹铺，邓宝通像是打消了全部的疑惑，但也仅限于告诉她上面的那番话。

逆风上山，突然有一种包举天地的渺小感，随着雨点和潮声，一齐袭来。高地之上是一片宽广的草场，颇似连帐的夏草，像引路的奴仆，在她身前倒伏下去。

人之一生，在世事的飓风中，岂不像这野草一样？

想着想着，她到了草地的边缘，入目能见的是一望无垠吞吐着银霜的

江岸线。正北方向，灯火点点，是杭州城，向西南而望，能看到莲云山层
叠的山峦。

所谓的妙觉寺，就在她百步之遥的地方——这是个废弃已久的地方，墙
皮脱落露出毛坯，瓦上野草横生，只有山门庄重森严，门锁锈迹斑斑。

估计已经进入酉时，天几乎完全黑了，但影影绰绰的，里面似乎有火
光，不断的潮信，更衬出这里的寂静。

她的衣服已经快湿透了，迫不及待地要烤一烤。

一股恐惧感油然升起——直到这时，秋君才意识到自己是个女人，在一
件不该是女人参与的事情上牵入太深了。

但已经没法回头了。

站在山门前，可以望见剩下的两重大殿（说是大殿，其实已经古朽不
堪），在伽蓝中央，拱起了许多看似杂乱的土堆，戳起许多竹竿，有的已经
劈削成竹丝，上面拉起了许多网绳，绳索之间悬着许多串铃，有人经过势
必带动铃响。

她骤然有一种异样的感觉，最里面一重大殿里，是不同一般的亮，仿
佛点着无数盏灯，又好像莲台上的佛祖显灵了一般。

原来大殿里，悬挂着几十面铜锣，磨得飞光，只正中央放着一豆烛灯，
四面反射的光影，却把这里面照得雪亮。

想出这个主意的人，实在很聪明。

在地上，坐着一个黑衣黑帽的男人，他后背对着秋君，面前摆着六七
把撑开未蒙纸的竹伞。

秋君走到殿门槛外。

"请问，你是不是萧拱宸？"

那人毫无动静。

"我是受董志宁委托来找你的。"

那人还是没有转过头来。

"我是华夏……"

秋君有些焦急，刚说到这里，向前跨出一步，一脚跨入门槛。

情况突然发生了变化，就在她一脚进大殿的时候，她感到一股大力从
后面掀过来，兜得她向前冲去，眼见要趴倒在地，突然斜刺里各飞过两支

竹竿，堪堪把她撑住，等她站稳，竹竿又"吧嗒"一声掉落在地。回头看去，一张大网把门口完全罩住。

这应该就是评话小说中说的机关吧！

她这样想着，惊魂未定，面前的男人忽然转过身来。

虽然晃眼，但也看得清楚——这分明是中午见到的那个邓宝通，那个指引他到这里的人。

"你，你……"她以为自己陷入了诡计。

这显然是一种设计好的机关。

"哈哈，我说她不一样的，你非要试试她的胆量，现在你看到了。"邓宝通朝着幔帐后说话。

幔帐一动，从后面走出一人。

与秋君想象的"英俊潇洒"绝不一样，甚至有些让人失望——这个她期盼见到的人，身材不高，甚至有些胖，薄唇片子，嘴巴向下（这在面相中叫覆舟口），眼角耷拉着，鼻梁挺拔，但鼻孔有些外翻，眉毛有些散乱，一条金钱鼠尾耷拉在脑后。

怎么看怎么猥琐。而且在秋君印象里，早已把他想成了避居山野的隐士，或者不屈不挠的遗臣，再或者就是假托道士和尚头陀的反清志士，一股时鲜的满装和这个人的身份竟然十分不搭。

这个人站在秋君面前，半晌无语。

"你就是萧拱宸？"

"我是，就是你把这柄伞带给我的？"

邓宝通走到殿外望风，留下两个人详谈。秋君于是把董志宁告诉她的计划，以及她所知道的华夏起义失败的事讲给对方听。说完，一双大眼睛死死盯着对方的脸，一只手伸到怀里撤出短剑。

对方若不答应，她准备用自杀来相逼——自己的家已经没了，恩人华夏又死了，全部希望都在此一搏，即便说服眼前的这个人，整个计划成功全身而退的希望也很渺茫，还要如何去做呢？

"您有什么打算，意下如何？"

"明早咱们就走。"萧拱宸轻描淡写地说，"我答应你，参与解救。"

秋君身子一下子轻松起来，萧拱宸答应得这么痛快，反倒让她有些不知所措。这个人和华夏的交情一定非比寻常。

"我能问一下，您和华先生的交情吗？"

"一面之缘。"

秋君又一次震惊了，难道这个人也和自己一样，愿意为并无太大深交的华夏赴汤蹈火吗？

那是在三年前。

时间倒退到李自成打进北京、崇祯吊死煤山、清兵入关的那一年，也就是公元1644甲申年（顺治二年，崇祯十七年）的秋天。

那时秋君眼前的这个男人，可不像现在这样普通。他的身份是南京江宁府下辖宁武卫援剿都司，位在从四品。当时，为了防范"流寇南侵"，长江、淮河一线悍将云集，除高杰、黄得功、刘泽清、刘良佐江北四镇之外，左良玉、曹变蛟、何腾蛟、朱大典几路人马，也奉调向江防沿线集结，总算来，兵源不下二十六万人。

这么多的军马，面对北方混乱的形势，应当有所进取才对。

名义上最大的统兵官，就是南京兵部尚书史可法——说是名义上，实际上他可支配的，只是他直接指挥的南京周边二十二卫都司的兵马，最多不超过七千人，其他镇总兵都是拥兵自重，忙着争抢富庶地盘，不把他放在眼里。

萧拱宸，就是这二十二卫都司中的一个。

在史可法的直属中，他最器重两个人，一个叫史德威是瓜州卫的都司，一个就是萧拱宸。史可法没有子女，一直想收两人作为义子，常单独留下在他们两个人参与军机。

萧拱宸，属于典型恃才傲物的个性，总感觉自己可以找到机遇一显身手。

当时的形势，李自成从一开始就没有把关外的清兵放在眼里，认为和他争夺天下的，只是北京的崇祯皇帝，大顺"百万"军队，只有十万左右随他进了北京，其他各部，一部分在川陕河南，一部分在湖北湖南。山海关大败后，"流寇"的本质暴露无遗，没有根据地的李自成基本上是一溃千里，从北京依次撤退，河北山西丢失，最后据守潼关，再从陕西退向湖北。

清兵则越战越勇，在多尔衮的两个兄弟，阿济格和多铎，以及豪格、博洛、阿巴泰、尼堪的带领下，八旗劲旅兵分两路，牢牢咬住大顺军的尾巴乘胜追击。

而淮河以北，山东，河南，河北南部这些地方，非但没有什么大顺军，连清兵都没有驻防——一是因为两家打得乌烟瘴气，自顾不暇；二是因为清兵倾巢入关，总兵力加起来不过十万人，收降的部队又散乱无序，一时间无法安排他顾。

有些地方，仅从中央委派一个官员到任了事。

萧拱宸于是建议史可法，派两支精兵，一支出江淮，直取山东，走德州、临清、沧州、静海奔北京，一支迂回曹州、洛阳、邯郸、定州、霸州、涿州奔北京。

按说，这不能算什么高明的主意，但却是正视形势所做的可取之选，假如真如此，兴复大明，也许就有希望了。

史可法竟然一言回绝。

史可法这个人，后世称之为"民族英雄"，但实际上相比同为"民族英雄"的岳飞、戚继光、韩世忠，以及他之后的郑成功、张苍水等人的能力不可同日而语，虽然他在殉国情操上和前面那些人表现得一样坚定。

他一直固执一种可笑天真的观点，认为清兵真是吴三桂请进来帮助剿贼的——这种"连虏灭闯"的思路也代表了那两年南明绝大部分官僚的想法。于是，他开始三番五次给多尔衮写信，致意摄政王，感谢"平寇之恩德"，同时开始在内部商议平寇之后"应用银币，速行置办"，寄希望于用花钱的方式将清军拒于淮河以北，甚至让其退回关外。

在萧拱宸眼里，史可法的另一大不智，是在政治上的幼稚——拿着拥立的大权却去与政治对手马士英商议，结果把柄落在对方手里，马士英抢先一步拥立了福王，让他陷于被动。江北四镇和余下的带兵官，也没人把他放在眼里。

坐失良机，毫无作为。

当然，萧拱宸发自内心尊敬这个准义父，却不能容忍他能力上的缺陷。

终于有一天，两人因为同样的话题起了争执。想着流失克服中原的大好良机，萧拱宸几乎是悲怆出声，差点儿就哭喊出来。史可法却不听他分辨，甚至要抬出军法处置他。

众将纷纷劝解求情，萧拱宸最后跳起来："标下现在就去收复失地，不打到北京，绝不回来见您。"说完就跑出了营门。

满营众将都感觉好笑，但谁都暗自沉默。

这人疯了——手下不过两百来人，又没有后援，遇上任何一股敌兵，都极有可能被吃掉。即便按照他说的，两路分兵进攻北京，非有源源不断的接济和十万兵马不可。

大抵有一种人，这种人活着的最大价值就在于不断挑战自己，萧拱宸就是这种人，一旦个人的能力受到挑衅，就形成了对他的最大威胁。

这个后来一度主宰东南沿海战局的人物，发狂一样地打马狂奔，率领自己手下全部二百四十人，向前疾驰，穿营而过。

有人提议去追他回来，史可法摇摇头，既没有下令派人追，也没给他增添援兵——他以为，萧拱宸是个聪明人，发一阵狂，自己会醒悟的，毕竟是自己的义子，回来后责骂一顿也就是了。

萧拱宸当然不是傻子，也不是真疯，他头脑一凉，知道凭着自己的二百来号人，肯定收复不了什么州府。

他想出了一个主意。

这时候，他已经一路冲到淮河沿岸的江北四镇的地盘了。

江北四镇的官兵，在当时是明朝军队里少数能作战的军队，集结于此，除了骚扰地方，殴斗寻衅，整天无所事事。

萧拱宸冲入黄得功在高邮的大营，找来了一个游击，一问姓袁。他跟这个袁游击说，督师有令，部队整装，准备向北攻取宿州、再取亳州，令下谁先取得宿州，官升三级。由于找不到黄侯爷，请他代为转达，自己要奔高杰的大营。

四镇之间，势同水火，平时经常出现对峙的情况。这个袁游击一听，这样的好事，所幸自己先知道了，怎么着也得自己这镇先行开拔啊，再一看萧拱宸，身穿四品武官纱衣，腰悬宝剑，手里拿着督师府的腰牌，一看就是督师府的扈从，不会有假，于是赶忙勒令手下官兵，急急忙忙开拔。

混乱中，萧拱宸又到各处营寨乱窜，驱使一批乱兵跟着他走，竟然凑齐了上万人的部队，一口气攻占了宿州、亳州、徐州，又不停歇取下了阳都、莱城，十日内几乎是没合眼，马累了换马，身边的人越来越多，加上看见兵势大而投诚的人，不下三万多人。

人就是这样，一群人看见一个人跑起来，也会跟着扭头，如果看见几个人跑起来，自己可能也会向着那个方向跑，看见一群人跑起来，所有的人都会跟着跑起来。

山东一省，驻守的清军本来就少，萧拱宸这一路直杀到兖州和济宁，共占据十七个府县，等把府库封存了，自己一想也该歇歇了，就专心等待史可法派来使者嘉奖。

结果没想到，等来的却是押他回南京的专使，史可法非但没有因为他兵少收复大片失地而高兴，反而吓坏了——害怕得罪清廷和多尔衮——于是要把萧拱宸绑回南京以"假传军令"问斩，再把脑袋送到北京谢罪，同时命令退出全部占领的府县。

萧拱宸既懊恼，又悲愤，任由押解的人把自己带走，一路向南。

走到淮安的时候，天已经晚了，他被押解在府衙的牢房里。

迷迷糊糊中，牢门"吱呀"一开，走进一个文吏模样的人。他似乎对萧拱宸很感兴趣，似笑非笑说道：

"你就是督师府的萧拱宸，听说你胆子不小，假传军令，调动人马攻占了十七个府县？"

萧拱宸斜着眼看看他。

"天下大乱，我想做诸葛亮，驱除鞑虏，克服中原，但没想到遇到的不是刘备。"

他突然有一种想倾诉的冲动，而且冲动来了谁也拦不住，于是滔滔不绝开始讲自己不公正的待遇，如何进谏却遭到斥责等等。正说着，对方打断了他。

"你自比武侯，我想听听，你对当前局势的见解。"

萧拱宸略一迟愣，随手拿起几块石头，在地上摆放起来：

"以现在的情形来看，鞑虏兵锋不可阻挡，闯逆步步退却。虽然目前鞑虏和我朝平和相处，但用不了多久，就会意识到北省的粮米要依靠江南接济，所以夺取江南，是立国之本。等闯逆不足为患，清兵必将突破淮河一线进逼南京，而李闯自潼关失陷，二十万人马进驻荆襄大有东征之势，左右夹击，南京恐怕不可久守。未来三家必争之地，只怕要在湘南江西，只要能以赣州、株洲为核心，东可连江左下江闽浙，西可达云贵四川，南可取两广钱粮而为己用，便可反手一战。"

日后证明，萧拱宸的推测完全符合局势的发展。

两人联席夜话，都热血澎湃，最后那人从身上取出钥匙，打开枷锁。

"你是大才，我放你走，你赶紧逃吧。希望有朝一日，你能实现自己的抱负。但愿我们能联手做一番大事。"

"你放我走，你该如何交代？"

"我只是衙内的推官，兵荒马乱，我一个小官，没人会在意我，我也跟你一起逃走。"

城门一开，两个便一起混出城去。走到荒野，各奔前程，萧拱宸拿出随身包裹里的一把纸伞：

"我家祖传手艺制伞，我没有家人，打算去杭州开个伞铺卖伞，等待时机，这把伞赠给你，临别做个留念。请问你尊姓大名？"

"在下姓华，单名一个夏字，字吉甫……"

自那之后，萧拱宸真的隐居杭州，专心制伞，浑浑噩噩，活了一段时间，后来曾经同为同僚的邓宝通兵败找到他，两人就一起藏了起来，但改不了心高气傲的毛病，终于在西湖边露了神射的本领，被官府盯上了。

真是个不一般的男人啊！

秋君听了这个故事，又激动起来，感觉他足以高大得让自己仰视。

六月二十八日

巳时。

全部的人手已经集结在镇海后岗头的小渔村里，共有三十七人——这其中有几个人开了小差溜走了，还有几个因为意见不合，想要离去，当场被易道三砍了脑袋。

这是秋君、萧拱宸、邓宝通到达后的第二天。

安插在鄞县府衙的毛阿六回报，预备三十日就要从鄞县出发，先走水路，但后续是否弃舟登岸，尚未可知——也就是说，押运路线依然无法确认。

"这可麻烦了。"有的人小声嘀咕道。

无法知道更多的详情，意味着无法最后确定营救方案。

临近午时。

毛阿六跑回来说，一下子来了许多兵将。浙江巡按御使秦世桢、浙江提督李奇龙、定海总兵张杰、鄞县守备刘开文，再加上宁波巡海道孙枝秀及县令陈中选会集府衙。

具体商量什么，就不是毛阿六所能知道的了。

另外还有一个消息，四只江宁织造局的船也停靠在西塘港，涌下了十几个造办，看来是要催收城里织造所采办今年的金银彩绣。

顺治二年以后，摄政王与太后商议，虽然目下兵荒马乱，但江南几省的钱粮丝织却是国脉根本，西北、西南的用兵以及民生，也都依赖江南的供给，特别最近皇帝筹备大婚，需要大量江南丝织。即使在南方七省远未平定的情势下，也要赶紧把贡绣的事情抓办起来。

这件事就落在督抚江南政兵两事的大学士洪承畴头上，于是趁着押送乱党子女，采办一些丝织回南京。

"确实吗？"一直坐在一边，闭着眼睛听的萧拱宸突然睁开了双眼，放射出两道精光。

周边的人一愣。

"确实。"

这道旨意去年下到江南各省，宁海道三府九县今年要上缴的丝绸是八万匹——但这也是最大的难处，历年征战，又逢反清烈火如炽，织工死走逃亡，农田桑田荒芜，别说八万匹，就是八千匹也难以凑足。

"那些造办的人在哪里？"

"还在府衙，一时半刻到不了。"

"办法有了，这批丝绸肯定是和人犯首级一道送回南京。"

"那又怎么样？"董志宁不明白。

萧拱宸没有回答他，双眼闪动几下：

"事不宜迟，选几个人跟我走一趟。"

未时。

秋君，易道三，邓宝通，连带萧拱宸，四个人四匹马，来到城东南的纺丝巷口，这里集中了宁波最具实力的十来家丝织作坊，从唐代以来，专供达官贵人的"金银彩绣"，就是出自其中的徐家、蒋家、陈家、丁家这几户。

徐家绣房，说是绣房，其实不啻一座府邸。八十年前的隆庆年间，这里出了一位江宁织造局的堂官，虽然官职不大，只是六品闲吏，但却是整个宁波著名的人物。

徐家的主人，徐盛清眼下正在犯愁，一年的时间里，宁波战乱不断，算上积攒经年的丝织，不过六百来匹，实在凑不够自家纳缴的定数四千匹。

筹集缴纳不上，按律算抗旨。

突然门首有人来报，有几个外地客商来访，声称愿意帮老爷筹办凑足纳缴的定数丝绸。

徐盛清迟愣了片刻：

"快，有请。"

萧拱宸四人穿过门廊，跨院，感受着四周的宽敞，直接来到花厅。

徐盛清已经等在那里了，一见四个人，有和尚有女人，还有两个穿着打扮并不出众的人，实在搞不清几个人什么路数。

"请问几位是……"

萧拱宸走上一步，说道："我们是给老东家消灾解祸的，因为所谈极为机密，还请您屏退其他人。"

徐盛清此时已心慌失智，赶忙屏退下人。

萧拱宸眼见着仆人出去，说完向易道三一努嘴。

易道三单臂夹住徐盛清，从怀中探出一把明晃晃的匕首，抵住徐盛清的肋骨。

"好汉好汉，要多少银子，您说。"徐盛清吓得人已经蔫了。

"我们不是强盗，只是来帮你的忙，你现今是不是缴纳不上彩绣的定额？"

徐盛清点点头，似乎被彻底搞糊涂了。

"听清了，晚上采办的人到了码头上，会先来到这里，一旦到了这里，你不要接待，由我们亲自接待答话，管保让你过关。"

徐盛清更糊涂了，这帮人到底什么路数？

酉时。

华灯闪烁，整治了四桌酒菜的徐府热闹非常。

满脸苦笑的徐盛清居中而坐，勉力陪酒吃喝。上垂手的两个堂官却板着脸笑不起来。

"徐兄，上缴的彩绣就这么点儿，让我们兄弟如何向朝廷交代。"

"这……"徐盛清不知如何作答。

一旁坐着的萧拱宸，赶忙答话：

"回大人的话，家兄自知无法按时缴纳供奉是大罪，特愿将家财的半数充公奉敬洪部堂大人和织造局。"

一说这话，众人吓了一跳，尤其是徐盛清，简直不知该如何自处。萧拱宸随手从怀里掏出一沓子银票，每张一百两，分散给造办们，两个堂官每人二百两。

一旁坐着的秋君也大吃一惊，不知道他这么有钱。

堂官拿了钱，也变得不好意思起来：

"好吧，既然是徐二员外这么大方，我们也勉为其难，不过……"

"草民愿和拙荆带上几个仆人一路上伺候大人，进献部堂大人和织造局的财礼，也将带在身边，一同前往江宁。部堂大人如果震怒，尽可以先杀我的头，再来抄家。"

这话的意思就是，自己和秋君愿意当人质。

"那就好，那就好。"

子时，三更天。

萧拱宸与徐盛清对坐。

"徐兄，实不相瞒，我们是华夏华吉甫先生的好友，要搭救他的公子以及诸位义士的子女。借你名号一用，带几只箱子上去织造局的船一行——也请你尽可放心，这些船到不了江宁——不会有人知道你缴不上此次的供奉。"

徐盛清惊得瞠目结舌，半晌挤出几个字："我的钱，钱……"

"放心你的钱一个也不会少，我们只是从府上借用一些有柜号的箱子装我们的东西。"

"……"

"为了咱们都好，你的大公子我们已经看起来了，把他押到一个安全的
地方。等一切了结了，他自然会回来。"

七月四日

申时三刻。

船队已经行进三天了，出西塘河，过姚江渡，穿过天城九湾，进入运
河，再经马诸口，丰惠港，孙河湾，一直向西北而去，傍晚时分泊在田家
码头。

两岸蒹葭随着暑风起伏，偶尔有一两只鸥鸟飞过。

再往前就要进入上虞地界，而后进入钱塘江，过钱塘江之后，船队按
照常理是要走一段海路，进入崇明海域，溯江口而上，三日内必到南京。

但萧拱宸却认为不会这样走，他有自己的判断：

"崇明岛还有鲁王的水师。洪承畴和江宁织造局不会冒这样的风险——
所以一定会在上虞换马乘车，由陆路押运，过湖州，进皖南，再到南京。"

动手就在今夜。

萧拱宸自己和秋君在第一条织造局的船上，整个船队摆出鱼鳞阵型。
在他们前面是一条海沧龙，三层舱房，能升起五根帆杆的主帅战舰，所有
的人犯和运送的头颅，都在那条船上。

一杆雪白的大麾迎风飘扬，上书血红的大字：钦命督抚江南大学士洪。

四条大蜈蚣，两条在前，两条在后，护卫着船队，这种船狭长吃水深，
速度快，最适合战斗，两船共载官兵两哨五百多人。

弘光初年，清兵没有水军，也缺乏舰船。但不超过几个月，大顺军和
湖广左良玉被豫亲王多铎战败，清军吃了顺嘴食，缴获战船不下千艘。于
是沿江东进，直抵瓜州镇江，以惊人的速度，在半个月内合围扬州，进逼
南京。

眼前这三条蜈蚣和海沧龙之间，却有一个致命的问题——同属巨型战
舰，在狭小的港湾无法转身，更不容易贴近。

连续三年大旱，苏浙大部分江河水位只有往年的一半——明军依仗的大多数天堑和沟壑，水面只没马腹，抵挡不住八旗兵的进攻。

但今天，却是水浅助他们一臂之力。

戌时。初更。

四更就要动手了，萧拱宸坐在地上，背靠着底舱的柱子抚摸着一柄硕大的黑伞。秋君一直用大眼睛盯着他。

自从秋君认识他，这柄伞就被他一直随身携带，伞的样子不同于他制作的那些精美的伞，质朴无华，甚至有些单调和碍眼。

从杭州来到镇海的时候，萧拱宸、邓宝通随身用马车拖来五只大箱子，偶然一瞥，里面装满了伞和捆着绳网的竹竿。

他高深莫测的样子，让秋君相信，这样做一定在他预测之内。

舱板上方逐渐安静了，押船的几个造办都昏昏睡去。

但是，她依然有太多的问题要问——比如这么多箱子是做什么的，为什么萧拱宸不离开他那柄伞，哪里来的那么多银票，为什么他有时表现得很猥琐，有时又很伟岸……这个男人到底还有多少秘密。

女人天生是一种好奇的动物。

"我想拜托你一件事。"萧拱宸面色很凝重，平静地说道："今夜我们不知道能否生还，如果一会儿你提前离去——不会有人注意你的——再有你能帮我割去辫子吗？"

秋君看着这细长的辫子，原本觉得可笑可悲但现在毫无感觉。

她把他的头揽在怀里，用快刀割去了辫子。

"我能问一句吗，你为什么要割去辫子？"

"从军队逃到杭州的时候，我打算就此了却一生——倒不如把留辫子看作是顺应新的大势——我常常在想，泱泱大国，为什么江南百姓反抗'剃头令'比北方的人更少了些反顾——想来想去，想通了一些，原来江南自古以来就更封闭，兵锋所及屈指可数，传统也就更固守，再加上粮米供给天下，所以更有骄傲和优裕的感觉，一旦打破势必引起极大心神激荡，是故反叛也多。想到了这一层，反而觉得没什么了——我也就把去头发，留辫子当作另一个我——现今割去辫子，就回到了原来的我。其实大明朝是死是活，与我何干，倒是趁此机会可以干一番大事。"

这一番实现人生的话，打动了秋君——也许是撩动了一个在乱世漂泊的女人的感伤。

她不由得把萧拱宸的头抱在怀中，脸深深扎了下去。

男人和女人之间的感觉就是这样奇妙。再强的女人，也梦想依靠更强的男人。

萧拱宸一把搂过了她，双方都能听到对方渐渐加粗的喘息声——但没有再继续，而是让她靠在自己怀里——他也喜欢这个女人，喜欢这个女人少见的侠义和胆魄。

但现在必须压抑着自己的欲望，还有许多事要做。

他弹开那把又长又大的黑伞，露出漆黑锃亮的伞骨，用力向前一推——伞柄和伞冠分家了，再伸手把伞骨拆成一根一根，秋君看呆了——插入伞架的竟然是一支支尖竹签，然后就像幻术一样，萧拱宸用手把伞衣分割开，插入竹竿，于是一支支羽箭形成了。

加了特殊桐油的三层竹纸，破风的作用，不亚于鹰毛的箭羽。

有了箭，弓呢？只见萧拱宸伸手从腰里解出一根极细的绞绳，伸手取过伞柄——伞柄竟然居中有旋扣，折成三折——将绞绳拴在上面，就成了一副奇特的弓箭。

打开那十只从徐府带出来的箱子，前几只全是竹伞和竹竿，后面几只全是各种武器。

用这种方式躲开道路上的耳目。

在杭州隐居的日子，他没事就用这种方式组装特殊的弓箭备用，今天终于派上用场了。

今夜，轻装跟随的全体人马，即将集结。

萧拱宸用最快的速度，把另外的二十副弓箭装配好。轻轻走上夹板，把竹竿一根根牢牢嵌入船垛口，再从上面垂下一根根的绳子。

芦苇丛中探出一张张面孔，他们小心翼翼洇水，来到船下伸手抓住绳子，攀爬上来。另外一只船上的邓宝通和易道三，也搭上挠钩，将船拉了过来。

他们做了个向下的手势。

意思就是，另一条船上的人已经都宰了。

紧接着，也只用了片刻的工夫，这条船上的人也解决完毕。

子时末刻。

还有差不多半个时辰。

董志宁全身是水，战战栗栗——原本书生的他拒绝了众人的相劝，毅然要加入营救行动。

所有人都到齐了，撤退的马匹都安置在离此一里左右的树林里。

萧拱宸示意秋君快些离去——被他们控制的两条船之间，恰好可以放下一条舢板。秋君偷偷地从绳梯坠下去，躲到舢板里，等待动起手来，自己先行逃离。

有的人牙齿咬得咯咯直响，有的神情紧绷，有的面露奇怪的微笑——这都是大战前的不自然表现。

萧拱宸却莫名地悸动——他突然害怕失去，刚刚发生在他和沈秋君之间的一切，不早不晚，必定会影响他临战的心境。他闭上双眼，尽量抛除杂念——袭击之前，让秋君远离危险是正确的决定。想着自己几年岁月，一旦坚持的某个信念放下，蓦然对原本效忠的大明失却了信心，对朝代的更迭一下子看开了，剃发也好不剃发也好，一百年两百年之后，又有谁能在乎呢？

习惯，是意志最可怕的敌人。

离开军营之后，他发现了自己的另一项才华——对金钱的操纵能力——他竟然做起了放高利贷的生意，而且获利相当可观。谁能想到隐居在闹市中的一个伞匠竟然是杭州城数一数二的高利贷老板。

慢慢地，他又对金钱失去了兴趣——直到秋君的到来，告诉他华夏的事情，突然让他意识到自己尚有一颗不安分的心。越是家产丰厚，则看顾之情越浓，国家荣辱越淡。放眼四海，从古至今，都是这样。

现在他有些庆幸自己没有被金钱和隐居生活麻痹。

人才，就像一种作物，乱世是耕作的最好沃土。

不安分的人，压抑久了，总要露一两手——这也就是他在西湖边一显身手的原因。

华夏只和自己有过一面之缘，虽然可以视为平生知己，但毕竟很生疏——

他参与营救的目的，是想再次尝试"我可以"的信念——重新树立乱世功名的信心。更庆幸的是，他找到了秋君这个女人，从她身上，接触到一种爽朗的异性感染力，这种力量使他摆脱了庸庸碌碌的生活，再一次回到了"危险"的行列。

与他相比，假和尚易道三就显得坦然多了，不愧是杀人放火的大盗，从背后拿出一个酒葫芦，捏着一块干肉，沉着冷静。他把华夏当作知己，抢回好友的头颅，营救他的子弟，情愿赴汤蹈火。

他真正在意的是萧拱宸，人手兵器大多是自己带来的，然而却不得不屈从于萧拱宸的带领——这个人有一种说一不二的气势。

董志宁在出神。自从萧拱宸的到来，立刻取代了他的领导位置，但单纯的他并不以为意，只要能解救回华夏和一干烈士的遗孤，再大的牺牲也值得。

所有人分配在两条船上，做好正面冲击的准备，一旦突袭进入前面的海沧龙，目标就是冲到下舱救人。同时要把两只官船横在两条蜈蚣的中间，做拖延的阻挡。

阻挡的方式就是——放火。

萧拱宸将三十七个人分作六组，直接救人的第一组，同时负责冲进舱杀人，有他、易道三、董志宁、梁斌、邓宝通、李福成、郭海五、马天信，共八个人。

在萧拱宸他们冲进去之后，郝文秀的第二组和康鹤的第三组分别守住前舱和后舱。

还有两组，分别控制左右两船，一旦开始动作，就放开锚绳张帆，直接撞向海沧龙，撞击成功后，横档左右两侧的兵船，放火拖延时间，救人成功后，集体逃走。

最后一组两个人，一直在看守马匹。

大江之上，弓箭为先。

这是距此一千四百年前的诸葛武侯在赤壁之战时，对鲁子敬说的一番道理。

萧拱宸深刻地了解这一点，精通弓箭的他，一直有制伞这门家传手艺，后来他又研究着把弓箭藏在伞骨里，避开盘查的眼目，装配成二十套弓箭，一会儿开战以后，可以派上大用。

临近丑时。

时间丝丝缕缕过去，不安的情绪在心中滋长，谁也说不清，似乎哪里不对。

没有一丝月光，转瞬间水面上波纹千顷。

董志宁恍恍惚惚，仿佛灵魂出窍一般，有种要睡去的感觉，一年后他在自己追述往事的时候这样粉饰说：

弋船浪泊，烈士奋勇，联袂同仇，苦节弥贞。箭镞齐布，刀剑丛山。奋而慨之者，盖天地之浩德在兹。然予之不济，愧对诸盟。

就在他似睡非睡的时候，前面的易道三突然低吼了一声，猛地将锚链拉起甩出舱外，三十尺开外，直接钉在海沧龙的甲板上。

转瞬间拉近两船距离，身边的人高喊着冲了上去。

在甲板上他们砍倒四个哨兵，邓宝通一脚踢开舱门。

冲进船舱里，他们立刻觉得情形哪里不对了——舱里满是兵丁，而且密布刀枪。

"莫非有埋伏，事机败露了？！"所有人闪过一丝惊恐。这时甲板上方传来阵阵喊杀了，两侧的蜈蚣船开始强行靠近。

只能前进不能后退。

砍倒几个兵丁之后，易道三直扑向总兵张杰，他力大刀沉，几个照面之后，"当"的一声，宝剑被砍落在地。反手一刀，砍在张杰的胳膊上。所幸张杰穿着护甲，这一刀仅是砍得淤青。

易道三正要再向前冲，突然张杰大喝一声："来呀！"

所有兵丁向两边一退，露出黑黢黢的八个黑洞，正对着他们，一股硫黄的味道冲入鼻孔。

红毛火枪。

站在最前面的易道三突然感到一种释然，他知道自己的人生道路走到了尽头——几乎同一时刻，四杆火枪同时喷火，弹丸全部打在易道三的胸口上。

"这算完了。"

临死前的最后关头，易道三突然发挥出难以想象的力量，直直向前一扑，按住几个兵卒，掐住其中两个的脖子，往死里捏……

就在紧要关头，萧拱宸开始行动。

弹丸全部打在易道三身上之后，他同时向后仰倒，千钧一发，显示出一手连发七箭的神射术。飞出四支箭，全部射中还未发枪的枪手，另外三箭，射中退后的两名枪手，最后一箭钉在张杰的左肩。对方当场最大的指挥者，失去了作用。

全部箭发出之后，反腿将座舱里的水坛踢了出去，正撞在装弹的最后两名枪手。

右手一人向萧拱宸攻来，萧拱宸低头俯身，翻手一刀正剁在他脚上，转身前进一步，刀直直插进对方心窝。

局势转瞬间又发生了逆转，剩下的人一拥而上，将兵丁向下面的舱房逼去。邓宝通站在舱房的梯口，上上下下，不断砍人。

萧拱宸、董志宁、郭海五冲进下舱，这里面确实锁着六个人，他们用一旁的铁锤砸开镣铐，四下一打量，一时间找不到装首级的函匣。

耳旁听到甲板上呼喝呐喊，是易道三的副手王守城在提醒众人：

"官兵杀上来了，顶不住了，快走！"

几人相携，扶着被救的人，登上甲板，突然迎面扑来一股热浪，只见左边的船烧得像火山一样，右边的船却毫无异样，不少官军正在登上官船的甲板向这边冲来。

对于易道三率领的人来说，与官军作战是家常便饭，个个勇武凶悍，但也是越打越少。

"快，撤退。"萧拱宸下了命令，众人纷纷跳上舢板，向岸边划去。

转瞬间，官兵聚在了船头，也要抢上舢板。

突然轰的一声，原来是萧拱宸在登上甲板之前，点燃了火药的引信，海沧龙下部腾起了一团火球，从中间炸开两半。

一股巨浪四外掀动，舢板一个不稳，船上的人全部掉落水中。

好在离岸边很近，水性都不错，扑腾几下就上岸了。上岸之后才发现，救的几个人，只有两个人跟着上岸，一个漂在水中，后心中了一箭，其他的不知所终。

所有人在芦苇丛中散开，各自逃亡。

萧拱宸也没有交代去哪里汇合，但一里外有马，最直接的想法应该就是直奔那里。

这次袭击到底几人生还，估计一时也没人记得。他们日后也没有再见面，但估计没有几个人。

萧拱宸一路向西，他反而没有向马的方向跑去，而是转身来到一个汊港，沈秋君在这里等着他。这里有一个小村，秋君叫开一扇门，这户人家是秋君的亲戚，两人藏在这里，躲过了搜查。

事后一个月，他才得到确切消息，被解救又死在水里的正是华夏的儿子华子龙，被救的两个一个是杨文奇的儿子叫杨骞，一个是屠献宸的儿子屠国亮。不久屠国亮在杭州落网，月后即被处斩。杨骞则逃亡在外，不知所终。

还有一件他不知道的事——为什么船舱里的官兵好像事先知道他们的袭击细节，但又准备得不是很充分。

原来，在他们上船登程的第二天，左思右想的徐盛清到知府衙门主动出首——但他也没有全说，毕竟自己的儿子押在对方手里——只说有人要在水路劫夺人犯。

巡海道孙枝秀，大吃一惊，一面派人从陆路追赶船队，一面直接调动浙江江防五艘战舰，沿钱塘江口直下上虞。

张杰也是当日泊船才接到书信，展开一看，也是吓了一跳。

毕竟不知道袭击从何而来，只能加强戒备，如果萧拱宸他们动手再晚一天，将陷入四面重围。

这次突袭其实算是失败了。本质目的没有达到，而且还折损了人马。然而这次行动却带来了萧拱宸自我的觉醒。

历史不能假设，却可以追索。

再半年后的正月二十七日，也就是1648年（顺治五年，永历二年），江西巡抚金声桓，提督王得仁起兵抗清。同时，广东李成栋再次反清。南方形势为之一变。邓宝通前往金声桓的军中，但由于战略错误，没有集中兵力控制长江中游，北出武昌，因此坚持了一年，南昌清军重重包围，饿死人口无数，城破惨遭屠城。

董志宁侥幸逃出，出奔海上，投奔鲁王监国。由于政权人丁稀少，很
快他就当了重臣，但不长的日子，到公元1652年（顺治九年，永历六年），
带人在台州起事，结果被围困半年，城破被杀。

萧拱宸带着沈秋君前往厦门投奔了老相识施琅，后来施琅降清，他又
在郑鸿逵手下任左冲镇守，陈永华东宁节制府任护军。跟随延平郡王郑成
功，收复台湾后，任澎湖大帅驻守马公城，成为防守台湾举足轻重的人物。
郑成功死后，由于不慎卷入夺位斗争，在公元1662年（永历十六年，康熙
元年），被阴谋暗害。

公元2017年，我到台湾澎湖列岛旅游，站在当年的马公城遗址石堆上
眺望大海，浪花穿空，想起乱世之间，英雄庸才的浮沉不虞和缘分际遇的
奇妙，不禁感慨万千。

作者简介

张小龙，笔名苏隆、火天大有，现用名张宸铭。中国人民大学哲
学与经济学双硕士，中国民主建国会北京市委专委会委员，北京作家
协会会员，中国寓言文学协会会员，中国诗词学会会员，天津师范大
学客座教授。曾为国家机关干部，业余痴迷文学，创作小说，翻译哲
学史艺术史书籍。

简　评

反清复明历史事件中的一个片段，作者依照一定的史实，书写
了其间关键一个月的故事，写出了围绕这个历史大变故中的恩怨情
仇。小说有男人间的恩恩怨怨，更有侠肝义胆的女主人公串起了整
个故事。小说人物性格清晰，故事脉络晓畅，是传统的类型化的历
史小说。

如果从更宏大的文学目标来说，写作停留在对历史故事的重述，
再造应该还不够充分。面对历史的写作，需要进入每一个细节，去推

敲去探究，从重大的历史事件中去探寻和分辨永恒的人性。历史会映照现实，小说需要提供比历史书籍提供给我们更复杂更深刻更微妙的东西，来显示这个时代写作历史题材的真正意义。

乡　戏

周树莲

　　临近黄昏的时候，四步牵了女人的手走在村子里，臧村的人几乎没有没见过这一幕的，人们早已经司空见惯，任凭这瘦小的男人牵着自己双目失明的女人在街上走过。爱说话的顶多说上一句，又遛弯呢，算是打了招呼。唯有那些调皮的孩子追着四步一遍一遍地问四步女人，会娴，你的眼睛是怎么瞎的？

　　听到孩子们的问话，四步抖抖胳膊，翘起山羊胡轰鸡似地轰赶着孩子们，去去，一边玩去。

　　孩子们便嘻嘻哈哈地欢笑着，两脚踩在积水里踏着水花四下散去。

　　刚下过雨，空气湿漉漉的。村路上净是些大大小小的水坑，四步边走边不停地停下提醒女人：迈大步注意脚下的水坑。见女人平安地迈过了水坑，才又放心地牵了女人的手向前走。雨后的天空水洗过似的，一朵一朵的白云飘浮在蓝天上。四步站下，手指着天空中的白云给女人讲，这片云像一匹白色的骏马；那一片像一头怀了孕的母牛；那一小片像一只鸽子；那一片厚厚的像雪；那边的一大片像冰雪融化的河流。女人仰着头，看着蓝天的方向，翻着眼白在天空中寻着马、母牛、鸽子、雪和河流。

　　白云过后，天空升起一片红彤彤的晚霞。四步又牵了女人的手，将两个人的身体同时引向西边的天空，声音里有些抑制不住的兴奋，会娴，快看呢，火烧云，红彤彤的像咱家灶膛里的火。

　　女人像是受了传染，脸上也露出惊喜之色，两个人就那么面对晚霞站着，看着西边不断变换的云霞，直到那些云霞逐渐散尽，四步才牵着女人的手回家去。

　　四步的家坐落在村南一座废弃的砖窑前，那里紧邻场院，房西是一片庄稼地，房北就是那座废弃的砖窑，窑旁边遗弃着大大小小的挖土烧砖留下的土坑和那些成堆的废砖烂瓦。房子东边一条蜿蜒的小路的尽头就是场院，那是一座坐北朝南的三间大房子，院前是一片铺着洋灰的打麦场，场院里堆积着一堆一堆的麦秸。看场人刘线杆儿悠闲地坐在门前，怀里抱着一个老旧的收音机在听评书。

四步牵着女人的手沿窑边的小路回到家，两个人没有进屋，而是坐在屋前的倭瓜架下乘凉。春天的时候，四步在房前种了两棵倭瓜，到了夏天，瓜秧爬满了倭瓜架，它们长如丝瓜一样的果实重重地垂在架下。房前是一大片的枸杞子地，那些白天还鲜艳饱满的枸杞子到了夜晚和那些叶子混杂在一起，黑乎乎的分不清哪是叶子哪是果实。院子水管前立着两根木棍，上面拉着一根铁丝。白天这根铁丝用来晾晒衣服，到了夜晚铁丝上面悬挂着一条拧成花辫的蒿草，夜晚只要四步和女人在院子里乘凉，就会点燃蒿草熏那些"嗡嗡"乱叫的花脚蚊子。

四步和女人聊天的时候，刘线杆儿怀里抱着收音机慢悠悠地打场院的方向走了过来。刘线杆儿是个光棍儿，人长得瘦瘦高高的，圆规似的两条长腿走起路来戳哒戳哒的，脖子细长，往人群里一站看上去像一根细长的电线杆子，村里人便叫他刘线杆儿。四步没娶女人的时候，刘线杆儿和四步两个人经常穿过那条小道晚上坐在一起聊天，后来四步有了女人，夜晚的闲聊变成了三个人。对于四步的女人刘线杆儿是看不上眼的，他不明白为什么四步会要一个眼睛看不见身子又病歪歪的女人，要是换了他，他宁肯打一辈子光棍儿，也不会要这样的女人。四步结婚那天，面对四步女人失明的双眼，刘线杆儿犯坏，故意取笑女人，哎呀，会娴，你这眼睛是怎么回事？

我娘说我十岁的时候，一天夜里出门被挂在树上的棒子种给冲了，打那以后眼睛就老疼，后来就看不见了。女人没听出刘线杆儿是在让她难堪，把脸挪向刘线杆儿说话的方向认真地说。

棒子种能冲瞎眼睛？刘线杆儿愣怔了一下，随后眼睛一眯，女人似地咯咯笑了起来，带得一群看热闹的孩子也跟着哈哈大笑起来。那以后四步女人的眼睛让棒子种给冲瞎的笑话在村子里传开来，一群淘气的孩子见了四步女人就要追着问个不停。

吃了？见刘线杆儿过来，四步招呼着刘线杆儿，顺手扯过一个小马扎

递过去。刘线杆儿接过马扎坐下来，把手里的收音机放在地上，收音机里
此时正在唱戏，女人喜欢听戏，便支起耳朵听。

见女人专注听戏，刘线杆儿对四步说，听说了吗？村北街熊二的老婆
死了，今天刚下的葬。

听说了，才五十几岁就病死了，怪可惜的。四步惋惜地说。

唉！村子里又多了一个光棍。刘线杆儿并不关心熊二媳妇的死活，他
只关心从此村子里又多了一个打光棍的人。

是啊，又多了一个跟你抢女人的人。四步瞧一眼刘线杆儿。

就凭他，上有老下有小的，他凭什么跟我比。刘线杆儿脸上露出一种
不屑。

是啊，他怎么比得过你，你一个人吃饱了一家子不饿。四步朝刘线杆
儿撇撇嘴。瞧着得意中的刘线杆儿，四步脑子里忽然想起县城刚通火车那
阵，刘线杆儿一个人偷偷去县城看火车，回来路上饿了，进了一家小饭馆，
等吃饱喝足了，一摸口袋才发现兜里分文没有，刘线杆儿顿时傻了，不给
钱人家不让走，刘线杆儿坐在凳子上磨磨蹭蹭的，两眼看着窗外想主意。
一杯茶的工夫，刘线杆儿主意想出来，对饭馆的伙计说，你见过人飞吗？
伙计摇摇头，刘线杆儿站起来，伸开两只胳膊像鸟扇动翅膀一样扇动着两
只胳膊一溜烟地"飞"了出去。等伙计反应过来，刘线杆儿早没了踪影。
后来，刘线杆儿向村里人说起这事时，那一脸的得意就像刚才说他条件比
熊二强。四步是看不上刘线杆儿那份得意的，刘线杆儿吃了人家的饭不给
钱耍小聪明本就不对，还到处炫耀，这事若换了他，他是做不出的。

想什么呢？见四步愣神，刘线杆儿伸出一条长腿用脚踢了四步一下。

四步从回忆中回过神来，看了看刘线杆儿，突然说，我听说金香要嫁
人了。

嫁去，瞧谁好嫁谁去。听四步这么一说，刘线杆儿突然翻了脸，寡妇
金香是刘线杆儿心里一直惦记想娶的女人。

听说嫁的那个人是个吃商品粮的。四步说。

吃商品粮管个屁用，是个瘸子。刘线杆儿一脸的鄙夷，你说这个女人，
放着我这么个全活人不嫁，非要嫁个瘸子，这些年我可没少当牛做马地给
她干活。

还不是你愿意，再说你也没少占人家便宜。四步说。

天地良心，我净给她家干活了，什么便宜也没占着。刘线杆儿一脸冤屈地说。

那年在场院打场，你没趁人家弯腰喝水的工夫捏人家脚？四步揭穿刘线杆儿说。

我是为她掸脚上的土，那怎么叫捏？刘线杆儿红了脸争辩道。

两个人说话的工夫，女人咳了好几次，四步不时地停下话，为女人拍拍背，捋捋前胸。看着四步对女人如此殷勤，刘线杆儿撇撇嘴，他看不惯四步如此待女人，女人干什么都不行，见天等着四步伺候，四步还像宝贝一样地宠女人。去年冬天，女人给四步做了一件棉袄，两只袖子一长一短，肥得能装下两个四步。四步却不嫌弃，在腰里系一根布条见天穿着，一副很知足的样子。刘线杆儿奚落他，说他像给地主家扛长活的长工。四步却不介意，笑呵呵地说暖和。这要是换了刘线杆儿是不屑穿的，他宁愿冻着也不会穿那样丑陋的棉袄。

夜幕降临的时候，一轮明月在头顶上升起来，像镶嵌在天幕上的一盏灯，远远地照着倭瓜架下三个影影绰绰的乘凉人。草棵里一些不知名的小虫子开始合唱一支动听的小夜曲。铁丝上悬挂的蒿草忽明忽暗像是给那支小夜曲打着节拍，四周的庄稼地黑魆魆的。听完了戏的女人也加入了四步和刘线杆儿的谈话。

女人说，大兄弟，有合适的就娶了吧。一个人多闷呀，连个说话的人都没有。

我倒想娶，可我娶谁去，人家宁愿嫁个瘸子也不嫁我。刘线杆儿有些懊恼地说。

那是你们没有缘分，有缘才能走到一起，像我和正北，隔了那么远，不也成了夫妻。女人摸索着拉住四步的手。

刘线杆儿不爱听女人的话，他在黑夜里撇撇嘴，心想，你们这也叫夫妻，四步纯粹给自己娶个累赘。这样想着刘线杆儿站起来，不早了，睡吧。说完提起收音机迈开两条长腿戳哒戳哒地走向夜色里。

听见刘线杆儿抬起屁股走了，女人愣了愣，问四步，他不高兴了吗？

他是想小寡妇了，我们也睡吧。四步说着站起来，把铁丝上燃着的蒿草拿进屋子里，转身出来扶着女人进了屋。

第二天，晨光微曦，偏头疼的老毛病让四步早早地醒来，四步的偏头疼就像他的一个老朋友时不时地就来光顾一下他，四步也不在意，能扛就扛，扛不过去就吃片药。四步忍着头痛穿衣起床去做早饭。吃饭的时候女人觉出了不对劲，问四步怎么了？怎么饭吃得一点响动没有？常年生活在一起，女人对四步了如指掌，四步平日若是没事，吃饭的时候总喜欢吧唧吧唧地带出点声音，今天却吃得一声不响。四步便把头疼的事随口告诉了女人。女人放下筷子就要给四步去找药，被四步拦下，你吃你的，我吃完饭自己去找。等吃完了饭，也到了上工的时间，四步撂下饭碗顾不得吃药便出工了。

四步出工的活是和刘线杆儿一起给生产队的牲口铡草，铡草的活是队上照顾四步和刘线杆儿，四步身体瘦弱，刘线杆儿要看场院，队上就把铡草的活派给了他们。他们每天给牲口铡够了草料就可以挣到七个工分。铡草对于四步和刘线杆儿来说并不累，两个人在一起干的时间长了，配合起来很默契，刘线杆儿个子高蹲不下，每天都是由刘线杆儿持刀，四步蹲在地上往铡刀里填草。随着"咔嚓、咔嚓"的声响，绿莹莹的青草立时被截成一截一截的堆放在牲口棚前。铡完草两个人把牲口棚的槽子里拌好草料，等着晌午收工的车把式把马牵进棚里吃上草料，他们就收工了。

草铡到一半的时候，忽听不远处传来"啊"的一声惨叫，四步和刘线杆儿一惊，随即四步扔了手里的青草就往家跑，那是四步女人的叫喊声，女人肯定遇到了什么事情，不然怎么会发出这样的叫喊？跑到家里，女人没在家，四步找遍了院落也没见到女人。别是掉坑里了吧？尾随着四步身后的刘线杆儿提醒说。在窑边的一个土坑里，四步找到了女人，女人头朝下躺在土坑的底部。

会娴，会娴，你这是怎么了，你怎么跑到这儿来了？四步翻过女人的身子，将女人抱在怀里，摇晃着女人。女人满脸是血，双目紧闭像睡着了一样。猛然间，四步看到女人手里紧紧攥着一个缠着麻线的小药瓶，原来女人不放心他，到场院里去给他送药，走错了路掉到了土坑里。

夏天的野草疯狂地蔓延，河坡上、田埂上到处都是。刘线杆儿这几天憋闷，吃了午饭睡不着，坐在场院房东山的阴凉里抱着收音机听书，书是古书《乱世枭雄》，听得正上瘾，忽见一座"草山"打场院南边的庄稼地里走过来。这是谁家的娘们儿这么能干，也不怕压死。那时候，为了多挣几个工分，许多妇女收了工不急于回家，要捎上一筐青草背回家，晾干交到队上。当"草山"走到跟前的时候，出于好奇，刘线杆儿抬起屁股走到"草山"跟前，想要开句玩笑，却见"草山"下一双家做的鞋面绣着一朵兰花的黑色布鞋。刘线杆儿一惊，这双鞋他熟悉，他的手曾经以掸土为名摸过这鞋这脚。如今，那兰花已经旧得不成样子，失去了先前的水润俊美，花不是花，叶不是叶了，鞋帮儿也磨飞了边儿。

金香！刘线杆儿不禁脱口叫道，听到叫声，"草山"下探出金香那张汗涔涔的脸，见是刘线杆儿，金香没说话，细毛下一双丹凤眼斜了刘线杆儿一眼，便走了过去。

活该，让你不嫁我，非嫁个瘸子，受累的命。见女人不理自己，刘线杆儿望着远去的"草山"，心里愤愤的。

转天，吃过午饭，刘线杆儿依旧抱着收音机坐在场院的东墙下，收音机里评书说得跌宕起伏，可刘线杆儿却无心听书，眼睛不时地瞄向场南的那片庄稼地，直到看到金香出来，刘线杆儿才又装作专注听书的样子，看都不看金香一眼，故意把收音机的声音调到最高音量，以致震得他的耳朵一阵一阵地发麻。金香刚走过去，刘线杆儿忙关了收音机，抬起屁股轻手轻脚地一路尾随着金香走向村口，直到看着金香进了村子，才回过身子伴着说书人沙哑的声音向场院走。

第四天，刘线杆儿打听到金香最后一天在场南那片地里干活，草草地吃过午饭，等候在场院路边的阴凉里，当金香背着草筐走到近前，刘线杆儿突然说，站下。金香被刘线杆儿的喊声吓了一跳，抬起头，剜了刘线杆儿一眼，继续朝前走。

我让你站下，刘线杆儿走上前伸手将草筐从金香背上拽了下来。

你想干吗？金香惊恐地向后退了一步。

你说我想干吗？刘线杆儿看一眼金香，一把将草筐拎到背上，迈开大步朝村子里走去。金香一愣，跑过去追着刘线杆儿喊，你给我放下，我不用你背。

刘线杆儿不理金香，金香越是叫喊，刘线杆儿步子迈得越快。追到村口，见刘线杆儿将草筐放下。金香一脸怒气地说，我告诉你，你甭想打我的主意，我现在是有男人的人。说完弓下腰背起草筐就往村子里走。

嘿，我打你的主意，受了金香的斥责，刘线杆儿一时抹不开面，冲着金香的背影喊，我是怕你累着心疼你，你咋不识好人心呢？

你是黄鼠狼给鸡拜年，没安好心。金香头也不回地甩过一句。

这娘儿们，不识好歹。刘线杆儿碰了一鼻子灰，悻悻地走回场院。

秋天快要到来的时候，四步把女人从县城的医院里接了回来，女人的额头有一道两寸长的疤痕，那疤痕像蚯蚓一样趴在额头。女人左臂骨裂还没完全好，还打着厚厚的石膏。

四步和女人回家的第二天，刘线杆儿就跑了来，嘴里说着这些日子你们不在家可把我闷坏了。之后便滔滔不绝地说起了前些天的一场大雨和大雨给村里人带来的灾难，最后说起了村后那条因河水爆满，河里的鱼噼啪地蹦到岸上，搞得家家有鱼吃的情景。

你可不知道，那几天村子里天天飘着炖鱼的香味儿。刘线杆儿边说边不停地咂着嘴，要是天天下大雨就好了，老能吃到鱼。

天要老下雨，你还吃得上饭？庄稼还不都得涝了。四步指指炕沿儿示意刘线杆儿坐。

是啊，大兄弟，老下雨就收不成庄稼了。坐在炕上的女人也随声附和着，住了一个月的院，女人胖了，脸也白嫩了。

你们倒真是两口子，夫唱妇随呀。见四步和女人一唱一和，刘线杆儿不高兴地白了两人一眼，一屁股坐在炕沿儿上。

女人养伤的日子，四步忙里偷闲，弄了一堆树枝子，在自家通向场院的那条小路上筑起了一道篱笆墙，为的是让女人摸着篱笆能够准确无误地走到场院去，而不再有什么闪失。那道篱笆集中了杨树、柳树、槐树、椿树的枝条，那些枝条肩并肩地站在一起，像是一排哨兵守护在小路的边缘。

女人的伤养了三个月才好起来，好起来的女人便张罗着给四步做棉衣，四步的旧棉衣拆了还没来得及做，她要赶在入冬前给四步做一身新棉衣。

入冬后的第二天下了雪，下得天地白茫茫的。四步起来扫完院子里的雪，又去扫通往场院路上的雪，扫到刘线杆儿门前的时候，刘线杆儿听到动静，穿衣出来，伸着懒腰站在门前，见四步把路上的雪扫干净了，说，大雪天的你起这么早干吗，不多睡会儿，路上的雪让它自己化不得了。

　　大雪过后，天晴了起来，明晃晃的太阳照到雪地上晃人的眼，四步穿着新棉衣和刘线杆儿各自揣着手坐在门前晒太阳，女人怕冷没有出屋，独自围在火炉前取暖。四步和刘线杆儿两个人眯着眼睛享受着阳光的温暖。天上不知什么时候出现了一朵一朵的白云，刘线杆儿和四步眼里便有了事干，两人眼睛盯着云朵看，看着看着两个人就兴奋起来。四步指着一朵云说，你瞧那片云朵多像我家会娴。

　　刘线杆儿也发现了那朵云，但刘线杆儿和四步的看法不一样，刘线杆儿眼里的那朵云像金香，尽管因为"草山"事件，刘线杆儿遭到了金香的斥责。但在刘线杆儿的心里仍旧放不下金香。

　　怎么是会娴？明明就像金香吗。刘线杆儿坚持自己的看法。

　　你看她的腰细细的，脸白白的，跟我家会娴刚嫁过来时一模一样。四步进一步解释说。

　　不对，你看她的长头发飘散着，像金香刚洗过的长发，你没闻见还带着一股子香味呢。刘线杆儿眯缝着眼，觑着鼻子嗅着，好像真的有一股洗发水的味道扑面而来。

　　那是我的会娴，你看她还冲我笑呢。四步高昂着头笑着迎着云朵。

　　你那瞎眼老婆哪有这么好看？刘线杆儿瞪了四步一眼，有些生气地说，说完又向屋子里瞟了一眼，唯恐屋里的女人听到。

　　瞎她也是我老婆，见刘线杆儿如此说自己的女人，四步生气地转过头瞪着刘线杆儿，金香再好看也是别人的老婆，又不是你老婆。

　　我把她装在我心里她就是我的老婆。刘线杆儿梗着脖子说。

　　你说什么都没用，在我眼里她就是我家会娴。四步一脸坚定地说。

　　就是金香。刘线杆儿也一脸的坚定。

　　是我家会娴。四步气得撅起山羊胡。

　　是金香。刘线杆儿瞪起那双细长的小眼睛。

　　正北，你大，你就让着庆才些。两个人争执的时候，女人打开屋门，站在门口对四步说。说完女人抬起头，向天空翻着眼白，似乎在寻找着两人为之争执的那朵云，然而，那朵云已经不见了，涌来的是大片大片的厚如积雪一样的云朵。

　　冬天走得越远，离春天就越近，寒冷的日子一天天过去，天气渐渐地
暖和起来，又到了一年春忙的时候，刘线杆儿被派去赶马车，四步被派去
和妇女们种土豆。给牲口铡草的活队里派给了瘸子连喜和一个半大的孩子。

　　土豆地里男人少女人多，四步头一次在女人堆里干活，妇女们嘻嘻哈
哈地拿四步开玩笑，说四步你女人怎么还没给你生个一男半女，莫不是你
俩不在一个被窝儿里睡？四步不善于和女人打交道，被女人们一取笑，脸
羞得像红布一样，不敢说话，自顾低下头忙手里的活。好不容易盼着收了
工，四步像得到大赦一样逃离了女人们。

　　从没干过重活，一天下来，四步累得腰酸腿疼，吃了晚饭躺炕上就睡
着了。

　　那是一条水流缓慢的小河，四步躺在一只小船里，两条腿耷拉在河水
里，河水被阳光晒得很温暖，一群鱼儿成群结队地围着四步的两条腿游来
游去，不停地用嘴去啄四步的双腿，有一只调皮的小鱼跑到四步的脚心处
啄他的脚心，啄得他痒痒的想把脚移开，两腿却被什么东西紧紧缠住动不
了。四步晃动着身子，用力蹬着双腿，船却翻了，整个人掉到了河水里，
四步拼命地挥舞着双臂，一着急，人便醒了。昏暗的灯光下，见女人正抱
了他的两条腿给他按摩。

　　我说怎么拔不动腿呢，原来腿被你抱着，四步伸了伸腿，快别揉了，
睡吧，天不早了。说着想抽出双腿，却被女人用力抱住，女人说，我不困，
给你揉揉，明天再上地干活你的腿就不疼了。

　　你不睡我也不睡。四步坐起身子，再次想从女人怀里抽出双腿。

　　你躺下别动，女人固执地再次抱住四步的双腿，四步只得将两腿交给
女人，任女人揉捏。

　　窗外满天星斗，月亮露出半张脸，在窗前望了一会儿，便又跑到一片
云朵里把自己藏了起来。

　　连日在田里干活，四步已经适应了田间的劳累，饭量长了，人也粗壮
了些。

　　自从和四步分开干活后，每天晚上，刘线杆儿开始喜欢往村子里跑，
来四步家没那么勤了，每次来隔着四五天，或是更久。这一天傍晚，刘线
杆儿带来一个消息，说镇上要有戏班来，在镇上搭台唱戏。对刘线杆儿这

个消息，四步和女人将信将疑，镇上已经很多年没来过戏班了，最近的一次还是在四步成亲之前来过一个戏班，唱了三天，搞得全镇男女老少跟过节一样。

镇上真的要有戏班来吗？刘线杆儿走后，女人问四步。

谁知道，来的话村子里会广播的。四步说。

刘线杆儿说过不久，村中央的大喇叭里果真广播说镇上来戏班的事。这个消息着实让女人高兴了一阵子，女人喜欢听戏，做梦都想去"看戏"，可是女人从来没出过村子，更没去过镇上，从村子到镇上要有七八里路程，黑灯瞎火的女人身体能吃得消吗？想到女人病歪歪的身子，四步有些犹豫带不带女人去。

你带她去干吗，走道儿慢得跟虫子爬似的，再说她一瞎子也看不见，听说四步想带女人去看戏，刘线杆儿极力反对。

把她一个人扔家里我不放心，再说戏班走了，不知道什么时候才能来，想看都看不上了。一想到戏班多年不来一次，错过了这次，再来不知什么时候，四步当下决定带女人到镇上去看戏。

咱可说好喽，你要带她去，到时我可不跟你们一块走。刘线杆儿板着脸说。

你走你的，到时候你把队上的手推车借给我就行了。四步说。

就你这身子骨儿，七八里地你还想推着她去？刘线杆儿鄙夷地说。

那你甭管，推多远都是我的事。

看戏的这一天，四步用从队里借来的两轮手推车，推着女人早早地出了家门。刘线杆儿见四步推着女人走了，便锁了场房的门一路尾随着出了村子。

出不了一里地，你就得改变主意，到时候你还得跟我一起走，刘线杆儿摇着芭蕉扇慢慢悠悠地跟在后面。

七月的盛夏，连夜晚都是炎热的。路是柏油路，白天吸了一天的阳光，到了晚上路面上还是温热的。四步推着女人走了一阵，便开始气喘吁吁的，额头上豆大的汗珠滚落下来，女人听到四步喘气，便扭回头说，歇歇吧，别把你累坏了。

四步放下车，擦了擦额头的汗，女人掏出手绢摸索着也来为四步擦汗。

歇上一阵子，四步缓过劲来，推上女人继续朝前走。不时有人在他们身边
走过，那些都是去镇上看戏的周边村子里的人，也有本村人路过，他们同
四步打过招呼，便远远地将四步和女人落在身后。四步推着女人，不急不
慌地慢慢地往前走。你这是图的什么啊？累死你算。跟在他们身后的刘线
杆儿，见四步不但没有改变主意，而且越走越远，心里悻悻的。

一轮明月斜挂在半空，洒下银白色的月光，远处连绵的群山在月光下
呈现出青黛色的剪影，村庄里偶尔传来一两声狗吠，路边的庄稼地里蟋蟀
轻声地吟唱着。

这是鹅房村的芦苇塘，咱家房顶的苇子就是在鹅房买的；这是周庄村
的鱼池，要是白天能看到成群的鱼在水里游；这是孙庄子的棒子地，棒子
苗都到腿肚儿了；还有这片土豆地，也是孙庄子的，土豆都开花了，要是
在白天这片开花的土豆地可好看了。过了这片土豆地就该到镇上了。四步
边走边说给女人路边的景物，女人专注地听，不时地插话进来，问鱼池大
吗？里边都有些什么鱼？有红鲤鱼吗？土豆的花是什么颜色？鱼池有一亩
地大，而且不止一个，两个呢。听说鱼挺多的，肯定会有红鲤鱼，那么大
的池子怎么会没有红鲤鱼呢。土豆的花是白色的，花比咱家窗前的茉莉花
小多了，也没有咱家的茉莉花香。四步一一地给女人做着解答。

这时，远处一片灯火通明，就要到镇上了，四步对女人说。

是吗？终于到了。女人的语气中透着惊喜。

灯火通明处是镇小学的操场，正是暑假的时候，操场上人山人海，十
里八村的人都来看戏，他们有的牵儿带女，有的扶老携幼，像过节一样聚
集在戏台前。一些相识的年轻人因为不在一个村子里住着，平日很少见面，
因为唱戏的缘故得了机会见面，聚在一起嘻嘻哈哈地有说有笑。小孩子们
在人群里钻来钻去，偶尔遭来一声呵斥。最安静的是老人，他们坐在板凳
上眼睛望着前方的灯光处，那儿有一座用帆布临时搭建的一米多高的戏台，
台前挂着红色的帷帐，演员们在台上走来走去做着开演前的准备。就着灯
光，四步看到看戏的好位置已经没有了，他只得把车放到一棵大杨树下，
那里地势要高些，看起戏来也方便。刘线杆儿在距离四步他们几米远的地
方站住，那里熊二和几个村里人聚在一起正在说话，刘线杆便站在了他们
当中和他们说话。

晚上七点的时候，戏开演了，戏是老戏《牡丹亭》，台上太守杜宝和夫人迈着方步踱上台，舞台中央早已为他们摆好了两把椅子。刘线杆儿不喜欢台上这两个老生老旦，老头老太太有什么好看的，啰里啰唆的，唱得再好也是老头老太太，他把眼睛从台上移到台下，四处张望，周围人都在看戏，没人理他。他把目光望向不远处的四步和女人，四步站在手推车旁正在给女人讲戏，女人面向四步，专注地听，俨然她的戏台在四步这里。

连戏台在哪儿都不知道，还来看什么戏？刘线杆儿撇撇嘴把目光又移回戏台。戏台上，身穿绫罗的杜丽娘正在和书生柳梦梅相会，两个人咿咿呀呀地边唱边眉目传情。刘线杆儿看着台上的二人围着戏台打转转，转起来的两个人像一对翩翩起舞的蝴蝶，刘线杆儿看直了眼，直到戏台上的两个人下了台，刘线杆儿还看得意犹未尽，妈的，真是郎才女貌，刘线杆儿羡慕地骂了一句。戏台上又换了杜宝慢条斯理地唱起来，刘线杆儿收回目光，在他目光所及的大杨树下，四步边给女人讲戏边为女人扇着扇子，女人则从书包里拿出一瓶水打开摸索着送到四步的唇边，四步接了水，女人则接过四步手里的扇子为四步扇起来。刘线杆儿看着看着心里突然一动，妈的，四步真福气，女人知冷知热的，难怪他把女人当个宝儿。刘线杆儿羡慕地瞧着四步和女人，在心里骂了句粗话。后半台戏，刘线杆儿的眼睛不在戏台上了，他的眼睛总溜向一边，去看四步和女人，四步和女人这出戏远比戏台上的戏吸引他，让他心里发热，心生感动。站在他旁边的熊二见刘线杆儿不看戏，眼睛总往别处看，便说，你不看戏，总东张西望地瞎踅摸什么？是不是找金香呢？

切，我找她。刘线杆儿从鼻子里哼了一声，你看见四步和媳妇了吗？

四步和他媳妇？在哪儿呢？熊二说着扭过头去四处寻找。

那儿——刘线杆儿用手一指大杨树，杨树下，四步和女人边看戏边吃着一个羊角蜜，四步为女人扇着扇子，女人手里举着羊角蜜两个人你一口我一口吃得正香。

瞧瞧，瞧瞧，这俩人比戏台上唱得还热闹。刘线杆儿咂着嘴。

熊二看着四步和女人，突然心里一酸，不由得想起两年前病故的媳妇，他和媳妇算得上青梅竹马，恩爱夫妻，可是上天捉弄人，媳妇跟他过了一半，便撇下他一个人走了，剩下他孤零零地打发着日子。

嘿嘿，怎么了你？见熊二不语，刘线杆儿捅捅熊二。

没什么，看戏吧。熊二抬起头看着戏台，戏台上柳梦梅因为说自己是
杜宝的女婿，正在遭受杜宝的鞭打。

白捡个女婿还不认，咿咿呀呀的唱的什么劲。刘线杆儿顺着熊二的目
光看向台上嘴里自顾叨咕着。

月明星稀的时候，戏散了，看戏的人群呼儿唤女地也四下散去，刘线
杆儿在人群里东张西望，熊二拽了一下刘线杆儿，还不走找什么呢？

我在找四步，刘线杆儿说，黑灯瞎火的七八里路，我得帮四步把会娴
推回家去。

找四步喊一声不就得了，熊二说，说完扯起脖子喊起来：四步——会
娴——

见熊二喊，刘线杆儿也喊了起来：四步——会娴——

喊声穿过杂乱的人群，飘荡在戏台的上空。

作者简介

周树莲，北京作家协会会员，老舍文学院首届中青年作家高研班
（小说创作班）学员，大兴区文联理事、作家协会副主席，2012年开始
小说创作。作品散见《人民文学》《北京文学》《山花》《鸭绿江》《天
津文学》《星火中短篇小说》《湖南文学》《雨花》《北方文学》等全国
各类文学期刊。短篇小说《杀猪菜》获首都五一文学奖一等奖。短篇
小说集《丁字街的槐花树》获"文荟北京"群众文学奖一等奖、最高
群众文学奖等奖项。

简　评

好的作品主题是多元的，有承载多重信息的能力和解读的空间，
不同的读者，批评家和编辑会从同一个作品中解读出不同的东西。这
篇小说用短篇小说的体量写了几个人物的命运，作为初学写作者不容
易。这几个底层人物，不只写出了他们物质上的贫困，更写出了他们

精神上的困境和无法改变的命运。所幸，小说不是那种特别常见的苦难和灰暗的笔法，几个人物都有阳光、善良的一面，在艰苦的生活中有亮色有光。作品的气息往往有两种方向，一种是灰暗的，对生命的理解趋向消极。另一种看世界的角度，是无论生活多么不堪，终究是有希望有光亮的。这两个风格都在讲述生命里的多样、复杂和真相。这篇小说有更趋光明的人生态度，这不是现在小说的主流方向，却十分珍贵。

白 信 封

王咏华

有人说，人生，是一场与同龄人之间的赛跑。然而，生活中，处处是套路，也处处有温情。

一

最近，老马经常走上楼顶工程间，这里很静，有时一坐就是一个小时，每当这个时候，他都会从兜里摸出一包香烟，在这之前他并不抽烟，但是他也不知道这是怎么了，烟并不点燃，就那样捏在手里，抑或是随意抽出一根夹在食指和中指之间。每到这时他总是悻悻地望着窗外，让说不清的思绪就那样随着窗外的车流行走着。

七月流火，灼烤着大地的太阳，像是恋上了这座城市。城市被笼罩在一片燥热之中，汽车的尾气和被空调置换出的热气，像燥热的啦啦队，凑足了热闹。离开空调房，不出两步便汗湿衣襟。那条又宽又长著名的街边，坐落着几座造型独特的建筑，永远是那几个工人，形影相吊，孜孜不倦地精心修建着，好在不久之前，逐渐显露出高端大气的写字楼模样，外观一水儿的玻璃幕墙，折射着来来往往人群匆忙的身影，重叠并加重着城市的快捷与拥挤。高处，几个正在移动中的"城市蜘蛛侠"若隐若现。中间，一座矮大半截儿的灰白色楼体，在周边高耸的楼群中，呈现出一个"凹"字形状，显得格外刺眼。

这里，是老马工作二十多年的地方，从一个毛头小伙儿，到如今的不惑之年。最近老马经常想起他头天上班的情景，那天，他穿着一身深蓝色工装到工程部报到，在一头浓密黝黑的头发和一双炯炯有神眼睛的映衬下，

212

浑身上下透着精干。从那一刻起，他便立志要充分发挥自身价值，成为技术骨干。工程部无非是些修修补补的力气活儿，老马却乐此不疲，用他自己的话：锦上添花谁不会，咱干的可是雪中送炭。

这些雪中送炭的活儿，有一大半儿都落在老马身上。老马有个习惯，一边干活一边哼歌。这十多层的大厦里，楼道间，配电室，办公区等等，随处都能看到老马忙碌的身影，听到他那略带苍哑拐着弯跑调的歌声。

"马师傅，马上开视频会议，屏幕黑屏，能不能救救急。"这天，老马刚进屋，便接到一位客户的电话。

老马二话没说，立即挎上工具箱，直奔客户。上楼梯等电梯六分钟，到了客户办公室，三下两下不出三分钟便搞定。一个线路松动，用胶布把松动的地方重新黏固，线路通了。

客户为表示感激，抄起一个硕大的白色纸袋，进口糖果、巧克力、话梅一股脑全塞进去，直说老马是救星，解决了大问题，否则，上千万业务可能就泡汤了。

老马嘴巴一咧露出两颗虎牙："客气啥，小事儿，容易。"在老马心里，救急如救火，客户就是上帝。

很快，客户送老马巧克力的事像风一样吹遍大厦各个角落，客服部工作人员得知后，脸上露出不悦，分别向客户和老马亮出黄牌：按规定，未经客服部允许，工程部的人私下服务客户，不计入当月考核指标！每月客服部要将服务客户事项报人事，人事部根据工作量核算当月奖金。像老马这样没有业务单，白干！上班时间干私活儿，自己掂量。

老马一听，又呵呵一笑：不计较仨瓜俩枣，不误客户的事儿就好。

客服部经常组织各部门培训上课，讲道理，再三强调客户就是上帝，虽然没读过几年书，这点理儿他老马还是能听懂。如今，这上帝有了急，按部就班，打电话报修，客服下业务单到工程部，工程部再指派具体的人，走完程序，客户的损失也成了既成事实。

对于这些事老马是有自己的想法的，老马从小生活在北京的四合院里，北京四合院中的亲情，至今想来让人羡慕，记得那些个轰轰烈烈年代，大人都特别忙，老马饭食就是吃了这家吃那家，那种亲情早进入了老马的骨子里。远亲不如近邻，客户就是邻居，楼上楼下抬头不见低头见，邻居有急茬儿，怎能坐视不管？对客户求助睁一只眼闭一只眼打太极，对不起，他老马办不到。做人，哪能眼光短浅到只盯着奖金。

对于如今的年轻人，老马也有自己的看法，不知道是不是代沟，还是自己的观念老套了。瞧瞧客服部的那些年轻人，大都念过书读过大学，什么制度、规定，搞得满墙都是，摞起来比祖宗家谱还厚实，法律还不外乎人情，这些个年轻娃子怎么就不知人和人之间是需要互相帮扶的道理呢。

规定，龟腔，还不都是人定。说这话时，一撮不听话的头发像被注射了兴奋剂，直挺挺向前撅着，在老马的左眼皮前忽悠忽悠上下颤动，老马毫不客气地将那撮头发一把向后甩去，眼前顿觉清净了许多。

说罢，老马转身离去，一边走一边哼唱："啊，给我一杯忘情水，换我一生不流泪……"

就这样，急、难、险、峻的活儿，别人推三阻四，老马从来不管周围杂七杂八的闲言碎语，永远都在向前冲。

二

事，不管你想还是不想，永远在那放着，而对老马好多事就像是编排好的故事，凑着堆地往老马身上靠。一位新入住的客户装修办公室，活儿干到一半，网线不够，客户初来乍到，对周围的环境不熟悉。工程部的材料刚好用完，如果按程序采购，没有十天半个月买不来。老马是听了徒弟的唠叨知道这事的，这事怎么能不管呢，老马肯定是拗不过自己脾气，本性难移，而关于上回没发奖金的事也早就忘到云里云外去了。老马脚踩电动车，飞驰到几里地外的电子商城买到网线，倒贴几元停车费。

老马对客户就像仰视上帝，万份虔诚外加实心实意，一时间，老马在大厦人气儿飙升，成了客户微信通讯录的星标人物，客户们总是隔三岔五有急茬儿，遇事便直接拨打老马手机。

客户信任，才会开口求助，因了这份"信任"，老马从不计较个人得失，也从不算计眼前小恩小利，在他的认知里，要不遗余力把事情办好。老马对客户好，对同事前面加个更字。

每到月末，老马都要脚踩那辆二手电动车到一个地方，一趟来回俩小时，车筐每每载满水果、蔬菜、面粉，或者食品、日用品，总有一二百块钱的物品。这里住着一位老人，老人儿子的身体有些残疾，老伴儿去世后，儿子为了照顾他，一直没娶上媳妇儿，父子俩在城外一个偏僻的小院儿相依为命。

老马给老人擦身子，收拾屋子，忙前跑后乐此不疲。老人儿子是老马前同事，一起共事儿半年有余。当时单位接收他，是因为他身体的特殊性，完成安置残疾人的任务分配。

老马无意中得知同事家庭境况，在这之后，一到月末便提着大包小包像个扁担一样出现在小院。院子里有两棵酸枣树，果子熟的时候，一串串鲜红欲滴挂在树上风铃般摇晃。揪一颗放在嘴里嗑开，酸得让你立即闭上眼睛，脸部瞬间扭成一团。老马离开的时候，老人总是不顾他反对摘上一兜放在老马车上。逢年过节，临走时，老马偶尔在食物下面悄悄放个牛皮纸信封，里面装有三张粉红色印有毛主席头像的人民币。

老马孩童时代，父母月工资相加不足一百，伙伴们凑在一起玩耍，家境好点的如果谁拿出三分钱买个棉花糖，便立即成了群孩的王，大家一准拥过来，你揪我扯，不一会，棉花糖便被撕扯得只剩下一个挂着缕缕白丝的木棍。老马最难的光景，全靠街坊四邻接济。结婚时，家里物件是七姑八姨拼拼凑凑外加邻居赞助。如今，老马工资虽不高，可他觉得钱这东西，要花在需要的地方。自家温饱不愁，前年，唯一的女儿也走上工作岗位，自己啥心不操。可同事家这光景，年轻的身带残疾，年老的常年卧床，一想到这些，老马的心就如同被热水烫过的柿子。

有人说："马工啊，差不多得了，也为自己考虑考虑，你媳妇儿知道吗？好歹留点嫁妆给闺女。"

老马又呵呵："闺女比我能耐大，不靠我。郭子不容易，是个孝顺孩子，寻摸着有合适的，赶紧给张罗个对象，身边有个人，我也不惦记了，至于媳妇嘛，必须支持。"

后来，郭子迎来春天，院子拆迁，郭子得了两套房和一笔拆迁款，日子逐渐好转，再后来成了家，老马渐渐去得不那么频繁。

老马有句箴言：和同事在一起时间比媳妇长。可不，回家也就睡个觉，

和同事朝夕相处，在单位一待就是溜溜一天。他总叨叨：同事同事，一起
做事，将心比心，比兄弟亲。大厦三班倒，二十四小时轮值，若谁家有事，
总是首当其冲想到找老马替班。老马十八般武艺样样精通，强弱电不在话
下，木工、管道这些疑难杂症也难不倒他。

面对同事求助，老马总是摸摸半秃的后脑勺："有事儿您说话。"于是，
老马又得了个响亮称谓：金牌替补。

三

古话讲得好，师父师父，一日为师，终身为父。在靠技术吃饭的领域
尤为显要，徒弟学手艺完全靠师父带。工程部新来俩小伙儿。经理嘱咐一
位跟老马，一位跟老马的搭档小乔哥，要他们一边带徒弟一边出活儿。老
马终于多年的媳妇熬成婆，大摇大摆当起了师父。

跟着小乔哥的小伙，一天到晚跑跑颠颠，给小乔哥打杂刷盘递碗嘘寒
问暖。却不见小乔哥摆好脸，总是动不动就怒怂。一次，小伙递扳手稍慢
半拍。小乔哥当即火冒三丈，从干活儿现场一路发飙到食堂，吓得小伙中
午饭没扒拉两口，就灰溜溜地回屋猫着。不仅如此，小乔哥把师父的派头
拿得妥妥的，不轻易传授技术，上岗月有余，除了打杂，便是从事简单劳
动，毫无技术含量可言。如此以往，小伙儿要想学点真本领？还真犯愁。

跟老马混的这位小徒却幸运许多。头天上班便跟着老马转客户，和楼
上楼下客户混个脸儿熟。老马还一边向客户介绍，一边赔着笑脸叮嘱，不
看僧面看佛面，请大伙高抬贵手照顾小徒。业务方面，老马更是不遗余力，
手把手传授，恨不得将几十年摸索出的经验一股脑儿倾囊相授。小徒也算
机灵，腿脚勤快，不出仨月便能独当一面。有的事儿，不用老马出面，只
需小徒一人便搞定。

小徒偶尔撇着嘴巴抱怨，说师父啥都好，就是唱歌难听，以后若干活
时消停点就完美了。老马听罢头一次怂徒弟，说你懂什么，你师父在露天
卡拉 OK 比赛拿过二等奖，靠的是这首：

如何面对，曾一起走过的日子；

现在剩下我独行，如果用心声一一讲你知；

从来没人明白我，唯一你给我好日子；

有你有我有情有生有死有义……

小乔哥私下悄悄给老马递话："你这徒弟，一看就是个贼机灵，长了毛比猴还精，留一手吧，这年头，教会徒弟饿死师父。"

老马呵呵一笑："师父领进门，修行在个人，他混得好，我骄傲。"老马打心眼不认为自己有多高尚，从前他们那杂院住着一位唱京剧的角，自从收了徒弟，不仅天天凌晨四五点钟起身陪徒弟练功，还包吃包住倒贴银子。师徒之间，修的不就是个缘分？

老马不仅爱管熟人的事，就连陌生人的事，他也从不漠视，就算摊上天大的事也不怕。一个夏日傍晚，吃过晚饭，老马独自在小区附近路边散步。突然，前方一身影晃了晃，扑通一声栽倒在地。老马见状毫不犹豫一个箭步飞奔过去。一位60岁左右的老者躺在地上，不省人事。

老马不敢轻举妄动，伸手摸老者口鼻处，尚有气息。抬头左右环视，不远处俩人正向这边张望，却丝毫没有靠近的意思。老马摸了摸老者衣兜，没有随身药品。这时，老者额头已经渗出轻微血迹。

眼见血迹顺着老者额头淌下，老马急忙招手拦下一辆出租车。在出租车司机帮助下，老马将昏迷老者送到医院。经抢救，老者终于苏醒。医生说好险，突发心脏病，若耽搁了黄金抢救时间，后果不堪设想。老者子女陆续赶到，老者指着老马："如果不是他，我早去见阎王了。"

正当老者子女不知如何表达感激之情，老马呵呵一笑："没啥，都是应该做的，哪能见死不救。"

第二天，老者子女送来锦旗和感谢信。

老马的红色事迹迅速传开，瞬间成为焦点人物。上级还特别安排报纸进行报道。正当老马沉浸在绵绵春雨的喜悦中，小乔哥却趁午休空当，将老马拉至一偏僻无人角落：

"好个老马，胆儿真是肥了！光想着出风头了，以后长点心眼行不行！路边跌倒的老人那是能随便扶的？这次万幸，万一遇上个碰瓷儿的，看你怎么撇得清！"

老马抬手摸摸那稀稀拉拉尚存几根毛发的后脑勺，恍然大悟，去年，曾热火朝天地讨论过一个事件：一位老人在路边晕倒，一位驾车的小伙儿见状，将车子停靠路边后上前搀扶，老人当场死亡。小伙儿报了警，谁知，老人的亲属却不依不饶，说是小伙儿把老人撞倒。最后，小伙儿只得卖了汽车，赔了巨额款项，方才平息。

"谁想出风头了，那么紧急的状况，哪有时间考虑，总不能见死不救！"这回，老马表情特别认真，手臂抬起时有些微微发抖。

四

人活一世，就得有个"人"样，人这种区别于其他生物的高级，就体现这个"人"字上。一撇一捺凑成一个"人"，互相帮衬，互相支撑，也便成了"仁"。老马将帮助他人解决问题当成一件快乐事，然而，有时却也事与愿违，弄巧成拙。事，有时就和火车跑路一般，一旦脱轨也丝毫不受人为控制。一公司搬家，清一色女性。望着她们蚂蚁驮大象般在楼层间艰难移动。老马二话没说，上前三下两下便将客户废弃的物品搬到楼下，客户的意思，先将物品集中，之后再做回收处理。谁知，仅一晚便生出事端，次日清晨，老马便收到客服部的转移令。电话里，客服部工作人员讲话的语速和口气如上膛的机关枪。

"马工，您昨天往楼下搬了那么多东西，堵了消防通道，这可不是闹着玩儿的，请赶快想办法清理。"

老马忙联系客户，这才知道，前一天，回收废品师傅车容量有限，说好再来一趟，就这工夫儿，出了这个幺蛾子。

这回老马直叫憋屈，帮忙，咋还帮出不是了？难怪，一早在饭堂遇到保安部经理，老马和他寒暄，他却鼻子一哼把脸扭到一边。说话腔调阴阳怪气，鼻子不是鼻子眼不是眼，对老马明扬暗讽，话里话外透着酸气。

老马心里开始犯嘀咕：难道，真的是自己错了？

五

集团推荐优秀，工程部有意推荐老马，可老马年龄出了线。领导指示先报材料，或许以工作业绩突出为由打个擦边球。老马心想乖乖，这狼多肉少的事若真摊到自己身上，更要谨小慎微，夹着尾巴做人。若真成了秀立于林的那块木头，那不是擎等着被风摧毁。

不知苍天有意捉弄，还是纯属巧合，屋漏偏逢连夜雨，船迟又遇打头风。正当老马为了评优如履薄冰，战战兢兢，命运之神又让他遇见一件更挠心的事。

一天，老马刚忙完，在电梯口见一客户慌慌张张从楼道一溜小跑冲向电梯，手中举着一个白色的信封，看见老马眼前一亮：

"马工，我赶着去银行入账，帮我把这个给小张，里面是支票。"说罢，不等老马反应，便将一白色信封塞到老马手中。双脚像踩了风火轮，从楼梯口一溜烟便没了影儿。

老马如负重任，径直来到财务室。门开着，小张座位上空空如也，老马将信封放在桌上。请隔壁办公室人代为转告。次日，老马不忘嘱咐客户，要她和小张确认支票是否收到。谁料，一提小张，客户便开始抱怨，说小张做事马虎，总出错，怎么能让这样马虎的人干财务。老马听得云里雾里。老话讲：耳不闻人之非，目不视人之短，口不言人之过。议论他人是非这件事，老马做不来，只得呵呵赔笑，听由客户满腹牢骚。

本以为事情就这样过去，谁知三天后老马收到客户电话。电话里客户又急又气，说小张没收到支票，让老马回忆是否确实放在小张桌上了。未了，客户又补一刀，那可是一张30万的现金支票。

老马听罢心里一沉，将那天的事像放电影一样在脑海里回放若干遍，思来想去还是记得确实把信封放到了小张桌上。

"千真万确，一个白色信封，支票就在里面装着，那天你没在，我和隔壁刘大姐说了。"老马抱着一线希望来到小张办公室，向她询问。

"没有，桌上半毛钱都没有。"小张低头刷着手机，眼皮儿没抬一下。

就在这时，老马手机叫响。老马接起电话，一位客户向他索要灯泡。前不久大厦装修，很多换下的旧灯泡没有去处，工程部要清理掉，老马看着可惜，就用纸壳子收起来。后来小张见到，告诉老马她家老房子用的就是这种，要跑到几里地外的建材市场才能买到。于是，老马将剩余灯泡儿都送给小张。如今客户再要，哪里有哦。

挂了电话，老马继续哀求："再找找，客户确实给了我，我要对人家负责。"受人之托，终人之事，这个时候，他老马决不能退缩。听老马接罢电话，小张方抬起头，若有所思，说进屋时正好碰到保洁大姐提着垃圾向外走，可以问问她。

六

老马没有急着去找保洁大姐，这次，他终于先动了动脑筋，之后像突然开了窍一样，想起一件更重要的事。现在正是评优创先的节骨眼，还没落停。弄丢一张30万的支票，这万一有人往上捅，优秀不也泡汤了。

30万！老马只觉得两腿发软，后脊梁发凉，那半秃的脑瓜子顶冒出一层虚汗，像一个短路的灯泡一会明一会暗，泛着微弱的光。

从小张屋里出来，老马径直来到隔壁。听完老马的诉说，刘大姐慢吞吞抬了抬鼻梁上的眼镜：

"小张一回来我就告诉她了，但你当时可没说里面是支票，你是不是糊涂了，手迷了，不定扔哪了。"刘大姐慢条斯理地一字一顿。

这条路没走通，老马又想起送支票前曾经给徒弟打过电话，忙将小徒叫到面前。小徒撇了撇嘴一脸无辜，说师父你那天电话里就说要上楼送个东西，让我先去客户那等。您是送支票还是送发票，我哪里知道。

听罢小徒弟模棱两可的话语，老马只觉得大脑一片空白。转过电梯口，双脚一会儿像灌了铅，一会又像踩在棉花上，一脚深一脚浅，不知怎么走到地下三层的。电梯口，很多人在等电梯，遇到熟人，老马也只是用目光寒暄一下。人们投向他的任何一个眼神儿，都像一道 X 光，穿透一个个身体发出询问：支票去哪了？

地下三层是整个大厦最底层，所有垃圾都堆砌在一个角落，一段时间清理一次。保洁大姐刚刚把所有楼层垃圾运到这里，在角落里靠墙坐着，一边呼哧呼哧喘着粗气，一边晃动着手腕制造凉爽的气流。

老马问有没有捡到一个白信封。保洁大姐听罢哈哈大笑，说每天都能捡上百个信封，你说哪一个？

"白色的，原本放在财务室桌子上。"当然，老马没有透露信封里还有一张30万的支票，这件事，知道的人越少越好，只说信封里有很重要的东西。

保洁大姐朝角落方向努了努嘴，老马看过去，几十个半人高的黑色袋子挤堆在角落，乍眼看上去，像一只只黑色大猩猩蜷缩在一起。"这星期的都在这呢，算你走运，明天垃圾站就来人，只能扛三天，这里堆不下太多。"

一堆垃圾在老马眼里突然变得珍贵稀罕，老马盯着一堆黑色袋子，像吃了颗定心丸，似乎那个白色的信封，妥妥地就在某一个"黑猩猩"肚里。老马拆开一个距离自己最近的，一股酸腐的味道扑面而来，老马屏住呼吸，用手中小棍儿在形形色色的垃圾里翻找，期待与那个要人命的白信封相遇。

正当老马在垃圾袋中翻找，身边突然蹿过几个身影：不好了，工地着火了。几人一边喊，一边脚步飞快跑向出口方向。老马见状，扔下手中的"黑猩猩"，抄起一个灭火器向外跑去。身后抛下一句：

大姐，垃圾先不要收！

大厦旁边，几座正在崛起的写字楼间，传来叮叮咣咣施工带来的声响，其中一个工地现场，一股黑烟儿正在冉冉上升，浓烟在空中迅速凝聚，很快变成一团黑雾，将这个还在修建中的写字楼，笼罩在一片恐怖氛围中。

老马见状，扔下灭火器，再次出现的时候，手里托着一个应急消防栓。十分钟后，消防车到了，老马和几个同事已将火势控制。原来，是路人将没有熄灭的烟蒂扔到了易燃的施工材料堆里，引起火情。消防队员直冲老马竖大拇指，说幸亏他反应快，操作熟练和专业度不亚于消防队员。

七

老马抹了下额头上的汗，说如果火情蔓延，大家都跟着遭殃。火情得到控制，老马正要将消防栓放回原处，却看见远处小徒向他奔跑，一边跑，一边喊：

"不好了，医院让您赶紧过去，手机没人接，打到工程部了。"

老马这才回过神，方才只顾灭火，手机竟然落在地下室，老马连忙返回，再三叮嘱保洁大姐延迟几天清理垃圾，之后捡起手机，奔向医院。

老马父亲过世早，为照顾母亲，老马前几年把老院子卖掉，在小区隔壁单元买了套房。把七十多高龄的母亲接来，从自己住所到母亲的，刚好是一碗汤不会凉的距离。母亲腿不太灵，老马每天给母亲揉腿，泡脚，饭后陪着母亲在小区遛弯儿。人人都夸老马孝顺，母亲却只是唉声叹气，脸上无半点儿喜悦。

后来，母亲得了食道癌，难以吞咽。身体不适时，心情不好总发脾气。母亲不便朝儿媳发火，老马就成了出气筒。母亲话里话外总带着不满，老马一不做官，二不当老板，一个工程部的破差事还忙成虾米。可是，不管母亲如何发难，老马的回复从来只有一句："哎，妈，您说得是。"老马认为母亲的态度并非嫌弃他没做官或挣大钱，只是不想他过度忙碌。再或，人这个物种，随着年龄增长以及衰老的加快，心理反而越脆弱，这时候，更加需要安抚和陪伴。至亲之间，更无太多真理可辩，由着她高兴便是。

老马一边带着母亲在京城四处奔走求医，一边买来榨汁机、豆浆机，苹果汁儿、蔬菜汁儿、甜菜根儿，白豆浆、黑豆浆等等，变着花样做流食。两年多，老马母亲满面红光，体重还增长几斤。医生都觉得是奇迹，按照医生的诊断，老马的母亲，从确诊那一天，长则一年，短则仨月。

期间，老马和媳妇陪同母亲登上豪华游轮，住最豪华的海景套间，里外花费好几万，老马连眼睛都不眨一下。媳妇儿捂着胸口，说老马啊老马，跟你过了大半辈子，咱俩可是连趟北戴河都没去过。

老马媳妇是在公交车上"打"出来的，老马刚参加工作时，工作地方挺远，每天要乘坐公交车一小时。

一次，一位花臂小青年将一位年轻女子的包拉开，手伸进去，眼见钱包被拽出一大半，旁边人却敢怒不敢言，大气儿不喘一下。

只见老马从人群中挤过去，大喝一声："嘿！哥们儿，嘛呢！"小贼顿时把手缩回，从兜里掏出一把弹簧刀，公交车上众人齐声"啊"一声，闪出一个空当儿。

老马一只手死死抓住小贼举刀的手，另一只手直接抓住刀刃，不让它在空中挥舞伤及无辜。鲜血从老马指缝中流出，小贼的手渐渐松了下来。因为这事，老马荣获一个见义勇为奖。再后来，公交车上的女子就成了老马的媳妇。老马一直认为那一刀挨得值，而老天爷也真是公平，从这个地方失去的，从那个地方会补回来。

听到媳妇委婉抱怨，老马立即俩眼瞪得溜圆，扯起公交车上抓小贼的嗓门："挣钱就是给人花的，等把老娘送走，带你去欧洲，来他个几国游。"

就这样，老马伺候了母亲两年零七个月。最近，母亲病情恶化一直住在医院，请了护工，他呢，单位、家、医院，三点一线。

老马赶到医院时，医生冲他摇摇头。看来这次，是真的无力回天。老马赶紧把姐姐和妹妹唤来，母亲看着俩闺女，眼里泛着光，嘴上说不出话。老马一边抽泣一边说："你俩住得远，咱妈平时想你们啊！"

母亲走时十分安详，遗体告别那天，小乔哥也去了，他拍拍老马肩膀说：兄弟，节哀。

老马终于忍不住号啕大哭，鼻涕眼泪一起下。

八

老马一边处理母亲丧事，心里还惦记着支票。家里安顿好，第一时间跑回地下三层。保洁大姐说只有三天时间。见老马将一个个半人多高的垃圾袋打开，翻找，再系上。保洁大姐也在一边拿个小棍扒拉着，一边问信封里到底装着什么宝贝，挖地三尺也要找到。这让老马回忆起大杂院的味道，老马没有想到，这位平时没有享受他半点好的保洁大姐，在这个时候，竟如此慷慨仗义，于是道出实情。

保洁大姐听罢倒吸一口凉气儿，说乖乖30万哟，要干多少年才能挣到。难怪这么紧张，这么大的窟窿，怎么堵上。

除了保洁大姐，后来，小乔哥带着两个徒弟加入，几人轮流翻找。大厦地下室，一片热气腾腾的景象。

不一会儿，各式各样的信封横七竖八地躺在地上，白色的、粉色的、浅蓝色的，有的上面浸渍着水印，颜色已经泛黄，有的十分崭新，镶嵌着花边，但是，没有一个里面有支票。

老马从兜里摸出一包烟，抽出一根点上。保洁大姐惊呼马工你疯了，这里是无烟区。老马恍惚着把烟掐灭，看着手里一整根被碾断脖子的香烟和被翻得狼狈不堪的地下室，轻轻叹了口气：看来，天要灭我。老马腾一下起身，咬了咬牙："不找了，天塌下来，我一个人顶。不就30万吗，大不了赔上就是了。"这段时间，老马脑海里一直缠绕着一个问题，这么拼究竟是为啥？也许，真的是自己错了。送走母亲，老马更觉得今后日子要过自己，过一天乐一天，无论干什么，快乐最重要，这才是活着的味道。

小乔哥提议再问问小张，寻找其他解决途径，挂失、报警都可以，毕竟不是现金，总有解决的门道儿。老马已经做好打算，先把30万凑齐，不怕一万，就怕万一。

众人一致认为，凑齐30万之前，老马丢支票这事决不向外透露。如果上面知道了，恐怕就不是赔钱了事那么简单。回到家中，老马和媳妇儿摊牌交了底。媳妇儿听完张大嘴巴，愣了一会神儿，随即从卧室抽屉里拿出一个存折。

"这里面有20万，本来是留着给闺女当嫁妆的，你先去填了亏空，钱没了还能再挣，只是，剩下这10万，你要自己想办法了。"

老马拉着媳妇儿的手老泪纵横，说没想到摊上这么个烂事。还说小乔哥给他出了个主意，如果真找不到，到时候破罐子破摔，你一个普通工人，一个月挣个三四千块钱，多少年能干出这30万，索性爱谁谁，不赔的理由只有一个，没钱。媳妇一听连连摆手表示：借，也要还上。丢了优秀是小，你老马以后还怎么抬头做人。堂堂七尺爷们，哪能为30万便丢掉人格。

优秀职工的评选，从上百号员工里挑出二十位入围，之后再推荐三名到市里。严格按照程序，部门推荐，民主投票一个环节也不能少。对于投票，老马倒是不担心，凭自己这人缘儿，就算得不到百分之百的票，也得有个百分之八九十。然而，当人事经理告诉他投票结果时，老马大跌眼镜，他的票数才刚刚过半。

"马工，投票结果要公示，您票数虽然过半，但并不是全票通过。提前告诉您，一是为了让您有个心理准备，二是今后您得动动脑子，总之，心里要有个数。"

望着一脸诚恳的人事部经理，老马彻底蒙圈。怎么想也不明白，平时，他和同事的关系相当融洽。挨个捋一捋，大厦十几个部门，哪个部门他老马没出过力，无论公事，还是私事，老马就像麻将牌里的会儿。虽不能说百分百随叫随到，但大部分时候，无论是不是分内事儿，老马都是铆足了劲儿往前冲，从来不推脱，从不掉链子。

可是，为什么有的人，到了关键时刻偏偏落井下石，而不是雪中送炭。平日里，有事没事一口一个"马师傅，帮个忙"，"有事儿找马工"，毕恭毕敬，如今，轮到老马需要帮助了，怎么都成了事不关己高高挂起，就不念他一丁点儿好！

人，怎么能这样？当面一套，背人一套。平时真假混战看不出门道，真摊上事的时候，只扫自家门前雪，哪管他人瓦上霜，真与假，假与真便有了分水岭。总之，老马这心里是哇凉哇凉，越发想念杂院中的岁月。

九

老马从亲戚处周转了一些，又找到从前的邻居，邻居们如今已经分布在东南西北各个区域，一听老马有难，纷纷慷慨解囊，很快便凑齐30万。凑齐那天，老马把小乔哥叫到家里。家离大厦不远，从阳台的窗户，正好看到大厦全貌。

鸭脖、拍黄瓜、花生米，老几样就着一瓶扁二。几杯白酒下肚，老马有些醉意，端起手中的酒杯，冲着大厦的方向，若有所思：

"这楼，想当年也是数一数二的，老子在楼里待了二十多年，可如今却越发看不明白楼里的人儿了。"

小乔哥端起酒杯，径自和老马手中的杯子碰了一下，一口干了一个，说老马啊老马，不是你看不明白大厦里的人儿，是这人心本来就隔着肚皮。有的事情，真不是那么简单。见老马瞪着一双无辜的眼睛，溜圆地望着自己。小乔哥捡了颗花生米放嘴里，一边嚼，一边慢条斯理。

"上次单位组织春游，不让你开车，你非要开，车还是向以前邻居借的，死要面子活受罪，回来时，有几个客服部的人搭你车，记得不？"

"客服部那几个都是女同志，家里孩子小，所以我就让她们搭了。"

"好多人想提前走，你让客服部的人搭车，那财务部想搭车的几个人自然不高兴了，如今给你点刁难也正常。"

"啊！"老马方才恍然大悟。

"还有你那个徒弟，你知道他都在外面怎么说你？"

"怎么说？"

老马一听说到徒弟，俩眼一瞪，耳朵竖得高高的。

"我对他一百二，什么都教，他能放个啥屁？"

"嘿！放啥屁？那肯定不是好屁，说你好揽活儿，不过原话更糙。还有你丢支票的事儿，这小子早就私下里告密了，经理这会指不定怎么编排你呢。"

"我，他娘的扇他几个大耳光子。"老马终于按捺不住，摇晃着站起身，两眼通红，额头的青筋，两条扭动的蚯蚓般爬在太阳穴上。

小乔哥把老马按住，让他少安毋躁。老马却再也吃不下去东西，一杯接一杯往下灌。一边灌一边嘟囔：

"什么世道，人心都被狼叼了去。"

"跟个炮仗捻儿似的，给点火苗就引爆，就这定力还要求入党呢。"

半年前，老马提交了入党申请书。成为一名真正的共产党员，一直是老马多年来的一个念想。老马不仅自己提交申请，还撺掇小乔哥一起。

小乔哥说自己觉悟不高，离党员还有很大距离，再者，自由惯了，儿子还没上大学，自己还有很艰巨的家庭任务，有那个功夫儿，不如趁倒休日在外敛点私活儿，挣点外快，补贴家用，过着小富即安的日子，足矣。小乔哥说他的信仰和追求，就是给儿子攒个首付款，也算是尽了当爹的义务和责任。其他的，他可管不了那么多。不像老马，有那么多追求。

"还有那些客户，咱有明文规定，超出范围的不予提供，他们怎么总好意思打电话骚扰你，一两次也可以理解，有事儿找老马，都成了挂在嘴边的话了，都是惯出来的臭毛病。说白了，就是觉得你好说话，占你便宜罢了，他们为啥不找我。"

"再有，你上次帮客户搬东西，保安部那么多大块头，天天在楼下晃悠，就你能干，一个人搬，他们在旁边闲着，你一人顶人家10个，人家不急眼才怪。"

未了，小乔哥又告诉老马一个天大的消息，工程部主管前阵子被提为副经理，现在上面正在物色主管的人选，据可靠消息，上面几经研究，觉得老马合适。小乔哥嘟嘟噜噜说了一大堆，老马一句也没听进去。

正是晚饭时间，空气十分沉闷，远处不时传来几声闷雷，不一会，乌云在铅灰色的天空中加速翻滚着，豆大的雨点噼里啪啦一股脑落下，中间还夹着白色的球状物体，触碰大地的那一刻，发出一声声清脆的噔噔声，又过了一会儿，白色颗粒越加紧密，毫无节制地砸向地面，外面下起雹子，最大的，竟然有鸽子蛋那么大。

老马的处世宝典里，拒绝就是伤害，北京爷嘛，有的就是一股子莽劲儿和热情。拒绝客户请求，就是伤害上帝。可如今看来，大多数人并没有记住自己的好。斗米养恩，石米养仇，老话讲得真是一点不假。再或，帮助客户，等同于得罪内部兄弟。事事冒尖成了出头鸟，面上大家说不出啥，可一瞅准时机，就踩上一脚，或是泼一盆脏水。

"你小子，每天和个泥鳅似的出溜出溜，这些消息是咋得来的。"

小乔嘿嘿一笑："像我这种干活儿不钉劲儿的，再不在人事儿上动动脑筋，那不擎等着……"小乔哥话没有说完，用手在脖颈处比画了一个抹脖子的动作。

小乔最爱干的事就是串办公室，中午还和几个部门的一起打牌，难怪大厦有点风吹草动，他都是最先得到消息的一批人。

小乔哥，有两下子。

十

老马也给小乔哥讲了个故事。

一位小县城的妇产科医生，正要下班，一位病人来求医。妇产科医生匆匆给她做了检查，结果是病人子宫内长了一个不明肿块，妇产科医生判断必须切除。

病人家属按照医生的要求安排住院手术。手术时，医生切开病人的腹部，却大吃一惊。原来，当时自己着急，检查失误，病人腹中的，是个胎儿，而不是什么肿块。这时，医生面临一个选择，第一，将错就错，将胎儿拿掉，告诉病人肿块已经切除，皆大欢喜。第二，赶紧缝合伤口，告诉病人实情，迎接风雨。医生只是稍做犹豫，立即进行了缝合处理。

等病人醒过来，医生来到病人和家属前，诚恳地向她们道歉，说对不起，那是胎儿不是肿块，是他的失误，所幸胎儿没有受到影响，一定会生出一个健康的宝宝。病人和家属都蒙圈了，稍做停顿，病人家属大怒："你是什么医生，我要告你。"

后来，正如医生所说，孩子平安、健康地出生。但是，医生却陷入官司，最后不得不辞去医生岗位。

有同事问医生："当时为什么不将错就错，拿掉那个东西，告诉病人没事儿了，谁会追究，大家高兴，你这么做，图个啥！"

医生想了想，说了六个字：天在看，图心安。

这一夜，老马喝了好多好多酒，醉成了一摊烂泥。喝一会儿跑厕所一趟，用手指戳嗓子眼儿，使劲儿抠，把刚进入胃里尚未消化完全的食物吐出来，按下冲水按钮，盯着成渣糊状的食物，随着马桶里的水流形成的小漩涡在眼前慢慢消失，回去再喝。夜晚，老马做了一个梦，梦见周围飘满了白色的信封，随便抓一个打开里面就有一张支票，10万，20万，50万，100万的……老马一边抓，一边哈哈大笑。

第二天，老马一觉睡到中午。晚班时间，老马来到单位，换上工装，精神抖擞地来到财务室，见到小张，把存折拍到桌子上。看着小张一脸茫然，老马的话掷地有声：

"支票，丢了。你查查，这存折里刚好30万。"

"马工，你这是做啥，一张过期支票。"小张的表情似笑非笑。

"啥，支票？过期的？"

"对呀，前阵子买过客户一批货物，对方财务没有及时入账，支票过期当然要收回。"

开出去的支票过期要收回，见到旧支票才能开新支票。如果找不到，客户出个证明就可以了。这是财务部的——规定。

就在小张给老马普及财务知识之时，刘姐急匆匆走过来，手里举着一个白色信封，见到小张和老马，满脸笑容：

"太好了，两位都在，不好意思，那天我家小宝在这画画，走的时候把这个信封收走了，昨天帮她收拾书包才发现。这是不是那天马工要找的信封，我看了，是一张过期支票，这不一刻没停，赶紧还回来。"

刘姐一边赔笑一边解释。刘姐退休后被返聘到大厦财务部帮忙。那天，家里有事，她只能把外孙女儿带到单位，又因为手里有点急活儿，就让外孙女坐在小张身后空座位上画画。老马那天匆匆忙忙进屋，又匆匆忙忙离开。座位间有隔断，或许是因为外孙女个头太小，老马丝毫没有注意。

刘姐从信封里抽出那张淡蓝色的支票，在小张和老马面前巡回展示一下。白色信封毫无折损，赤裸裸袒露在老马面前。

"那更好，证明也不用开了。"小张一边说，一边把存折塞到老马手里，似笑非笑说马工您收好了，以后别再开这种国际玩笑。

十一

老马从小张屋回到工程部，也不知那日下午干了多少活儿，甚至记不清是蹒跚回家还是骑小黄车。总之，脑子里灌满糨糊。

第二天，见到熟络的人，老马不像往常一样大声打招呼，而是轻声寒暄着。他记得小乔的话，低调，低调。

平时悉心经营，并未赢得好人缘。小乔所说的重要事情，人事部经理也和他谈过一次，但是，工程部好几位都比他资历深，论技术，谁也不比谁差，凭啥就是他老马。在这件事儿上，更要低调。

老马还像往常一样，每天穿梭在大厦的各个角落忙碌着。最近在对大厦的电路进行检修，在去检修的路上，接到一位客户的电话，客户反映电话不响了，请他去看看。老马轻声说："您先打电话到客服报修，公司有规定。"夏天，大厦中央空调使用频率高，要确保各处线路在安全范围内运行。老马开始逐层检修。这天，检修完，老马准备回屋歇会儿。电梯口处，迎面走过来一位穿着白色 T 恤儿，蓝色西裤神采奕奕的男子。老马定睛一看，这不是上任一年多的大厦总裁。

总裁以前在政府部门工作，后调到大厦任职。中间隔着 N 级，老马只在全体职工会议上见过一次。老马有礼貌地向总裁问好，电梯里，他识趣儿地往旁边挪了挪，生怕自己工装上的油污弄脏总裁的白色 T 恤。人生最尴尬的事莫过于此，和总裁在电梯中偶遇。

总裁倒是大方，例行性地询问老马最近工作如何。老马告诉总裁去检修空调。总裁意味深长地说："不错，不错，年头长了，是要好好检修一下。"

电梯在总裁的楼层停下，总裁身子向老马靠了靠，声音不大，但字字铿锵："天热，你们的工作很辛苦，多喝水，注意身体。"随着丁零一声，总裁用手拍了拍老马的肩膀，之后稳步走出电梯。电梯内的老马，如遭电击。刚才，总裁拍他的位置，像注入一针强心剂。总裁，竟然没有嫌弃老马身上的油污，还特意靠近和他说话。

老马在电梯里恍惚着，莫名只觉得鼻子一酸，两股热乎乎的液体从眼中缓缓淌出，和脸上的汗掺和在一起，一只手扶着电梯间，身子莫名微微颤抖着。总裁从没有去过地下室，他怎么知道工程部的活儿辛苦！

十二

小乔哥给他上课那天，他只是一杯接着一杯喝。有些事，他并没有告诉小乔。

徒弟刚刚跟他时，徒弟母亲曾私下找他，硬塞他一罐铁观音，说爱人生病，已经卧床三年。就指着这个儿子，早日走上工作岗位，能自己养活自己。那盒茶叶老马收下了，如果不收，徒弟母亲铁定心里不踏实。徒弟后来向他坦白了告密的事，经理答应每月给他涨二百元实习工资，徒弟说家里需要这个钱。为和经理拉近关系，一时糊涂，出卖了师父。

财务小张，前夫出轨，离婚时，小张拼命也要争夺儿子的抚养权，如今一个人带着六岁儿子生活，最近，为贴补家用开了一个网上店铺，卖起化妆品。

大厦客户，为不迟到扣奖金，很多人在上班高峰时不等电梯，一口气爬十多层，气喘吁吁。有的公司，员工稍微出点差错，被老板当着很多人的面骂，大气不喘一口。

这些，老马耳濡目染，见得太多。可是，怎能从他老马嘴里散播出去？

老马还是老马，依旧尽心尽力做好眼前每件事，有人向他寻求帮助，他还是不遗余力，实在帮不上，他会向对方解释清楚，把话说在前头。大家都说老马变了，变得"会说话"了。

年底，老马如愿以偿，不仅得到市级优秀的奖章，入党申请也被批准，成为一名正式党员，预备期一年，此外，由于工作表现出色，还被提升为主管。老马咂吧着嘴："这肩上的担子又重了，上面信任咱，咱更得好好干。"

大厦拓展业务，承包几个地块的物业管理，其中一个幼儿园是个难题，大厦从未有过这方面管理经验，该派谁去？多方研究后，挑选出寥寥几位精兵强将，小乔哥也在其中。这回轮到小乔哥郁闷了，幼儿园物业服务，没干过，前途未卜，是凶是吉，难说。

这次，换老马拍小乔哥肩膀："兄弟放心，你年轻，人缘儿好，沟通能力强，所以上面才让你去，就你这机灵劲儿，别说一个幼儿园，就是再来几个托儿所也不成问题，人挪活，树挪死，在新岗位，一定能大展拳脚，等你的好消息。"

年终总结会，总裁再三强调：非常时期，大厦要突破瓶颈，谋求发展之路，需要全员共同努力。开弓没有回头箭，大厦，已经走上重组之路。企业发展如同个人成长，若期盼华美霓裳，便要经历一个漫长蜕变期。

后来，老马又一次与总裁在电梯偶遇，电梯很挤，人很多，总裁没有像上次一样同老马寒暄，像在思索什么。老马，依旧奔波于各个楼层，哼唱：不要问我，一生曾经爱过多少人，你不懂我伤有多深……

湛蓝的天幕上，均匀大小的絮片状白云堆积在一起，将天空划分成一块块田垄。云层自西向东规则地移动着，似乎要带走整个城市的忧伤。大厦周边，上班的、上课的、跑业务的、送快递的，来来往往的人群依旧穿来穿去。那几座时尚异形的写字楼，眼见就要封顶，其中最高的一座形状最为规整，是一个瘦高的长方形，阳光照耀下，长方形泛着白光，远远看上去，像一个直立的信封。

作者简介

　　王咏华，原名王永华，曾用笔名雍桦，大学本科学历，管理学学士。北京作协会员，石景山区作家协会副主席，北京老舍文学院首届中青年作家高研班学员，中国创新文学网驻北京石景山区特派代表作家。出版文学集《花间拾梦》，中短篇小说集《繁花之年》。小说、诗歌、散文、报告文学等作品曾在《诗刊》《中国救援》《北京作家》《北京纪事》等刊物上发表，累计公开发表作品30余万字。

简　　评

　　有关如何做人和如何生活的问题是我们生活中的真问题，对每个人都是巨大的考验。这篇小说面对这样的问题，写了一个好人的故事。都说我们这个时代好人稀少，能够鲜活地写出一个好人的小说更少。小说的故事非常简单，一张支票的丢失和找回。作者用很多小故事小闲笔体现主题的真实性，比之以前那种高大上的人物更丰满，是一个正常的好人，有毛边的正面形象。当然，写出一个好人确实是困难的，这需要把所有的细节说圆，要用真实和具体的情感支撑故事和我们的社会环境，让我们相信这个好人的故事正在发生，这方面，作品还可以进行进一步的打磨。

遗失的帽子

岩 颜

　　仔细回想一下，那个周末唐忽忽的心情并没有多么不好，她只是在买帽子，因为多年前有人说过帽子戴在她的头上显得更加俏皮可爱，她记住了这句话，从此有了搜罗帽子的嗜好。

　　那条街上的小店很多，帽子种类也数不胜数，可惜唐忽忽不是一个善于转移目标的人，走进了一家便不肯走进下一家，守着一处死缠烂打。她将那些帽子一一试过，扣上去，摘下来，看得老板娘眼睛里都有了凶意。这时候，手机响了，听筒里传出值班同事火急火燎的声音："忽忽啊，有一个年轻男的找你，听语气很急，跟我打听你电话号码。我听那声音可不像你熟人，我没告诉他，万一是坏人咋办，现在坏人可多了，弄不好会惹麻烦的。他们会用各种各样的手段作案，新闻里有好多这样的例子了。你说是不是？"

　　"嗯，是是。"

　　"他给你留了电话号码，让你有空打过去。"说完就噼里啪啦地说出几个数字。

　　唐忽忽默记着那一串陌生的号码，将电话拨了过去，对方一下叫出了她的名字，是一个男中音，声音有点犹豫。

　　他说："我是您的学生，您教过我历史，我叫张山，您还记得吗？"

　　唐忽忽在脑子里过滤了所有稚嫩的面孔，没想起来。

　　他继续提示："您再想想，小个儿，脸特圆，上学时特能闹，是最顽皮的学生。"

　　出江湖多年，能闹的学生多了，所以，还是想不起来。

　　他索性搬出细节提醒："有一次，您去上课，我把一根棍子放在门框上，躲在门后笑，您一进来，棍子掉下来正好砸在您头上，您一生气回办公室了，没给我们上课，想起来吗？"

那时候唐忽忽刚毕业，同时教九个班历史，遭到这种礼遇也不是就一回，哪知道谁是谁。

"哦，"他有点失望，"您的学生太多了，肯定不会记得我，不过我对您印象特别深，您长得特别显小，喜欢戴各种好看的帽子，我记得您有一顶线帽子特别可爱，棕色的，顶端空空的长长的还有个小绒球，带上去像个小娃娃，您那时候在学校带个舞蹈社团，联欢会上您还戴着那顶帽子给我们跳过一个舞。嗯……您的声音也特别好听，我毕业前时您对我说了一句话，我到现在还记得：笑在最后的，才是笑得最好的。我用整整七年时间才想明白这句话的含义。"

这话是我说的吗？唐忽忽想。我说过这话吗？说实话，这话的含义唐忽忽都没挖掘过。

"你在哪？"唐忽忽问。

他的回答吓了唐忽忽一跳："我刚出来，坐了七年牢，出来第一件事就是给您打个电话。这七年，我什么也没干，一直在想您说那句话的含义，终于想明白了，可是也晚了，如果您当初告诉我，我可能早就不走这条路了。"

听那意思，唐忽忽还成罪魁祸首了。

但唐忽忽内心着实很感动，十几年的教学生涯也算桃红李白了，随着时间的推移，学生们大多如千帆过尽，很少有谁记得一个普通的老师，也有几个关系不错的，他们有的在第一次参加工作时给自己打电话，有的在去电视台录制节目时通知她，而在犯了错误表示悔过而联系她的，这是头一个。

唐忽忽有些为他的以后担心："你以后打算做什么呢？找到工作了吗？"

"您放心吧！以后我会好好做人。我想先学个车本，然后找个工作，然后再考虑成家。"

他有些欢快，看起来对未来充满希望。最后，他郑重地说："您是我的恩人，谢谢您，感谢您对我的点拨，如果不是您的那句话，我不会醒悟过来，我想请您吃个饭，行吗……我特别想见您。我，我还想……"最后那几个字对方声音开始微弱下去。

后面那句欲言又止的话让唐忽忽有些慌乱："可以啊，不过这几天没时间，等有时间了我联系你。"

挂掉电话，唐忽忽无心继续挑帽子。她满脑子盘旋的都是另一顶帽子。浅棕色的，长长的帽梢顶个绒球，唐忽忽对帽子有着特殊的嗜好，是从不会乱扔帽子的，即使多少年以前的。她决定把那顶帽子找出来。

回到家唐忽忽开始整理帽子，她每次整理帽子的架势堪比清理战场。家里一面墙壁都是衣柜，其中整整一个柜门里面装的都是帽子，那些帽子开始摆放的还算有序，但是没多久就因为她的乱翻而杂乱无章了，她每次拿出来一看又塞进去，或者几乎是胡乱塞进去，久而久之那些帽子就在硕大的衣柜空间里堆成了一座大山，有时候不小心一开柜门，帽子们就会铺天盖地地跌落下来，像一个个忠诚的将士等待回归的国王争前恐后扑落在她的脚下，迅速掩埋住她美丽的小腿。

每到这时丈夫就皱皱眉："你这些帽子，用不上的就不能扔了吗？又不戴。"唐忽忽笑笑，表示有空就清理，但是看看哪个都舍不得，依然任帽子们在家里泛滥成灾。

为了防止那些帽子集体下坠，唐忽忽索性把它们从柜子里抱出来堆在自己的脚下，然后再一件一件放回去，尽量按照不同的质地分门别类码放，其实这种整理是无效的，因为没有挂钩，帽子又是不规则的，所以没有多久队伍就散乱了。但是没关系，唐忽忽就是喜欢和它们亲密接触的感觉，小时候家里条件不算差，妈妈从小就喜欢给她买帽子打扮她，唐忽忽脸比较小，眼睛不大但是黑眼球特别多，永远泛着亮晶晶的光芒，让她看上去比同龄人更增加了几分乖巧和童真，不管什么帽子戴在她头上，都让她有一种与实际年龄不相符的俏皮感。那些帽子每一顶她都能准确想起是什么时间在哪里买的，以及那段时间相关的故事，唐忽忽是那种粗枝大叶记性不太好的人，但是那些帽子好像是个密码无声无息打开她记忆的门闸，很多往事汹涌而来。比如那顶红色的粗毛线的贝雷帽是上师范的姊姊给织的，盛着家乡的油菜花，她仿佛能透过帽子嗅到老家门外田野的香味。那顶蓝牛仔的空顶棒球帽是刚毕业时候的，那个时候的唐忽忽刚毕业就当了四年级的班主任，唐忽忽那时候穿着背带裤，束着高高的夸张的马尾辫。她喜欢跟孩子们开玩笑，不会按照教案上的死规矩一成不变地讲课，特别语文课她经常讲着讲着就跑题了：讲自己小时候故事，讲历史上喝得酩酊大醉的诗人的野史，讲《苏菲的世界》……有一次校长和年级组长听课，唐忽忽借着古诗讲到白居易，甚至讲到白居易有几个喜欢的女子，每个女子都喜欢什么……校长在后面连连咳嗽。一节课没听完，校长就皱着眉头走出了教室。孩子们对唐忽忽迷得如痴如醉，但是，期中考试语文成绩年级排名最后。校长和年级主任倒是一向很客气，不会严厉批评唐忽忽，不是唐忽忽有什么过硬的关系，而是她还有一个撒手锏：哭。校长刚晴转多云，唐忽忽眼泪就已经在眼圈里准备就绪了，校长皱皱眉：罢了，我们有空再说。年底，唐忽忽班里出了件大事，一个学生在班里丢了一支钢笔，据说是一支很贵的钢笔，唐忽忽问遍同事翻遍所有的教育书籍，把书里那些小伎俩都用上了就是查不出是谁拿的。家长是镇政府的工作人员，对此不依不饶，说那支笔有重大意义，所以价值连城……也许但凡丢的东西都会有重大意义。家长每天接送孩子时候像膏药一样黏着唐忽忽，说再查不出来就告诉校领导，唐忽忽越想越生气，越想越害怕，越想越委屈，终于放学前的那个自习课上，正在给作业打对勾的唐忽忽伏在作业本上号啕大哭，"不就是一支钢笔吗，至于吗？就你们家孩子是孩子，我就不是孩子吗？"唐忽忽越哭越委屈，声音几乎称得上是惊天动地，不仅吓呆了班里的孩子，把左右教室的老师也给招来了。

这件事情的结果是：偷钢笔的孩子默默地站了出来，钢笔第二天又回到了那个孩子的书包。但很快校长也站出来了。校长说：唐忽忽啊，这一年呢，大家对你反映不错，老师们说你工作热情，孩子们也很喜欢你，说你像姐姐一样。但是，学校打算成立个舞蹈队，你师范时候就跳舞，你去当辅导老师吧。而且我看你历史似乎学得不错，顺手把六年级历史课上了吧。这个班就由别的老师来接替吧。

不到一年的班主任生涯成了唐忽忽光辉的记忆。临别的时候，女生们抱着她哭，男生女生们给她一起出钱买了那顶牛仔的空顶棒球帽，唐忽忽戴上去很好看，高高的马尾辫刚好从洞洞里面钻出来。再后来买的帽子，就一顶比一顶趋于成熟了，其实那些帽子唐忽忽并不戴，她只是一时被它们的成熟高贵所吸引，觉得应该拥有，但是回家发现并不适合自己，所以索性就放在那里了。久而久之买帽子就成了习惯。现在的唐忽忽早已经在学生面前修炼得不苟言笑了，成了学生面前一名嘴角永远不会上扬的教科研干部。她还是很喜欢刚毕业那几顶活泼生动的帽子，但是因为帽子的风格跟她的表情和现在的身份并不匹配，担心被人嘲笑，但是又舍不得扔掉，没事拿出来看看，久而久之新帽子旧帽子就堆成了山。

她翻遍了整整两个柜子，最终没有找到张山说的那顶套着空空帽梢的棕色帽子。她想，怎么会丢了一顶帽子呢？我没有扔过啊。丈夫自然也说没看到，还奚落她说那帽子早该丢，都丢了才好。

累得一身臭汗的唐忽忽失魂落魄地坐在沙发里。她想象不出那顶帽子会在哪，那顶帽子真的丢了，就像张山一样彻底消失在她的岁月和记忆里。

唐忽忽是在两天后再次想起张山和那顶帽子的。那天唐忽忽在饭厅午饭，吃饭不重要，但是聚众吃饭这事情可以神奇地卸掉同事间那份无形的隔阂，总显得比办公室亲密。聊兴正浓时，唐忽忽电话响了，她扫了一眼号码，想起那是张山的电话。电话肆意地叫嚣几声之后终于安静下来。唐忽忽问同事："你们对一个叫张山的学生有印象吗？"

那天值班的老师首先惊叫："啊，知道啊，那是个差生，小学毕业就不念了，听说成贼了，偷东西坐牢去了。"

"他……如果打电话邀请我见面，我答不答应呢？"唐悠悠说这句话的时候目标瞄准的是她的好朋友杨光，这话如同周围扔了一颗炸弹，整个饭厅都热烈起来。

"不许去！他要是喜欢你了怎么办？看上老师的多着呢，这可是个危险人物！"

"别给自己找事了，刚出监狱，对生活还抱有幻想，以后会处处碰壁，你跟他联系他就会把你当成一个安慰者，老到你这寻求安慰，你甩都甩不掉。跟一个小偷做朋友，你以后的生活还会安宁吗？"

"以后他没工作要是跟你借钱，你心眼那么好，给了一次再给一次，等你有一天不给了，弄不好会招惹出什么绑架之类，那些二进宫的大多是满怀信心地出来，发现不被社会接受，无路可走又进来了。"

杨光不紧不慢地往嘴里塞了最后一个菜花："我前几天看一个新闻，有个人恩将仇报，把帮助他的人的儿子给绑架了。"

这是一群老师说的话吗？然而又不无道理。

午睡时，唐忽忽做了一个梦，梦见一个蒙面人拖着一个大麻袋从小区里面往外走，里面隐隐传来儿子的叫声……唐忽忽被这个梦吓醒了。当两点钟电话嘶叫着响起时，唐悠悠按下了接听："你是谁？"

"您真不记得我了吗？"

"对不起，我真想不起来了。我不认识你。"

"哦，"男中音明显有点沮丧，"我一直在等呢……可是您没有给我打电话。"

"哦，对不起。我不记得了。"

然后，唐忽忽伸出食指，优雅地让那个号码滑进了黑名单。电话自然没有再打进来过。唐忽忽再次想到张山和那顶帽子，是在一周后了。那是六一的前夕。唐忽忽破天荒地想去集市上转转，这个学校地处城乡接合部的镇上，镇上大部分土地都盖了居民楼，仅有的平房也都租给了外地人。由于镇大人多，固定的集市依然保留着，造成一片车水马龙杂乱繁荣的假象。唐忽忽也在附近小区买了房，每到赶集的日子，看着老师们午饭后浩浩荡荡地去集市上买新鲜蔬菜，她都不屑一顾，毕业后就不爱赶集。但是六一要到了，她被杨光拉着去买六一演出的头饰和奖品，杨光是一个严肃多年的德育主任，唐忽忽拗不过，背上包跟着去了，包里静静地躺着她每天随身戴的帽子。

她现在经常戴的帽子是一顶很普通的深绿色迷彩遮阳帽，帽檐上排列着细密的针脚，唐忽忽妈妈是在去年夏天突然去世的，生前是个爱美的人，唐忽忽那几个姑姑象征性号哭过几场之后，像秋风扫落叶般把逝者未沾身的衣物欢天喜地地席卷走了，也许是不屑，也许是遗落，总之悲痛之余的唐忽忽发现了静静躺在衣柜最底层的帽子。那是前年去红螺寺玩，妈妈看天热，给唐忽忽买了扣在她头上，唐忽忽一向不喜欢旅游区的东西，对帽子的品位更是极其挑剔，只戴了一小会就还给了妈妈。妈妈只好带回去一直放在柜子里。这也成了妈妈留给唐忽忽的唯一一个纪念物。唐忽忽已经很久没戴帽子了，她发现那顶帽子居然不像想象的那么老土，甚至有一些洋气，而且布料不薄不厚四季都适合。那帽子也不怕折叠，她每天装在包里，出去了就拿出来戴上，要是哪天发现帽子不在包里，心里就莫名地不安。哪怕不戴，也得装着。

这顶帽子去的时候还跟手机一起静静在包里躺着，回来手机还在帽子却已经不见了。唐忽忽确认帽子一直没有戴在头上，因为那天天气不太热，关于那个帽子的意义很多人都是知晓的。杨光陪着她问了所有的摊位都说没有看到。唐忽忽想，或许是在掏手机的时候把帽子带出去掉在哪了吧！

丈夫安慰说丢就丢了吧！也是天意，你妈妈看你老想她，故意给你收回去了，如果你喜欢那个款式，哪天我带你到红螺寺再去看看，没准还有同样的。就算没有别的旅游区也有，以后买一个就是了。再说，你不是有那么多帽子的嘛！

唐忽忽于是忽然想到张山提到的那个棕色的帽子。她不愿弄丢任何一顶标志过往的帽子。最近是什么日子，克帽子的日子吗？唐忽忽把帽子的照片发到朋友圈，还配了一首小诗：缘分是让人痛惜的事情/我牵肠挂肚的你/携着妈妈的爱走向了哪里/此刻，你正在哪里微笑/在哪个角落得意或哭泣/用一生思念，寻找你。

手指在朋友圈慌乱地划着，唐忽忽看到一篇关于乞丐与富翁的暖文。说的是一个富翁如何委婉地帮助一个乞丐，让他活得有尊严。第一句话就刺痛她的眼睛：这世界上有两种人最容易让人记住：一种是有恩于自己的人，一种是伤害过自己的人。她想到电话里张山没有说完的话：我想请您吃顿饭，我还想……他还想做什么呢？想让我帮一个忙？什么忙呢？唐忽忽不停地在大脑里补充没有说完的后半句，恍惚间，觉得自己在变得僵硬，最后变成了一堵墙，有一个穿着黑衣的年轻男士，背后写着一个"贼"字。微笑地跑过来却一下子撞到了墙上，头破血流。他爬起来之后接着跑，每一面都是墙，渐渐地他变得血肉模糊。

唐忽忽一下子从短暂的梦中清醒过来。

第二天，唐忽忽刚到单位就被杨光叫住了。这个人显然因为唐忽忽弄丢帽子的事情感觉有些内疚。她不仅替唐忽忽在朋友圈找帽子，还马上把最新的消息告诉了唐忽忽。

"忽忽，有个人可能知道你的帽子下落！"

"谁？"

"张沛老师，他早上打电话问我是不是咱们学校有女教师丢了东西。具体我就不知道了，她让你打电话跟她联系。"

张沛是学校的退休老师，已经离开学校五年了。他的离岗原因比较离

奇。他是优秀的高级教师，是从初中调来的，是学校最严厉的一个老师，
也带出了很多跟他同样严厉的徒弟。由于学校处在城乡接合部，很多家长
的素质普遍不高。孩子的教育成了问题。唐忽忽那时同时教九个班的历史，
每个星期每班两节课，一周就是18节课。那届学生是唐忽忽遇到的纪律最
差的一届，特别是排号在后面的几个班，用校长的话说是乱得史无前例。
张沛就是最乱的那个班的班主任兼年级组长。校领导本想用他的严厉去镇
一镇那个混乱的班级，也确实很奏效，只要张老师上课学生都比较乖，但
是到了科任课，那些闹将就带着全班学生闹起来，课根本没法上下去。英
语老师在黑板上写字，后面的学生偷偷跑出桌，潜伏到老师脚下，等老师
写完回头一看，板书下面多了一行歪歪扭扭的字：英语老师是狗。同学们
哄堂大笑。气得英语老师哭着跑出了教室。仿佛是相互传染一样，每个学
生对每个老师都有着对抗的心理，科任老师上课如临大敌，唐忽忽比较幸
运，她善于讲故事，把枯燥的历史教材跟说评书一样用历史故事串起来，
就像随意捡拾了一堆并不夺目的珍珠，她最后总能交给学生一条熠熠生辉
的项链。间或还不忘加几句人生哲理和做人道理。张山能记住其中的一两
句应该也不奇怪吧。每个上课的科任老师都跟张沛告状，其实他自己的课
也上得举步维艰，仅仅是课堂能不闹起来而已，至于高级老师的讲课优势，
真的一点发挥不出来。传言他近三十年的教学生涯中每天是拿着棍子进教
室的，以示威严。后来有一天，他教过的一个已经毕业的学生带着几个地
痞在校门口把早起上班的张老师打了一顿，这个在学生面前威严了一辈子
的老师因为受惊吓在学校后面的医院里住了一个月。校长很生气，要追究
那个学生的责任，至少能追究监护人和成年人的责任，但是张老师拦住了
愤怒的校长和前来探望的教委领导。出院后张老师瘦了一大圈，他平静地
提交了病退辞职报告，说自己老了，教育方法已经跟不上形势，耗费了这
么多年心力，也该在家养养精气神了。

唐忽忽和张沛老师的见面是在学校对面的一个24小时汉堡快餐店进行
的，里面环境可以说是相当宜人。软软的沙发椅，悠扬的音乐，高仿肯德
基麦当劳的着装统一的服务员们。张沛仿佛知道唐悠悠帽子的重要性，坚
持要把重要的事情放在一个正式的场合谈。

"那个大集有一拨固定扒手，他们专门就吃大集。都是一些无业的。"

　　看着唐忽忽一脸懵懂的样子，他补充了一句："就是小偷。小头头我们村一个小青年认识。那小青年跟我关系不错，所以我了解一些他们的情况。"

　　"您是说我的帽子被偷了？不可能，手机还在，不可能单偷帽子。而且这年头谁还偷东西了，都不装现金了，卖菜都微信刷卡就算是偷了手机，没密码也刷不了里面的钱啊。"

　　张沛笑了一下，唐忽忽从他脸上捕捉到一丝轻蔑。这个人离开单位几年身上少了些什么又好像多了什么，是什么呢？唐忽忽说不清楚，也许是少了些锐气。他看着唐悠悠手里的最新型号苹果手机，问："你这手机多少钱？"

　　"一万。"

　　"一万。你觉得我要是个贼，这个手机格式化之后值不值得下手？你要知道，这个社会不是每个人一咬牙一跺脚都能买一万块钱的手机。你的手机和帽子放在一起，手机还在，而帽子没了，不意味着没有被偷过，只意味着没偷成。也许是新手手潮一着急只拿走了帽子而没摸到别的。而且手机一般都是在手里攥着的。你发现的时候书包拉链是不是拉开的？"

　　唐忽忽点点头，的确，书包拉链是拉开的。不过她还是觉得很蹊跷。其实唐忽忽很想问，张沛那么正直的眼里揉不得沙子的人明明知道大集上长期活跃着这样一批小贼，为什么没有把他们一网打尽扭送到派出所？她很想问他听没听说过一个叫张山的人。最终，唐忽忽把那些疑问都咽了下去。她忽然强烈地要找回她的帽子，不仅是因为那帽子有特殊的意义。她这几年在写一些儿童文学的东西，对一切悬疑感兴趣。她更是个老师，她想到张山，这里面万一要是有教过的学生，一定要狠狠地教育他们，她得把他们从火坑里揪出，别误入歧途。如果是一群死不悔改的小偷，那就当深入内部给派出所当内线了。

　　张老师说，如果唐忽忽的帽子真在其中，那应该他们还没有扔。他们有"职业道德"，身份证一类的对他们没用的但对失主很重要的东西一定会想办法还回去或者放在某个地方。就算对于没有用的帽子他们也一定不会很快处理。

　　在唐忽忽的要求下，张老师答应给打听打听。

　　果然，张老师和唐忽忽分开不到两个小时就有了回音：那边说东西都分几处放着，不知道有没有帽子，但是如果很重要的话愿意带着唐忽忽去找找。明天中午11点集市南头的出租房见面，到时候有人接应。张老师还很严肃地提了三个条件：一，不要告诉别人；二，不要说信息是自己提供的。他纯属个人帮忙，不然不仅不够朋友，那个人以后也不好做人了；三是要想要回东西一定要放下架子好好求求他们。最后他说，小唐啊，我了解你，可能你觉得这事有点危险，但是你要相信他们，他们其实本质不坏，这次虽说是你丢了东西，但是不知道有没有你的帽子，就算有，人家完全可以不给你，你哪知道是人家捡到的还是拿的？所以要说好话。

这番安慰让唐忽忽心里又踏实又觉得好笑。一下午唐忽忽都无法集中心思去做什么，她已经是个教学经验丰富的老教师了，用学生的话说已经自带威严体质，这些年学校教学质量很好，没什么敢随意造次的学生了。用同事的话说现在的唐忽忽发起火来训起人来也是一套套蛮吓人的，整个楼道都能听到她在喊叫。

这事让唐忽忽平淡如水的生活中多了一些刺激，除了要回帽子的任务，她心里还装着更庄严的教育和文学的使命，是的，说不定是一次很好的体验。这使命让她觉得自己必须要羊入虎口只身前往。不就是一群小孩子嘛！至于放下架子求求他们，唐忽忽觉得有些好笑：这年头什么时候轮到丢东西的人求偷东西的人了？尽管她相信张沛的话，但是为了保险起见，她还是检查了手机的定位，把110存到了快捷键。

晚上，唐忽忽一直被噩梦缠绕着。那些梦是琐碎而相互交错的，时而是张山模糊不清的五官，时而是三岁的儿子被陌生人拉走。那个人把她的儿子装在了麻袋里，拖走。唐忽忽穿着背带裤，追了出来，她依然是刚毕业时候的容颜。她的呼喊几乎撕裂了夜：不要偷我的孩子，那是我的孩子……

那个拉着麻袋的黑影回过头，他的五官有些变形，额头上还留着一缕血迹，像一条暗红的河流流啊流一直流到唐忽忽的心里。他嘴一咧：你才是贼，你才是贼，你才是贼呢。然后拖着麻袋继续走了……

唐忽忽醒了。睁眼一看，孩子在旁边熟睡。她在床边坐了会，神色游离地洗漱。脑子里一直浮现那句话：你才是贼，你才是贼呢。临走时，她从一个柜子的最底端翻出了那件早已经被压得皱皱巴巴的背带牛仔裤，师范刚毕业时候，她经常穿着这件背带裤，背包上还晃着一只表情呆萌的小猴子，她穿着这件背带裤背着那只小猴子在一群老气横秋的骨干教师队伍里蹦蹦跳跳了很多年，直到进修学校的那个教研员有一次把她单独叫过去辅导备课，那猴子一般毛茸茸的胖手借着摸猴子滑到了唐忽忽白嫩的小手上，唐忽忽惊叫一声。从此那只被玷污的小猴子就永远地消失在了唐忽忽的视线里，那件背带裤也被她尘封在柜子里。

唐忽忽穿好背带裤，上身配了一件白色短袖。背带裤是浅色牛仔的，裤腿中间略宽下面偏细，既不紧身也不宽松，款式明显已经过时了。但是不影响背带裤本身的特有青春气息。她肤白脸小，身材纤细，这些年一直练习瑜伽，岁月并没有在脸上留下什么痕迹，但是背带裤在她身上还是有了一点违和感。有时候生活就是这样，视线里没有改变，但是其实已经改变。

临出门丈夫瞄他一眼：这件裤子太不适合你了吧。

唐忽忽回瞄了一眼，心想，用你们管。我都端了十年了。今天六一做一回我自己不行吗。唐忽忽觉得自己心里一直住着一个活泼的小人儿，那个小人儿从她成人后就开始沉睡着，越睡越死，但是那些帽子和背带裤，让她心里那个小人儿忽然打个哈欠睁开了眼睛。儿童节到了，心里的那个小人儿简直是忍不住想蹦起来跳个舞了。

唐忽忽真的跳了个舞，她穿着那个背带裤，认真地跳了个舞，带过舞蹈社团的唐忽忽早就不跳儿童舞了，一直在跳一种叫舞韵的瑜伽，有舞蹈的韵有瑜伽的柔。这种舞一般都是古风歌曲，穿着袅袅婷婷的舞蹈服，仙女下凡一般，唐忽忽经常用它去演出。但是今天却穿了一条背带裤，少了舞蹈本该有的高冷惊艳。唐忽忽的节目是最后一个，散场时接近放学，唐忽忽在稀稀拉拉的掌声中不顾杨光惊诧的目光直接走出校门。

不到赶集的日子这里是极其空旷的，四周都是废弃出租房，集市在镇的最南端，周围被小区环绕着。房地产在这个离城市不远的镇上发展得如火如荼，但无论周围怎样变迁，唯独这个时而热闹时而空旷的市场及这里的出租房如同生了根一般在原地岿然不动，没门的没门，少窗的少窗。也有个别的出租之后没多久就因为生意冷清上了铁锁，更多的是锁都没有，因为没有什么可丢的。不过这些房子对上学的孩子和打工子弟似乎有很多用处，唐忽忽刚上班时就不止一次听附近学校说某某学生谈恋爱去那些出租房，甚至在脏乎乎的地上出现过很多避孕套。对此唐忽忽没有证实过真伪，但她很少踏进集市，觉得马路就是一条河，河这边是天堂，河那边是地狱。

空旷的土地中央兀然耸立着一排排房屋。唐忽忽在一个还算整齐的房屋前停下来，视线里并没有出现她想象中的痞里痞气的小青年，只有不远处的一个大爷在扫垃圾。

这种形象自然不像小痞子的代言人，唐忽忽瞄了他一眼，索性向着有窗的房子前走几步，好奇地趴在玻璃上往里看，空间大概半间教室大小，除了斑驳的墙皮，空落落一片。忽忽试探着张望了几个房间，情况大抵如此，这种出租门脸房都是标准建房，不是临时搭建的。可是生意一样不景气，沦落为偷情场地也算是没有闲置。忽忽感叹。

"唐忽忽老师！"

专注侦探的唐忽忽吓了一跳，抬眼发现扫地的大爷正叉腰走来。居然是学校已经退休的门卫李大爷。李大爷十年前就已经离开了学校，因为他的孙子在学校读书，又比较调皮，靠着跟校长远亲的关系，他当年在学校谋得了门卫的岗位，一是给自己生活增加点微薄的收入，二是可以顺便看着宝贝孙子。

"我看着就觉得像您嘛，看来我老头子眼睛还不是很花。您在这东张西望干啥呢？"

唐忽忽跟李大爷比较熟，当年忽忽教过李大爷孙子的历史课，每次听说孩子上课捣乱，李大爷就会随时冲进去像老鹰拎小鸡一样把孙子拎出教室，而且顺便把另外几个也拎出去一并教育，一度曾维持了科任课的治安。

"我……找个人。您平时在这上班？"

"我这么大岁数还上什么班。给李想看看烂摊子。"

"李想现在上学还是上班？"唐忽忽这才想起李大爷孙子叫李想。

"初中毕业就不念了。开过一段小饭桌，雇个人看看孩子们写作业啥的，演出。这不，以前的东西还都在这堆着。"

李大爷朝身后的地方努努嘴。唐忽忽在李大爷热情介绍下引进了旁边一个空房子。里面的空间大得多，几乎是一个大教室的大小，里面桌椅俱齐，但是又很破旧，桌椅的样式也是多年前的。窗户有几块不知被哪个淘气的孩子用弹弓打成了星星点点。窗帘是已经泛旧的天蓝色，前面是木头条拼成的讲台，墙壁上有一块可以移动的黑板。似曾相识的布景，忽忽一阵恍惚，像回到了刚毕业时的光阴。

"挺乱吧！这地方太偏，又不是小区里，辅导班没开几天就黄了。可惜这些桌子椅子了。这些是以前咱学校淘汰的，前些年我跟校长一说，花点钱给买过来了。还有这窗帘，黑板，都是。反正都是一样用。"

唐忽忽本来想问问李大爷知不知道大集上那些小贼或者张山的事情，视线被看到的杂乱的讲桌拽了过去。里面刀子剪子一应俱全，还有半截红绳子。一个鼓鼓囊囊的旧文件袋，上面印着忽忽学校的名字：杨树小学。唐忽忽拎起一角，哗啦啦从里面倒出一堆东西。小印章，小红花，铅笔，几个横格本，还有一堆已经粘连到一起的五颜六色的欢乐球。

"唐老师，我家李想老念叨您，说所有老师中最喜欢您，最爱上您的课，老念叨您。那孩子最能闹。不过，您对他一直有耐心，孩子妈离开得早，他不懂事。您一直没有看不起他。对了，这些小红花和小笑脸贴画还是您给的，您让他当组长，让他看谁表现好就发给谁。当时他觉得您这做法挺幼稚，不过还是挺高兴的。还有这些欢乐球，他说毕业那年那些坏小子商量好六一想送您，每个欢乐球上贴一个纸条，写上同学的名字和祝福的话，不过那天被校长看到了，以为那帮坏小子憋啥馊主意，给轰跑了。他说您以前经常去跟李立倒打乒乓球，李立一放学就去教您打球。他也想跟您打球。可是一直没打成。因为谁一跟您打球李立就把谁揍一顿。哈哈，小子心眼挺多啊！"

唐忽忽脑子里冒出了一个大眼睛圆脑袋的小男孩，那时候那个叫李立的小家伙确实有点暗恋情结。想到几个小孩在背后争着跟唐忽忽打球的情景，带点争风吃醋，唐忽忽忍不住笑了一下。

忽忽拿起一张照片，一张尺寸不小的毕业照。"有一天我收拾东西看到这相片，就顺手给收起来了，您看一晃都长这么大了。看看这上面的淘气包，还能认出几个？"

李大爷指了指其中一个"扫把"，这孩子小时候也特别淘，现在跟着李想一起教街舞呢。他们有一个队。

唐忽忽盯着那张纸照片，照片已经被时光打磨得黄旧，背面有片片污

渍。背面贴了张纸，展开是歪歪扭扭的几排名字，名字已经有些不清晰了，
写名字的写到最后大概没了耐心，写了十几个就索性用"……"代替。

　　唐忽忽把毕业照端端正正铺在讲桌上，在最醒目的地方找到了自己。
她和孩子们坐在一起，笑靥如花，旁边的班主任表情僵硬。她忽然想起照
相那天九个毕业班的学生并没有邀请除了班主任以外的别的老师，唯独都
盛邀了自己。看着眼前的毕业照，看着桌椅摆放整齐的空旷的教室，仿佛
从没有更换的窗帘。她死盯着那些脸，盯着盯着在心里把照片上的小脑
袋一一还原到他们的座位。于是唐忽忽惊讶地发现那些小脑袋真的从课桌
后面跳了出来。

　　"扫把头"嬉笑着，躲在他身后的小个子男生扣他薅到唐忽忽跟前："就
这家伙，这是六五班的，这家伙暗害过您！他有一次把班里笤帚放在门框
上，您刚一推门，笤帚掉了下来，您大叫一声装作没事，继续讲课，也没
批评我们，那节课特别安静。"

　　小个子看着唐忽忽，脸上有点不好意思。"那都是小时候不懂事。"自
然记得，唐忽忽对小个子的面孔有点印象，不仅没有生气，反而笑了，想
到自己的狼狈，她甚至咯咯笑出了声。

　　一群人都笑了。小个子也笑了，不好意思地挠挠头。

　　唐忽忽的笑好像打开了他们学生时代的闸门，后面的面孔一个个冲到
前面来。

　　"唐老师，还认识我不？我往您的粉笔盒里藏过毛毛虫。"一个脸型方
方的男子说。唐忽忽皱皱眉，她一辈子都对软肉的东西过敏，哭着跑出教
室去找校长。

　　坏小子，那件事可让我可落下病根了。后来我看什么都像毛毛虫，看
同事大白胳膊都觉得像肉虫子，差点就去看了心理医生。后来我生了我儿
子，他肉乎乎的，好吓人，可是我不得不抱他啊，于是也就慢慢改掉了。

　　"哈哈，您看周围都是大虫子，多恐怖……"

　　"小唐老师，您每天骑着红色的小木兰路过三街，我和几个社会哥们天
天在马路边车站玩，您过来他们就对您吹口哨。我也跟着吹了一下，就这
样……"他把手放到嘴边，吹了一个响亮的口哨。

　　"好啊，二歪。原来你还敢亵渎我们敬爱的老师！""扫把头"捶了他一

拳，又踢上一脚。

对方夸张地扭着身子："冤枉！我没得逗，我就是好玩，唐老师那时候挺漂亮的，天天背个包，而且我也不敢啊。还有几个男生护送呢！"

对于那个小镇来说，那时候城里分派到那个小镇的唐忽忽就是一股清流，一片美丽的景致。为了上班方便，爸爸特意给她买了一个鲜艳的木兰，她就骑着它每天在那个小镇上穿梭，引起了几个社会青年的注意，她既骄傲又忐忑，后来就是她的学生每天骑着车护送他过那个路口，护送了她好几年，这种护送一直持续到他的男朋友出现。

"唐老师，您不奇怪为什么您上课大家不闹而其他科任老师的课上不下去吗？"这个男孩长得也很憨厚，英气略黑的脸上还带着几分严肃。"您讲的课我们确实爱听，但是想闹的话我们也闹。是我把九个班的头目全打服了，我告诉他们，谁上课跟唐老师过不去，别怪我翻脸不认人。"

"对啊对啊，""扫把头"说，"我可以做证，别被他现在老实的外表骗了，他那时候可是全年级的头目，不是他您的课真上不下去。不管哪个班的学生他都能搞定，刚有一点冒头的他就约谈。没人敢造次。"

唐忽忽没想到自己身后潜伏着这么多英雄好汉。"哦？那我得谢谢你们。"唐忽忽说这话时候是真诚的。

"不用谢。我们这届学生很乱，但是我们都从心里喜欢您。因为别的老师们都把我们当仇敌，或者当贼一样防着，没给过好脸色。因为您是唯一对我们不严厉的老师，还经常表扬我们，您能夸我们，还给我们脑门上贴过小笑脸。虽然我们觉得您用那种方式特别幼稚，但是想起来我们特别温暖。因为从没有别的老师给我们贴过笑脸。所以我们都感谢您。"

"贼"这个字忽然让唐忽忽有了一丝羞愧感，她笑一下，生怕被看出心思。

"唐老师，我们都爱上您的课。因为您特别有青春活力，您那时候经常穿一件背带裤，对，就跟您身上穿的这件差不多。"一个身材细细长长的男孩，面庞白皙文静，戴着眼镜。唐悠悠脑子里浮现他坐在大学教室里教书的情景，这样的形象真的像大学教师呢！唐忽忽想。

"您爱讲故事，说的话都特别有哲理。有很多话，我们当时没懂，但是很爱听，就是觉得您说得有道理。比如有一次我们打架，您说'人生的最

大弱点就是看不到自己的弱点'。我们有个同学失恋了，您说'女人真正的
绝情就是不搭理你'。您说'不在理想中壮烈，就在现实中苟活'。您说'人
不能走错路，因为任何一条错路可能都是绝路'。

"我们气您时候您当着我们的面哭了，我们改了，您又笑了。您说眼泪
是一个女人最好的武器，作为女老师同样有效。您说一定要自信，自信就
是最好的风景，没有必要对别人的风景仰视。您告诉我们要坚强，坚强为
自己，要努力，努力为未来。"

那些句子在他的头脑里仿佛已经烂熟，从他的嘴里流水一样顺畅地流
出来。没有一点岁月的阻隔。

唐忽忽泪水弥漫了眼睛，她已经很多年不太会轻易流泪了。更不会在
学生面前流泪。这个文艺女已经记不清自己说的那些话，分不清哪些话是
自己顺口说的哪些话是从哪本励志书上背下来的。

"您鼓励我们最常说的一句话，就是'笑到最后的才是笑得最好
的'。"唐忽忽怔住了，她捕捉着他的眼神，他的眼睛看着远方，眼神似
有似无。

"对，我对这句话记得最清楚。每次我干事不成我就想到这句话，其实
何止，我干成了也想到这句话。"不知道是谁插了一嘴。

唐忽忽很想问问他们认不认识叫张山的或者这里面有没有叫张山的，
甚至想直接问他们谁是张山。但是她没有问。

"唐老师，今天是六一，既然赶上了咱们就一起过儿童节。我们还是您
的学生呢。怎么说也是孩子呢，永远都是孩子。"

唐忽忽笑了，你们想要什么礼物？当然，礼物我肯定没有，不过你们
可以提要求，以后补给你们。但是，唐忽忽想，还有以后吗？

"唐老师那时候弄了个舞蹈队，跳舞跳得特别好。我们几个男生都想加
入，可是您不要男生，收的都是跟你一样漂亮爱哭的女生。您每年六一联
欢会都会带着她们跳舞，我没别的要求，我就想让您给我们跳个舞，成不？"

唐忽忽说好啊。中指做了一个手势，音乐顿时从墙角响了起来，

紧接着唐忽忽耳边仿佛响起巨大的音乐声。五六个人瞬间神奇地聚到
一起，凝神站立，很快，他们舞动起自己的身躯，用自己的头顶、手臂、
腰肢、秀腿；用他们轻捷的舞步，四射的激情，伴着强劲的节奏，舞动起

来……唐忽忽觉得刚才还卑微的几个人忽然变成了海面上一轮轮冉冉升起的旭日，深林中一只疾走惊跃的头鹿，"扫帚头"用灵活的四肢甚至是五官，娴熟自由地舞动着自己，他们活蹦乱跳在舞台的中央。忽而全身惊颤，触电般急骤；忽而一阵蠕动，龙蛇般柔韧；忽而倒立旋转，陀螺般迅猛；忽而挺身屹立，像参天松一般的笔直！音乐越来越激昂。动感的音乐和舞蹈强烈地刺激着唐忽忽，让她血脉偾张，她也不由自主地加入进去，穿着背带裤的她，不知道自己扭动的是什么，也不在乎动作是否优雅，但是她每一滴青春的血液都沸腾起来。音乐更高亢了，舞蹈更强劲了，心潮涌动，激情似海……突然，音乐停止，一个完美的定格，唐忽忽与几个年轻人以各自不同的姿势定格在一起。

"唐老师，您看我们表现好不好？"

"憨厚脸"神情有点羞涩："唐老师，我们六一想要的礼物就是想听您夸夸我们，已经很多年没有人表扬过我们了。甚至——"他顿了顿，"都是恶语和轻蔑。"

短暂的沉默后。

"我从二年级后就没有老师夸过我了，你呢？"

"我从四年级后就没老师夸过我。"

"我妈都没说过我好，我们都只被忽忽老师夸过。"不知是谁的声音带着哭泣，"唐老师，我们就是想被您夸夸，想当一回您的学生……"情绪好像会传染，一屋子都带着哭腔。

唐忽忽用手捂住脸，眼泪无声无息从指缝里流出。周围一切都变得寂静无比。待唐忽忽睁开眼睛，一切都恢复了空荡，只有空荡荡的课桌。好像他们曾经来过，又从未来过。

李大爷不知道什么时候早已不在身边。唐忽忽手拿着毕业照走在空荡荡的教室，好像回到十五年前的又一次巡视。她微笑着、逐一地走向一个个空桌子，对着它们说："你真棒，我发现你的舞跳得最有激情。"

"你最帅，看你白白净净的样子我就知道你现在还爱看书，骨子里是个读书人。"

"你呢，很勇敢。居然敢对漂亮老师吹口哨。不过说明你很有眼光哦。"

"小乖乖，你鬼主意太多了吧。现在点子一定还很多，很适合创业……"

"你们激情四射，讲义气，抱成一团一定能干成很大的事。你们知道不，其实我认识好几个教练都有街舞工作室。需要合作吗？"唐忽忽嘻嘻笑着，把那些笑脸贴画贴在那些桌子上……

唐忽忽恍惚地走出教室，想跟李大爷告个别，但是直到走出集市也没有再看到李大爷，自然也没有问起小偷、张山和关于帽子的事情。她想，或许她的帽子从来就没有被偷走，只是被她一时遗失了吧！

晚上，唐忽忽想把背带裤脱下来收回柜底，忽然一眼瞥到了柜子角落里一团棕色的东西，拿出来一看，是张山提到的那个帽子。她拨通了被拉黑的号码，她想告诉张山，他说的那个帽子找到了，它一直就没丢。但是语音提示欠费停机。她拨打了张沛的电话，打了几次都无法接通。

唐忽忽想到张山没说完的那半句话："唐老师，我想请您吃顿饭，我还想……"

她一只手倒拎着那个棕色的帽子，像拎着一段逝去的岁月，帽子皱皱巴巴，长长的帽稍低垂着，仿佛套着巨大的落寞。

作者简介

岩颜，北京顺义区作家协会主席，北京市教师作家协会理事，北京作家协会会员，北京老舍文学院首届中青年作家高研班学员，现就职于顺义区教育委员会宣传中心。在杂志报纸发表各类题材作品百万字。在文学大赛中获奖百余次。部分文字被选入阅读教材，著有散文集《散步的阳光》、动画剧本《边缘的猫》等，国家级作文课题组成员，参与编写地质出版社同步导学丛书《新课改新思路新作文》10册。

简　评

美好的品德被公认为是珍贵和稀少的，特别是在今天这个时代。文学的功能之一就是发现和书写人性中的真善美，真实、善良和美好的文学表达永远值得珍惜。

这篇小说就是讲述人如何遗失了对善良和纯真的信任，在混乱和迷茫中困顿良久，最后又如何重新找回的过程。所谓"遗失的帽子"就是遗失的美好。小说的得失都在平凡得近乎单纯的故事之中。得，是这种单纯在今天的小说中十分罕见，因为罕见而值得被记住；失，则是这种简洁的故事、明确的价值观和清晰的爱憎将小说这种文体所能体现的内容简化，而未达至纯粹，其间尚有提升的空间。

花　乡

张　爽

一

"哎，你看那女的怎么样？"四眼问大兵。

"哪个？"

"刚骑车过去那个，就是穿黑衣服那个。"

"胖！"

"胖才好，丰满，性感，你看她，胸脯那么高，她保准连胸罩都不戴你信不信？"

"你说的谁不信？"大兵嘲弄地看着四眼："我们两只眼，你四只眼，比我们多两只眼。你再给我们看看她穿没穿裤衩？裤衩是红的还是黑的？"

"黑的，"四眼说，"黑乎乎的。"

陈华告诉我，四眼真名叫孙思文，工地上没几个人知道这名字，都叫他"四眼"。据说"四眼"锄料时，一不小心，眼镜掉石料堆里，镜片炸开好多口子，他戴着那个看上去四分五裂的眼镜到右安门去换面票，结果让票贩子骗了几十块钱。

我问身边的大兵："四眼的眼镜多大度数？"

大兵浓眉一展，一字一顿说："高、度、近、视。"

在场的人都乐了。连几米外坐着的围场和承德人都笑出了声。他们哈哈大笑，四眼有点恼。他看眼大兵和几米外的围场承德人，又看我一眼，嘴里喷着酒气说，笑什么笑，有他妈什么可笑的。

二

第一次见四眼是来花乡的路上，我和朱胖子、四眼还有十多箱子啤酒共同挤在一辆121北京吉普里。我坐在朱胖子和四眼中间，身子像被绑架一样一动不敢动。幸好坐的地方有车窗，窗外有风吹进，很舒服。

阳历四月中，桃花正在盛开，杨树正在飞花，柳树叶子油绿油绿的好看。最好看的是车窗外的女人，她们骑着车子像四月的春风一样拂面而过。很美。那些很美的女人在四眼和朱胖子口里翻来覆去地炒，像炒一盘多油的荤菜。没戴眼镜的朱胖子和戴眼镜的四眼看女人没什么区别，好像都长了透视眼，女人内裤的颜色、身子的胖瘦、胸的高低以及肤色黑白都能看个一清二楚。

车到顺义天竺，朱胖子下车办事。车上只剩我和四眼，四眼把眼睛从眼镜上露出，斗鸡一样紧盯着我：

"你家是平谷的？"

我说声"是"，他立刻说，"你口音可不像我们平谷人。我们平谷人不像你这样说话。"

"我户口在北京，出生在四顷地……"

"四顷地是什么玩意？"四眼说。

我本来想和他说说我的老家四顷地，告诉他那是个山清水秀民风淳朴的好地方，但看他那副不屑的表情只好闭嘴。

后来朱胖子上来了。朱胖子一上来，车内的空气立刻活跃。他比画着说起外面碰到的女人，说胸鼓得就像塞进去两个吹足气的气球。我觉得朱胖子的比喻生动有趣，就笑了。四眼见我笑，故意把脑袋摆到一边，好像我是他吃菜时碰到的一只苍蝇。

那天晚上，花乡工地吃菜头炒肉，说是炒肉，其实翻遍整个菜碗也难得发现哪怕一小片肥肉。一宿舍的人都在自己的碗里翻，翻菜的声音像翻书，唰唰有声，有幸运的，偶尔翻到会很高兴，把肉片单独择出来，放嘴里嚼。一个人嘴里嚼肉片，很多人跟着咽口水，更加认真地在菜碗里翻。四眼就是这时候在菜碗里翻出东西的，不是苍蝇，是一整张"春城"牌的香烟纸！

有人义愤填膺，让四眼去找施工处领导；也有人鼓动四眼找给他盛菜
的大师傅，把那碗菜直接扣到大师傅脸上。大伙七嘴八舌，群情激愤。这
个大工棚，住的都是平谷人，他们觉得这样的菜不应该让平谷人来吃。你
有"春城牌大菜"，给围场人承德人或山东人河南人去吃好了，你盛给他们，
估计谁都不会有这么激烈的反应，他们会把烟纸择出来，骂几句娘，继续
吃，绝不会拿着菜碗找大师傅换——那些大师傅可不是吃素的，他敢拿着一
把比李逵杀人用还大一号的菜刀逼着你，说你故意把烟纸放进去陷害他！
可平谷人不一样，平谷人觉得吃到了这个跟被谁侮辱了一样。有人已经从
铺上下来了，穿鞋，说要和四眼一起去，说这还是人吃的菜吗，喂猪还知
道向外挑挑干菜叶硬菜帮子呢。

四眼没动，自从发现了"春城"香烟纸后，他就进入了冥想状态。我
的铺位在中间靠窗位置，两边分别是陈华和大兵。对面的四眼努力思考的
时候，陈华正在努力数饭票，大兵事不关己地看一本封面已经破损得不成
样子的杂志。他们既不激动，也不紧张。他们淡定的样子让我惭愧。不关
我的事，我紧张什么？即使真去找大师傅，四眼第一个找的也是大兵。大
兵是特务连的退伍军人，人长得像座黑铁塔。四眼和大兵最好，平时他们
形影不离，志趣爱好一致。

四眼思考良久，终于开了腔："大兵，你说我是去施工处找领导，还是
去找大师傅？"

大兵眼都没抬一下："为这点破事找施工处？我看你还是去找食堂大师
傅吧。"

"对，去找大师傅，自己人他都敢这样糊弄！打丫挺的。"有人跟着起哄。

"不想在这里混的就去打。谁打赢谁还不一定——我是让四眼找大师傅
换碗新菜。"

大兵话不错，那些大师傅一个个像生番，膀大腰圆，膂力过人，这且
不说，就凭人家掌勺的权力，你得罪他们，也没你的好果子吃。四眼当然
不傻。他赔着笑脸为自己换回一碗没有香烟纸的大菜，很有成就感地吃着
那碗菜，好像那碗大菜是他凯旋的战利品。

三

陈华领着我上街，街上有老太太哄着干干净净长得像瓷娃娃一样的小孩。老太太一个劲地问孩子"干吗呀你干吗呀"，孩子不回答，使劲挣开老太太的手向前跑。

我们不知不觉进一个巷子。巷子的尽头是堵墙，旁边有个小商店，商店里走出了个红衣服的女孩，好看得像团燃烧的小火苗。陈华的双眼一直盯着女孩的屁股看。女孩穿了条紧身时髦的牛仔裤，把屁股包得圆圆滚滚。

我也在看那个女孩，一下子明白了什么叫"不由自主"。原来，"不由自主"就是当你面对一个漂亮女孩的时候，你的眼会被她钓着走，她如果一直这样走下去，你的眼睛都不带拐弯的。我被她钓着走了一段，发现她进了街边一间漂亮的小屋子。我的眼睛被那个小房子的玻璃门给弹了回来，玻璃门上印着鲜红的三个字：女厕所。

陈华盯着"女厕所"三个字发了会呆，说自己记错道了，应该走另一条路。于是又从巷子里转回来，走向另一条有些荒凉的街道。街道灰扑扑的，两旁的建筑也灰扑扑的。有小孩子在街上肆无忌惮地疯跑，或停下来毫无顾忌地撒尿。男孩也有，女孩也有，一点不把我们放在眼里。有鸽子成群结队地演习一样在街道上空飞，不时撒下一串清新嘹亮的哨音。

走一段，发现陈华落后了。他总是禁不住回头看小女孩撒尿。有个三四岁的小女孩很调皮，一边尿一边冲他眨眼睛。陈华发现我看他，脸就红了，说你走慢点，看着点车，这是城里，不是郊区。

陈华只比我大两岁，脸上却已经有了很多皱纹。他的皱纹好像都堆积在额头上了，这样使他看上去像个永远皱着个眉头的小老头。他很会算计过日子。第一次来我家，就认真地小声告诉我，我家的房子太破旧了，该翻盖了，要不到时连媳妇都说不上。他说他已经有了一个"对象"，"对象"在乡服装厂上班，过一阵子就要吃烙合子。"吃烙合子"是京东平谷风俗，女方在男方家吃完烙合子，就可以"定亲"了。

他很精明，知道算计着花钱。宿舍里有玩扑克赌钢镚的，有讲黄色小笑话的，只有陈华既不打扑克也不跟人讲笑话，只一门心思地数他的菜金和面票。我觉得他每天把那些花花绿绿的塑料票数来数去很没有必要，那

些钱都是有数的，又没长腿，跑不了。陈华说："你不懂，咱们花钱一定要
做到心中有数。你不算计着花，钱花没了会受憋的！"

陈华探肩，还有点罗圈腿，走路的时候，头向前伸，肩往上拱，脸上
的表情迷茫空洞，像个傻瓜。

那天陈华领我上街，逛右安门燕南商厦。商厦里，商品五光十色，我
看上了一个银色的西服夹，价钱是四块七。有一个皮夹子，要十块多。白
衬衫普通的十七块，那种有竖格格的显得高档一点，要五十多块。有一种
黄色的旅行包，标价十四元。还算便宜。我喜欢那种天蓝色的，看着干净。
我想问问女售货员，那包卖多少钱，可女售货员在柜台里对我们翻着白眼，
爱理不理。陈华低头拉我的衣服，让我走："回吧。咱回吧，说不定你表哥
正在找我们。""他找咱们干吗？"陈华说："他叫咱们干会活就回去找他记
个工。记了工，咱们才能拿工资。"

太阳当空照，太阳像个大火球，人立在太阳底下，很快一脸油汗。在
冷饮摊，我买了瓶汽水给陈华。陈华看着手上的汽水，喉结滚动，喉咙里
动静很大，他说："我看你花钱大手大脚，以后可不要这样乱花钱。"他说
话的口气像我母亲。我笑了，把自己那瓶汽水一仰头咕咚咚喝下去。陈华
拿着那瓶汽水，喝得很小心，好不容易喝完了，还用舌头在汽水瓶口那里
来回舔了几遭，才回味无穷地说："城里的汽水是好喝。"

"好喝是好喝，"陈华叹口气，"不过，喝完，两毛钱也就没了。太不
值了。"

回去走的还是那条街道。不过回去的时候，街道上已经热闹起来。街
上有两个女人在用嘴打架。

一个女人骂另一个女人："大×！"

另一个女人骂："小×！"

一个女人说："看你那挨操的样。"

另一个女人说："你想挨男人操你去找呀。"

我笑了。陈华的额头上还是那种深深的抬头纹。他没笑。但他听得很
认真。

陈华说："城里女人打架骂呱原来和咱村里一样。"

我一进城，看见满街的红男绿女，市声喧嚣，就觉得新鲜，往回走的

时候就有点不情愿。

陈华见我东张西望，眼神活跃，又严肃地对我说："好好跟着我走，这里人多，别走丢了。"

表哥也是这样交代的。那天，表哥破天荒到工棚里来看我。这是我第一次见到表哥。两只手局促不安地攒在一起。我不知道该跟他说什么，甚至连"表哥"两个字都叫不出。表哥笑了。他是个严肃的人，工地上很少有人见他笑。表哥在工棚里转了一圈，和认识的几个人说了几句话，出去前，才到我跟前："没事别出去乱跑，这里不比平谷……"我"哎"地答应一声，有点别扭，转头时看到宿舍里有人在看我，甚至有点骄傲了。

这份工是表哥给找的，他是县公路局负责花乡工地的一个头头。具体多大头头，我说不清楚。但知道工头和段长都得听他的。

我第一份工也是表哥介绍的。那时我退学在家，整天没事干，那个长得像电影演员魏宗万的继父开始还说："没事就待着，咱家养得起，有的是粮食，精米白面管够吃……"可真在家待久了，他的话就变了："也十六七岁的人了，老这么闲着也不是个事，别闲出病来，不如出去找个事做……"母亲说，他在平谷人生地不熟，上哪儿去找事做？继父黑着脸，蹲在墙柜前，一口一口，抽呛人的旱烟，一口一口，吐恶心的黏痰，抽了好多烟，把吐下去的黏痰都碾在脚底下后，他站起来出门去了，说是去看城里的我"表姑"。继父走的时候，左手提着点心匣子，右手提着两瓶二锅头。下午回来的时候，脸喝得红红的像憋了蛋要下的母鸡，进院子就大声嚷嚷："妥了，妥了。成子这回有份好工作了。"

第二天，我扛着铁锨，去离家三里外的翟各庄修公路。那里正修一条通往县火葬场公路。在通往火葬场的公路上，我每天扛一把铁锨，那铁锨骄傲得像一面旗子。那时工地的活已接近尾声，管工地的看我又是个"有关系的"，几乎没什么脏活累活派我干。我扛着铁锨在公路上走来走去，无非是给打好的路面找找平，把浮土或大一点的砂石铲走。剩下的大部分时间，都是和工友在公路边的果林里小坐，闲聊。主要听他们聊。不管什么话题，都听得兴致盎然。沿路传来卖冰棍的小贩吆喝声，我会跑过去，每人买一根五分钱的红果冰棍。赶上手上的零钱多，就买八分或一毛的雪糕分给他们吃。工友们都喜欢我，我也乐得和他们一起高兴。

一个月后，去往火葬场的工程结束，我又成了个坐在家里无事可干的闲人。继父沉着脸待了几天，没办法，又去了表姑家。几天后，有人捎信到平安庄，让我带行李去杏园路口等车来接。

这样我和朱胖子、四眼到了北京的工地。

工地在丰台，我们住的地方叫花乡。

第一次去，表哥没来工棚看我，我也不知道谁是表哥。我和十几个围场承德人住一起，第一天就被工长安排和围场承德人去草桥包土方。包土方是工地上最累的活，我一点经验没有，管我们的工长像电影里的日本汉奸，来回在路基上高声叫骂，像吆喝一群不听话的牲口。他看我面生手生，不会干活，非常不满，指着鼻子把我喊上路基，照我屁股就踢了两脚，差点没把我踢路基下面去。汉奸工长对我吼：你他妈怎么混进革命队伍里来的，啊？能干就干，不能干立刻夹铺盖给我滚蛋，别在这给我充数混饭吃。

我当时就哭了，眼泪"啪嗒啪嗒"掉在路基的浮土上，砸出一个又一个的小坑。

有人用胳膊肘捅我，一回头，是个穿着身草绿军装的瘦子，他是我们这一小组的头，别人都叫他小蔡。小蔡捅了我一下，跳下路基，在我的土方前示范似的干起来。那个工长见小蔡干上了，嘴里嘟囔着又骂了我几句才走开。

工地上的土方属承包性质，由小蔡给我们划米数，一人一块，谁也耍不了滑头。包土方，光会苦干还不行，还得干得快干得巧，干得快是因为赶时间，干得巧是要把活做得漂亮，土方挖得平实，整齐好看。这两样我哪样都不行，一天下来，手掌全磨成了泡。晚上趴在被窝里，查看纤细的手掌上一个个破开了又粘连成一片的血泡，眼泪又下来了。

第三天，再次和那个汉奸工长狭路相逢。他对我完成的土方非常不满意，在路基上冲我大喊大叫："不会干，你上这里充大尾巴蛆？下午你就给我收拾铺盖滚蛋。"小蔡给我说情："他刚来，也是平谷的。"工长问："平谷谁介绍来的？"小蔡说："我也不知道，是和朱胖子四眼一起来的。"工长说："不管他什么来头，这样干活不行。你记工时给他记半个。"小蔡说："行。让他慢慢干。熟悉熟悉就好了。"他们说的时候，我还在下面拼命铲着土方，我恨不得把身上所有的力气都使出来，证明自己不是孬种笨蛋大尾巴蛆。干活的时候，眼泪在眼眶里打转，我不想让它们掉下来，感觉自己是个男子汉了，说流泪就流泪多没出息。

小蔡是个好人，看工长走远了，又跳下来和我一起干。后来才知道，小蔡并没给我记半天工，他一直坚持每天给我记整个工。

一个星期后，我还是坚持不住了，坐长途车跑回了家。在继父面前我硬挺着没掉泪，可见了母亲，还是没控制住，委屈得哭了。我母亲说，干不了咱不干，下次给你找个毛衣厂的轻巧工作，本想着公路上挣钱多，有你表哥在，没想到会这样……继父说，你也笨，他不来见你，你不会去找他？告诉他就说你是平安庄老张家的，他就知道你是谁了。他说完又蹲在墙柜前一泡接一泡抽自己卷的烟，一口一口吐着痰。第二天早晨起来，又骑车去表姑家了……

四

第二次到工地，表哥特意来看我。他一来看我，我就不用去挖土方了。我先是被表哥分配和陈华扫井盖。我和陈华拿着小笤帚，顺着刚打好路基的地面挨个扫井盖。所有的井盖扫完后，没事干了，就撺掇陈华去外面到处逛。

四眼大兵见到我们每天逛来逛去，很不服气。四眼说，你们行啊，谁给你们分配这样轻松的活？不管四眼怎么问，陈华就是不说。陈华不说，我更不能说。四眼气得不行。在四眼眼里，陈华就是个傻蛋二杆子。我呢，也不过是个说着外地口音的平谷男孩。

"牛气什么，臭做小工的。"见我们没理他，四眼又来了句："狐假虎威"。

我和陈华去逛大街的事情被表哥知道了，他把陈华叫到自己的宿舍狠说一顿。几次逛街，都是我撺掇陈华。我觉得这对陈华很不公平。表哥却一直没找我。他不找我，我也不好意思给他找麻烦。所以，第二天，汉奸工长通知我去锄料，我"奔儿"都不打一个就去了。锄料是份苦差事。我希望给自己受点苦以减轻对陈华的负罪感。谁知，陈华得到的差事更苦，他被罚去打扫一个月的厕所掏一个月的大粪！

　　和陈华相比，给我的惩罚相对轻多了。何况是小蔡当我们组长！

　　小蔡看人不戴有色眼镜。虽然他和我们一样是小工，但他干活舍得出力、爱帮助人，眼劲、心劲、手劲都很强。小蔡使人不狠，没事了还招呼我们坐下一起讲笑话。听人说，小蔡当过兵，退伍回村当过油漆匠，还经常倒些买卖，脑瓜活泛，家境殷实。

　　四眼问小蔡："你那样有本事，为啥还出来做小工？"

　　小蔡没说话，他不喜欢四眼。工地上的人没几个人喜欢四眼。四眼说话尖酸刻薄，是个惯于见风使舵的变色龙，还是个爱打小报告背后捅刀子的小人。我和陈华逛街的事没准就是他告到表哥那里的。

　　旁边忽地传来一阵大笑。大兵粗犷的笑声中夹杂着四眼鸡啄碎米的分辨。起因是刚才刮起了一阵风，那阵风正好把一个骑车过路的女人的裙子掀了起来。四眼正和一个姓秦的平谷人议论女人裙子里裤衩的颜色。姓秦的说，女人的裤衩是红色的，很多人看到那裤衩是红色的，就连那边的承德围场人也说是红的。可四眼则肯定地说那裤衩是黑色的。

　　争论得不可开交，拉料的车来了。小蔡忙招呼大家赶快过去等平料。我们管锄料也叫平料。平料这活不轻松，那些像史前动物一样威猛的"泰拖拉"的后车斗一打开，几个人必须在短时间内把一车石子料锄开展平。我们在车料轰然而出的巨大声响和烟尘里，甩开膀子挥着铁锨猛干，谁也不敢停下来或怠慢，因为稍一放松就有被料石把半个身子埋起来的危险。平料时没一个人敢偷懒，每个人在从天而降的巨大灰色砂石瀑布面前挥汗如雨，任灰尘和汗水混合着弄疼眼睛，也顾不上去擦一下。好不容易平完了一卡车的料，汗还没来得及擦完，另一辆"泰拖拉"又像战车一样轰隆隆地开近了。我们不骂司机只骂车。骂车也跟人似的喜欢凑份子，来就一拨拨来，不来一个都不来，像集体商量好似的整我们……

　　干活时，我老是出汗，一出汗就渴，渴了就跑到附近的一家小厂子找水喝。我在那个简易水池子边歪着脑袋就着自来水龙头一通猛灌，直到把肚皮喝得像吹气球一样鼓起来才罢休。水喝饱，尿也来了——工地附近没有厕所。小工厂里的厕所被人锁起来。工厂里的师傅说了，喝就便宜你们了，撒尿还想占我们便宜？你们自己想办法吧！我只好往小树林的深处跑，尽量离歇着的民工兄弟远一点。眼睛却在向后搜寻，唯恐被谁看见。小树林太过稀疏，小松树和小槐树也太过瘦小，何况马路上老过穿裙子的女人。她们都很文明、很矜持、很骄傲，她们挺着胸脯骑着车看都不看我们一眼就匆匆过去了，如这初夏里的一阵轻风。

解完手，刚回来坐下，就有一个承德人过来问我：

"嗨，哥们，有女朋友了吗？"

我说："没。谁看得起咱们做小工的？"

承德人看了我一眼，笑了："完了，自己都看不起自己……不过，你还小呢，也不用急。"

我是把她当"女朋友"来看的，虽然连她的面都没见过。把一个没见过面的姑娘称呼为"女朋友"，自己都觉得不好意思。她是我学函授时"认识"的一个同学。因为同在一个县，感觉很亲切，就试探着给她写了一封信，没想到，我的信还没寄出去，却先收到了她的来信。真是太巧了。

和我通信的姑娘叫苏芬。我们刚通信时，我叫她苏芬或苏芬同志，她则直接称呼我的名字。她是一个代课老师，在自己家邻村的一个小学校教书。她信中给我的印象，是个热情爽朗还处处透着股天真劲的没心没肺的小姑娘。我则一副忧国忧民、老成持重的样子。

信中，称呼上发生变化，是半年之后。那时，我和苏芬已经无话不谈。时间会轻易改变两个相熟已久的人的看法，也会改变从没见过面的陌生男女心中热切盼望亲近的措辞，苏芬有一次在信中对我说，她最近很烦恼，因为她妈给她介绍了个本村青年。她觉得自己还小，不想过早谈恋爱。她问我应该怎么办？我具体劝了些什么，忘了。总之，这一次的回信很快。她说我的回信让她快乐起来，她说自己没有哥哥，她可以称呼我为成子哥吗？

后来她在信中叫我成子哥，我也把她的名字改成了小芬，虽然这么改很俗气，可喜的是俗气中竟有了越来越亲近的味道。来花乡之前，一个春天的黄昏，我接到了苏芬的一封信，信中寄来她一张照片，一身黑衣趴在土炕上，两条小腿抬起来，像一棵小树分出两条枝杈。脚上没穿袜子，她顽皮的样子让我想到了海豚和美人鱼，她的这封信让那个有些沉闷的黄昏出现了奇异的光彩。

五

天越来越热。小树林会暂时陷入一团沉默。三三两两围坐的工友，像是一幅静止的油画中的人物。呆板、无趣、灰突突。我去附近的一个冷饮摊前，花两毛钱买了一根红果冰棍和一根小豆冰棍。红果冰棍自己吃，小豆冰棍给小蔡。

小蔡吃着冰棍，讲他在广州当兵的事。他在连队负责后勤采买，一到夏天，就会到军营外面的农村买西瓜。时间长了，那些瓜农都认识他，像围电影明星一样把他团团围住，有些瓜农精明，为了让小蔡买他们的西瓜，西瓜刚下来，就先把第一茬最好的瓜，给小蔡抱来。那时他的宿舍里总是堆满了西瓜。

小蔡说："那时候的西瓜可真多。满屋都是，还都是沙瓤薄皮的。广州的西瓜比北京的好吃，南方人脑瓜好使，会做生意。那些年那些西瓜吃的……"

小蔡回忆吃西瓜，街上会条件反射似的传来一两声西瓜的叫卖声。只闻其声不见其人，空茫地吆喝两嗓子，很快就消失了。小树林一下子变得出奇的安静。

夏天进入了最热闹的季节，卖西瓜的走了，却吸引了越来越多的裙子。裙子飘逸灵动，妩媚诱人，更诱人的是裙子遮盖不住的胳膊和大腿。那些转瞬即逝的胳膊和大腿，像是埋在心里的一粒种子，生根发芽，等待开花结果，而开出的花无疑是"恶之花"，长着邪恶的触须和花蕾，它们悄悄萌生、膨胀、绽开……邻县一个工地的河南小工，因为内心邪恶种子的膨胀而在酒后跑出去截了一条裙子。结果被一个北京小伙见义勇为，打得鼻口流血。闻讯赶来的联防队员把这个倒霉的民工送进了派出所，还不忘到我们工地来一番警示教育。告诉我们，这就是冲动的惩罚。因此，不管内心邪恶的种子多么生机勃勃，多么蠢蠢欲动，我们也要小心翼翼把它压下去。

那是条新修中的马路，刚垫好土层，还没铺油，只允许骑自行车的人通过。一对男女，远远的骑车过来，他们先是在前面的一棵树前停了会，可能想说点什么，干点什么，但很快发现路基下小树林里的我们，只好又骑上车，男人不甘心就这样走，手开始不太老实，老想搭女人肩，女人就躲男人，女人越躲，男人的手越要死乞白赖往女人肩上放。结果躲的和放的人和车一起摔倒在马路上。女的很生气，起来后径自骑车走了，男人看女人走了，就跳上自行车去追。男人骑车追女人的样子很有意思：猫着腰，哈着背，撅着腚，耸着肩，头一探一探的。

大兵说："跟个乌龟似的。"大兵一说话，我们都笑了。

"你说是不是跟个乌龟似的？"大兵问四眼。四眼没回答，思考中的四眼显得很有学问。

我想和小蔡说点什么。可说点什么呢？还是说点有意思的吧。我想说说女人和裙子，结果我的话还没说出来，小蔡就笑了。我问小蔡，你笑什么啊？

"笑你。"

"我有什么好笑的？"

"笑你有意思。"

"啥意思？"

"没啥意思。"小蔡看我认真地红了脸，就更起劲地笑出了声。我都快被他笑恼了。

"你今年多大了？"小蔡问我。

"干啥？"

"不干啥，问你多大。"

"十七。"我说，想了想又说，"虚的。实岁十六。"

"有对象了？"

"没，没有。"我一时不知道该怎样回答他。回答他有吗？可不知道那个没见面的苏芬算不算？回答没有，又怕像被承德人那样奚落。

小蔡不问了，开始意味深长地笑。后来，小蔡两眼望着马路，心好像飞出了很远。我就喊小蔡小蔡。小蔡问你喊什么，我说你别那么假正经，你都问我了，也讲讲你的故事吧？小蔡说我哪里有什么故事，我都半大老头了。我说，别骗人了，谁不知道你和广州姑娘的事？

小蔡回头看看我，又很快把头别过去看马路。他说，哪里来的广州姑娘，我都老婆孩子一大窝了。

我这样好奇是有原因的，有一次在工地，表哥和小蔡在一起，我听到
表哥问小蔡："你那个广州姑娘怎么样了？"

六

晚上吃过饭，陈华坐在自己的铺盖前数饭票和菜票。我邀陈华一起上
街，他说他不去，他扫了一天的厕所，想早点休息。我说走吧，晚上上街
没人管，我请你喝汽水。

街在马路对面，不宽，一盏一盏灯站在路旁，像站岗的士兵。路旁除
了亭亭玉立的路灯，还有一棵一棵的槐树。那时正是五月，槐花正在怒放，
空气中弥漫了浓郁的花香。五月的夜晚，槐树们都静默地站立着，它们繁
茂的枝叶在路灯的照耀下泛出绿度母一样不真实的颜色。有一刻，我还真
被这奇幻的绿色迷惑了，要不是那些伸手即可触摸的柔软的叶片，要不是
槐树花散发出一阵阵奇异的香，那种置身琉璃世界或绿宝石镶嵌的风景的
感觉会更强烈。我对陈华说："你看这树叶，清亮清亮的，多像珠宝商店里
出售的翡翠。"陈华茫然地看着左右，茫然地应着："什么？哦，你说啥？"
我说："走，咱们去喝汽水。"他说："早告诉你了，在外面不要乱花钱。"

陈华抠门、小气在整个工地是出了名的，他从不借别人的钱，别人也
休想从他的手里借出一分来。除了抠门和小气，他还爱占小便宜。有一次
我和朱胖子下围棋，正互相绞杀对方的一条长龙，陈华去打饭，主动请缨
说要帮我带。我告诉他我要两个馒头一份炒菜，他回来时给我带的是两个
馒头和一个大菜，没把差出的两毛五分钱给我。我下完围棋，陈华的两个
馒头还没吃完。他又没打菜。我把剩下的馒头和菜往窗台上一放，说吃不
了了。陈华抬起头说："你饭量真小。吃不了又糟践了，还是我吃了吧。"
朱胖子轻蔑地看了一眼陈华："陈华，媳妇还没过门呢，就那么省？你把省
下来的钱都给没过门的媳妇，万一她又看上别人，和别人跑了你不冤？"
陈华不理朱胖子，聚精会神吃着我的饭菜。

没有对象，甚至连个正式的"女朋友"都没有，因此我在吃喝上显得
很随便。有一天，还专门请假，和小承德去了卢沟桥和颐和园游玩，拍照。

小承德照相是寄给父母，他父母一辈子没来过北京。他问我照相给谁。我说，给朋友。男朋友女朋友？当然女的。我说。小承德吃一惊。我又说，我女朋友是个师范毕业生，成天和一帮野孩子打交道，没意思。看到小承德张大嘴，我痛快地笑起来。

月底的时候，口袋里的菜金只剩下二分钱。买个馒头还需要五分钱外搭二两饭票。我一下子到了弹尽粮绝的地步。厚着脸皮把宿舍里碰到的每个人都借到了，一分钱没借来。月底正是闹钱荒的时候，宿舍里的每个人都互相借着吃，都有点入不敷出。

陈华手里还有钱，这我知道。可我没找他借。一个连份大菜都舍不得吃的人，怎么会借钱给别人？我去另外一个宿舍找小蔡。小蔡不在，他同屋的一个电工说，小蔡一大早赶车回平谷了。我问小蔡回平谷干什么。电工说："能干什么？回家找他老婆干那事去了。那事干着有瘾，隔一段时间不干，能把人憋坏了。"

"再说——"电工继续说，"他憋得住，他媳妇也憋不住啊……"

宿舍内一阵哄笑。我红着脸退出来，看来只好饿两顿再说了。那天中午没吃，晚上也没吃。到了饭点大家出去打饭，我就到外面的马路上走几圈，估计他们差不多吃完了，装着什么事没有再回来。两顿饭没吃，并没什么特别感觉。不过是肚子里的蛤蟆呱呱叫着抗议几声。肚子呱呱叫，我就去外面水龙头喝凉水，把肚子里的蛤蟆往下压一压。夜晚来临，好多人都去外面马路上闲逛，我把自己放倒在床铺上，希望通过睡觉把饥饿这事忘掉。小时听母亲说过，人一饿了，就睡觉，睡一觉，饿就自己跑掉了。母亲她们那一代人都是挨过大饿的人，说得肯定有道理。于是闭上眼睛，争取早一点把"饿"忘掉。可一闭眼，眼前就满是白花花的馒头花卷和炖排骨，要不就是热气腾腾卧着鸡蛋放着葱花的阳春面。这时候，我才知道，饿的时候，人是睡不着的，只有吃饱了才睡得香。

外出的人陆陆续续回来，开始聊女人讲荤故事，这是我们宿舍临睡前的固定节目。四眼和大兵还立过个规矩，每天轮流讲，谁讲的故事不荤不逗乐就不让他睡好觉，结果宿舍里的每个人肚子里都装着好几个荤故事。我不饿的时候，很喜欢这样的节目。可一饿，才知道，娱乐是吃饱了肚子后才能做的事。肚子饿了，故事再黄，我也乐不起来。于是决定出去走。

那天夜里十二点前，我一直在外面的马路上游荡，在工棚和宿舍的墙外，像条孤独而饥饿的流浪狗，低着脑袋到处转。我咽着口水，任肚子里的蛤蟆大声地凄凉地呱呱叫着……

第二天早晨，我没去工地。中午又饿了一顿。饿到这顿的时候，我已经有点头昏眼花了。下午下起了雨，宿舍里的工友刚到工地就被淋得落汤鸡一样回来了。有人想下围棋，朱胖子拒绝，他坚持打"双升"，又问我打不打。我有气无力说打吧。陈华在一边看我们打。他说我："一上工地你就喊头疼。一头疼，一天工就没有了。十块钱呢！"

我说："我真是头疼来着。"

"这会儿头就不疼了？一打牌头就不疼了？"

"我两天没吃饭了，都快饿瘪了！哪里有力气干活？你又不肯借我菜票。"

陈华受了侮辱一样从口袋里掏出一叠饭票来。他说："我菜票也只剩下两块多，给你了我吃什么？"

我说算了算了，跟你开玩笑的。陈华说，放着现成的好亲戚不去借，饿着赖谁。我知道陈华在说表哥。我受不了了，扔下扑克去找表哥。我还是第一次推开表哥宿舍的门，没看到表哥，只看到一个头顶半秃的老人。老人问："你找谁？"我说："不找谁。"老人白了我一眼，我忙把门给关上了。回到宿舍，陈华问我："借到了？"我说："没……没人。"陈华冲我摇了摇头，出去了。

不到十分钟，陈华又回来了，手里拿着十块钱，说是从表哥那给我借的，让我先吃着。

有了这十块钱，肚子里蛤蟆不吭声了，我就又对宿舍里的"每日一课"有了兴趣。这天晚上轮到朱胖子讲故事，他讲的是一对粗心夫妇的故事。朱胖子的故事不讲究文采，上来喜欢让人物脱裤子。他的故事粗野，通俗，糅故事性与趣味性于一身，对我们这些童男子还具有一定的启蒙意义，很有意思。陈华一边歪头听故事，一边数他的饭票。我觉得他数饭票的声音也很好听。

我开始想苏芬。苏芬长得还行，至少从她给我寄来的照片看还行。脸有点圆，下巴有点尖，眼睛很大很黑，睫毛挺长，我想她的长睫毛要是上下翻飞动起来，会不会像两只灵动的黑蝴蝶？

七

苏芬来信了！刚到家，屁股还没坐稳，母亲就把苏芬的信递给了我。

苏芬问我上次为什么没给她回信，她用了很多的叹号。她说她每天都去大队部等着拿我的回信，已经引起了别人的猜疑。她想把父母给定的那门亲事退掉，可母亲不同意，因为家里已经收了那家一笔财礼。她躲到学校不回家，结果父母追到学校来，逼着让她回家。回到家，她妈把她反锁在屋里，不让她出去。她这封信都是偷着让村里的姐妹帮着寄的。最后她说：哥，我现在越来越离不开你了，你说我怎么办啊？！

是啊，她应该怎么办？我绞尽脑汁地想了半天，也没替她想出更好的办法来。我只好在信中劝她要学会忍耐，不要冲动，我告诉她一定要坚强，实在不行就去村里镇上寻求帮助。最后，我用海涅的一首诗结束了这封冗长又不知所云的信。

> 我的心，
> 你不要忧郁。
> 把你的命运勇敢担起，
> 冬天从你这里夺去的，
> 新春会交还给你。
>
> 有多少事物为你而留存，
> 这世界还是那么美丽！
> 凡是你所喜爱的，
> 我的心，你都可以去爱！

第二天一大早，我去乡邮所，把给苏芬的信邮走。在绿色的邮筒前发了好一会呆，才骑车去县城坐班车往北京赶。

刚到工地，身子还没挨到床铺，陈华就跑过来说发工资了，叫我赶紧去会计室领。这可是我到花乡领的第一笔工资。我把那把钞票揣到裤子口袋里，走出来又拿出来数了一遍。钱被我再次揣回兜，揣钱的手在里面紧

267

紧地抓住钱不想出来，好像手一离开，钞票就会飞出来。

工棚有人张罗着凑份子去饭店大撮一顿。陈华也要去。他对我说，你也去吧，挣钱不就为了花吗，你还小呢，又不等着攒钱说媳妇。这可不像陈华说的话。陈华和我说得最多的一句话是："在外面千万别乱花钱。"我对陈华说，你们去吧，我刚回来，想自己躺会。陈华摇摇头，和大兵、四眼等一干人乱哄哄出去了。

我一个人在宿舍里躺着发呆，慢慢又烦恼起来。我想要是小蔡在就好了，可以找他聊聊。

这天下午去工地，没见小蔡，晚上回来，又去他宿舍打探，还是没有小蔡消息。这家伙到底干什么去了，怎么跟失踪了一样？

下午在工地，几个熟悉的承德和围场人不见了，一问才知道回家不干了。因为少了人手，平料的活又累，再搭上汉奸工长监视犯人一样的眼神，下午的活干得比任何时候都累，半天下来，我累得浑身像散了架，头疼、乏力、无精打采。

傍晚时，天空开始飘起细雨。雨稀稀疏疏的，让人感到恍然与惆怅。宿舍里又有人组织去饭店吃饭。我一个人到食堂转了一圈，食堂卖饭的窗口十分冷清，我问了一下大师傅晚上什么菜，大师傅懒洋洋地告诉我："菜头炒肉"。我一下没了食欲。

我在外面马路上乱走，猛听有人喊我的名字，抬头一看，是小承德。

"下雨了，还外面走啊？"

"不是说你们都走了吗？"

"我也走。午夜十二点的车。"小承德妆饰一新，穿一件从没见他穿过的新西服，里面的衬衣白得晃眼。

"穿这么好，进城了？"

"早晨找你，说你回家了。我自己去天安门照了相。要不是想着照几张照片给爸妈，我也跟他们一起走了。走，饭店聊，我请客！"

马路对面有一家小饭店。饭店里只有四张桌子，有两张已经被人占下了，说是要请给他家帮工的人吃饭。那人一口流利京腔，舌头在嘴巴里绕来绕去的。

两碗肉丝面，一瓶二锅头，一盘花生米，小承德还想来盘熘腰花，可老板娘一笑，腰子中午就被你们工地的人吃没了。店里只有一个服务员，老板娘帮着端盘子。老板娘把花生米和二锅头端到跟前的时候，我发现小承德的眼睛有点直。老板娘也发现了，冲我们一笑，放下酒菜扭着屁股走开了。

喝酒的时候，那两桌帮工纷纷来了。一看就是附近工地上的小工，听口音像河南人。他们进来后眼睛东看西看，有点紧张。要请客的北京人大声招呼着他们坐，说："哥几个今天辛苦，晚上一定要吃饱喝好。"听那口气，我以为他会给那拨小工点一桌子酒菜。结果，只给每人要了一盘三两的炒饼，没有酒，喝的是免费的白开水。

小承德小声嘟囔："北京人真他妈奸！请人白开水就炒饼！"

我问小承德，干得好好的，怎么说不干就不干，是不是在别的工地找到好活了？

小承德说："找屁工作。人都回家了。"

小承德絮絮叨叨地说他们离开这里的原因，工时太长，经常性的加班，工地上所有脏活累活都给了他们，工资却比平谷人低，最让他们不满意的是食堂的伙食，说食堂的伙食简直不是给人吃的……

旁边的小桌子不知什么时候来了对很胖的男女，他们一边喝啤酒一边谈情说爱，男的嘀嘀咕咕，女的乐得十分放肆。

"还是你们平谷人好。干活轻省不说，拿的钱比我们还多。"小承德瞟一眼他们："我要是能到北京，就是找个傻姑娘当上门女婿也愿意。"

我问他："你有对象了吗？"

"对象？"小承德笑了："谁敢把对象给咱这臭做小工的啊？没想到你还挺有本事，这么小，搞了个老师当对象。我那回把你的事讲给我老乡，他们都挺佩服你。"

我脸红了，刚想说点什么遮掩过去，旁边请客的北京人忽然大喊着闹起来。他觉得老板娘端给他们的炒饼有一份不够分量，指着老板娘要她再给补三两。"北京人你都敢缺斤短两，想不想干了？你要是不给我们补三两，我让你今天开了没明天你丫信不？"北京人把一条腿搭在一个河南小工吃饭的凳子上，那个河南人并不理会他顾主的喊叫，仍然在那里狼吞虎咽地吃炒饼。北京人不依不饶："大爷我也是街面上混大的，不信你出去访访……

识时务你就嘛溜地再上一份。"

老板娘没有和他计较，很快让厨房又做了一份端了上来。北京人见炒饼上来了，趾高气扬地对那几个民工喊："大家伙吃个够啊。敢不给够分量，姥姥！"

我分明有些多了，几两白酒下肚，胆子也大起来，很想过去和那个北京人打一架。可我手无寸铁，还从来没和人打过架呢……慢慢地，悲伤又袭击了我。我想到苏芬，想到她一个人被父母锁在小房子里，想到她的无助和无声的呐喊，心一下乱了……我听到小承德说，我真看不惯这人，太他妈装孙子了，我要是老板，我就会出来跟他比画比画，妈的，看他能怎么样。他和我说这话时，我看他的手总是试图在裤子里掏来掏去，后来，我终于看到了，他掏到一半的东西是一把锃亮、看上去十分锋利的小刀子。

半个小时后，我和小承德在细雨中分手。我都走了，小承德突然又把我叫住，他竟把那把小刀子拿出来送给了我。我有点害怕，没敢接。小承德说："没事儿，拿着玩儿吧，这把小刀子多漂亮，是一个去西藏打工的同乡给我的，今天咱们最后一面了，认识一场，也没什么好送你，就把这小刀子留给你当个纪念吧。以后，你一个人夜里出来，可以壮胆，受人欺负了，还能拿出来防身。"

小承德说完，就转身离开了，我摩挲着手中那把精致的小刀子，看着雨幕中的小承德的背影逐渐模糊。

八

小蔡又过了六七天才回来。他手里拿着两把竹笤帚来找我："走，今天和我一起扫马路牙子。"

扫马路牙子和扫井盖的活儿差不多，是工地上最轻松的活儿。我有点受宠若惊。要知道，这几天因为承德和围场人离去，所有平谷人都被派去做锄料的苦役。再搭上汉奸工长，我真担心自己再次忍受不了跑回家去。

我像个小尾巴一样屁颠屁颠地跟着小蔡，一个劲地追问这些天他干吗去了。小蔡说："回家了。"马路牙子容易扫，我和小蔡坐在各自扫过的一段马路牙子上歇着。后来我过去递给小蔡一根"红梅"，小蔡接过，放在嘴里，我上前给点着了，小蔡看了我一眼，无声地笑了。

抽完一根烟，太阳毒起来，小蔡站起身，对我说："走。"说完，径自跳过马路牙子向马路对面走去。马路对面是丰台养路费征收所。征收所里有小蔡一个战友。

在征收所的院子里就着水管一通猛灌，直喝到肚子里全是水响，才进小蔡战友的房间。他战友胖，屋里有一台硕大的电风扇，每次进去都见他直对着风扇吹。

小蔡说："每次来，都见你吹，也不怕把身体吹出毛病来。"

"我可没你那么娇气。听说你又回家了？"

"昨天才回来。"

战友嘿嘿笑："时间不短啊。肯定没闲着。"

小蔡拿起战友桌上的一把纸扇摇起来，说天热。战友说他老婆一听他要回去，会提前给他割羊肉包饺子，他要是不卖把子力气，连老婆的羊肉馅饺子都对不住。小蔡敷衍地说你老婆对你真好。战友说，我老婆温柔体贴，她知道我吃完羊肉馅饺子爱出汗，提前把毛巾都给预备好了。

小蔡无精打采，说不想在这个工地干了。战友问他咋了，是不是找着更好的工地了？小蔡说他想去卢沟桥那边，那边有他一个亲戚管事。战友说那个工地他知道，那个工地的活累，连最能吃苦的山东人都累跑好几拨了。小蔡说累点倒不怕，只要钱挣得多就行。战友盯着小蔡看了会说，你不会还惦记广州那个小蛮子吧？

从工地回来的路上，要经过一个郊野公园，公园里有花有草有追逐奔跑的男孩和女孩，他们从没多看过我一眼……和小蔡扫了三天的马路牙子，很惬意。心想，要是以后成天扫马路牙子，我也去买身小承德那样的西服穿上，也穿一件白得晃眼的衬衣，下班的时候，也去那个公园坐坐。

从家里回来我已经给苏芬写两封信了，她一封没回。过去，只要我的信一过去，苏芬总是在第一时间给我回信。现在究竟怎么了？难道真出事了？

我忍不住把苏芬的故事说给小蔡听。

"也许什么事都没发生。只是她有点忙，把回信的事忘了。"小蔡安慰我。

我叹了口气，说："但愿吧，可我总觉得好像出了什么事！"

"什么事都有可能发生，不要说你们连面都没见过，见过面了，就能保证不出什么事了？世事难料，事情要是真的来了，你躲都来不及。"

小蔡也把自己的故事讲给我了。他果然去了广州。他是看一个人去的，一个姑娘，一个广州姑娘。

广州女人大多个子矮小皮肤黝黑，像他现在的老婆。他去见的这个姑娘却不一样，皮肤白，个子高，最好看的是那一双眼睛。很水、很大、很纯。除了眼睛，小蔡说那姑娘最吸引人是她的两条挺拔的腿。姑娘在小蔡部队驻地不远处开了家商店，小蔡第一次去就被她两条挺拔的长腿吸引了。广东姑娘热情，大胆，两个人很快好上了。可后来小蔡却瞒着姑娘办好复员的手续悄悄离开回家结了婚。没想到，他到家刚完婚，姑娘的信就追来了，并没有一点怨他的意思。

他这次去广州，源于战友的一封加急电报。他感觉很紧张，不知道战友那里出了什么情况，也顾不上多想，从家里拿了两千块钱，就坐车南下了。到广州后，才知道出事的不是战友，是那姑娘。姑娘住在医院，一条腿没了。据说是一个雨天，为给他寄信过马路被一辆疾驶而过的小车撞断的……

本来，晚上睡觉前喜欢看看书，或听听大兵和四眼他们讲黄色小笑话，可听了小蔡的叙述，我却变得非常忧郁和悲伤——我不知道，那个姑娘在失去一条腿后，用什么来支撑她未来漫长的生活，也不知道小蔡是否还真心爱着那姑娘。我怀揣着对一个从没见过面且缺了一条腿的姑娘的单纯的思念，在宿舍的一片吵吵嚷嚷中渐渐睡去……

那是一个梦幻般的花园，里面有好多好看的鲜花，和好多鲜花一样好看的女孩子。很长的一段时间里，我变得越来越忧郁，就在忧郁像泪水一样充满眼睛的时候，我遇到了一个女孩，一个像梦一样的女孩。

我不知该叫她什么，她也从没告诉我自己叫什么。她是个十分漂亮的女孩，有如花的容貌和黑如潭水的眼眸，因为不知道她叫什么，我就称呼她为"你"，她也称我"你"。我觉得"你"这个名字很好。很平等。是个不错的名字，也是个独特的名字。

我和她的相遇的场景是这样的：那天黄昏，我踩着轻快的脚步走向花园深处，嗅着花香和花园里青草的气息，忘却了一天的疲累。我是个自由、浪漫而又多愁善感的男孩，在领略花园美景和生活美好的同时也感到了深深的寂寞与孤独。我想要是有个女孩来和我聊聊天就好了。这样想着，那个像命中注定一样的女孩就真的出现了。我发现她时，她正站在一丛花的背后，冲我古怪而神秘地笑。她的笑让我觉得莫测高深。

她笑着问我："你是谁？"话语里分明是不通世故的天真。

我被她搞糊涂了。我说："我当然是我。"

"你怎么到这里来了，这里是我的地盘。"

"哦……我是到你这里找东西的。"

"你的东西怎么会丢我这里呢？"

"我找的不是我丢的东西，我找的是我还不曾拥有的东西。"

"你还没拥有过的东西怎么会丢？"女孩瞪大眼睛问我，"那些东西都是些什么呀？"

"哦，让我想想……具体什么我也说不清……好像挺多挺复杂的……自由、青春、梦幻、爱情、同情、平等和尊严……哦，好像，还应该，应该有你……"我狡黠地说。

"我？你找我干吗呀？"

"嗯，就是想，想和你聊聊天……"

"就这个呀，"女孩乐了，"可以呀，可咱们聊些什么呢？"

"我也不知道，就是想聊聊。因为你叫我'你'，别人都不这么叫，别人叫我'哎'，他们说：'哎，那小工''哎，那个乡下人'……"

"什么乡下人什么小工啊？你说的话我听不懂。"女孩说。"我就知道你是你，难道你不是你吗？"

说着，她就上前拉我的手消失在花丛后面，在那里，她用花瓣一样的嘴唇吻了我。那是我第一次被女孩吻。那吻可真不赖，我们就那样自然地毫不造作地互相吻着，丝毫下作的念头都没有。女孩教会了我如何去吻。我吻她的时候好像在吻一朵花，一朵带着露珠绽开的花……

然后，我们约定下一次会面的时间和地址。是同一个花园，但是另一个黄昏。我同样踏着黄昏的脚步走向那个沉阒无声的花园深处。在一大片花丛后面，我没有看到那天的那个女孩，却发现了一个锃亮的轮椅，轮椅上面坐着另一个我从没见过的忧伤的姑娘。姑娘的皮肤很白，个头很高，眼睛很大、很水，还很纯。只是她的裤管空空荡荡的。我吓坏了。

"你是谁？"

姑娘说："我当然是我。"

"你怎么到这里来了，这里是我们的地盘。"

"我是到你们地盘来找东西的。"

"你也有东西丢在这里吗？"我很诧异。

"是啊，"姑娘叹了口气，"我的东西都丢在这里了。"

"丢的都是些什么呢？"

"哦，丢的东西蛮多的……自由、青春、梦幻、爱情、同情、平等和尊严……哦，对了，还有他……"

"他？他是什么东西？"

"他不是个东西，他是个人。"

"人？什么人？"

"他叫小蔡，就是和你一块做小工的那个小蔡。"

"哦，你说的小蔡，我可不认识。"我向她撒谎。

"小蔡就是那个使我失去双腿的人，他是我的爱人，可他走了，他带走了我的自由、青春、梦幻，还有我如花的爱情……我知道你在撒谎，你认识他，你就把他交给我吧……"姑娘悲伤地叙说着，如泣如诉，她的如花般的脸上淌满了从黑眼睛里流出的泪水。

这时候，我惊讶地发现，这姑娘就是我上次黄昏碰到的那个女孩，不同的是她失去了双腿。我有点纳闷，因为小蔡告诉我，广州的姑娘被车祸夺去了一条腿，而这姑娘却连一条腿都没有了。我这样想的时候，发现她的轮椅正飞快地向后退去，轮椅转身的时候，我看见后面转出一个人，那个人不是别人，正是小蔡。

我大喊："小蔡，小蔡……"

小蔡却不理我。

我更加起劲地喊："小蔡……"

九

小蔡真的走了。谁都不知道他去了哪里，有人说他回家了，有人说他去了卢沟桥，还有人说他去了广州……

陈华问我："小蔡对你最好，你知道他去哪了吗？"

我说："不知道。"我确实不知道。

天更热了。铁皮做成的工棚几乎成了个闷罐。人在里面就像蒸桑拿，工棚外面水沟里的气味臭得能把人熏倒，工棚里的蚊子和苍蝇越来越多，好多人已经挂起了蚊帐。每个人进到屋里脱得就剩下条裤衩，可汗流得还像身上下了雨。

四眼说："这日子没法混了。"

大兵说："没法混也得混，来这里不是让你享福来的。"

四眼说："不享福，也不能光受罪啊。这他妈晚上，还不如白天好混。"

四眼说得不错，白天虽然也是毒日头、挥汗如雨，可毕竟能找片小树林休息会儿，晚上却是躲都躲不开的闷热。我不由想起小蔡领我们一起休息的那片小树林了。可现在，小蔡走了，小树林那段工程也接近了尾声。这几天，只剩我一个人在扫马路牙子。小蔡一走，连扫马路牙子这样轻松的活，也干得没精打采。

陈华说，你就知足吧，没有你表哥，八个你也跑回平谷去了。

陈华说，你扫马路牙子这活也快到头了，因为现在所有的马路都准备铺油了。

又过几天，表哥来工棚。当时我正和陈华学着计算一天的消费情况，把今天吃了几个馒头，吃了什么菜，花了多少面票和菜票的情况记到一个小本子里。表哥看了我一眼，没说话。我赶紧把本和笔收拾起来。觉得今天表哥的样子分外严肃。

表哥在工棚里走了一圈，然后开始点人的名字，四眼大兵陈华朱胖子都叫到了。

"我听说你们现在在工地上干活就是磨洋工。还有你，"表哥看了我一眼，说，"你的马路牙子扫了几天了？扫不完？正好，明天也不用扫了，你们几个，我想好了，不让你们吃点苦头，你们也不知道珍惜自己的这份工作。"

每个人都傻了似的一句话不敢说，宿舍内死一般的静。

"我想好了，"表哥说，"咱们工地这片工棚就要拆了，过几天就搬马路对面的那家报废的厂房里去，你们反正也没事干，从明天起，就一起去掏厕所吧。"

表哥一说掏厕所，很多人立刻瞪大了眼睛。我没瞪眼睛，却悲从中来，心想，他要真让我去掏厕所，我也学小蔡，不干了！

我心内乱想，表哥却"噗嗤"一声笑了！

"真信了，你们！"表哥说，"要是真让你们掏厕所，回平谷你们还不给我吃了？说真的吧，从明天起，给你们换个好工作，到大马路上值勤去！"

四眼和大兵首先"噢"了声，从铺上跳下来。陈华一个劲让表哥在他的铺上坐，他结结巴巴，语无伦次。表哥没坐，像个将军那样冲我们挥挥手，你们几个，明天早晨，上保管那里领黄马甲小红旗去。

就这样，我们成了大马路上值勤的民工。穿着黄色马甲背心，手上拿着小旗子，开始在马路上执勤。黄马甲和小红旗威力无比，我觉得自己要是戴上个大盖帽，和交通警察没什么区别。

那些交警对我们不错。他们忙不过来时，也招呼我们过去，帮他们一起拦下那些不遵守交通规则乱闯红灯的市民。马路上不忙的时候，警察还会请我们到他们停在路口的一辆废弃的警车里去喝大暖壶灌的凉白开。尽管警车里比外面还要热，我们也乐得进里面汗流浃背地享受会儿。

到马路值勤的第二天，我们的天蓝色铁皮工棚就拆掉了，工棚里的人全都搬到马路对面的那个破厂房。那是个既没有门，也没安装窗户的巨大车间。车间空旷巨大，四周通透，晚上睡觉，比原来铁皮房子舒服多了。

大车间里不光住了平谷人，还住了很多河南人和山东人，我刚到这里感觉特别新鲜，每天晚上睡不着，会在车间里到处走，从头走到尾，再由尾走到头，睡觉时，车间空旷得就像个巨型坟墓，那些挂了白色蚊帐的简易床铺，就像一个个挂了经幡的小小的坟茔。我喜欢在深夜里观察，透过蚊帐，看里面死尸一样躺着的工友们，我没有恐惧，有的只是一种好奇和绝望，虽然那些工友们姿势各异，有安静如猫的，也有呼噜打得山响，更有悸动不安，手指在自己身上搞一些莫名其妙的小动作的……有一次，我看到一个河南人跑到一个山东人的蚊帐里，光光的身子叠加在一起，像两个丑陋的雄性动物，自从发现了他们的秘密，我就再也没兴趣在坟墓一样的车间里逛来逛去了。

一天晚上，我和陈华执勤，一个拉牛奶的货车不知怎么跑上了还没铺油的马路，一头扎进了绿化带里，开车的司机急得如热锅上的蚂蚁，他让我们找人帮他把车拉出来，说完就塞给陈华十块钱，陈华见钱眼开，跑回工棚去叫人，呼啦啦来一拨人，大家看着那把绿化带压得一片狼藉的货车，谁都不敢动。司机拿出一沓钱，说辛苦大家，帮哥们儿个忙，帮我把车弄出来，我每人发一张。工友们一见钱，就忘了弄坏的绿化带了，都过去帮忙推车，车头很快从绿化带里推出来了，司机大方，见车推出来了，一高兴又挨个每人发了一张，然后打火发动把车开跑了。工头听说出了这件事，跑来把我和陈华臭骂了一顿。

为了防止个别晚上值勤的偷着跑回车间来睡觉，施工处在厂区门口临时盖了间值班室，晚上留人轮流值守。一旦发现谁不到换班时间偷懒早回，就扣三天工资作为惩罚。有一天陈华抓到偷偷溜回来的四眼，而朱胖子也被在黑夜里大睁着一双眼睛的大兵抓了个正着。那天，轮我值上半夜班，本来是掐着点回来的，刚一进去就被突然从旁边钻出来的四眼"抓"着了。

四眼冲我大喊一声："谷文成，你站住！"

他的喊声吓了我一跳。

"你提前五分钟回来了，我记下了，明天要扣你三天工资！"

我说我是掐着表回来的，不可能提前。

四眼问我，你的表呢，我看看？

我告诉他我没表，是问了马路边小卖部大爷时间，而且亲自看过表，十二点了才走回来的。

"那就对不起了。"四眼说，他说着把自己的胳膊伸出来，在我眼前一晃。

"现在还差五分钟十二点呢。撒谎你都不会，笨蛋，乖乖等着挨罚吧！"

我说，不信你就和我去小卖部看看，问问他们我是不是过点回来的。我想四眼肯定是不敢去看，因为，明显他在挟私报复，故意把表往前面拨慢了。谁想四眼竟同意了，说好，如果小卖部没关门，老头能证明你是十二点从那儿回来的，就算我错了，如果小卖部关门了，那可别怪我。

　　小卖部离我们不过二三百米，我在前面急走，一心想看到小卖部的灯光，那可是我清白的证明啊。

　　眼看要到跟前了，四眼喊住了我："行了。你输了。你就承认撒谎吧。"

　　我说小卖部这就到了。四眼说，到了你也输了，你没看小卖部早关门了吗？ 我一看，小卖部确实已经关门，那里一团漆黑。

　　"回吧。扣你三天工，这回你心服口服了吧？"

　　我知道今天是中了四眼的"圈套"了。

　　"我真是过了十二点回来的，不信去问问陈华他们。他们都有表。"

　　"问谁都不行，问你表哥都没用。今天我说了算。"

　　"你怎么欺负人呢！"

　　眼看着四眼在一张表格上我的名字后面用红笔打叉，我急了，顺手就把口袋里小承德留给我的小刀子拿出来了，四眼看了一眼，说，你想干吗，你拿刀子想杀人吗？你这样的人，连个蛤蟆都不敢杀，你还想吓唬我？四眼的冷嘲热讽，让我血脉偾张，我拿着刀子，其实真的不知道想干什么，我难道真想杀了四眼？还是仅仅为了给自己一个勇敢的理由？我不知道。我只知道自己这会必须冲上去，夺下他手中的笔。于是，我就不管不顾地冲了上去。谁知，四眼早有防范，见我过来，突然一躲，顺便给我使了个绊子，我一下子摔了出去……

　　吐了口带着血水的吐沫，我爬起来，刀子不见了，不知扔到了哪里，脸却烫得厉害，像两块烧红的铁板，两粒凉凉的东西在脸颊上滚动——

　　我疯了一样冲向四眼。

　　打架的结果两败俱伤，我鼻口流血，四眼的眼镜也在和我对抗中被我打掉地上，摔裂了缝。

　　表哥是第二天接近黄昏才出现在车间外面那个土堆上的。他把我们全都召集在土堆跟前说话。陈华像个侍卫一样站在他身边，后来陈华摆着他的鸭子腿下来了，喊我和四眼一起上去。

　　我和四眼低着脑袋站在表哥面前。表哥一直在抽烟。没说话。过了很久，他才看了一眼四眼，问的却是我。

　　"孙思文说你先动的手？还动了刀子？"

　　表哥开始说"孙思文"，我还以为是说别人，后来我才想到四眼。我没出声，眼泪却下来了。

"孙思文！"表哥大喝一声。四眼立刻紧张地抬起脑袋看表哥。

"孙思文，"表哥的语气缓了下来，"听说你现在能耐不小，把我都不放在眼里了？"

"没……没有，我哪儿敢。"

"你敢！"表哥阴沉地说，"连我表弟都敢欺负了，还说不敢？"

"是他先拿刀子……是他扑向我时，自己摔倒的。"

"我看我这里的庙小装不下你这尊佛了，怎么着，干腻了？听说你这里还有经理哥哥？"

"……没，没有，"四眼吓得也快哭了，"是我瞎编，编，骗陈华。我错了，您原谅我，大人不记小人过……"

"你怎么错了？"

"是我故意把时间拨慢了，想吓唬你表弟……"

从土坡上下来，陈华问我表哥是不是把四眼开除了？我说没有。陈华说："中午我去找你表哥，你表哥气得差点摔杯子，嚷着说要把四眼开除！四眼就是个害人精，他知道是我告诉的你表哥，他肯定会恨死我的……"陈华絮絮叨叨，愁眉不展。

我觉得陈华多虑了，决定晚上请陈华去饭店吃肉丝面，陈华一听脸就红了，批评我说："你真敢花钱！你表哥嘱咐过我，让我说着你点。"

我一定要请他。陈华不再推辞，在饭店门前，陈华站下来，对我说："其实，你不用请我吃肉丝面，肉丝面太贵了，你请我喝瓶汽水就行……"

十

从花乡回平谷要倒好几次车，一趟折腾下来，要四五个小时。

母亲没在，邻居说去后山的棉花地干活了。我在家里的板柜乱翻一气，终于在板柜里面的一个小盒子里找到一封信，正是苏芬来的。拆开一看，却只有少得可怜的两行字。

"以后不要再给我写信了。我不想再和你有任何联系。苏芬。"

我的心一下乱了。

后来，母亲回来了，母亲竟当着我的面拿起那封信看起来，要知道，她还从来没翻过我的日记，拆过我的信呢。母亲说："信是昨天晚上到的，我刚给你放起来，没想到你就回来了。"

母亲问我，"这个苏芬是谁啊，既然人家不喜欢你，我看你就不要给人家写信了。"

我一把夺过母亲手中的信，泪如雨下："您知道什么啊，这肯定是个阴谋！"

在家神思恍惚呆了一天，第二天爬起来还要往工地赶。一到工地，才知道陈华出事了。陈华偷了四眼150斤粮票和60块钱，被四眼翻出来，人赃俱获，现正在施工处保卫科受审。

当天晚上，该我执勤，没顾上细问陈华的事。第二天早晨，我躺下刚睡着，睡梦里听到有人抽泣，睁开眼，竟是陈华！陈华一双眼睛都快哭成烂桃了。我从床上爬起来，一时有点不知所措。我等着陈华解释，可陈华却什么也没说。见我坐起来，陈华才告诉我，他要走了，让我送他到东直门长途汽车站。

从住的厂区出来，陈华说，他就不去和表哥告别了，表哥对他那么好，他觉得对不住他。他这样说，我就更气。一路上，我都在期待陈华的表白，哪怕是结结巴巴、漏洞百出的表白也好。出了东直门地铁，往长途汽车站走的时候，我终于忍不住了，把陈华的大包小包往地上一扔，说陈华你到底怎么回事啊？真偷了？陈华看我一眼，什么话也不说，伸手拿他那些东西，可那么多东西，他怎么拿？他提起这个包，那个包又从肩膀滑下来了。我赌气地把他掉下来的包又用脚往一边踢。

陈华低头捡包："我还说什么？东西，是，是在我床铺底下搜，搜出来的。"

"那到底是不是你拿的啊？"

"我没拿，可没人信。"陈华突然哭出声来，"谁都不信，东西就像长了腿一样跑我铺盖下面了，我，我怎么给别人解释，解释了又有谁信？我说不是我偷的，他们打我，我受不了他们的打，只好说是自己偷的……我说了，他们还用皮鞋踹我屁股，说要把我的屁股由两瓣踹成八瓣，我，我怎么就这么倒霉啊……我现在被开除了，呜呜……要是回家，别人知道我是开除回来的，全村人都会瞧不起我，我对象刚吃了烙合子，说不定也要吹，还有每天十块钱的工资，我上哪里去挣啊，呜呜呜……"

陈华的哭声越来越响，像一个蹩脚的乐师吹出的破喇叭。已经有过路的人围观了，我忙把扔下的东西重又背起来，拉陈华说：走吧，走吧，快要发车了。

我想起春天他带我来北京的情景，想着他左顾右盼，像照顾一个孩子一样照顾我，我的眼泪也出来了。

从长途汽车站送走陈华回来，越想越觉得陈华冤枉。终于有一天，我鼓足勇气去找了表哥。表哥听着我的诉说，什么都没说，直到我想让他开除四眼，为陈华昭雪，他才说话。表哥说陈华走就走了，他走了你好好干，至于四眼，他也和你道歉了，我不能因为你们互相打了一架就开除人家，再说，你的错也不小，小小年纪就动刀动枪。看游说不成功，我于是朝表哥要那把刀子，我说那刀子是小承德留给我做纪念的，表哥说现在不能给，啥时你不干了，回家了，我再给你，你在这里干一天，你就别想这刀子的事了。

四眼和大兵还是大摇大摆每天在马路上执勤，晚上值班时更是耀武扬威。四眼见我就会阴阳怪气地对大兵说："就那个怂样儿，还敢和我动刀子，也不撒泡尿照照自己去！"

要不故意说给大兵刺激我："还拿个破刀子吓唬人，你看他那样敢杀人吗？怕是连个癞蛤蟆都杀不死！"

四眼比过去更加有恃无恐，他现在每天都喝得醉醺醺的，在马路执勤时喝，在值班室值班仍然喝，有时喝得大兵都烦他，说四眼现在可以不叫四眼，可以叫醉眼了。醉眼咕咚。四眼只要一喝酒，成天骂骂咧咧的，但他不敢骂平谷人，所以那些山东和河南留下来的小工，没少挨他的醉骂，不过他们都不怎么跟他一般见识。我也不跟他一般见识，他和大兵说什么我都不理论。我变得越来越孤独了。

夏天在慢慢滑过，女人身上的裙子还留恋地穿着，不过，我已经不再对这些裙子感兴趣了。我迷上了花乡的那些过街天桥。晚上没事时，喜欢一个人走向那一架架正等着最后验收的天桥，每座桥的栏杆上都安着一排刺目而亮的灯。那片炫目光亮中，正聚集着一群又一群，架着翅膀冲刺的小精灵——我看到它们一次又一次扑向那些炽热的灯盏，有些当场就死了，没死的，仍然毫不懈怠地积聚着力量进行着冲刺。

看着看着，我的眼泪就下来了。我想我真是个软弱的人。被四眼那么说，居然不打不闹，我究竟是成熟了，还是更软弱了呢。想到自己，我还能自嘲，可一想到陈华，我还是愧悔交加，我想和四眼发生冲突那天，我手中的小刀子如果能攥紧一点就好了……

我只是胡乱想想，没想到四眼真就出了事。一次夜巡过后，四眼突然失踪了。大兵是第一个发现四眼失踪的人，当时四眼和他一起在马路上执勤，据大兵说，晚上十点钟左右的时候，四眼跑到小卖部买了一瓶二锅头和四瓶北京啤酒和小菜，他们在那辆废弃的警车里把酒全部喝光，两个人仍意犹未尽，四眼说反正工程也快结束了，不妨回去再喝点，来个一醉方休。大兵其实已感觉四眼有点多了，说话时舌头都打了卷儿，可最后他还是同意了四眼的建议，又怕小卖部关门，所以提前一步回来了，他买了酒和菜回宿舍等四眼，谁知左等不来右等不来，他连累带困，酒劲也上来了，头一歪就睡着了，等醒来时已是早晨，一看小桌上，酒菜没动，四眼还没回来，他才着了急。

大兵把事情汇报到表哥那里的时候，才经是第二天中午。这之前，大兵已经找了四眼一上午，一上午活不见人死不见尸，表哥发觉事态不好，先是派人回平谷，看四眼是不是回家了，然后发动工地所有的人沿着他们昨晚执勤的路线进行地毯式的搜寻，仍然一无所获。最后只好先报了警。

无缘无故失踪一个人，工地立刻进入紧张状态，保安组把我叫过去特别调查，因为我和四眼有过矛盾，打过架，他们甚至怀疑我把四眼给杀了，把尸体藏匿了起来。因为当初打架时，我就和四眼动过刀子。他们的想象力很丰富，觉得比警察还牛逼。我辩解无用，立刻想到陈华的遭遇，未免悲从中来，流下了绝望而无助的眼泪，他们说你哭也没用，只要四眼一天不出现，你就一天脱不了干系。他们让我老实交代，说真等把我送派出所交代就晚了……后来还是我表哥及时出现，并出示了那把由他保存的刀子，才算把我暂时保了出来。

　　我真没想到四眼会死。可他真的死了。他的尸体是第三天的傍晚找到的，是在草桥那个郊野公园一丛旺盛的月季花后，那是公园里最隐蔽的一个角落，那天傍晚，一对年轻的情侣想去那里亲热，才发现了歪在花丛里的四眼，虽然过去了两天，四眼身上还是弥散着一股浓浓的酒气，他们以为是个醉鬼，流浪汉，男青年因为四眼坏了他想和女友温存一下的好心情，就上前踢了几脚四眼，想把他赶走，一踢，才知道四眼原来已经是具尸体了。

　　四眼就这样死在了花乡，做了花下鬼，据去现场的人回来说，四眼被发现时，他正怀抱着鲜花，手上满是被月季花刺伤的痕迹。不久公安部门的尸检报告也出来了，系酒后心脏突停窒息而死，排出了他杀的可能。可让人不解的是，四眼酒后，为什么要跑到郊野公园的角落里去采月季花呢！他这样的家伙采那么一把花究竟想干什么？四眼的死成了花乡工地最大的新闻，而他的死尤其让人回味和纳闷。

　　大兵后来说，四眼死在花丛中，也算死得其所了。

　　秋天第一场雨下来的时候，整个花乡的工程也全部结束了，除了极少人跟着施工队去了卢沟桥，大部分人选择了回家。我也选择了回平谷。

　　在东直门长途汽车站，我买了一份报纸，角落里有一则"文学创作短训班"的招生启事吸引了我的注意力。让我在疲乏困顿的人生中重新燃起了希望的火。我是个胆小的、懦弱的、敏感的人，因为四眼的死，才好像一点点成熟起来了。我一直在想自己将来能干什么？文学又是什么？现在我知道了，文学不就像这秋天雨季里的一团火吗，在照耀我的同时，也一下灼疼我了……

　　把报纸小心收起来，抬起沉重的脑袋，我像个老眼昏花的老人，抬眼看了下面前的候车大厅，那里满是拥挤杂乱喧闹的人群。恍惚中，我看到有个熟悉身影推了辆锃亮的轮椅一闪而过，在人群中飞快自如地走着，我揉了揉眼，站起身，想就近去看看。谁知，不过转瞬之间，再抬眼，眼前的景象已消失得无影无踪。像一场春梦，了无痕迹。

作者简介

张爽，本名付文顺，北京人，中国作家协会会员，北京作家协会
会员，北京平谷区作家协会常务副主席，鲁迅文学院第十七届中青年
作家高级研讨班学员，北京老舍文学院首届中青年作家高研班学员，
2010年开始发表小说，中短篇小说散见于《青年文学》《上海文学》《芒
种》《清明》《大家》《小说界》等多种期刊。出版小说集《上帝的儿女
都有翅膀》《火车与匕首》等多种。小说被《中篇小说选刊》及《长江
文艺好小说》等选载。

简　　评

中国的小说创作是以农村题材见长的，但描写当下农民生活的小
说特别少，或者说这个题材好的小说特别少。作家们在写作当下农村
生活的时候，往往对此时此地的农村并不真正了解，将农村生活高度
符号化和简单化，把对农村生活的描摹建立在苦难、绝望和混乱的传
奇之上。所幸，作者对新农村的新问题是了解的，也是有能力表达的。
现在的京郊农村，贫穷已不再是矛盾的绝对核心，不是农民专有的苦
难，还有更复杂甚至丰富的日常生活，还有农村青年的新的困境。这
一篇小说没有进入那种陈腐的套路，规避了常见的各类符号，捕捉到
了农村年轻人的生活细节，发掘展现了农村生活的新问题。今天的中
国尚有广阔的乡村世界等待作家去发现。

飞越北冥山

张慧娟

一

我每晚都带儿子在小区里散步，三岁的灿灿总爱穿一件白色连帽衫，他说这是隐身衣，没人能看见他，除了我。

有个男人从路灯下迎面走来，与我擦肩而过后，突然转身，把灿灿连帽衫的帽子一把扯了下来。

儿子的魔法破了，哇哇大哭。

我抱紧儿子，再找那男人，却不见了。

第二天那个男人却送上门来，他敲开门，指指楼上，说他是刚搬来的，叫阿忆。

我想起楼上装修"砰砰"地吵了好几个月，前天搬家卡车堵着单元门一整天，便皱了皱眉，又想起他对儿子的恶作剧，更不想搭理，喊老公过来应付，老公慢腾腾从书房出来时，他已经走了。

阿忆似乎和我一样不上班，我是全职妈妈，要照顾孩子，可是他呢，也整天待在家里，从他袖口偶尔蹭上的油彩看，兴许他是个画家。

管他是干什么的，反正我和孩子要离他远远的。

我带灿灿散步时，总想着要避开他，可是他好像爱上了扯帽子的游戏，有时从后来蹿出来、有时从侧边抄过来、有时从正面冲过来，灿灿吓得脸色煞白，浑身哆嗦，死死搂着我，将头埋在我怀里，不敢动弹。

我火冒三丈，破口大骂，他却只是立在那里，双手抄在裤袋里，一张脸隐在树影里，看不清表情。路灯的淡黄色光洒在他皱巴巴的蓝棉麻衬衫上，在褶皱间明暗流淌，白色休闲裤上，扑满了一丛丛灰色的小飞虫。他转动脑袋，响亮地拍打脖子上一只蚊子时，我看见他额头的皱纹像一道道田埂清晰浮现，在幽暗中泛着清冷的光。不远处，一身迷彩服装的年轻保安绕路而行，却频频回头，眼神怪异。

我叫老公去找他理论，老公回来说，敲了半天门，楼上没人应。

二

我生灿灿之前，是个编剧，工作强度大，一直怀不上，好不容易有了，两个月就流了。

咬了咬牙，我辞职了。

之后怀孕生孩子带孩子，一晃就三年了，或者是十三年，一论到年头，我就糊涂了，谁知道呢？

我开始睡不着觉是从那晚开始的。一个老同事来串门，我让灿灿倒水，老同事夸了夸灿灿，转身特真诚地问我："你一天到晚和孩子腻在一起，不无聊吗？"

"还真不比上班事少！"我傻乎乎掰着手指、脚趾，跟她数落这一天中的琐碎事，"三顿饭、水果、点心、游戏、故事、英语、画画、游泳——"

"打住——"老同事伸出涂着鲜亮紫色甲油的白嫩纤手，重重地把我刚数了一半的手指按下去，"你记得李琳吗？就是你以前的小助理。"

"她刚进公司是跟着我学了一阵子，也不能算我助理。"

"重点不是这个，重点是她现在成了金牌编剧，你不看电视吧？热播剧懂吗？片头都有她的名字。重点还不是这个，重点是她这些年还生了三个孩子，事业家庭，人家什么也没耽搁。"

"那孩子谁带？她老公吗？"我脑子有点乱，没想到当年跟在我屁股后头的小丫头现在混成大腕了，"三个孩子，还真能生。"

老同事惊讶地瞥了我一眼，我也意识到自己的语气，过于俗气与市井，忙让灿灿过来再给阿姨续点水。

"怎么带？有钱还担心怎么带，人家请的都是专业保姆，专业教师，孩子教得文武双全，谦逊有礼。李琳每周留出一些时间，进行高品质陪伴，跟孩子感情好得很。"

　　老同事只待了一会就告辞了，因为灿灿开始为找不到一块圆形积木，脸上大雨滂沱，身子就地十八滚，高分贝的哭声像杀伤性武器一样具有百步杀人于无形的功效，老同事受了惊吓，拎着包仓皇而逃，临走时丢给我一个湿漉漉的小眼神，饱含同情，却无抚慰。

　　家里笼罩在灿灿撕心裂肺的哭声里，无一处安宁。我飞快地抓过手机，百度"李琳"，照片、新闻好几页，我扫了几眼，胸口一阵澎湃，再看下去，就要像周瑜一样血吐当场了。我扔掉手机，顺手抓起一个抱枕，砸向还在地上翻滚的灿灿。

　　"哭！哭！你妈还没死——"

　　灿灿被抱枕的突袭惊得浑身哆嗦，又被我的话震得不知所措，迟疑半刻，像条蜈蚣一样飞快地朝我爬起来，抱着我的腿不肯松手，鼻子发出断断续续的哼唧声。

　　我有点喘不过气，想站起身，捅开这份窒息，灿灿却粘在腿上，我像摆脱一块污垢一样，双腿一抬一蹬，灿灿一个跟头跌到地上，可他并不放弃，又试图冲过来抱住我，可是整个人被一块圆形积木绊倒，额头重重地磕在椅子上。

　　"灿灿——"我扑过去，抱住他，额头上有一抹鲜红，正以肉眼可见的速度将一块皮肉顶得通红透亮。

　　灿灿却咧嘴笑了，露出一口可爱的小白牙，他手里紧紧抓着那块圆形积木："妈妈，它跟我捉迷藏，我找到它了。"

　　灿灿睡后，我躲进厕所，捧着手机，把所有李琳的新闻、照片，都翻出来看了一遍，然后默默清除了搜索痕迹。

　　从此开始整宿失眠。

　　睡不着，我就盯着灿灿看，他从出生就爱哭，不管遇到什么事，拉不出屎、吃不好饭、玩不开心……都能哭得嗓子冒烟，面红耳赤，满地打滚，最后还得我抱着又亲又哄，才肯偃旗息鼓。此刻，他真好看，小嘴微微张着，鼻子轻轻翕动，最关键的是，他没有哭，安静极了。

　　我亲了亲他的左脸，嫩嫩滑滑的；我又亲了亲他的右脸，香香甜甜的；

我又亲了亲他的额头，他好像感觉到了什么，胖乎乎的小手在空中挥舞了一下，翻了个身，扯起被子捂住了小脑袋。

房间里安静得好像只有我一个人。

我盯着天花板上的圆形吸顶灯，一直到阳光从窗帘缝隙间刺进来。两束光线白刃相接，像是宣告一场战争的开始。

三

我住十五层，阿忆十六层。

我在电梯里见到他，警告他不许再扯灿灿的帽子，我强调说，连帽衫是灿灿的隐身衣。

他古怪地笑笑，不置可否，过了一会，吐出一句："还是揭掉的好。"

"你敢？是我儿子，又不是你儿子！"我像母老虎一样咆哮，挥起拳头，恨不得将他揍个眼嘴歪斜、半身不遂。

他倒不介意，呵呵一笑，趁着电梯刚开一条缝，身子一矮，擦着我的拳头溜走了。

阿忆的轻松自如，让我陷入更深的恐慌中。他胸有成竹的模样，难免让我揣测他已经想好了计划，也许这次不再是偷袭，而是更可怕的阴谋。

晚上，我躺在床上，竖起耳朵听楼上的动静，我提醒自己，一切风平浪静都是表面上的假象。

很快，我听着风贴着窗户悄悄滑进房间，窗帘轻轻晃动，外墙有细碎的声响，朦胧中，我看见窗帘外面，有一条黑影，正攀附在窗框上。我想，只要再吹一阵风，那个黑影就会潜在风里溜进来，抱走我的灿灿。

决不能坐以待毙，我要主动出击，蹑手蹑脚地下床，猛地打开阳台的门，守在室外的弥漫夜色蜂拥而上，将我侵袭吞噬成了同类。我闭上眼睛，再睁开时，清晰地看见阿忆的两条腿从上而下悬在空中，正四处摆动着，试图寻找一个稳妥的落脚点。

我抄起墙角的高尔夫球杆，在空中挥舞，黑影摇晃着躲避，却像是透明的，我的击打如同拍在一片虚空中。随着我手腕的挥动，远处，高高矗立的电线杆上的黑色光缆在风中为我跳跃喝彩。阿忆的脚一直悬着，直到天边露出一丝微光，他才逃走。我听到有东西轻飘飘跌落的声响，我突然想起，我或许击中了筑在空调围栏里的鸟窝。

头顶上传来声音，是阿忆在楼上推开窗户。他探出脑袋，像个局外人一样若无其事，指指我手中的球杆。

"天亮了，快收起来，别吓着孩子。"

那一刻，我几乎确定了阿忆就是冲着灿灿来的，他要夺走我的孩子。

我想问问他为什么？可他已经关上了窗户。

灿灿走了出来，蹲下，饶有兴致地看地上的羽毛，风打着转吹，将一丛丛羽毛在阳台上聚集。

我一眼看见在阳台一角，有一团灰色的东西，几只苍蝇正扑扇着翅膀，嗡嗡地围着它打转。

我分辨出那是一个刚孵化出来的小麻雀，已经摔成一团血肉，只有两只缩成一团的小爪子还依然尖利。我忍不住尖叫一声，灿灿好奇地循声望来，我捂住了他的眼。

"别看，小麻雀摔死了。"

"小灰灰，是我的小灰灰吗？"灿灿哭了，眼泪热热地，沁入我的手心，再从指缝间渗出。我低头去看，眼泪竟像是我手心沾上的血。

"小灰灰不乖，不听妈妈话，从窝里偷偷跑出来摔死了。"

"我一定会好好听妈妈话的。"灿灿抱紧了我，"我不要做小灰灰。"

四

我晚上不再带灿灿外出散步，我们在家画画玩。我们有一个大日记本，我写字，灿灿画画，已经合作完成了一百多页了。灿灿画得最多的是北冥山的大飞鱼。

很多个周六，我们一家三口都去爬北冥山。

"北冥不是指大海的深处吗？阳光也照射不到的地方。"第一次去时，我感叹道，"沧海桑田，世间变化，谁能想到，海里的深渊竟然会变成了一座山峰。"

"这座北冥山也有上千年的历史了，在北冥之顶，阳光真的射照不到。"
老公表情认真，我却半信半疑。

"我喜欢这条大鱼！"灿灿在一座石雕前手舞足蹈。

"这是鲲，它不仅是大鱼，还能变幻成大鸟，翅膀像天边的云一样——"
老公抱着灿灿，让他摸鲲的尾巴，灿灿摸着摸着，咯咯笑起来。

"爸爸，鲲的尾巴会动，我刚抓到它，它就溜走了。"

"哈哈，一定是变成飞鸟，飞到天上去了。我们灿灿的想象力跟妈妈一
样丰富——"老公把灿灿举到头顶，两人都张开双臂，模仿飞鸟的样子，在
山间奔跑。

儿子就是从那时开始，喜欢上了会变形的鲲，很多个晚上，他都趴在
桌上，攥着蜡笔，撅着屁股，一笔一画地描绘大飞鱼。

他画画时，我多半待在厨房里，菜刀锃亮，切肉断骨。不经意抬起头，
窗玻璃里映出一个模糊的女人影子，头发黑黑地糊在脑袋上，身上套一件
长着肥硕花朵的围裙，眼睛好像两个黑黑的洞，连眼白也没有。我拉上窗
帘，玻璃上的女人一点点消失了。

我低头洗菜时，闻到围裙上的油渍气，就想脱下来，扔到洗衣机里去，
可刚抬起手，却发现指甲缝黑乎乎，我不记得是土豆上的泥，还是刷鞋时
的鞋油，我抠了几下，却发现那脏东西钻到了肉里。

灿灿又流了鼻血，他扔了画笔，站在客厅里扯着脖子哭，他一边哭一
边喊："妈妈，妈妈，快过来。"

厨房里，油烟机呼呼直喘，菜刚下锅，腾出一股白烟。

我的声音被油烟熏得有些粗："你先自己用手按住！"

灿灿的哭声却一声比一声尖。我有些气恼他不听话，又嚷了几句，再
探出身子看他，他还是站在原地一动不动，我赌了气，倔强地待在厨房里
不肯出来。

过了一会，他哭声渐小，我开始有些不自在，探出脑袋，跟他解释："妈
妈在做饭，没法帮你。"

灿灿得到回应，像战士获得冲杀的信号，战火重新燃起，他跺着脚，
哭得像惊雷，紧接着，他奔到我跟前，我看见血哗哗地从他鼻子里涌出来。

我想把炉火关了，手一抖却被铁锅烫了，我把铲子一扔，冲他吼道："你没有手吗？你流过多少次鼻血了？又不是什么大问题？难道不知道自己解决吗？"

灿灿吓坏了，哭声里有了颤音，他一边叫妈妈，一边伸出小手向我靠过来，鼻血顺着嘴巴淌到衣服上，又从衣服上滴到地上，蜿蜒成一道长河。

我僵立在一团烟雾的厨房，双手颤抖，用力将他推开，他一个趔趄，一屁股跌到地上，于是索性躺在地上打着滚哭。

三岁孩子声嘶力竭的哭泣声像一道道闪电，将我劈得无处可藏。我跪在他身边，流着泪，绝望地咆哮："你什么事都要找妈妈，妈妈要是死了，你怎么办——怎么办——"

五

在我印象中，我和灿灿的矛盾好像总在爆发，周而复始，循环往返。灿灿的哭声、我的吼叫，总是伴随着疯狂、自责、厌恶、绝望的情绪，被时间悄悄埋葬并抚慰。多数时候，我和灿灿亲密地依偎在一起时，我们会忘记所有不快，只到下一次矛盾爆发，所有的情绪才会从坟墓里爬出来，鲜活地四处啃噬。

至于老公，他总是忙，忙于工作、运动。我和灿灿已经习惯了他的缺席。偶尔当他对家庭表现出极大兴致时，我反而如临大敌、惴惴不安。

这天傍晚，老公打电话回来，兴奋地说，认识了一个新朋友，非常投缘，要带回家给我认识。我一听就摇头，只是"不"字还没出口，他就挂断了。

家里很久没有来客人了，十七楼的阿忆像一柄利剑悬在我头顶，让我对所有陌生人都心有芥蒂。想到今天上午在楼下遇到阿忆，他的眼睛在我四周搜寻，然后失落地问我："怎么没看见灿灿？"他轻松随意的语气，好像灿灿是他的孩子。我心中一阵惶恐，同时又有一种无畏涌上心头，他要夺走灿灿，只能从我的尸体上踏过。

老公的新朋友身材中等，戴一顶太阳帽，遮着半张脸，一身白色运动服，格外耀眼。

"我们刚认识，就组了一个战队，打遍球场并无对手，这默契！别人还以为我们合作十多年了。而且，回家时才发现，我们还住同一个小区，竟然还在同一个楼。你说是不是太巧了。"老公挥舞着手中的羽毛球拍，眉飞色舞。我难得见他如此开心，一时竟不忍心扫了他的兴，也装出热情的样子给客人泡茶。

可是茶水还没有烧开，我的心就跌进了冰窖，因为客人走到窗前，余晖勾勒出他的侧脸，我一下子就认出了他。我冲过去，一把扯下了这个恶魔的伪装——太阳帽。

果然是阿忆。

"你这是——"老公疑惑的声音凝结在空气中，我已经看清了那张熟悉的脸，他淡淡一笑，单纯善意，可我一眼就看出，他藏在人皮面具下的那张狰狞面孔。

"出去——"我吼道，随手挥起了桌上的电蚊拍，像驱赶一只恶心的毒虫。

可是阿忆却嬉皮笑脸地指着墙上的睡莲图，认真欣赏起来："是你画的吧？我也喜欢莫奈的风格，我画的也和你一样好。"

老公走了过来："是啊，小影学了十几年的油画，还开过画展。"

"他要抢走咱们的孩子——"

我兀自吼叫着，狂奔到阳台上，抄起一盆水，那是我准备用来冲洗小麻雀尸体的，可是细细查看，却寻不到任何痕迹，于是那盆水一直存在阳台上。

此时，阿忆正往灿灿房间走，他边走边问："小朋友也在家吧！"

愤怒与恐惧在那一刻将我撕裂并点燃，我怒不可遏，举起手中的水，奋力朝他泼了过去，老公竟然一个箭步冲上前，挡在他身前，水花迸溅，老公的脸被水柱冲得有些变形了，通红的眼眸在水雾中燃烧，双颊在水波中剧烈颤动，他伸出淌着水的巨大手掌，一把夺过我手中的盆，往地上狠狠一摔。

我还看见，他张开大嘴，伸出猩红的舌头，相貌像龙王一样威严狂妄，疾风骤雨的怒吼，在屋里盘旋不散："小影，你疯了吗——"

接着，他拉着阿忆，冲出门去。

阿忆一边走，一边扯起衣角擦脸上的水，我看见他的腹部有一处文身，那是一朵怒放的紫金莲。我木然地走到镜前，掀起衣服，在我的腹部，也有一朵紫边金蕊的莲花正在如火绽放。那是医生把灿灿从我肚子里取出来的创口，我嫌难看，自己设计了图样，找文身师绣上的，这世间，仅此一朵。

老公很晚才回来，我装睡没理他。他坐在床边，先是抚了抚我额头上的皱纹，以前浅时，能抚平，现在即便在睡觉时，这些皱纹也紧紧地抱在一起，再也抚不平了。

他叹了一口气，又握着我的手，我感觉他有些粗糙的手心在我手背上细腻地滑动。

他见我没动，自言自语便出了声："还记得吗，我们第一次见面是在球场，我邀请你来家里玩，我们一起聊天——"

我心里一动，突然想到，阿忆也许不仅要夺走灿灿，他还要抢走我老公。

我在暗夜里露出一个诡异的笑：如果非要做出选择，老公可以给，灿灿却绝对不行。

六

我和老公的关系，是从灿灿出生六个月后，我绣上紫金莲那天起，发生变化的。

我想，人类一直低估了孩子的能量。孩子，特别是婴儿，具有一种神奇的精神力量，不仅能让世界颠倒，还能让人生扭转，去到一个你之前不曾想过的轨道。

灿灿出生后，我作为人对日月星辰的感觉已经消失，只有作为动物的反射越来越强烈，他一哭，便将奶头塞进他嘴里。

有一回，他用锋利的乳牙，一口叼住我的奶头，溃烂的伤口，像一把匕首，剖开奶牛的外套，人性的恶魔挣脱而出。我站起身，推开窗户，外面的深渊变成一片净土，伸出须角引我前行。我想，我会抱着灿灿，顺着这一路藤蔓抵达一片乐土。我不会抛弃他，带他来，带他走，无论到哪，他始终跟我在一起，只是一步而已，跨过去……

婴儿是有灵性的，灿灿瞬间爆发的哭声像一道惊雷，把我拽了回来，我晃晃脑袋，像从另一个世界，急匆匆赶了回来，再看眼前，吓了一跳，我在不知不觉中，竟然站上了窗台边的凳子上，一步之外，是一片虚空……

灿灿太小，他咬我，我却不能以牙还牙，我开始冲着老公开战。周末，老公做了顿大餐，可他切完菜后，没有把刀收起来。我倚在门边冷冷地问："你是存心想让咱们家有血光之灾吗？"

他气得连哼都懒得哼，甩门而出，留我一个人享用一桌子的丰盛。

我的泪水和在菜里，被喉咙吞咽。我其实是想告诉老公，我只要见到刀，就感觉那刀会长出腿，跟着我，在我身上自由游走，将我雕刻得血花四溅。我不明白，为什么我想说的，一经过喉咙，就成了魔鬼的言语。

老公逃离战场，我就将战火燃到了自己身上。

有一次半夜，我给灿灿换尿布时，我突然想伸出双手，扼住他的喉咙，他细嫩的脖子变成一个甜美的诱惑，呼唤着我一点点靠近。墙上，投出双手巨大的阴影，我感觉黑夜赋予我一种神奇的力量，我拥有了毁灭一切的勇气。可是当我的手触碰到他柔软的小嘴时，那个巨大的阴影破灭了。我，抱紧双臂，缩在墙角，埋头抽泣。

我不敢再靠近灿灿，当他眨着无辜的眼睛看着我时，我害怕，那个巨大的阴影，在我抱着他时，将我吞噬。

老公去接婆婆来照顾灿灿，他们到家比预定时间晚了三个钟头。

老公说路上有个女人带着孩子跳楼了。我说太糟糕了，言语间，眼泪已经盈满眼眶，我想脱口而出，跟老公坦白，我也差点做了那种蠢事。

可是老公甩掉鞋子，厌烦地说："是啊，太糟糕了，害那条路堵了三个小时，水泄不通，警察来了十几个，后来又发生几起追尾，我抄了近道才赶回来。"

我不再说话，接过婆婆手上的行李，又送上一杯茶。

婆婆没喝茶，只是一把抱过灿灿，瞥了我一眼，嘟囔道："当妈的要死要活都行，可不能拉着孩子。"

我出去了一天，带着一朵紫金莲回来。我喜欢这朵花隐匿的含义：淡薄的爱情。

无数个夜晚，这朵紫金莲和我的身体安睡在一起，我想，这朵花，是我平淡躯体上，唯一的色彩与光华。

七

灿灿开始上幼儿园了。

第一天，我从早到晚都守到园门口，目光敏锐，比保安还尽职。可是放学时，阿姨告诉我，有一个男人从后门接走了灿灿，说着，她指了一个方向："从那边走了。"

那边是一片工地，工地后面是丛林，丛林的尽头是一个小山坡。

我从傍晚一直追到黑夜，我疯狂奔跑，拼命叫喊，路上行人很多，可是没人帮助我，他们神色平常，好像看不见我。

月光挂在枝头时，我爬上了小山坡，可我似乎出现了幻觉：山坡上，另一个我抱着灿灿，笑容温柔甜美，她轻轻地哼着歌谣，声音悠远轻盈。

山坡下，轻轻流淌一弯溪流，月光流泻而下，披一层薄纱，几株睡莲在蒸腾的雾气里曼妙舞动。

那个"我"从地上站起来，她高高地举着灿灿，仿佛要将他投入这一滩紫色的雾霭之中。灿灿像是睡着了，他的身体笼在璀璨星光之中，虚无缥缈，我甚至看不清他那乌黑亮泽的短发，还有他雪白晶莹的肌肤。

我嘶哑吼叫："不要——"

那个"我"转过头，竟是阿忆的脸，他探出一根修长的手指，轻触唇边："嘘！别吵醒了孩子。"

我绝望地摇头，试图冲过去，可是四肢却无一丝力气。

阿忆的唇边荡起一个天使般的笑，他说："让他走吧，他会很好，你也会很好。"

阿忆穿一身亚麻的衣衫，风鼓起他的袖子，当他双手高高举起时，风就从袖子里钻出来，软绵绵的衣袖褪到胳膊上，堆叠成一面风帆，又像一把变幻的斧头，灿灿就像被两把斧头架在空中……

我闭上眼睛，头在地上磕得砰砰作响，我听到皮肉撞击碎石时破裂的声响，温热的液体在额头流淌，像成千成万只蚂蚁在蚕食我的血肉，我想起了阳台上那具模糊的小鸟尸体，不久，我便会如它一样，用这种匍匐在地的姿势，告别这个世界。

四周像被抽离了空气一样死寂，我没有听到灿灿坠落水中的声响，我只听见了阿忆的一声叹息，幽幽地好似响在我耳边。

"你这又是何必，你苦苦留他，你照顾不好他的，他终究要走的。"

我抬起头，阿忆站在我前面，他把灿灿放在我身边，转身离去。

灿灿醒了，眨着朦胧的眼眸，长长睫毛上沾着泪，冲着阿忆的背影哭喊："妈妈，别走。"

我的心骤然一凉，阿忆是妈妈，那我是谁？

我抱着灿灿，跌跌撞撞回到家，老公在看电视，没开灯，一屋子鬼鬼祟祟的幽光，随着电视画面的明暗而变化。

他好像看不见我怀里的灿灿，也看不见我血肉模糊的额头，一直沉浸在那一片光怪陆离之中。

突然，他站起身，在屋里四下走动，嘴里嘀咕着："还没找到，家里办公室都找遍了——"

老公的钥匙是上周丢的，平时，他的钥匙总放在上衣口袋里，贴着胸口，链上子挂着一枚银贝壳，贝壳里镶着灿灿一周岁时的照片。

钥匙丢了，这个家还安全吗？我看着怀里的灿灿，心里突然有点恍惚，我把他带回来，我能保护好他吗？

八

我一直以为，这个世界给我最大的失败，源于妈妈这个身份。那种力不从心的绝望与挫败，是我在工作和学习时从未体会的。我悲观地自嘲：小影，这辈子，即便你用尽所有力气，也成为不了一个好妈妈。

我的脾气越来越像脱缰的马，经常跟灿灿怄气，郁闷时，我就把自己关起来，任凭灿灿在外面又喊又踢，也坚决不开门。后来灿灿学乖了，会从门缝里给我塞纸条了，画的都是大飞鱼。上面还用拼音写着，妈妈，别生气，我会听话。

这一天，战火又燃，经历了锁门、纸条之后，我拧开门，灿灿奔过来，小脸绷得紧紧的，两道泪痕还没干，混着一脸的鼻血，惨兮兮的小可怜样。他一言不发，扑进我的怀，我抱紧他，轻拍他僵直的后背，感觉他的肩头慢慢软下来。

这时，手机响了，我一瞅，是以前公司领导的电话，心头一动，仿佛获得一个美妙的预兆，松开灿灿，去抓电话。

灿灿扭着我的胳膊不放，我推开他，他又抱着我的腿，喉咙里滚出哼哼唧唧的声音，我知道那是要哭的前兆。

我快步向书房冲去，刚要把门锁上，小脑袋一下子探了进来，紧接着小身子堵住了门。

我一边在电话里问领导好，一边防备小家伙的袭击，显然我锁门的动作激怒了他，他蹦跳着想抢我的手机。

领导是一个含蓄稳重的人，他想跟我说一件重要的事，但他要先确认我对待此事的认真程度。我正要表态时，灿灿攀上了桌子，瞅准我的怀抱，想一下子扑过来。

这个不懂事的家伙！一点眼力见儿也没有！我身子一侧，伸手把他从桌上扒拉到了地上。

他的哭声骤然响起，刺得我的心脏跟耳膜同时一震，这使我错过了电话里的一个关键词。

我无比懊恼，弯腰，抄起桌旁的垃圾桶套在他的脑袋上。他的哭声立时刹住了。

我长出一口气，奔向卧室，锁上门。

等我安静地通完电话，已经是半小时之后了。

不出所料，我得到了一个好消息，我要重新工作了，虽然是李琳的手下，但起码是有了机会，我相信要不了多久，李琳能得到的，我也能拥有。

我冲出来找灿灿，迫不及待要把这件喜事跟他分享。我知道他不懂，可只要他懂我的快乐就行了，我可以举着他，来几个他最喜欢的小飞机：飞呀飞、高高飞、低低飞……

我兴奋地喊着儿子的名字，跑到书房。书桌下，灿灿小小的身体俯在灰色地毯上，我笑着伸用脚轻轻地挠他后背，灿灿最怕痒痒了，他一定会咯咯地笑着，扑进我的怀抱。

"灿灿，起来啦，小飞机、高高飞、低低飞……"

可他依然一动不动。

我有些不安，一把翻过他的身子，他的头上套着一个薄薄的塑料袋，我扯开袋子，半张脸都是血，脖子、小手都是紫色的，我疯了似地叫："灿灿灿灿灿灿灿灿……"

可是灿灿那一张小小的嘴里却说不出一句话了……

我突然看见一个灰色的身影从门口冲了过来，是阿忆，他手上，那串带小贝壳的钥匙叮当作响。

阿忆抱起灿灿，飞快地奔了出去。

我瘫坐在地上，看着空荡荡的家，阿忆终于得逞了，他一直想抢走灿灿，他成功了。

九

我醒来时，独自待在一间雪白的房子里，我看不到任何人，只有阿忆来看我。

"你偷走了钥匙，你抢走了灿灿。你的目的都达到了，为什么还来找我？"

我挥到空中的拳头，被他牢牢握住。我从来不知道，他力气这么大。

"钥匙是我捡的，我来还时，在门外听到你的哭喊，才用钥匙开门进来的。"阿忆冷冷地看着我，"我没抢走灿灿，我把他送进了医院。"

"灿灿，他没死吗？"我喜极而泣。

"现在还不好说，医院说虽然送得及时，但损害却是无法避免。"

"只要活着就行——"我向房门冲去，却怎么也拧不开门，"让我出去，我要去看灿灿——"

"灿灿有爸爸照顾，很安全。"

"灿灿会找我的，他离不开我——他会哭会闹——只有我抱着他——他才会安静——"我语无伦次。

"你真的能照顾好他吗？"阿忆的话像一盆凉水，将我泼得心如死灰。

我想，灿灿再也不会回到我怀抱了，是我亲手扼断了他对我的依恋与信赖。我正是倚仗着他对我的爱，肆意践踏掐灭他的呼吸。他在垂死挣扎时，我到底在做什么？欢愉地畅想自己的大好前程吗？

我拼命地捶打地板，想让地狱的大门在脚下洞开，只有那里，才能给我惩罚与归属——

有一天，我醒来时，看见阿忆在床边悲伤地看着我。

"你还不相信，我是来帮你的吗？"

"反正我一无所有了，你已经不能从我这里夺走任何东西了。"

"我要带你回家，也只有我，才能带你回家。"阿忆坚定地说。我却瞥见他宽松的袖口下，有一道耀眼的伤疤在手腕上蜿蜒。

我伸出手，腕上也有一道猩红的伤疤，像蛇一样吐着信子。我想起，前几天，血从切口处喷涌出而的壮观，郁闷地摇了摇头，流了那么多血，为什么我还活着？

"你和我一样绝望过吗？"我轻轻抚着那一道伤疤，它的皮肉还没有长好，还有点红痒，等它好了，或许我可以锈上一朵睡莲或是别的什么花。

"你所有的感受，我都有过——"阿忆淡淡地说，"只是，我走出来了，而你，还困在里面。"

"这个形状更适合一条蛇，而不是一朵花。"我继续抚摸着伤疤，沉浸在自己的思绪中。没有看到阿忆站起了起来，他伸出双手，把我从床上拎了起来，那一刻，我才发现自己竟变得如此渺小与瘦弱。

"小影，醒醒吧，不要再试图掩饰了，不管是伤疤还是现实，抬起头来面对，不管是什么，都去面对！"

阿忆的声调从高到低，到了后来，转为轻轻的哀求："小影，你不能一辈子待在这间屋子里，就算我求你了，快点好起来吧——"

十

当我终于可以从白房子回到家时，也依然只有我一个人。

阿忆来看我时，总坐在窗前，翻他随身带着的一本日记本，我努力去看，却总看不清里面的内容。

后来，他说要带我去北冥山，说了好多次，都给我轰了出去。

我知道北冥山有一座北冥寺，可是我从不求原谅，无论是神还是人，因为我不配。

可是，最终我还是跟他去了，因为他说不是带我去拜神，而是带我去找回一样东西。

"嗯，我的确是遗失了很多东西，可是我什么都不记得。"我的脑海里一片空白，却又有一丝隐隐的希望。

"走吧，跟我走，我都记得。"

阿忆带着我去了北冥山。

我们爬到半山腰，一把大扫帚横空扫出，拦住了我们的去路。"别上去，山顶有个女人死了。"

说话的老人，身子隐在台阶一侧的树林中，我只能听到他的声音。

可就是他的声音，让我身子一僵，我将风衣裹紧，六月，阳光明媚，可寒意仍透过衣服，渗入肌肤。

我拨开树丛，翠绿松针间，掩映一个花白头发的脑袋。脑袋的主人席地而坐，突如其来的声响让他哆嗦了一下，他慢慢抬起头，露出一张干瘦黧黑的脸庞。

老人看到我，瞳孔急骤放大，每一根皱纹都竖立起来，绽出一个个惊叹号。

"死了——死了——"他惊叫，踉跄起身，仓皇朝林中逃去，一树飞鸟扑腾升空。

一个白色麻袋被踢翻，松松地垮在地上，十几个塑料瓶子咕噜噜滚了出来。

阿忆叹了一口气，蹲下来，将瓶子一个个拾起，摆放成一排。

此时已是午后，阿忆带着我，继续前行，阿忆说，我们要找的东西在北冥之顶，我突然记起，那是一片阳光照不到的黑暗地带。

前方的八角亭中，一位巡山人扯着嗓子喊："过了两点，不能登顶了——"

阿忆拉着我飞奔起来，衣袂挟走翠枝，发出呼呼声响。不一会，巡山人的喊声被甩在脑后。

再翻过一道山脊，就到顶了。

此刻，我和阿忆行走在两道山梁之间，阳光被阻隔在阴影之外，踩在崎岖的山路上，犹如置身于一摊稀薄的墨汁之中。

一股寒气突然从我后背升起，我感觉身后有一双眼睛在盯着我，阿忆慢慢蹲下身子，拾起一块石头，蓦地回头，挥手掷出。一根毛茸茸的大尾巴闪出草丛，紧接着一只松鼠高高蹿起，灰色的身影划过几道弧线，转瞬间已消失不见。

我长长舒了一口气。

前方，北冥之顶，我们的目标，已近在眼前。

弓身爬过一个九十度的坡道后，我一抬头，瞅见一棵松树上扯着一只白色塑料袋，在风中鼓胀着身子左右摇摆，与树枝挣扎撕扯，我"呀"了一声，身子一晃，踏空了一块石头，跌下坡道。

阿忆扶着我，一瘸一拐下山时，天已经黑透了，山影幢幢，路过鲲雕像时，我们坐在水池边歇了一会，直到乌鸦的聒噪声将黑夜也快捅出窟窿来，我们才起身离开。

在我身后，鲲的身影在暗夜里朦胧成粗糙的石头，坠在水中，沉默无语。

阿忆一直不肯告诉我，我们要找的东西是什么。

十一

北冥之顶，传说中的黑暗笼罩之地，到底有什么？我的好奇心急速发酵，心里陡然生出一种飞蛾扑火的悲壮与惨烈。我像个饮鸩止渴的人，渴望与绝望日夜纠缠。

腿刚刚恢复，我就拉着阿忆再攀北冥山。

这次非常顺利，我们站在山巅，蜿蜒的长城如一幅水墨画轴在远处的
山岭间铺开。

果真是黑暗之地！北冥之顶虽高，周边却齐齐地生出诸多的山峰，阳
光被遮挡得严严实实。

阿忆拉着我走向一片黑幽幽的灌木丛，我却突然挣脱了，拼命往山下
奔去，阿忆没有追我。跑了一会，我自己站住了。

"去看看吧，最糟糕的事情已经过去了，再坏又能怎么样呢？"

我看不见阿忆的嘴在动，但他的声音，却传进我的耳朵里，那些话像
是从我心底里长出来的。

我蹲在地上，想哭，眼球干燥，拧不出一滴泪水。

我跟着阿忆走进了那片灌木丛，阿忆跪在地上，脸贴着地，用手指在
缝隙里刨，他的脸上沾了泥土与杨絮，模糊了他本来的样子。

也不知过了多久，他的手里紧紧攥着一叠从土里、草里、石头下掘出
来的碎纸片。他跪在一块大石头旁，将那些碎片铺在上面。

"这就是我们要寻找的东西吗？"我看着那些碎片，它们在北冥之顶稀
薄的光线下畏缩成一团，它们像是从本子上被撕裂的，显然已在林中潜伏
了多个寒暑，泥渍斑驳。

阿忆小心抚去纸片的层层泥垢，把他们拼凑在一起，费力地去辩读上
面的图案：一只长着翅膀的大鱼在空中翱翔。

阿忆将那些残片夹进他随身携带的日记本里，然后郑重地把日记本交
给我。

我突然想起，这本日记本，就是他坐在我家，经常翻看的那本。

下山时，阿忆开始去寻访那位老人的踪迹，我静静跟在他身后，像是
他的影子。

八角亭里，巡山人说："你找李大爷吗？他负责扫地，顺便捡垃圾，现
在估计在那边山头。"

看我们认真的样子，巡山人又说："他受过刺激，不太喜欢别人上山顶，
特别是女人——他吓到你了吗？他多数时候是正常的，只是偶尔——"

"没有，没有——"我连忙摆手，"我们想找他聊聊，他说山顶上有女人
死了。"

"没人见过那个女人，李大爷是瞎说的，你别当真。"巡山人站起身，转身下山，走了几步，回头叮嘱，"快下山吧，马上要静园了。"

断断续续的钟鸣从山腰处传来，在山里久久回荡。浓墨重彩的绿林之间，千年古刹的红色屋檐，在余晖之下露出曲折的轮廓。

阿忆顺着山道努力搜寻李大爷的身影，有几次，好像看一个花白的脑袋在绿树间闪现，可是走近了，却只是空空一片山林，哪有什么人影。

三只小鸟在林间盘旋，我仿佛看见有一只鸟头上笼着一个白色塑料袋，我惊呼出声，裹着风衣的身子瑟瑟发抖，等鸟儿飞近了，才发现是一丛槐花远远地挡在那只鸟头上。

十二

我和阿忆手里的北冥山门票已经攒了一小摞了，可是却一直没有见到李大爷。

"我们一定要找到李大爷吗？"我问阿忆，"我们已经有了日记本，还不够吗？"

阿忆笑笑，反问："你不想听山顶上那个女人的故事吗？"

我摇摇头，苦笑道："那肯定是一个悲伤的故事，又何苦这么费劲找来听。"

阿忆眼神骤然变冷，他说："如果连我们也不听他的故事，那他的故事还能讲给谁听？"

阿忆又去找巡山人打听，巡山人已经认识了我们，他纳闷地说："李大爷天天都在，你没有看见吗？"

再去时，阿忆找了一条绿色丝巾，把我的头裹得像一个粽子。我们坐在八角亭，看着李大爷背着白色麻袋走了过来，探头在亭子外的垃圾桶里翻找。

我走过去，将一个空瓶子递给老人。

老人接过去，朝身后的麻袋里一扔。又走了几步，坐在台阶上歇息。我便坐在他身边。

"山上有女人死了吗？"我问，像是一个熟睡的孩子在呓语。

老人的声音更轻，像是来自一个久远的过去。

"都好多年了，傍晚，那个女人绕过我，溜上山顶。天黑了，还没下山，我去找，看到那个女人在撕一个本子，我拉她下山，她不动，我记得很清楚，那个女人哭的时候，没有泪水……"

老人站起身，迈步下台阶，麻袋在他背后晃动。在一个小路口，他钻进一条小径，一只小松鼠蹲在树枝上，远远地瞅着他，我的身影刚出现，它一扭身蹿上了树。

"那后来呢？"

我跟在他后面问，风把面纱吹得紧紧贴着口鼻，有一阵子，我感觉无法呼吸。

"后来，我下山找人帮忙，走了一半，感觉不对，转身回去，发现女人躺在地上，已经没气了，她的头上，一层又一层，一共缠了十个塑料袋，我一个一个解开，系得真紧，还是死结……"

"她死了吗？"

我追问道，路边横出的一截树枝，将丝巾扯住，我一心跟着李大爷走，没有留意丝巾已滑下一角。

"我应该报警的，可是我老了，糊涂了，她跟我闺女一般大，我不忍心她挨冻，便把她装在麻袋里，背下山。以前山顶上也死过人，都是我背下来的，可是这次不一样，我走到鲲雕像前时，袋子动了，一下两下，我腿一哆嗦，扔下袋子就跑了，等我叫了一群人过来时，只有一个空空的袋子在地上……"

这时，老人走到鲲雕像前，他将麻袋放下，坐在池边，沉默不语。过一会，他歇够了，咳嗽几声，背上麻袋走了。

巡山人从我跟前路过，问："你跟李老头聊得怎么样？"

"很好，他给我讲了那个女人的故事。"

"可是，我怎么听到都是你在说。"年轻的巡山人疑惑地眨眨眼。

"你看见阿忆了吗？他一直跟我在一起。"

"什么阿忆，没瞅见，你快回吧，天黑了。"

从那天起，阿忆消失了，我再也没有见过他。

十三

灿灿已经跟我一样高了。

在北冥山的台阶上，十三岁的他挽着我的胳臂，噘着嘴，说自己太累了，除非妈妈抱，不然就要赖，蹲在地上不挪步。

我在路边捡了块石子，教他在山石上画鲲。

灿灿弯下腰，想学我的样子，拾一块石头，可是握了几次，石头都从他的指缝间溜走了。

他梗着脖子，歪歪斜斜地站起来，嘴角斜出一道细长的口水。

我掏出纸巾，帮他擦净，把他搂在怀里，握着他的手一起画。

旁边有个小姑娘凑过来："哥哥，你在画什么？"

"鲲。"

"哥哥，你为什么老歪着头？还有胳膊，也跟我们不一样。"小女孩歪着脑袋，好奇心从画上转移到灿灿身上。

"我——是——脑——瘫——"

"脑瘫是什么？"

"脑瘫就是与众不同，独特的。"我握着灿灿的手，大声回答。鲲在石头上咧嘴笑着，背上幻化出两道像云一样的翅膀。

我把手上的石头递给小女孩："你也画吧！"

女孩点点头，接过石头，认真地画了起来。

我搂着灿灿的肩，指着远处的鲲鹏湖对他说："我们来过这里，爬山时，你最小却最厉害，一直跑在我前头。"

"我——会——跑？"

"那年，你三岁，你什么都会，回家后，你还给妈妈画了一幅大飞鱼，对，你把鲲叫作大飞鱼。"

我们接着往山上走，我脱下米色风衣，又从包里掏出一本日记本，那上面，有一幅大飞鱼的画，由无数个细碎的残片黏合而成的。

"看，这就是你画的。"

灿灿触摸画的手指有些畏缩，突然，他的手弯曲起来，握成了拳头，重重地把日记本拍到了地上，他的声音很响很尖："你骗我，不是我画的——"

我把本子从地上捡起来，放到嘴边，吹掉封面上沾的杨絮，放回背包。

四下一片安静，我抬起头时，看见灿灿扁着嘴，眼圈红红的。我刚伸出手，想抱抱他，他歪斜着身子，一头扎进我的怀里，我搂着他，轻轻拍他的脊背，他哭得更凶了，浑身颤抖，他含糊不清地说："我知道是我画的，我一眼就看出来了，一眼就看出来了……"

古刹钟声响起，层层在山谷荡漾，又似缕缕渗入丛林。

"灿灿，你看，那是北冥之顶。"我指着远处那耸立的一抹青翠说，"你想去看看吗？"

"我不去——我——怕妈妈累——"

"妈妈去过很多次了，不累，我们走吧。"

我搂着儿子的肩，贴在他耳边呢喃，"要经过好大一片阴影，才能到达山顶……而且山顶上，也没有阳光……"

"飞过去，飞过去，大飞鱼，飞过去，有阳光……"灿灿笑着，身子斜斜地伸开双臂，像儿时一样，雀跃。飞翔。

不远处的八角亭，有人问巡山人："怎么好久没瞅见李老头了。"

"进了疗养院，听说病快好了。"

"那他说的那个女人的事，到底真的假的？"

"谁知道呢？"巡山人摇摇头，说话时，他仰着脖，踮着脚，用一根长竿去钩树上的塑料袋。

这棵树上的塑料袋正严丝合缝地套在一丛新发的嫩枝上，嫩枝纤弱的绿色渐渐消退，叶脉间渗出枯黄的气息，正拼命地摇晃挣脱，可显然无济于事。风拂过，塑料袋身姿轻盈地旋转几下，缠绕更紧了。

巡山人及时地用钩子捅破了塑料袋，袋子迅速干瘪，被撕扯着离开了枝头。嫩枝重获新生，在风中喘息着舒展腰肢。

他想起他的家乡，无数的高山低洼，一树一树都挂着塑料袋，比这城里要多何止千倍万倍，那些袋子把树缠绕得枯黄憔悴，可是，从来没有人去管，也不会有人专门去钩下来。

他细心地把从树上钩下来的塑料袋，卷成一团团，塞进一个麻袋里，麻袋已经破旧了，上面还织着一块灰色补丁。他想李大爷的手还真巧，缝得真结实，他又想起，李大爷从那个女人脖子上一层层解下十个塑料袋，用的也是同一双手。

"要是换我，也会这么干的。"巡山人想着，年轻的眼眸闪出亮光。他趁着起风，又举起竿子，一树一树地钩飘扬的塑料袋。

作者简介

张慧娟，一粒如沙石般平凡的写作梦想坚守者。

做过报社编辑、记者、全职妈妈，无论身处何处，从未放弃过小说与幻想。

用心写字，奢望讲述与创造一个崭新世界。

简　评

小说中的一条线索是主人公和儿子之间的养育关系，另一条线索是这家人和楼上男人神秘而不安的联系。这两个故事不断遭遇和碰撞，这个楼上的神秘男人成了掠夺者。最终，在孩子意外遭受事故后，男人把孩子送进医院，完成了这种掠夺。之后的各种意外死亡事件让生命的迷茫由此画了个句号。作者用飞扬的想象力构筑了一个观念性很强的小说，带有一定荒诞色彩，是写作者的一种尝试。当然，依靠现实的依托，细节的支撑，整体的思想观念才更有说服力。作者叙事和表达自己的观点时还比较急切，将观念与现实恰当整合，会提升小说的表现力。

我的姐夫彼得潘

王也丹

一

我姐夫叫潘胜利，五十多岁了，那天忽然给我打电话，说："酒驾了。"在交通队，让我去捞他。

"活该，关你些日子才好呢！"我摁掉电话，"开着一辆破面的，还喝酒，找死呢。"

我真的不想管他。酒驾没入刑前，他是一天两顿酒，整天糊里糊涂的。酒驾入刑后，虽有所收敛，却还是管不住嘴，见酒就馋，说只有喝点酒，才觉得日子是日子。

没一会儿，姐姐的电话就来了："别跟你姐夫一般见识，这个家还指望他呢。"

没办法，我只得去了交通队。初冬了，风有些硬，地上的枯叶随风翻滚着卷到车轮下，碾压一番后又抛向别处。交通队的大院里，潘胜利软塌塌地站在院子一边，双手插进裤兜，缩着脖子，凌乱的头发在风中支棱着。还有两个酒驾的人正跟一个年轻的警察软磨硬泡，警察不耐烦地呵斥着他们。

看到我，潘胜利露出笑容，有点不好意思地挪过来，说："就知道你不会不管我。"

我白了他一眼："我是冲我姐。"

潘胜利属于饮酒驾驶，罚款一千元，记十二分，扣驾照半年。

替他交了罚金，走出交通队大门。潘胜利尾随着："我就喝了一杯啤酒，就一杯，想着不会吹出来。"

"不喝你会死啊。"我冲他吼，"一千块得买多少酒？这钱你必须得还我！"

"还，还，我还。"潘胜利讨好似的说。

"我姐怎么嫁了你这么个货色。"我扔下潘胜利,"你自己想办法回家吧。"我扬长而去。

<h2 style="text-align:center">二</h2>

我姐姐年轻时是个美人,高中毕业的她哪也没考上,只得留在村里干农活。母亲看着着急,姑娘家家的,几年农活下来,不得粗糙了?没多久,十里八村上门说媒的人就踏破了门槛。姐姐东挑西拣,相了好几个。

后来一天,母亲她俩和媒人一起去了六十里外的吉祥镇。回来后,我发现姐姐走路的姿势都变了,屁股扭得带着妖气,她悄悄告诉我,这次这个她相中了。

母亲却坚决不同意,说:"家里穷不说,本人还流里流气的,不行!"

姐姐傻了眼,她和母亲据理力争:"他家人口少,只有母子两人,省心;他也不是流里流气,是帅,是精神。"母亲说:"你懂啥,我过的桥比你走的路都多。他长得长脖子细腰,大雁似的,一看就没福气。"姐姐不服气,明里争不过母亲,就暗地较劲。她谎称自己不舒服,不吃饭,也不下地干活,就把自己死死地关在屋里。到了晚上,看一家人都睡下了,"病"了一天的姐姐就催促我赶紧去厕所。我便趁着假装上厕所的机会,偷偷地从堂屋的锅里给姐姐顺点吃的进来。

姐姐的攻势终于把母亲拿下。几天后,母亲隔着门,对病在屋里的姐姐说:"女大不中留,你也别绝食了,非要嫁,那你就嫁吧,只是以后别埋怨家里。"

听到母亲的话,姐姐一下来了精神,倏地从床上坐起来,开始对着镜子梳理她的长头发。姐姐已经反复跟我描述过了她的意中人,那个人叫潘胜利,比她大两岁,她在吉祥镇上高中时在街上见过他,喇叭裤、蛤蟆镜。姐姐一脸向往,说,帅极了。

那是八十年代,喇叭裤、蛤蟆镜是年轻人非常时髦的行头,别看吉祥镇只是个乡下小镇,但距离市区并不太远,城里的流行元素早像春风一样吹过来了。

春天般花枝招展的姐姐就在那个春天里，欢天喜地地嫁过去了。

多年之后，那时母亲已经去世。有一次闲聊，我告诉姐姐，她因为潘胜利闹绝食的日子，母亲每晚都把饭特意留在锅里，所以我给她"偷"进去的吃食总会还有余温。听了这话的姐姐，一下子流了眼泪，说："不听老人言，吃亏在眼前，年轻时真应该多听听老人的话啊。"

嫁过去的姐姐过了一段特别顺心的日子，她和婆婆和潘胜利一起守着三间半新半旧的瓦房，一处四四方方的小院，共同打理着家里承包的几亩地。我那时在镇里上中学，偶尔去看看姐姐，捎去母亲带给她的东西。

一年多以后，姐姐生下了儿子潘超越。生了孩子的姐姐发了福，身体变了形，发面馒头似的。姐夫潘胜利几乎一年四季喇叭裤蛤蟆镜不下身，那是他最好的衣服，也是他最爱穿的衣服。"穷家养娇子"，潘胜利十几岁时父亲去世，母子俩相依为命，他母亲特别娇惯他，肩不能挑，手不能提，不爱干农活。

潘胜利的儿子潘超越半岁大时，潘胜利不知从哪里弄来了一个收录机，几乎每天傍晚，他都会和跟他差不多大的几个男人一起，提着一个手提箱似的收录机在吉祥镇的街上招摇走过，去街头的一个录像厅里看录像。收录机里的"燕舞，燕舞，一曲歌来一片情……"回荡在吉祥镇小街的上空，然后又迅速被录像厅传出的打打杀杀声淹没。

潘胜利从外面回到家，神秘地对姐姐说，他看录像看到了一个发财机会。

"是啥？"姐姐问，"你也开个录像厅？"

潘胜利嘿嘿一笑，本来就不大的眼睛眯成了一条细线，透着狡黠："录像厅算啥？我要借钱买面的，跑客运。"

姐姐问他："你会开车吗？"

潘胜利说："这有何难，我以前开过拖拉机，开过摩托，都差不多。"

姐姐对潘胜利的话深信不疑，她见过他在街上开摩托的样子。不知是谁的摩托，潘胜利在前，一个和他年龄相仿的男青年在后面搂着他的腰，二人都戴副蛤蟆镜，风一样从当时还是高中生的姐姐身边驶过，黏住了姐姐青春的目光。

"你就等着数钱吧，娘子——"潘胜利一副戏腔，嬉皮笑脸地对姐姐说道。他又转向躺在床上的儿子，拨弄着儿子的小脸儿，"儿子，爹会让你过上最好的日子。"不满周岁的儿子正睡得香甜，睡梦中露出了甜美的笑。

那时公交车还不发达，从吉祥镇到城里每天只有两趟班车，人挤得上不来下不去的。潘胜利的面包车来回比班车贵了四块，开始没有多少人乘坐，后来，慢慢地，有许多赶时间又嫌班车拥挤的人，认可了潘胜利的面的。那段日子，喇叭裤蛤蟆镜是潘胜利的标配，洋洋得意的他每晚回到家，都要让姐姐炒上俩菜，喝上两口。只两年多的时间，他们还上了借款，手头有了盈余。正巧土地重新划分，种地又不挣钱，他们便把承包的那几亩土地退掉，只留下一点自留地，用来自家种菜吃。

这时，潘胜利出事了。

是一个冬天的晚上，潘胜利从县城拉客回来，顺便去邻村看望他一个生病的哥们，听说那哥们刚做了小肠疝气手术，潘胜利就买了许多好吃的。二人见面很激动，全都喝了酒。回来时，漆黑的村路上，潘胜利的二手面的只有前面一只大灯能亮，独眼怪兽一般晃着昏黄的光。潘胜利把车开得歪歪扭扭，狼吼似的唱着：我曾经问个不休，你何时跟我走，可你却总是笑我，一无所有，噢……还没容他"噢"完，就听"砰"的一声巨响，晕头晕脑的潘胜利撞上了路边的大树。

破面包车一下报废，潘胜利头部受伤。

姐姐听说后吓得够呛，他娘一下子就瘫坐在地。潘胜利后来却说，多亏那天喝了酒，迷迷糊糊地竟然没觉得疼。他那个哥们也因不遵医嘱，未愈喝酒，又二次入院。潘胜利听说后，哈哈直乐，连说"够哥们儿，够哥们儿"。

潘胜利的伤养好后，他母亲说什么也不让儿子再动车了，姐姐也是心有余悸。商量来商量去，潘胜利决定开个小卖部。

利用手里仅剩的一点余钱，他们在镇子中心租下一间二十平米左右的平房，装了货架，进了日用商品，小卖部热热闹闹开业了。我去过他们的小卖部，临近路边，人流量比较大，地理位置还不错，只是阴暗潮湿，一天也照不到多少阳光。

姐姐开始忙碌起来，她把孩子交给婆婆看管，一边经营小卖部，一边干点农活，有时夜里还要和潘胜利一起轮流看店。

　　因为隔段时间就得到县城进一次货，没车实在不方便，潘胜利就又借钱，买了一辆二手"三马子"。"三马子"是当地人的叫法，就是三个轱辘的农用车，前边有类似摩托的车把，后边一个车斗，跑起来噪音大，没速度，感觉一蹦一蹦的，所以也有人叫它"三轮蹦子"。

　　有一年，春节前，天气奇冷，我家年货还没备齐，母亲要我去趟县城，我实在发怵，就给潘胜利打电话，让他到县城进货时，顺便把我家要的东西捎回来。

　　我反复叮嘱他别忘了，心里却依然对他不放心。我想起姐姐给我讲的他从县城往回拉建筑材料的糗事。他的一个发小在县城里搞建筑，拆下一些木板、水池、暖气片等废料，问潘胜利要不要，自己去拉。潘胜利开着"三马子"去了，装了满满一车。一个多小时后到家，停下车，回头一看，满满一车东西只剩了半车斗——潘胜利装完车后，绳子没捆结实，半路全掉出去了。

　　潘胜利是狗熊掰棒子，走一路，丢一路。"我说怎么越开越觉得轻省呢。"面对姐姐的责怪，潘胜利嘻嘻哈哈，不以为然。

　　"真是个二货。"听了姐姐的叙述，我对姐姐说，"一场车祸把他撞傻了吧。"

　　姐姐没说什么，"唉"了一声，眉宇间全是无奈。

　　那天潘胜利从县城回来，先到我家把我要的东西从"三马子"上一样一样拿下来：一个猪肘子，一盒带鱼，一团麻绳，一大桶酱油。

　　"行哈，这回一样没丢。"我奚落着他。

　　潘胜利有点尴尬，笑了笑，说："记着呢，这回我都记着呢。"

　　他知道我一贯都看不上他，为了证明给我看，就拿出一个小本子，一边翻一边指给我，这是猪肘子，这是麻绳……

　　我大笑。潘胜利虽然有点小聪明，却不爱学习，只凑合着小学毕业，学过的知识基本都就饭吃了，他写了一个"猪"字，"肘"不会写，就在后边画了一个肘子的形状。"麻绳"是用一堆乱线代替的。上面还有类似鱼和流水的图画，想必就是我交代给他的带鱼和酱油吧。

　　"亏你想得出来。"我又笑，"不过还算聪明。"

　　潘胜利合上本子，说："我还给别人带着东西呢，太多，记不住。"他又哗啦翻了一下，"都在这里记着呢。"潘胜利几乎每次去县城进货都要给村人捎东西，大到冬天用的烧煤炉子，小到妇女做针线活的顶针，基本都是镇里买不到的。这些捎带回来的东西，他都是原价给村民，从来不多收一分钱。

看着潘胜利鼻头、脸颊、耳朵都冻得通红，身上裹着脏兮兮的绿色军大衣，鼻涕都快冻出来了。我说："你傻呀，也不知道戴个棉帽子。"

他说："忘了，走时忙忘了。"

他发动起"三马子"，"三马子"突突突地冒着黑烟。冬天白天短，夕阳已经沉到山后去了。潘胜利在县城跑了一天，才把所有东西采买齐全。看着他挂着一溜黑烟远去，我想，如果这样下去，姐姐家的日子应该会越来越好的。

三

日子无法阻挡地继续向前行进着。

转眼，潘胜利的儿子潘超越十岁了。小卖部运转良好，姐姐家开始有了积蓄。那两年镇子上又相继开了七八家小卖部，还有一家小型超市。钱不像最初那样容易挣了，潘胜利多了竞争对手，整日琢磨该怎么办。没容潘胜利想出新思路，他六十多岁的母亲突然脑梗，住进县城医院。治疗了一个多月后，不仅没能抢救过来，还花光了大部分积蓄。面对撒手而去的母亲，潘胜利悲从中来，第一次掉了眼泪，他蹲在医院楼道的墙角，把脸埋在腿间，整个人缩成了一团。

潘胜利母亲去世还不到一年，有一天，姐姐给我打来电话。那时我已大学毕业，在城里工作了。姐姐在电话里哭着说："你快来一趟吧，你姐夫要跟我离婚。"

到了姐姐家，屋里乱糟糟的，被子摊在炕头，柜子上一层尘土，一看就是好长时间没有收拾过了。姐姐已经瘦得不成样子，如同一个风干了许久的干萝卜，失去了水分和光泽，一头乌黑的长发也已脱得稀稀拉拉，像冬日山坡上的枯草。

姐姐病了小半年了。开始是浑身无力，关节疼痛，谁也没当回事。然
后是莫名的脱发。慢慢地，胳膊、腿上、脸上长了许多淡红色的色斑。村
医来看，说是皮疹，开了外用的涂抹药，内服的祛除湿毒的药，却没见好。
潘胜利带着姐姐到县里的医院，该做的检查都做了，医生还反复翻书对照，
说是红斑狼疮，吃了一堆药，反而重了。他们又换了一家医院，医生也说
是红斑狼疮，还说因为长期待在潮湿的屋子里，有了严重的关节炎，建议
住院治疗。住了半个月，整天吃药输液做检查，却眼见着色斑面积扩大，
几乎长满全身。

钱花光了，又借了外债，潘胜利不堪重负，姐姐也不想再治。二人决
定出院回家。回到家里的姐姐连稍重一点的力气活儿也做不动了，每天只
是从屋里挪到屋外，看看天，晒晒太阳，再挪回去。

听完他们的叙述，看着眼前的姐姐坐在炕上抹眼睛，潘胜利在椅子上
唉声叹气，我的心里不知什么滋味。这还是当年如花似玉的姐姐么？四十
岁不到的她，额前有了深深的皱纹，而那个喜欢牛仔裤蛤蟆镜的潘胜利也
憔悴苍老了不少，瘦削的身材再也没有了年少时的风流。

"你姐姐的病看来好不了了，啥也查不出来，干花瞎钱。"潘胜利说，"我
想把小卖部卖了，把钱分了，自己过自己的，都过几天好日子吧。"

"你说什么？"

"小卖部大概能卖一万多块，你姐我俩一人一半……"

"你他妈混蛋！"没容潘胜利说完，我一脚踹了过去，"你他妈还是人不？
我姐跟你时啥样？现在成了这个样子你想撒手不管？"

我越说越愤怒，上前薅住潘胜利的头发，"你他妈的要不把我姐治好，
我找人弄死你！"

坐在椅子上的潘胜利一动不动。

姐姐赶紧下炕，气喘吁吁地掰开我的手。

"我已经给她治了……"潘胜利小声说，"我真的受不了了。"潘胜利突
然哇的一声，大哭了起来。

潘胜利一哭，姐姐的眼泪更加汹涌了。从外面玩耍回来的潘超越一进
门，看见爸妈在哭，不明就里的他也跟着哭起来。

一家人哭作一团。我的心很疼，眼泪开始在眼睛里打转。这些年，潘

胜利和姐姐一直在努力生活着，可生活并没有眷顾他们，好像总在和他们开着玩笑，一个意外接着一个意外。姐姐啊姐姐，这就是你当初斩钉截铁选择牛仔裤蛤蟆镜的结果。

我长吁一口气，使劲把含在眼眶的泪水憋了回去。

平静了一会儿，我说："别在县医院看了，现在这样也无法再开小卖部，把小卖部卖掉，到北京的大医院查查吧。"

我建议他们去北京××总医院。那里有我的一个同学。

潘胜利听了我的话，随后几天，他盘了货，把小卖部转手卖掉，揣上将近两万元现金，雇了一辆车，拉上姐姐，去了北京。

住进××总医院的第十天，传来好消息，姐姐的病查出结果了。主治医生从姐姐的大腿上取了一块肌肉，又请来好几家医院的专家一起会诊，终于得出结论：皮肌炎。

原先的所有一切不仅都是误诊，还起了反作用，致使姐姐病情加重。医生给姐姐用了些激素，开了一些白色小药片，又住了不到一周，就让姐姐出院了。

办理完出院手续，姐姐扑通一下跪在医生面前，一边磕头一边泣不成声。

出了医院大门，姐姐转过身，看着楼顶上"××总医院"五个红色大字，深深鞠了一躬。她直起身，擦擦眼睛，对潘胜利说想去天安门看看，她还是当姑娘时去的，快二十年了。潘胜利就带着她转了几路公交车，到了天安门广场。

看到天安门城楼，看到城楼上的毛主席像，看到宽阔的广场上走来走去的游人和矗立在不远处的人民英雄纪念碑，姐姐哼起了歌："我爱北京天安门，天安门上太阳升……"

姐姐仿佛重获新生。她拉过潘胜利，让广场上拍快照的人给他们拍了一张"拍立得"。"咔嚓"一声，有着宽大白边的照片缓缓地从相机口吐出来。照片上，姐姐靠在潘胜利肩头，笑容灿烂。他们身后是洁白的金水桥栏杆，金碧辉煌的城楼，和城楼上湛蓝的天空。

潘胜利说："一张照片，三十块钱呢。"

四

姐姐的皮肌炎断断续续地吃了五年多的药，才算彻底痊愈，一头黑发又渐渐浓密了，体力活儿也能干一点了。但姐姐的皮肤却留下了大大小小的瘢痕和凸凹，加之一些药物的副作用，身体已是大不如前。

因为有着外债，潘胜利不敢再折腾，就在镇子里打打短工，日子过得紧紧巴巴。姐姐有时暗自慨叹命运不济，好几个和她同龄同村的姐妹，长相学习都不如她，现在却都比她过得好，她怎么就偏偏这么糟糕？闲时，说起年轻时的事，姐姐就后悔自己没长住眼，相中了潘胜利这个"绣花枕头"。潘胜利就说："你得后脑勺上长眼睛——朝后看，咱有儿子，年轻时享的福不是福，老来享福才是真的福呢。"姐姐撇撇嘴，心有不甘又无可奈何。今天看这里不顺眼，明天看那里不舒服，说俩人生辰八字不合，房子也不合风水，成天唠唠叨叨。潘胜利被唠叨烦了，就请了个风水先生到家里看。风水先生拿个罗盘，东瞧西望，看到最后说，大门口的方向开得不好，不聚财。姐姐和潘胜利一想，可不是吗，这么多年，只要稍微积攒下点钱，家里就会出事。于是按照风水先生的指点，潘胜利找来泥瓦匠，把原来冲东开的大门，改成了冲南方向。风水先生说："改了大门，以后就会好了。"

有一阵子，我特别怕接到潘胜利或者姐姐的电话，电话一响，不是这事，就是那事，有时是借钱，有时是让我买东西，主要是让我给潘超越找个工作。潘超越初中毕业了，和他爹潘胜利一样，看到书本就头疼。什么单位能要初中学历？"等着吧，"我对他们说，"我又不是什么领导，无职无权无人脉的'三无'人员。"他们却认为我好歹在机关工作，说"认识人多"。"咋样了啊？"潘胜利三天两头追问，"你外甥还等着呢。"

"你让他认个当官的干爹去！"我实在烦躁，一句话把潘胜利呲了回去。

电话安静了好些日子。有一天，姐姐又来了电话，说不用给潘超越找工作了，他去北京开出租了。

也好，我心说，自食其力吧。

没想到，潘超越喜欢开车，说虽然辛苦些，好歹比找个厂子上班强，不用看领导脸色，时间灵活，挣的是活钱，仿佛开出租成了天底下最好的活计。见儿子心态积极，潘胜利也很高兴，直夸儿子比他出息。那么大的北京不迷路，得多好的记性啊。"要是我，非得晕菜了不可。"潘胜利说，"我年轻那会儿跑个县城还迷糊呢。"所以每逢有人问他儿子在哪儿工作时，潘胜利都会自豪地说："北京，大北京呢。"在大北京跑出租的潘超越跑出了好心气，没几年，找了个在北京打工的四川媳妇，一年后生了儿子。

潘胜利和姐姐成功晋级为爷爷奶奶，乐得合不拢嘴。儿子儿媳把孩子扔给他们，继续在北京城里打工。

孙子上小学一年级那年，姐姐说她要养猪，让潘胜利跟我借钱，说："这些年还是没攒下钱，盖猪圈、买猪仔的钱不够。"

那年春节前，我去姐姐家，参观了他们的"养猪场"——因为没有专门的地方，他们竟把猪圈围着房子盖了半圈，从院墙东面到正房后面，借助外墙，盖了十几间，每间大大小小有三两头猪，连起来就成了一个她所说的 L 形"养猪场"。

潘胜利正提个大桶喂猪，桶里是猪饲料，隔着半人高的猪圈墙，把饲料倒进圈内的石槽子里，他的身上沾满了饲料渣子，还有许多不明不白的污渍。"一会儿还得给它们喂点温水。"潘胜利说，"吃饲料喝热水，夜里再喂一顿夜宵，四五个月就能卖了。"他的门牙掉了一颗，说话有些漏风。

晚饭，姐姐炖了排骨，还有卤猪蹄。五十出头的姐姐俨然是个老太太了。"都是自家养的，"姐姐说，"没喂饲料精的，吃的都是粮食，放心吧。"姐姐说，"有两个猪圈的猪喂粮食和蔬菜，留着自家吃肉，其他的都喂饲料。"

"能挣钱吗？"我问。

"还不赔吧。"姐姐说，"好歹是个收入，我这破身体老得吃药，不能给儿子添负担。"

晚上我和姐姐一起睡在了火炕上，姐姐把炕烧得热度适中，经常失眠的我竟睡得香甜。半夜里，我被一阵呼噜噜和咕噜噜的声音吵醒，以为是姐姐。睁开眼却发现姐姐正坐在窗前，把脸贴在窗户纸上。

"你干吗？"

姐姐掉过头。"牙疼，"她说，"叼两粒花椒，让冷风吹吹。"

我看到她贴过的窗户纸上有个小洞，一丝光亮正从那里透进来。

呼噜噜和咕噜噜的声音还在响。我分辨出来了，是墙那边的猪在打呼噜，在拱院墙。每个夜里，姐姐就是这样和一墙之隔的猪们一起相伴相眠的吗？

姐姐说："春节前的肉价好，你帮着销点吧。"

我没吱声，却再也睡不着了。姐姐继续把嘴贴到窗口那里，嘶哈嘶哈地直吸气。腊月的硬风如磨得锋快的刀子，与麻酥酥的花椒粒一起充当着姐姐痛牙的麻醉剂。姐姐舍不得花钱，不敢去医院，总说"偏方治大病"。这个农村常用的治牙疼的土方子，也许暂时能缓解她的疼痛吧。

回到城里，我联系了两个在县城开酒店的老同学。又给潘胜利打了电话，让他宰十头猪，收拾好，务必在腊月二十八之前送到饭店。

潘胜利在电话里连声谢谢，说卖猪肉比卖毛猪合算，说等将来挣了大钱，一定会好好感谢我。

我说："你不用谢我，你让我姐过上好日子就是对我最大的感谢。"

"会的，会的。"潘胜利说，"一定会过上好日子的。"

五

姐姐家的好日子真的来临了。

转过年，初春，姐姐家山后漫山遍野的梨花开得一片雪白。姐姐说他们租下了山脚一处废旧的院落，准备收拾收拾，扩大养猪规模。姐姐还说，北京一限号，京字车牌值钱了，潘胜利卖了原来那辆报废面的车牌号儿，又买了一辆二手面的，上了一个外地的牌子。"得去县城进饲料，还能顺便拉拉人。"

姐姐除了日常家务，去给村里的"云婆"做保姆了。云婆是个"神婆子"，和姐姐家相隔两条胡同，因为额头上有块类似云纹的胎记，名字里又带个"云"字，人们便称之"云婆"。"头上顶着狐仙呢。"姐姐说，"特别准，许多人从老远的地方开着小车来找她，算命，看异病。"

我见过"云婆"，八十多岁，一头白发，表面上和普通的农村老太太没什么区别，细看，眼神有时坚硬，有时迷离。姐姐的孙子有一天从外面玩回来，突然就发烧了，不吃不喝，姐姐急坏了，抱到云婆那里。云婆说孙子被吓着了，魂儿丢了，她死死盯着孙子看，目光如炬，突然一声厉喝："赶紧走！"姐姐哆嗦一下，正不知如何是好，却见云婆吐出一口长气，仿佛赶了长路一般，额头有了细密的汗珠，随后慢慢温和下来，给姐姐画了一张黄纸符，告诉姐姐回去压在孙子枕头底下，夜里，子时，拿个笤帚疙瘩，先轻拍一下孙子，再拍一下炕沿，连喊三声："孙子，回家来吧。"如果孙子能答应一句："哎，回来了。"最好。如果不能，就让潘胜利代替孙子答应。

姐姐回去，当天夜里就照着云婆说的做了，连着喊了三宿。第四天早晨，天刚放亮，姐姐就把那张画了符的黄表纸悄悄送到村南的小桥头，烧了。姐姐在半信半疑中眼瞅着孙子一天天见好，活蹦乱跳起来。回想深更半夜，人息夜静，姐姐和姐夫潘胜利两人幽幽地一叫一答，孙子在一边呼呼安睡，姐姐总觉得后背发凉。

姐姐提了点东西去答谢云婆。快中午了，还有两拨客人等着云婆算命。云婆就让姐姐帮她做了点便饭，大家一起吃了。客人留下厚厚一沓卦资，顺便把饭钱也给了。后来，云婆就对姐姐说："我看你人挺实在的，来给我做饭吧，一月给你一千，我还能保佑着你家。"云婆儿女都搬进城里去了，不在身边，只自己一人。

姐姐已对云婆深信不疑，有云婆这个"神"保佑着，每月有一千块的进项，又不耽误家里的事，何乐而不为呢。姐姐愉快地接受了。她觉得这是神的指引，每天去云婆家做事，自己也仿佛有了点仙气儿，百鬼都不敢近身呢。

"我感觉身体和精神都好多了。"姐姐说，"我伺候神，你姐夫伺候猪，云婆说了，有她这个神保佑着，我家肯定会越来越有钱的。"

潘胜利也信云婆，变得勤快起来，浑身上下好像有了使不完的劲。一边准备新猪场，一边自己练习给猪打防疫。潘胜利快成兽医了，姐姐说："都是他自己动手，省了不少开支。"

不久，又有了好消息。姐姐让潘胜利挨个给亲朋好友打电话，说要在县城里的梦圆饭店请大家喝酒。潘胜利喜滋滋地说："我家超越也在县城买楼啦。"

在北京开出租的潘超越贷款在县城边买了一处五十多平的二手房，每月还贷三千多。

"负担得起吗？"我问潘超越。三十出头的潘超越整个是潘胜利的翻版，精瘦，却很有心气。

"还行吧，我多跑几趟，等过几年再买辆新车。"潘超越说。

潘胜利接过话："我们养猪再贴补他点，孙子该上四年级了，得进城里学校念书，你帮着找找人吧。"

全家人的户口都在吉祥镇，却非要往城里挤。"城里条件好，为了下一代啊。"潘胜利说，"镇里孩子越来越少了，听说今年一年级新生才招了不到二十人。"

那个暑假，潘胜利为了孙子转学的事几乎没闲着，从镇里到县城，从县城到镇里，来来回回跑了好多手续。他逢人就说，他们潘家翻身了，从孙子这辈起，也算是城里人了，再不用和土坷垃打交道了。

因为他的这个"城里人"，我调动了我的熟人关系。虽说政策上是根据居住地划片，就近入学，却也并不是什么人都能随便入的。

"这年月，没熟人真是办不成事。"潘胜利深有感触地说。

直到九月一日开学，孙子背上书包去了附近的城里小学，潘胜利一直悬着的心才踏实地掉进肚子里。儿子潘超越继续在北京开出租，儿媳辞掉北京的临时工作，回到县城楼房负责照顾孩子学习。潘胜利和姐姐在老家吉祥镇接着他们所说的"伺候猪"和"伺候神"的事业，有时间了就到县城看看孙子。

"真是有神仙保佑呢。"姐姐说。一家人分工明确，一切都安定下来。

"这才是好日子啊。"那天在酒桌上，潘胜利端起一杯二锅头，呲啦一口，咂咂嘴，仿佛走完了二万五千里长征一般，说："这回好了，都顺当了。"

五十几岁的潘胜利头发几乎全白了，常年的风吹日晒把他打磨得又黑又瘦，脸上和脖子上裸露的皮肤皱皱巴巴的。

我说："把头发染染，精神精神。"

他说："瞎花那钱干啥。"又说："人家给咱孙子办了这么大的事，送人点啥好呢？"

"除了猪，你还有啥？"我说。

"要不我收拾一头，送了？"潘胜利说。

"你把自己白送人家都不要。"我说，"你就是头猪，猪脑子。你这情，我早替你搭过去了，你就欠着我的吧。"

<h1 style="text-align:center">六</h1>

自从把潘胜利从交通队捞出来后，他消停了好长时间。姐姐偶尔会有个电话，告诉我说孙子学习还不错，不比城里孩子差。说天天去云婆家，有云婆这个"神仙"护着，心里很踏实。说他们租下的那处山下院落基本收拾好了，地方很大，"能养四五十头猪呢"。又投入了不少，等过段时间他们就要把猪仔买回来了。"这一拨猪长起来，应该能挣钱的。"姐姐说，"就是太累人。"只听潘胜利在电话那头大声嚷嚷："你姐姐整天把我当孙子使唤。"姐姐说："还不是都为你孙子。"

我心里感到了些许安慰，想象着在远离县城的吉祥镇，在青山绿水的山脚下，一处被改造成猪舍的破旧院落里，姐夫潘胜利系着一条黑色大围裙，被一群或黑或白或花的猪们围着，他的手里倒着猪饲料，嘴里"嘞嘞嘞"地叫着。姐姐蹲在墙根的锅灶边，往灶膛里填着柴火，锅里的温水氤氲着洁白的水汽。他们的脸上露出疲惫，却有着发自心底的笑意。

这是一幅美好而又温馨的画面，有点类似于《天仙配》里的董永和七仙女，男耕女织，夫唱妇随，日出而作，日落而息。我甚至想象他们利用那片小小的山场渐渐扩大规模，肥猪满圈，母猪慵懒，小猪撒欢。他们就像常见的那种胖乎乎的金猪储钱罐，金灿灿地笑着。他们发了猪财。

但一切美好止于想象，我的憧憬与希望还未来得及完善，便被潘胜利的一个电话击得粉碎。

"你快来吧，潘超越出车祸了！"

县医院急诊室外，姐姐满脸是泪，瘫坐在椅子上，被同样哭成泪人的儿媳妇扶着。潘胜利来回走动，打着电话，焦躁不安。

潘超越夜里从北京回来，在一个桥头拐弯时，与一辆直行车辆相撞。

生命无危险。腿骨折。全身多处受伤。意识不清醒。

三天后，躺在病床上的潘超越依稀能回忆起车祸经过了，说是车速有点快，自己又有点困。

交警处理的结果是：潘超越全责。

可车辆没上保险，无法理赔。

潘超越和另一个人合开一辆出租公司的车，白天黑夜轮换。前两年，他为了交车以后回家方便，花几千块钱买了一辆破旧的二手夏利，图省钱，根本没上过保险。那晚潘超越就是开着破夏利回来的。

潘胜利的头都大了。一万押金交医院了，儿子算是保住了一命。万幸的是对方只是轻微伤，但对方要求先行垫付修车等各项费用。潘胜利本来指望保险公司能报销一大部分，却没想到墙上画的那个圈圈不是大饼。

儿子住在医院里，姐姐和儿媳妇轮流看护，潘胜利一边到处筹钱，一边往返于县城和吉祥镇。虽说想象中的山下养猪场刚刚建设好，还没来得及买猪仔，可家里那个 L 形猪场里还有十几头猪嗷嗷待哺呢。

"一顿不喂就得瘦二斤，这可咋办呢。"潘胜利恨不得给猪们跪下，"猪老爷们呢，你们就行行好吧，别再减肥了。"

那天，伺候完猪老爷们，潘胜利开着面的，又飞驰到县城，进了医院病房，见姐姐正坐在儿子的病床上垂泪：儿子不见了。

原来，姐姐看着潘超越输完了液，回楼房做了儿子一直想吃的茴香馅饺子，等匆匆忙忙赶回来，发现病床上空无一人。潘超越已能下床走动了，但记忆力还没有完全恢复，大脑时而清楚时而糊涂。姐姐就去问护士。护士说"可能去厕所了吧"。

等了一会儿不见人，姐姐去楼道里的男厕门口喊，无人应声。姐姐也没问有人没人，直接冲进厕所，挨个拉开门，看到一个老头艰难地在那里蹲坑。老头哎哟一声："这是男厕所。"

姐姐哐地把门甩上，掉头奔向护士办公室。

护士说："是不是去院子里溜达了，那么大个人谁能看得住？"

姐姐下了楼，在医院的院子里到处寻找。花坛边，大树下，车棚子里，挂号处人头攒动的大厅，一二三四各个楼层的科室……哪里有儿子潘超越的影子。

姐姐茫然四顾，六神无主，她又踱回病房。

病房空荡荡的，无人。

护士建议姐姐等在病房里，"说不定一会儿就回来了呢。"

姐姐的眼泪就流了下来，说："这都过去俩小时了，我儿子还糊涂着，要是走丢了可咋办。"

姐姐坐在儿子的病床上流眼泪，眼看着天近傍晚。这时潘胜利来了，听说儿子不见了，哪也找不到，潘胜利跟护士急了："我儿子丢了，你们有责任，你们为啥不好好给看着！"

护士说："这么多病人我们看得过来吗？是你们家属自己不上心。"

吵嚷声引来了值班医生。医生说："都别吵了，查看一下监控吧。"

在医院监控室里的那个小屏幕上，潘胜利终于看到了儿子的身影。穿着病号服的儿子晃出病房，走出大楼，在院子里愣愣地站了一小会儿，然后向大门外走去了。

潘超越走出医院，不知去向。

潘胜利给住在县城里的几个亲戚打了电话，大家纷纷赶来，以医院为中心，沿着东南西北四个方向，分头寻找。

车水马龙，人来人往，潘超越在哪呢？

天色渐渐暗下来，街灯渐次亮了。黑夜让一切变得模糊不清，混沌一片。医院北面是个环岛，有三个出口，往哪走？潘胜利站住了，四下观看。一个是国道，通向北京；一个通向县城中心，那里有大型商厦；一个通向一大片居民区，附近有个汽车交易中心。潘胜利想了想，儿子从小喜欢汽车，会不会往汽车交易中心那里去了呢？

潘胜利睁大了眼睛，沿着路边向汽车交易中心方向走。儿子一直心心念念地要买辆新车，说从他记事起，家里的车就总是二手的。二手的"三马子"，二手的破面的，二手的夏利，啥时能有辆新的？我要买宝马，不，我要买奥迪，不，我要买路虎。儿子常常煞有介事，口气冲天，仿佛他有多少钱似的。唉，儿子啊，爹不要你买路虎，爹只要你好好的，好好的。潘胜利在心里默念着，祈祷着。前面，对面，亮处，暗处，走走停停，停停走走。他生怕漏掉某个角落，而那个角落里就坐着儿子。

那是儿子么？前边不远处的马路牙子上，昏黄的路灯下，蓝白相间的病号服。

潘胜利揉揉眼。没错，是儿子，是儿子潘超越。

潘超越茫然地坐在那儿，显得疲惫不堪。

潘胜利走过去，默默地挨着儿子身边坐下。

看到他，潘超越笑了一下："爸，你来了。"

潘胜利点点头，看着没精打采的儿子，脸上有几道污迹，手里攥着一张十元纸币，肯定是哪个好心人给的吧。潘胜利眼角有些湿，说："你咋跑这儿来了？"

"我来看我的车。"潘超越说，"路虎，新的，在那儿。"潘超越扭过头，指着虚空处。

潘胜利顺着儿子手指的方向看去，封闭的铁栅栏里，零星灯光的反射中，隐约透出车辆的剪影，如一头头趴在黑暗里的猛兽，随时准备着向人扑过来。

正是县城里最大的汽车交易中心。

"可我没有钥匙，我也找不着家了。"潘超越说。

潘胜利的眼泪终于忍不住流下来。

七

潘超越在医院住了将近两个月后，回家静养，直到半年后智力才完全恢复。出租是暂时开不了了，可每月三千多的房贷还得照缴不误，媳妇只得又去北京打工，潘超越只好在家接管孩子。

姐姐不放心儿子，也惦记孙子，便辞了云婆家的保姆工作，来到县城，把老家的猪和一大摊子事都甩给了潘胜利。潘胜利说："去吧去吧，孙子最重要，那是老潘家的希望。"

潘胜利成了孤家寡人，每天温泔水喂猪时，顺便给自己温上二两小酒。坐在炕桌边，抓一把花生米，端起酒杯，潘胜利冲着墙那边的猪说："猪老爷，我天天伺候着你们，来，干一杯！"

一只流浪狗进了潘胜利家，让潘胜利逮住，勒了，美美地吃了好几天。云婆知道了，说："猫来家穷，狗来家富，你不应该吃它，应该好好养着。"

潘胜利说："我才不信那邪，我还得靠猪养着呢。"

转眼临近春节，姐姐给我打电话，说潘胜利宰了一头年猪，全家一起回老家吉祥镇过年。

正月里走亲戚，我去看望姐姐，看到她家门上贴的春联和许多人家买的印刷体不一样，是手写的，木红纸，墨汁，歪歪扭扭，好像小学生字体。

大门上贴的是：感谢耶稣保护我们，出也平安入也平安。横批：神爱世人。

堂屋贴的是：愿神赐福你们全家，出也平安入也平安。横批：耶稣爱你。

堂屋正中迎面墙上还贴着一个画在白纸上的大大粗粗的红色十字，旁边用墨笔写着：归耶和华为圣。

潘胜利没在家，说去后山溜达去了。我问姐姐谁给写的春联，"这都什么词啊？"

姐姐说："我们都信基督教了，是后山梨园的张教主写的。"

"就这字，连小学生都不如，还教主呢。"我说。

"嗨，好歹不花钱，白送的。"潘胜利回来了。潘胜利说他去给张教主送了几棵大白菜过去。说张教主来这里已经好几年了，包了山后的梨树坡，"这两年村里入教的人不少。"他说。

我问："你们入教交钱吗？"

"不交，不仅不交钱，每年秋天还能白得两箱梨。"潘胜利说，"但是得去梨树坡给张教主干点活儿，剪枝呀，摘果呀，打药呀，反正得干一点儿。"

"你们知道什么是基督教吗？"

"我就知道基督教信的是耶稣，是圣母玛利亚。"潘胜利说，"管他呢，反正都是神，说是能保佑我们。"

"不信云婆了？"

"云婆？"潘胜利嘴一撇，"整天说能保佑我们，结果超越还不是出了事？一点都不准。"

"所以就改信外国的神了？"我笑，"成了基督徒，还养猪不？"

"养不了了，不是基督徒也养不了了。"潘胜利说，"这里成了水源保护区，禁止一切养殖，前期全都白投入了。"

潘胜利说，教主给他起了个教名叫彼得，他以后就叫潘彼得了，"叫我彼得潘也行。"

我突然想起那个著名的童话故事《彼得·潘》，就打趣潘胜利，告诉他彼得潘是个永远也长不大的小男孩，一个会飞的小飞侠，"哪像你这样又老又丑。"

这时姐姐走了进来，说："你姐夫年轻时也英俊着呢。"说着顺手打开身边的柜子，拿出一本相册，翻了几页，递给我说："你看看，你看看，多好看。"

我看到，照片上，我的姐夫，年轻的潘胜利，潘彼得，彼得潘，穿着牛仔裤，戴着蛤蟆镜，站在阳光下，嘴角上扬，一副不可一世的样子，正对着我笑。

作者简介

王也丹，北京作协会员，密云作协副主席，北京老舍文学院首届中青年作家高研班学员。在《人民文学》《北京文学》《天津文学》《佛山文艺》《北京日报》《京郊日报》等发表小说、散文作品百余万字，作品被《小说选刊》《读者》《青年文摘》《意林》等刊物转载，收入各种文集及选本，出版有小说集《落地生根》。

简　评

小说写出了一个跳脱、活跃、不靠谱的男人的成长，一个长不大的小孩的长大。这是一个文学作品中不大常见的形象，妻子病久了，病入膏肓的时候，丈夫想放弃治疗，这时候的丈夫如果被拿到网上去评价，一定是个坏人，但小说里，他在周围人的影响下，又和自己的妻子继续相伴下去，经历了很多生活的考验。妻子在家人的共同努力下克服了种种困难治好了病，儿子的问题也尽心尽力地面对。在生活的磨炼下，男主人公终于成长为一个男人，成为一个特别真实的立体的人。

作者写了不少农民的坎坷生活，也有不太好的生活习惯，但并没有把一个人脸谱化类型化，没有非黑即白的单一性思维，一个更真实的农民形象立了起来。作家对每一个起承转合怎么写，每一个扣怎么解，都有认真考虑。其塑造的人物各有自己的话语方式和命运个性，较好地立了起来。因此这是一篇比较成功的小说。

寂　色

王　琛

一

我在这
寂寥的暮色里
捧着曾经的约誓
别你
任凄冷的风
吹落枯黄的记忆

那金色的霞锦
一点点铺到天边
倔强的鸿雁
固执地书写着
我们过往的秘密
……

　　坐在饭店的落地窗前，顾念不由自主地默念着这首《寂色》，不时抬头看看远处的天边，看着那五彩云霞一点点变暗、变暗，像一幅色彩斑斓的水粉画，慢慢失去颜色，变成大写意的黑白泼墨。

　　顾念的心也随着天空的色彩，慢慢沉郁下来。她开始静静地看着这幅水墨画的近景里，那个长得舒服又穿着得体的男子。

　　纤长的手指、明亮的眼睛、温文尔雅的微笑。有那么一瞬间，顾念的心怦然一动。

多么温暖的神态啊！纯净又自然，安静又从容，就像十八岁以前的哥哥长大了的样子，如果哥哥真的是这样子该有多好。

顾念时而走神看着天边，时而又回过神来，看着眼前这位熟悉又陌生的老同学。

"……我们还可以在客厅放一个沙发床，白天是沙发，晚上拉出来就是床，省事又好用，你觉得怎么样？"男子其实一直在喋喋不休，此时他正一边说着，一边拿起公筷为顾念夹菜，脸上是特别体贴的神情。

"好啊！"顾念面露乖巧，心中暗想：就这样过一辈子吧。就这样，不是也挺好的。

"你说的我都同意，我只有一个要求。你平时尽可以到外面去住，甚至可以只在有必要的时候回来，但不能让大雄住到家里来。而且，所有的事情你要处理好，不要让我难堪。"顾念微微笑着，尽量藏起内心的荒凉。

"好的。我知道对你来说很不公平，但既然你希望选择这样的方式，我也愿意全力配合。我们就一起努力吧。"男子温和地笑着，也在压抑着对老同学深切的同情。

天色愈晚，黑白水墨上开始出现点点星光。

这真是一个莫名其妙的夜晚。顾念又陷入了困顿的迷茫中，她表情游离，眼神空洞，一张淡然的脸就像天上那惨白的月亮。

突然，不知看到了什么，毫无内容的双眸瞬间闪过一丝愤怒和焦急，就见她一下子瞪圆了眼睛，一个激灵跳了起来，抓起座位上的书包就往外跑。

突然的变故吓了对面男子一跳，手一抖，一筷子的鱼香肉丝都掉在裤子上，染了一大片胡萝卜色。

二

对北京来说，这是一个很寻常的春天。

桃花儿像个聪敏的小姑娘，早早接到了春的信息，迫不及待地露出粉嫩的笑脸。风却不行。风像个发育拖延还懵懂着的小男孩，固执又笨拙地拒绝春的邀请，带着一丝丝寒意，没头没脑地左突右撞。

当然这样的气候特别带有北京的特色。整个京城看上去都是桃花般的光彩夺目，画意美好，可是只要身处画中，就能感觉到那种风的寒意。就像大街上这些行人和车流，一个个都穿着光鲜的体面的外衣，却无不在匆匆行色中暴露着那尴尬的窘迫和无处遁形的焦虑。

此时的顾念身手敏捷，她急切地绕过餐厅一团团坐满客人的桌椅，同时熟练地从包中掏出相机，像一只追着老鼠的饥饿的狸猫，快速地冲到大街上。

夜幕之下，在这个恰好没有堵车的路上，所有行人和车辆都是步履仓促，归家心切。就连刚刚在路边停了很久的一辆白色面包车，也不知在什么时候已融入了车流。

顾念焦急地跑来跑去，东张西望好半天也没能找到白面包的踪影，气得直跺脚，惹得旁边不爱管闲事的行人都不由得多看了她几眼。

快快不快地回到餐厅，顾念心里的懊恼简直没法提了。自己怎么就这么迟钝呢！这辆面包车一直在路边停着，怎么就没想起去看看上面的车牌号呢！她无端地责备着自己。

男子还在擦拭裤子上的污渍。对有洁癖的他来说，衣服不干净实在是件无法忍受的事。这么多年来，他把顾念当成最好的朋友，却一直对她的毛手毛脚抱有微词。在他一贯优雅且从容的生活里，这么一惊一乍的行为，实在是不可理喻。他在想：今后就要和这姑娘生活在一起了，虽然不用整天面对，但也不是那么愉快。

"干吗去了？像个精神病似的？"男子忍不住带着怨气问。

"刚刚看到有个人把一个残疾小孩给抱进面包车里了，就是那种坐板车要饭的，手脚都断了的。"

"哦，常见到这种小孩。那又怎么了，你追个什么啊？"男子实在理解不了这姑娘的脑回路。

"我担心那是个被拐卖的小孩。"顾念为对面这人的麻木和愚蠢，有点生气了。

"那又怎么样啊。这种事多去了，你也没法了解清楚，也没办法处理，管那么多干吗！"

"我怎么就不能管了？我至少可以把车牌号拍下来报个警吧！"

"你一个小记者操那么多心干吗啊，真是闲的！"

"你……"顾念气得直咳嗽。"你这个人怎么这么冷血啊！这种被拐卖的孩子，根本就不是生来残疾的，而是故意被虐残的，他们的人生有多黑暗多可怕你知道吗？"顾念真的是被气着了，简直口不择言："陈宁，虽然你在性别认知上有障碍，但我一直觉得你还是正直善良的，所以我才觉得，我们形婚，对于解决你的困境和我的麻烦，是个不错的主意。但是……"

手机铃声丁零零地响着，顾念却没有心思接，直到把狠话说得差不多了，才深吸一口气拿起手机。

是总编！顾念的心倏地收紧了。

总编是个五十多岁的老女人，不知什么原因一直没成家。这样的一个女领导，可以说就是采编部的灾难之源。因为她会以单位为家，把工作视为生命，再加上那种无时不从身体里汩汩外冒的更年期优越感，简直无法言说这种恐怖。同事们常说，她把女人当男人使，把男人当牲口使。顾念却觉得，她根本就是把男人女人都当牲口使。单就说她的一个硬性规定，就非常没有人性：要求采编部所有人，包括实习生，都要保持24小时手机畅通，就是大半夜也要在三声之内接电话。

是三声之内啊！顾念睡觉都不敢把手机放远了。

可是这回，她真是昏了头了，竟然为了嚷嚷两句而没接电话。

太可怕了！顾念强自镇静，深吸一口气，小心翼翼地回拨过去："孙总……"脸赔着笑，心却在发颤。

"小顾，快去环宇新城，刚刚发生居民楼爆炸案！一定要抢在别的报社前面发回第一手资料！"孙总急急地说着，似乎没顾上追究电话铃的问题。

"哦哦哦好的孙总。"战战兢兢的一块石头总算落了地。但她还是忍不住小心翼翼地提醒到："孙总，北土老师的家就住在环宇新城，现在正是饭点儿他应该在。"

"北土电话关机了，我明天再批评他，现在你抓紧赶过去！"

三

靠！顾念抓起书包就往外跑，一种无以名状的愤怒在心中不断膨胀：简直就是个混蛋，这么早就迫不及待地干那事！

此时顾念的心中，充满着对北土的鄙夷。一个资深记者，采编部的头号主力，竟然在人们吃饭的点儿，猴急猴急地关掉手机，拉着那个不招人待见的女人上床，她真是气不打一处来，恨不得立马找到他家，狂敲门，跟他说：总编叫你出来工作！

顾念坐在出租车里生着气。车窗外那绚丽的霓虹快速向后退去，在她眼底构成一幅斑斓的抽象画，紧接着这幅画的界限越来越模糊，还出现斑斑点点的星光闪烁。顾念下意识地往脸上一摸，摸到一手湿湿的泪。

说好了再不为他流泪，今天这是怎么了！顾念暗暗责备着自己。她实在没法解释，这么多年来她为什么要如此执拗，一定要费尽心力地来到他身边，忍气吞声地看着他各种作，毫无怨言地放弃自我，甚至把自己蹉跎到三十岁，甚至决定要以形婚度过自己的一生。

凭什么！就凭他曾无条件地给予过自己十二年无忧无虑的陪伴、无微不至的照顾吗？！

那不是他应该做的吗？那不是一个哥哥的本分吗？

顾念心中的酸楚更加强烈。多怀念那个时候啊，他还叫顾益，不是北土。

她从小就是他的跟屁虫，在她心目中，他有至高无上的地位，不管提出什么要求，都能让她乖乖听话。所以小时候，父母经常忙工作，就让他带她玩，照顾她的日常生活。

他曾把她当成眼珠子一样爱惜着，时刻护守在她身边，对她提出的任何要求都尽全力去满足，既是保镖，又是家长。

她还记得他俩从小就最爱玩的转飞机。她会从远处像小鸟一样扑到他身上，他抱着她一圈一圈地转。她会展着双臂，像一架真正的小飞机，去体会飞翔的感觉。那时真是幸福啊！全世界只有他们俩，没有烦恼，没有忧愁，没有隔阂，更没有后来那所有所有的痛苦与无奈。

最后一次玩那个游戏，应该是她十一岁左右吧。一身婴儿肥的她一下

子扑到他身上，让他实在无法承受，两个人一起重重地摔在地上。即使是
不受控制，在跌倒的一刹那，他也凭着本能用力转换体位，像个武功
高强的大侠，把顾念抱在了身上，没让她受到一丁点伤，自己却擦破
了胳膊和腿。

四

从三环主路还没下辅路就开始堵，所有车辆排列得像沙丁鱼罐头，头
挨尾尾挨头，好久才难得挪动一下。好不容易到了辅路，顾念只好下车。
她认识一条小胡同，小跑着就可以在十分钟左右到达环宇新城。

这是一条破败不堪的老胡同，残旧的砖墙与低矮的木门包裹着乱七八
糟的房屋，一个个"拆"字早已斑驳，非常不自信地紧贴在墙上，像是不
知道自己该不该站在这里，想走又走不掉，想留又无人挽留。

顾念早已熟谙这里的一切，包括这个"拆"字。

幸好拆迁遇到阻碍，否则把这里拆了重盖就得绕很远才能到了。顾念
拿出从小当运动员的劲头，甩开步子向着前方那滚滚浓烟的方向跑了起来。
一边跑还一边忙着给顾益打电话。

是的，就不解风情了，怎么着吧！顾念愤愤地想。

顾念当然懂得，作为一个三十六岁没成家的大龄男青年，那种从心灵
到身体的饥渴一定是非常难耐的。可是，顾念又固执地认为：再饥渴你也
得有时有会儿啊，也不能才七点来钟就关机玩失踪啊，你是职业记者，要
随时随地待命不能耽误工作，这不是你教我的吗？你为了自己爽什么都不
管了，可是凭什么把我折腾过来，我还要谈我的恋爱呢！

越是打不通电话，顾念越是生气，虽然她也知道，她再生气也于事无
补。顾益，不，应该叫北土，自从十八岁翅膀硬了以后，就再也不是她的
什么人了。

曾经与她毫无嫌隙，互相依恋的哥哥啊，在她十二岁起就成了陌路。
虽然她一直无法接受这样的现实，但命运却从未征求过她的意见。

顾念又想起妈妈的闺蜜吴阿姨说的话。那个碎嘴的女人撇着嘴说："这

没有血缘关系就是不行啊，你根本就不知道他亲生父母给他遗传了什么基因。你看看小益这没良心劲儿的，这不是咱们家里教的吧！绝对就是他骨子里带来的。你和老顾这么多年的辛苦算是喂了狗了！"

顾念立刻就拉长了脸。从小到大，她最不能忍受的就是有人说哥哥坏话。可是吴阿姨不知是故意，还是根本不把十几岁的小姑娘放在眼里，转过头来又对她说："你说长得帅又能怎么样！就会骗不懂事的小傻瓜。念念你还记得你四岁时候吗？橙橙偷了我的戒指来向你求婚，结果你说：'我只能嫁给我哥哥！'真是太可笑了。橙橙告诉你女孩子是不可以嫁给自己哥哥的，你瞧你把我们脸给抓得唷！"

有没有发生过这样的事，顾念是一点不记得了，但她从小就把哥哥当作最可信赖的神一样的存在。在她十岁突然知道他不是自己亲哥哥时，除无限震惊之外，还有一丝丝庆幸。有那么两年多啊，顾念都沉浸在奇妙的幻想中，幻想长大后的某一天，哥哥像个男朋友一样拥抱自己，亲吻自己，一想到这些，正值青春发育的她都会脸红心跳得无法自制。直到顾益无情地离开家，再没给过顾念好脸，顾念的幻想才算破灭。

可是，她还是管不住自己的心。她曾经拼了命地学习，考到他的学校、他的专业，毕业后又拼命来到他工作的单位，留在他身边。不为别的，只为可以常常看到他。

在她当实习生时，他是带她入行的老师，对她非常严格，却从不刁难，总是把好的采访机会让给她，总是让她写更多稿子，好挣更多稿费。顾念曾经相信，虽然他有了女朋友，有了新生活，但在他心目中，还是无人可以取代她的位置的！所以，她曾试探过很多次，不是以妹妹的身份，而是以一个没有血缘的崇拜者的身份去试探。他却从未在工作之外，给过她一丁点额外的温暖。

她就是在一种不甘中，努力工作着，同时任凭心里的固执任性地生长。她拒绝过很多男性的美意，却在三十岁生日这一天，决定嫁给自己的老同学，嫁给那个一直在同性恋的困扰中，无法面对家人和社会的熟悉的陌生人。

顾念曾故意把这个决定透露给顾益，只是想试探一下顾益的本心，想看看他会不会着急，会不会反对，会不会阻拦。

可惜没有。他冷漠地看着她，一句反对的话都没说过。并且居然还在
她商量形婚的今晚，急扯白脸地与新认识不久的女人交欢！一想到这一点，
顾念就恨得牙根痒痒。

五

交通警已经封锁了进出环宇新城的路口，顾念举着记者证费尽口舌也
没能进去。望着小区里冒出浓烟的位置，顾念的心一阵阵发慌。

"请问是哪栋楼着火了？"顾念坚持拍完了外部照片，才迫不及待地问
交警。

"不知道，现在消防队正在灭火，请闲杂人等不要围观，速速离开。"
交警劝导着包括她在内的好奇的行人。

"请问是什么引起的着火？是爆炸吗？是什么引起的爆炸？有人员伤
亡吗？"顾念尽职地履行着记者的职责。

"不知道，请等待消防部门和警方的最终通告。"交警也很职业。

"我家住在那个方向，我必须知道是哪栋楼着火了。"顾念急了，因为
她隐隐闪现出一丝不安，虽然她在努力驱赶着那令人心慌的悸动。

"你家住哪栋楼哪单元？"一个好心肠的交警在疏导了又一批围观行人
后，终于腾出空来搭理她了。

"六号楼二单元502。"顾念报出顾益房子的门牌号。

"哦！"交警的神色凛然一变："跟我来。"

顾念的心一凉，并且越往里走腿越软。那滚滚浓烟是从六号楼冒出来
的，她颤抖着声音问："有人员伤亡吗？"

六

有很长一段时间了，周强的身体状况很差。首先是夜里失眠早上嗜睡，
卧室里放了五个闹铃都闹不醒他；第二是头晕伴随恶心，整个脑袋昏昏涨
涨的，闻到一点异味就要跑卫生间吐半天。

"你怎么像是怀孕啦！"女朋友姚溪这样嘲笑他。

他去看医生，把身体从头到尾查了个遍。照脑 CT、拍颈椎片、查胃镜，以及心肝脾肺，甚至神经都没放过，就是看不出毛病来。无数个医生都说没问题好着呢，却又给开了各种莫名其妙的药，他一直在吃，却什么作用都没有。

直到某个医生建议他去北医六院查查，他才恍然大悟。

是的，他莫名就抑郁了。一片抗抑郁药吃下去，恶心的感觉就减轻了很多。

他还是不想说话，只想躲开人群，躲到没人认识的角落里去。但就算躲到角落里又能怎么样呢，他的心里又莫名地起急，特别特别想发脾气。然而想发脾气，却懒得张口，仿佛身体的力气已经不能多承受一点点情绪的爆发了。

最令他感到害怕的，是他不时地会想到死！

他时常在夜深人静的时候，一个人静静地站在阳台上，看着楼下黑压压的草坪，想着如果自己一跃而下，会是什么样的体验。

会有风穿过耳边吧。

他想他不能从家里往下跳，五楼太矮了，还来不及享受风吹过耳边的快感就到地上了。这个小区都是高层，唯有他住的地方是座六层的板楼，他应该是找个最高的楼顶往下跳，那样他就可以在空中多停留一段时间，或许还能在飞翔的过程中，吟句诗啥的。

吟什么呢？他总是想。直到有一次，一丝风吹过他脸庞，他想出来了：对，就念这首诗的结尾：

"我会唱着歌，为你再来过。"

这是一首名叫《寂色》的诗的结尾。他忽然就觉得，一个生命的离开，一次从高高天上跌落地面的离开，应该就会像落红一样，轻盈且绝美。而风定会知晓落红的秘密，并在那沉落的寂色里，用歌声留住所有。

那么那个人是否能够听到那歌声？是会因此而释怀，还是更难过呢？她会不会像他小时候一样，整夜整夜地被噩梦侵扰？

周强想不明白。那么在没想明白之前，他是不会跳下去的。而且，他还必须要完成一件事，就是去见见那个可怜的快要离开人世的女人，即便

不告诉她自己是谁。是啊，就让她安宁地度过自己最后的日子吧，既然她
已经放下了所有，何必让平静的心湖再起波澜！

<h1 style="text-align:center">七</h1>

　　这么多年来，周强一直像个无根的浮萍，游魂一般在人世间飘荡。

　　十八岁那年，他考上大学三个月，终于找到了自己的亲生父亲。可是
这个还不到五十岁的中年男人，却早已鬓发全白，身材佝偻，老成了风烛
残年的模样。

　　那是一个深秋的傍晚，枯黄的叶子离开了枝头，带着对这个世界深深
的不舍，在空中飘散飞舞。他那可怜的父亲正无力地躺在临终关怀医院的
病床上，连有人喂饭都不知道张嘴，却还一直在用喉音念叨着自己的名字：
"强强，强强……"

　　周强痛哭着跪在病床前，一声一声地叫着爸爸，爸爸，一声声地告诉
父亲，他的强强回来了，他的强强就在他身边。可是那个虽然陌生，却又
那么亲切的父亲，那个从两年前周强知道真相后，就日思夜想的父亲，却
大睁着眼睛，没有一丁点儿回应。

　　那是他找到父亲后，见到父亲的第一面，也是最后一面。

　　父亲至死也没能合上的空洞的眼睛，一直在周强眼前晃荡着，晃得他
心都碎了。他知道，父亲是多么希望能在有生之年找到儿子，他为了找到
儿子已不知跑了多少路，受了多少罪，却在临死前，面对着儿子跪在他面
前，一声声呼唤，他却再没力量认出来。父亲，他死不瞑目啊！

　　是的，他叫周强，虽然对他来说，这个名字是陌生的，但这是父亲给
自己起的名字！他从一知道这个名字起，就开始在心里一遍遍地叫着：周
强，周强……一直叫到迷失的心找回了那个曾经的自己。

　　他从小就不停地被噩梦侵袭。

　　梦里始终是一个冬天的夜晚，他还是个三四岁的小男孩，牵着一个老
奶奶的手，走在大街上。每次这样走着，他都会特别恐慌，因为他知道，
马上就会有个蒙面人出现，一把推开奶奶，抱上自己就跑，跑到路边的一

个摩托车上急驰而去。每一次，他都知道蒙面人很快就要出现了，他怕得不行，左顾右盼，想提前找到蒙面人在哪儿，他好躲起来。可是没办法，他永远也找不到蒙面人，永远也阻止不了事态的发展。每一次蒙面人出现，他都会大哭大叫，可是每一次都会被掳走。

他一直不知道，自己为什么会有这样可怕的梦。直到某一天，他从父母——不，那不是他父母，那是两个助纣为虐的糊涂人——他听到他们背着他在互相埋怨，他才知道，梦里的一切都是真的，从奶奶手里活生生把自己抢走的面目不清的人，是可怕的人贩子，而正是因为这对当时生不出孩子的夫妇想要买个孩子，那丧心病狂的人贩子才抢走了他。

从知道真相起，他就决心去寻找自己的亲生父母。他使用了一个十六岁男孩所有的智慧和手段，终于在上大学后找到了父亲。可是让他没想到的是，他历尽千辛万苦找来的父亲，已无力地躺在病床上，根本认不出任何人了。

他可怜的父亲啊，为了找到这个被生生抢走的儿子，耗尽了自己一生的心力，才四十几岁就离开了人世。

他原本是想原谅养父母的，毕竟他们从来没有虐待过自己，也尽力为自己提供了所有的生活需要。可是，当他知道因为自己的被抢，奶奶急火攻心没几天就去世了；知道父亲为了找儿子而辞去工作，走遍所有偏远山区、大街小巷、车站码头，一个曾经最受学生喜爱的大学老师，最后沦落得像个捡废品的流浪汉；知道因为自己的失踪，父母从互相埋怨，到整天吵架，最后妈妈带着双胞胎哥哥远走他乡，再没踪影。一个好端端的幸福的家，就这样被彻底地活生生地毁了，他没办法像什么都不知道一样，没办法不怨恨养父母，没办法再去坦然面对他们。

他选择默默消失，而不去追究养父母的法律责任，算是完成对他们十几年养育之恩的报答。

八

可是他唯一放不下的，就是那个小他六岁的妹妹。

　　这个狮子座的古怪精灵的小孩，在所有人面前都"霸气侧漏"。可以把
男生追进男厕所，可以做一群男生的大哥，却唯独在他面前，像只温顺的
小猫咪，跟个小尾巴似的在他身边如影随形，哥哥哥哥地叫着。

　　他喜欢她，从她一出生起，就心甘情愿地为她做任何事。

　　当他考上大学，找到了自己的亲生父亲，决心再不回那个害得自己家
破人亡的地方时，他唯一牵挂的，就是这个可爱的妹妹。

　　他永远也忘不掉大一的那个暑假，他的妹妹，一个从未离开过家的六
年级的小姑娘，竟然瞒着家人，独自坐了近四十个小时的火车，从浙江衢
州来到陌生的北京，找到他的学校。

　　天气那么热，就从宿舍到食堂的短短的一段路，他已经要被晒化了，
可是那个内心强悍外表娇滴滴的小姑娘，却满脸通红地站在食堂门口，不
知已等了多久。当他远远出现时，她又像过去一样，像只小鸟一样扑向他。
只不过，曾经快乐的小鸟变成了受惊的小鸟。

　　他抱起妹妹的那一刻，这只小鸟没有如往常一样展翅飞起来，而是一
下子晕了过去。

　　他永远也忘不掉，那一天总编带着这个一脸稚嫩，却目光坚定的姑娘
出现在自己面前，告诉他："这是新来的实习生，叫顾念，从此就跟着你实
习了。"他早已平静的心像下起了雹子。

　　他看着这个曾经最亲近的小姑娘，一点点从生涩的实习生变成报社的
主力记者；看着她冷漠地拒绝所有男孩的殷勤追求和好心大姐的热心介绍；
看着她故作欢喜地告诉同事们，她要结婚了，与她的老同学。他痛苦地发
现她准备结婚的对象竟然是自己的老同学大雄的伙伴。

　　他承认他特别特别地难过。可是难过有什么用呢，他早就不是顾益了，
他早就在派出所把自己的名字改回了周强，他在报社一直用北土这个笔名
与各色人等打交道。

　　不叫顾益，他就不是她的哥哥。他是周强，可是不能把她当作一个普
通的女人来看待。这么多年来，他的心一直就像一块洗不干净的旧毛巾，
一边平展一边皱巴，一边柔软一边僵硬，让他自己都觉得自己特别特别地
分裂。

他最近眼前常常浮现，两个月前单位的联欢会上，顾念表演诗朗诵的情形。

顾念特别喜欢写诗。这个在别人面前，总是表现得阳光热情的姑娘，却总是写些悲悲切切的诗。

······
那呼啸的风里
隐隐传来的
可是云的哭泣
天又没有阴
雨怎么会来得
那么急

别你
没有想象中
那么不容易
我会把徘徊的流光
用簪花挽成髻
好让没你的日子
不会脱落在
这无边的寂色里

台上的那个平日里大大咧咧、热情洋溢的姑娘，彼时却做出一副冷漠、淡然的神态，是为了契合这首诗的意境吗？可是与新年狂欢那热烈的气氛相比，是多么格格不入啊！

那又冷又犀利的眼神像把利剑，深深扎在顾益心上，让他流血，让他疼，让他一点点变得没了力气，一点点因为失血而麻木。

而他，像一个自卑的小丑，远远地躲在角落里，偷偷看着那嵌进心里的姑娘，默默地改编着《寂色》的结尾：

别你

要比想象中

还要不容易

那无边的寂色里

谁能听到

我无助的诉说

多年以后

你可还会唱着歌

等我再来过

九

警方说：是自杀。现场有煤气罐被明火点燃引起爆炸。

警方说：是情杀。两个人是情侣关系，争执中男方点燃煤气罐。

警方说：男方有抑郁症，早就有自杀倾向。查到他的医院就诊记录；单位的电脑里，有他查阅如何自杀的留痕。

警方说：女方性格偏执，有极强的占有欲，平时处事有极端行为。

…………

是什么还有那么重要吗？顾益，永远地离开了顾念的生活，永远也不会再回来了。

顾念的心空了。

顾益走了，把她的心、她的灵魂、她的芳华，全部都带走了。她只是在梦里，不停地与他相遇。

"哥哥，我想要月亮。"顾念还是五岁左右的模样。

"好的念念，哥哥给你摘月亮。现在你闭上眼——"顾益还是十来岁的模样："好了，睁开眼睛吧！"

顾念的眼前，雪白的墙壁上有一枚闪着荧光的明晃晃的弯月亮，月亮旁边还有几颗亮闪闪的星星。顾念开心得啊啊直叫，一下子扑到哥哥怀里，然后想：哥哥还在，他做的事都不是虚无的，你看他为我贴的月亮，就是市场上能够买到的。

不对！月亮呢？哥哥呢？眼前怎么什么都没有了，只有一面雪白雪白的墙，上面挂着一具黑乎乎的人形的影子。"哥……"顾念大声喊。

心脏憋闷得像少了气的足球，无力，又堵得慌。顾念恍惚了半天才醒过闷儿来，枕头已经全湿了。

她大口大口地喘着气，平复好半天才缓过精神。披衣下床，如每次噩梦醒来后一样。

十

出租司机董师傅开夜间已经有很长一段时间了。他与好哥们共同承包这辆车，一个开白天一个开夜间。本来他挺喜欢这样的，除了白天可以补上一大觉之外，家里有点什么事还能不耽误。更重要的是夜里车少，不堵车，开起来痛快。

可是最近不行了，有很长一段时间，他总是感到疲惫。一到两点来钟精神就开始恍惚，脑袋发沉，心里发虚，脚底发软。他想着坚持完这个月，就跟哥们商量商量，两个人换个时间调整一下状态。

正想着，远远看到有个穿白色长裙的姑娘在路边招手。这都九月份了，白天虽然仍旧有穿裙子的姑娘，但夜里还是挺凉的。好心的董师傅赶紧把车开到姑娘身边，催促她能快点上车，尽量少挨些冻。

"环宇新城。"姑娘瘦得就剩一把骨头了，脸色惨白，目光呆滞，看上去可怜兮兮的。她上车只说了地点，就不再言语。

嗨，现在的姑娘真不知怎么想的，没事就减肥，到底图什么啊，连说话的力气都没有，风一吹就倒，这样子着实不好看啊！董师傅心里想着。

"姑娘去环宇新城啊！这么晚了干什么去？"董师傅开出好一段，还是忍不住打破了沉寂。

一是因为他又有点困了，急于说说话来转移一下注意力，二来也是因为这个姑娘，一副心事重重的样子，他特别想跟她聊个天解个闷。

姑娘沉默不语。

"姑娘，你知道几个月前环宇新城发生的爆炸案吗？听说炸死了两个人，一男一女，应该是情杀。"见姑娘还不答话，董师傅也不在意，接着自顾自地说起来。

"听说啊，那男的是个农村来的穷小子，好不容易在北京买了房子，还交了个本地户口的女朋友，挺好的事吧，结果女方家里死活是不同意。女的没辙说分手吧，可是男的岁数挺大，找个女朋友也不容易啊，而且也给姑娘花了不少钱，当然不干了，就把女的给骗到家里，想讨个说法。没想到姑娘挺无情，说什么都不管用。"董师傅越讲越兴奋，讲得自己都不困了："小伙子急了，来了个霸王硬上弓，这姑娘不愿意啊，就反抗……"

董师傅偷偷瞄了眼旁边这一脸冰霜的姑娘，心想怎么会有人对这么有趣的故事都无动于衷呢！

"结果两个人闹着闹着，姑娘没动静了。小伙子停下一看，哎哟可给吓得半死，他发现姑娘已经死了……"董师傅依旧讲得绘声绘色，如临其境，自己都挺受感染的："这回小伙子害怕了，他想要不就制造一个俩人殉情的假象，再假装自己没死成。然后这傻小子，就把家里的煤气罐给点了。他没想到啊，这煤气罐爆炸威力有这么大，结果他自己也没跑成……"

白衣姑娘始终一语不发、一动不动，直到车子到了环宇新城的小区门口，才缓缓从包中拿出几张钞票递过来。

一头乌黑的长发半遮住姑娘本就苍白瘦小的脸，发丝中两道冷冷的光直直射向董师傅，一个幽灵般的声音从发丝中传来："他杀了自己，也杀了我。"

这辆一贯以行驶风格稳健著称的出租车，突然丧心病狂一般，没等车门关好就跌跌撞撞、吱哇乱叫地开起来，乱七八糟地掉转车头，然后一个油门到底，像只受惊的兔子绝尘而去。

那几张钞票飞出了车窗，在阴冷的空气中张牙舞爪，久久落不到地上，像是为刚才的故事做出了慢半拍的反应。

十一

五层并不高，顾念以前一口气就能爬上去。可是现在不行了，她要举着手机打光，一层一层地爬。每爬一层，都要大口大口地喘会儿气，歇上好半天才能再接着爬。

这么大一座楼，曾经灯火辉煌，充满生活的气息，现如今却黑灯瞎火地一个人影、一点人气都没有了。上百户的人家啊，都搬到哪去了？

发生了凶杀案，又是爆炸案，除了不吉利的因素，就是整个楼体都酥了，成了危楼，没有一个人敢在这里住了。顾念不由得心想：要是突然有人回来拿东西，遇到自己，会不会把人家给吓着，就像刚刚那个出租车司机一样，以为遇到鬼了？

终于爬到了，顾念早已呼哧带喘。

慢慢推开已经被炸得变了形的防盗门，泪水再一次漫过顾念的眼眶。

"顾益，你个混蛋！"顾念瘫坐在黑乎乎还隐约带着焦煳气味的地上，手机也扔到一边。手机上亮着的强光直直地射向屋顶，又散漫地折射下来，变成零零散散的微光，在这无边黑暗里，软弱地宣示着自己的地位。

无数的委屈，无数的悲伤，还有那无尽的思念，就像这初秋的天气，像这毫无力量的光，让她冷得浑身战栗。

突然，一只纤细的手无声无息地伸到了她面前，拉住了她的胳膊。

"啊！"顾念眼前一黑，昏了过去。

十二

顾益颓然地坐在地上，怀里抱着这个可怜的姑娘。

多像二十多年前一样啊，他和她，两小无猜，每一天都过得那么无忧，那么温暖。

"哥哥，我想要月亮。"五岁的念念指着天上的大月亮，奶声奶气地对他说。

"好，哥哥给你摘。"顾益抱着那棵高得伸到天上的大树，假装往上爬，念念拍着手在旁边笑。

"哥哥，我要你回家。"十八岁的顾益在学校的食堂前，抱着十二岁的念念，看着念念从中暑的昏厥中苏醒过来，可怜巴巴地对他说，说得他眼泪直往鼻子上涌。

"北土老师，这个稿子完成了。"二十二岁的顾念眨巴着一双好看的大眼睛，一脸平静地对他说。

> ……
> 别你
> 没有想象中
> 那么不容易
> 我会把徘徊的流光
> 用簪花挽成髻
> 好让没你的日子
> 不会脱落在
> 那无边的寂色里

三十岁的顾念，一身清冷的白色套装，站在热热闹闹、红红火火的新春联欢会舞台上，用绝望的目光扫视着他，用凄冷的语音朗诵着这首《寂色》。

往事电影般一幕幕闪过眼前，顾益的心如滴血一样生生地疼。该如何是好？抱着怀里这轻得像一只可怜的小鸟般的姑娘，顾益茫然无措，心如麻乱。

要不要告诉她，自己没有死？死了的那个，是自己的双胞胎哥哥周伟。

要不要告诉她，自己在半年前找到周伟时，一心想跟他去见妈妈，却被他无情地拒绝了。周伟冷酷地要求他，躲得远一点儿，不要再打扰妈妈平静的生活。是的，妈妈的日子也没有几天了，她早已平静的心再也承受不了一丁点意外。就为了躲开自己，周伟甚至很快隐身了。

要不要告诉她，为了再次找到周伟，也为了了解周伟和妈妈的过往，他辗转找到了周伟的前女友。不想这姑娘为了报复周伟，却缠上了自己，无论如何也摆脱不了。虽然她与周伟已经分开了，但周伟一直就没有放手，并且因此对自己怀恨在心。

要不要告诉她，那一天周伟应该是上来谈判的，只因为自己临时下楼买东西，才没有碰到面，而他俩却不知为什么谈崩了。个性偏激的周伟昏了头。

要不要告诉她，他现在就叫周伟，因为那个时而明白时而糊涂的妈妈，那个一直把周伟当成命根子的妈妈，根本承受不了周伟离开人世的噩耗，哪一天妈妈不在了，他才能变回周强。

要怎样告诉她这一切！

作者简介

王琛，中国楹联学会、中华诗词学会、北京民间艺术家协会、房山区艺术家协会会员；北京市西城区作家协会理事；中国首都公益慈善联合会特约记者；北京老舍文学院首届中青年作家高研班学员；北京人民广播电台的网络视频节目《北京印象》特约撰稿人。

简 评

小说开始于一个浪漫抒情的爱情故事，用很多笔墨写两个人之间微妙的情感，之后故事急转直下，变成了一个高潮不断、令人震惊的杀人案。小说提供一个好看的故事内核，可读性很强，特别是后半部分，情节突然飞速进展，环环相扣，悬念把读者引导到了结局。小说颇有可圈可点之处，故事构思也有特点，但作者着急把这个宏大构想完成，细节，背景，行业一笔带过，也忽略了细节不合理的地方。一篇小说题材，故事很重要，但是怎么写也非常重要，准确，周全和可信度可以增加小说的力量。从这篇典型的情感凶杀小说，看得出作者有写作情感类和惊悚类小说的特长，假以时日，应该能够写出更受读者喜爱的作品。